Onbreekbare eenheid

Van dezelfde auteur

Bravo Two Zero

Bezoek onze internetsite www.awbruna.nl
voor informatie over al onze boeken en dvd's.

Andy McNab

Onbreekbare eenheid

A.W. Bruna Uitgevers B.V., Utrecht

Oorspronkelijke titel
Seven Troop
© Andy McNab 2008
Vertaling
Jacques Meerman
Omslagontwerp
Studio Jan de Boer
© 2010 A.W. Bruna Uitgevers B.V., Utrecht

Met dank aan Luitenant-Kolonel (KL) Rob van Putten

ISBN 978 90 229 9707 9
NUR 332

Tweede druk, maart 2010

Dit boek is gedrukt op papier dat het keurmerk van de Forest Stewardship Council (FSC) mag dragen. Bij dit papier is het zeker dat de productie niet tot bosvernietiging heeft geleid. Een flink deel van de grondstof is afkomstig uit bossen en plantages die worden beheerd volgens de regels van FSC. Van het andere deel van de grondstof is vastgesteld dat hiervoor geen houtkap in de laatste resten waardevol bos heeft plaatsgevonden. Daarom mag dit papier het FSC Mixed Sourceslabel dragen. Voor dit boek is het FSC-gecertificeerde Munkenprint gebruikt. Dit papier is 100% chloor- en zwavelvrij gebleekt en wordt geleverd door Arctic Paper Munkedals AB, Zweden.

Behoudens de in of krachtens de Auteurswet van 1912 gestelde uitzonderingen mag niets uit deze uitgave worden verveelvoudigd, opgeslagen in een geautomatiseerd gegevensbestand, of openbaar gemaakt, in enige vorm of op enige wijze, hetzij elektronisch, mechanisch, door fotokopieën, opnamen of enige andere manier, zonder voorafgaande schriftelijke toestemming van de uitgever. Voor zover het maken van reprografische verveelvoudigingen uit deze uitgave is toegestaan op grond van artikel 16 h Auteurswet 1912 dient men de daarvoor wettelijk verschuldigde vergoedingen te voldoen aan Stichting Reprorecht (Postbus 3060, 2130 KB Hoofddorp, www.reprorecht.nl). Voor het overnemen van gedeelte(n) uit deze uitgave in bloemlezingen, readers en andere compilatiewerken (artikel 16 Auteurswet 1912) kan men zich wenden tot de Stichting PRO (Stichting Publicatie- en Reproductierechten Organisatie, Postbus 3060, 2130 KB Hoofddorp, www.cedar.nl/pro).

Dit boek is opgedragen aan:

Mr Grumpy
Hillbilly
Padre Two Zero
Nish

Zondag 9 mei 1998
02.00 uur

Het huisje stond op een halve hectare vlak, open terrein. Het was bijna twee uur 's nachts, maar uit de ramen scheen nog steeds licht. Aan de voorkant waren kleine schijnwerpers op een voetgangersbrug over een rivier gericht. Ik staarde naar het water.

Stemmen klonken op het pad dat naar de achterkant van het huis leidde. Ze werden luider. Het puntje van een sigaret gloeide rood op in het donker.

Twee gedaanten kwamen uit de schaduwen tevoorschijn en liepen op me af.

Ik rechtte mijn rug. 'Halt. Wie daar?'

'Eén grote neus, één ayatollah.'

'Kom dichterbij en maak je bekend.'

Ik had vaak met deze mannen gewerkt, niet zelden in het geheim. Vroeger droegen we spijkerbroeken en bomberjacks, alles wat maar nodig was om niet op te vallen tussen de plaatselijke bevolking van wijken zoals de Shantello en Bogside. Die nacht waren ze heel anders vermomd. Frank had zich uitgedost als een vluchteling uit *The Sweeney*: een overhemd met een puntige kraag, een leren jas met grote, slappe revers en opgeplakte rode bakkebaarden die bij zijn haarkleur pasten. Nish daarentegen droeg een lichtgekleurd vest en een slappe golfpet en zag eruit alsof hij auditie deed voor de popgroep Showaddywaddy.

Aan de achterkant van het huis klonk het gebonk van gedempte muziek. Ik had een tent met een grote tv opgezet, waar de gasten konden zitten om onder het eten naar een van de slechtste songs te kijken die ooit voor deelname aan een Eurovisie Songfestival was gecomponeerd.

Mijn eigen verschijning was die van een pornoster uit de jaren zeventig met een druipsnor en een gouden medaille – de broche van een buurvrouw – aan een wc-ketting. Bijna alle anderen waren als leden van Abba gekomen.

Frank en Nish kwamen bij me staan en leunden tegen de reling naast me.

'Daar zijn we dan weer.' Frank stootte ons allebei aan. 'De drie musketiers.'

Ik lachte. '"Drie wijze mannen" is in jouw geval toepasselijker, niet?'

'Ach...' Nish nam een trek van zijn Silk Cut. 'Drie wijze apen. Of huppatee...' Hij spuwde in het water. 'Drie munten in de fontein.'

Frank glimlachte toegeeflijk. We deden alle drie ons best. Echt waar. Het had een leuk feest moeten zijn. Door de bouw was de housewarming een jaar vertraagd, en dat kwam vooral omdat we de Stour-rivier uit de buurt van mijn woonkamer moesten omleiden, maar nu waren we er allemaal.

Of bijna allemaal.

Van de acht voormalige Ice Cream Boys op de genodigdenlijst was er één niet komen opdagen. De politie had hem in bewaring genomen.

'Ik moet de hele tijd aan hem denken.' Frank drukte een van zijn kartonnen bakkebaarden weer op zijn wang. 'Hoe haalt iemand zoiets in zijn hoofd?'

Nish staarde naar het water. 'Hij is misschien nog gekker dan ik.'

Shanksy was al bij Ploeg 7 weg op het moment dat ik daar aankwam, maar in het Regiment had hij een legendarische status. Thomas Shanks was arts en veteraan van de 'geheime oorlog' die rond het midden van de jaren zeventig in Oman woedde. Hij redde daar onder vijandelijk vuur een kameraad en had er de Military Medal voor gekregen. Daarna werkte hij als specialist in ziekenhuizen. Twee dagen voor het feest had hij buiten een pub in Leeds een AK47 uit de kofferbak van zijn auto gehaald en het meisje doodgeschoten van wie hij beweerde te houden.

Shanks had in ziekenhuizen in de Midlands gewerkt en werd in 1995 plaatsvervangend anesthesist in de Pontefract General Infirmary. Nog geen veertien dagen later ontmoette hij Vicky, die daar de verpleegstersopleiding deed. Ze gingen samenwonen en verloofden zich. Maar de relatie liep stuk: twee weken voor het feest had ze er de brui aan gegeven en begon ze uit te gaan met een vroegere patiënt.

De woensdag voor het feest had ze in haar ziekenhuisflatje een brief van Shanks gevonden. Deze bevatte de verlovingsring die ze hem had teruggestuurd, plus de mededeling dat hij zich ellendig en neerslachtig voelde. De volgende dag had hij haar opgebeld in een pub in Castleford, waar ze met haar nieuwe vriend, diens zoon en de vriendin van die zoon iets was gaan drinken. Shanks eiste hardnekkig van haar de bevestiging dat ze niet meer van hem hield. Hij noemde haar een egoïstische trut en een bitch. Vicky hing uiteindelijk op en verhuisde met de rest van haar gezelschap naar een café in de buurt.

Shanks wist haar te vinden. Ze verklaarde zich bereid om met hem te praten, maar hij begon handtastelijk te worden en sleepte haar de deur uit en de straat op. Er ontstond een handgemeen. Shanks worstelde met de nieuwe vriend en trapte hem toen deze op de grond lag.

De zoon van de vriend hield Shanks in bedwang terwijl Vicky en de anderen teruggingen naar de eerste pub. Om tien voor tien 's avonds zagen ze hem op het parkeerterrein. Vicky ging naar buiten om met hem te praten. Even later rende ze, achtervolgd door Shanks, terug.

Ze kwam niet verder dan de rand van het parkeerterrein. Het eerste salvo 7.62mm-kogels raakte haar zes keer, in borstkas, elleboog, onderbuik en billen. Toch vond ze de kracht om overeind te komen. Toen ze de deur van de pub bereikt had, rekende het tweede salvo met haar af.

De pub was stampvol omdat de kroegbaas afscheid nam. Op het moment dat het schieten begon, was iedereen naar filmpjes van vorige feesten aan het kijken. Aanvankelijk dachten ze dat iemand rotjes aan het afsteken was of bij wijze van surprise ballonnetjes liet knappen. Daarna vlogen een paar kogels door de ruimte. Hout versplinterde, glazen en spiegels gingen aan diggelen. Het duurde niet langer dan een paar seconden, maar niemand durfde zich te bewegen. Toen ze opstonden, zagen ze de schutter nonchalant naar zijn auto lopen en wegrijden.

Vicky lag in een grote plas bloed. Ze kon niets zeggen. Ze probeerden de bloedingen met handdoeken uit het café te stelpen, en iemand haalde een dekbed van boven om haar te bedekken totdat de ambulance kwam.

Ze stierf twee uur later, na een noodoperatie in het ziekenhuis waar ze gewerkt had.

Shanks kocht een halve pint bitter in een ander café, belde zijn exvrouw in Birmingham om te vertellen wat hij gedaan had, en reed erheen om zijn negenjarige dochtertje te bezoeken. Hij wilde haar zien voordat de politie hem inrekende. Toen bedacht hij zich en reed naar Schotland. Hij bezocht er zijn broer in Glasgow, misschien om geld en een uitrusting te lenen voordat hij de heuvels in trok. Na een landelijke klopjacht gaf hij zich echter de volgende dag aan.

'Hij wist misschien niet welk kostuum hij moest aantrekken,' zei Nish.

Tommy Shanks was een legende, niet alleen om zijn bekwaamheid als soldaat, maar ook omdat hij een tic had. Het kostte hem uren om te besluiten wat hij voor een avondje stappen moest aantrekken. De meeste mensen trekken gewoon een spijkerbroek en een poloshirt aan. Tommy niet. Het moest een overhemd zijn, op zo'n manier gestreken dat je aan de mouwen je vingers kon snijden.

'Vat het niet persoonlijk op,' zei Nish. 'Zo erg is je feestje niet.'

Frank gunde hem de afkeurende blik waarmee ouders hun kinderen aankijken. Hij was de eerste geweest die door het dakraam dook toen de Special Air Service (SAS) in 1980 het beleg van de Iraanse ambassade in Iran doorbrak. Hij was altijd een rots in de branding. Als hij je rug dekte, was je in goede handen. Maar nu was hij nog erger uit het lood geslagen dan Nish: hij wilde dominee worden.

Een van zijn favoriete uitspraken was: 'Ik kan hun de hemelpoort laten zien, maar als ze naar binnen willen, moeten ze er zelf doorheen lopen.'

Zelf had ik die poort nog niet opengemaakt, want ik wist zeker dat God de grendel dicht zou schuiven voordat ik de klink pakte.

'Kop op, Frank.' Ik trok aan een van zijn bakkebaarden.

'Jij zult branden in de hel, McNab.' Hij wierp net zo'n afkeurende blik op mij als daarnet op Nish en fronste zijn voorhoofd. 'Waarom? Waarom heeft hij haar vermoord?'

In alle jaren dat ik hem kende, had ik hem maar zelden tegen iemand of iets zijn stem horen verheffen, en deze keer was daar geen uitzondering op.

'Maar met dat gelul kom je toch altijd zelf?' Nish grijnsde. 'Beter één dag een tijger dan duizend jaar een schaap. Klote, waarom niet?'

Frank hapte niet. 'Ik bedoel, die man was gisteren nog specialist in een ziekenhuis en vandaag knalt ie een meisje af op een parkeerterrein. Hoe komt het dat een man die zoveel heeft meegemaakt, ineens twee levens vergooit?'

Tommy kwam uit een gezin van zes jongens en twee meisjes en was in een Glasgowse arbeiderswijk opgegroeid. Zijn vader had epilepsie en werkte in een zagerij, en Tommy was nog maar tien toen hij op een dag van school thuiskwam en zijn vader dood aantrof. Vijf jaar later – zijn moeder was aan de drank geraakt en was agressief tegen haar kinderen – ging hij bij een oom wonen.

Hij ging van school af, werd leerling-monteur en meldde zich twee jaar later voor het leger. Hij werd als verbindelaar in Bahrein gedetacheerd, en van daaruit gaf hij zich op voor de SAS. Nog geen achttien maanden na zijn aanmelding bij het leger werd Tommy Shanks een van de jongste soldaten die voor de Selectie slaagde.

Hij diende tien jaar en ging daarna voor een beveiligingsbedrijf werken dat zich specialiseerde in de bescherming van VIPs. Een bende bracht hem zeven messteken toe, en dat kostte hem bijna het leven.

Na zijn herstel ging hij weer naar de schoolbanken en mocht hij aan de Universiteit van Birmingham medicijnen studeren. Hij en zijn vrouw Julie, die lerares was, gingen in de Midlands wonen en kregen een dochter. In 1986 studeerde hij af als medisch doctorandus en chirurg.

Hij meldde zich als reservekapitein bij de Britse militair geneeskundige dienst, maar nam in 1989 ontslag. Na de Iraakse invasie van Koeweit in 1991 sloot hij zich aan bij 32 Veldhospitaal in Saudi-Arabië en kreeg hij een cocktail van ongeveer twintig onbekende vaccins tegen de gevolgen van chemische oorlogvoering.

Toen zijn huwelijk na zijn terugkeer op de klippen liep, nam hij een baan als anesthesist in Wolverhampton, waar zijn collega's hem beschreven als een echte, harde Schot die slecht tegen domoren kon. Uiteindelijk kwam hij in de Pontefract General Infirmary terecht, maar op zijn werk ging het niet goed. Hij kreeg woedeaanvallen als collega's niet aan zijn hoge eisen voldeden.

'Maar wat deed hij eigenlijk met een AK?'

Hij haalde zijn schouders op. Veel jongens hadden ergens een wapen liggen als souvenir. Als een kameraad omkwam, hadden wij de taak om zijn spullen op te ruimen voordat zijn familie het huis in mocht. Een van ons had zoveel PE4, geweren en munitie op zolder dat hij de volgende wereldoorlog had kunnen winnen. Het ministerie van Defensie had zich over bezuinigingen geen zorgen hoeven maken: een wandeling naar zijn huis was genoeg geweest.

In de media werd al gefluisterd over het Golfoorlogsyndroom (GOS) – weliswaar een afschuwelijke aandoening, maar nog lang niet zo erg als een posttraumatische stressstoornis (PTSS). Het GOS was eerder iets lichamelijks dan geestelijks.

Drie jongens – van wie twee medici – die met Shanks in de Golf hadden gediend, hadden al zelfmoord gepleegd, blijkbaar vanwege de druk van hun oorlogservaringen. De aanblik van slachtoffers die met ontbrekende ledematen, afschuwelijk verbrand en vaak in de bloei van hun leven werden binnengebracht, had ongetwijfeld zijn tol geëist.

Na zijn terugkeer uit de Golf had Shanks concentratie- en geheugenproblemen. Zijn stemmingswisselingen, prikkelbaarheid en neerslachtigheid werden steeds erger, en dat deed denken aan de symptomen van anderen die uit de Golf terugkwamen. Ik vroeg me af of hij soms aan PTSS leed toen hij Vicky Fletcher doodschoot.

Als beroepssoldaat leken twee ongerichte salvo's me het symptoom van een gestoorde geest. Als hij zichzelf in de hand had gehad, zou hij gewoon twee kogels in haar hoofd hebben geschoten.

'Daar zijn we goed mee weggekomen, dominee Frank. Aan ons lijf geen Golfoorlog.' Nish nam een trekje van zijn sigaret. 'Maar voor McNab sta ik niet in. Volgens mij is ie een lopende tijdbom.'

Ik wist maar één ding zeker: het Golfoorlogsyndroom zou ik nooit krijgen. Als SAS-leden hadden we enige greep op ons leven. Sommigen moesten aan de medicijnen, maar anders dan de rest van het leger kregen we geen bevel ze te slikken. We hielden de onze in voorraad vanuit de gedachte dat een handje capsules per dag niet veel verschil maakte na een aanval met blauwzuur- of zenuwgas, die in een paar tellen dodelijk was.

Frank stond nog steeds te piekeren. 'Misschien is hij wel de zoveelste die zijn kop is kwijtgeraakt. Hij is op geen stukken na de enige.'

Ik legde een hand op Nish' schouder, maar richtte mijn wijsvinger op Frank. 'Jij bent de dominee, makker – jij hoort alle antwoorden te weten. PTSS? Hij is misschien wel even knetter als deze klojo hier.'

Nish begon te lachen. 'Ik ben niet kierewiet, in elk geval niet deze week.' Hij mikte zijn sigaret in het water en stak meteen een nieuwe op. 'Ik vraag me af of Shanksy een paar kogels voor zichzelf had willen bewaren. Dat zou ik gedaan hebben.'

Frank was in de stemming voor een zondagspreek. 'Dat de overheid het soms toestaat dat er een leven wordt beëindigd is tot daaraan toe.' Hij zweeg even om het gewicht van zijn uitspraak op ons in te laten werken. Maar dat gebeurde niet. 'Iemand in woede vermoorden is echter iets heel anders.'

Nish draaide zich om en omhelsde hem hartelijk. Hij straalde aan alle kanten. 'Jemig, Frank ziet ons nog steeds als lichtende ridders, instrumenten van Gods toorn om boosdoeners te straffen. We zijn alleen geschifte idioten die razend worden en mensen doodschieten...'

Frank maakte al jarenlang mee dat we zijn overtuigingen belachelijk maakten. Hij liet het van zich afglijden als water van een eendenrug en vervolgde zijn preek. 'Is iemand van ons minder schuldig dan Tommy? We hebben genoeg moordenaars gezien om ze op straat te herkennen.'

Ik grijnsde naar de twee anderen. 'Jullie zijn allebei even gestoord. Nish heeft geregeld gesprekken met zijn ijskast...'

Nish knikte.

'... en Frank laat zich door God voorschrijven wat hij doen moet. Nietwaar, Frank?'

Het bleef lang stil. 'Dat dacht ik wel, joh. Dat dacht ik wel.'

Nish en ik keken elkaar even aan. Daarna liep hij met Frank mee naar het feest.

Ik zag hen in het donker verdwijnen. Een van die twee gekken bleef dromen dat hij vanaf de rand van de ruimte een vrije val ging maken. De ander geloofde in een oude man met een witte baard die ergens bestond. Ik vroeg me onwillekeurig af of de junglepunch die we veertien jaar eerder gedronken hadden, soms een waanzindrankje had bevat. Was ik soms als volgende aan de beurt?

Ondanks alles waren ze twee van de beste vrienden die een mens zich kon wensen. Wij drieën en een handvol anderen van Ploeg 7 hadden samen heel wat meegemaakt. We hadden gedood en sommigen van ons waren ook zelf gedood. Het resultaat was een band die buitenstaanders misschien moeilijk te begrijpen en onmogelijk te delen vonden. We lachten spottend over het idee van een broederschap, maar we waren wel degelijk broeders: wapenbroeders. Sinds mijn ontslag in 1993 was er geen dag voorbijgegaan zonder dankbaarheid voor mijn gelukkige gesternte.

Ik was namelijk lid geweest van de allerbekwaamste en inspirerendste groep mensen die ik ooit gekend heb.

Frank, Nish, ik en de anderen vertrouwden elkaar volledig. Dat kon ook niet anders. Zouden we ons leven voor elkaar gegeven hebben? Ja. Maar een broederschap die onder levensgevaarlijke omstandigheden tot stand komt, is niet gratis. Sommigen waren gek geworden, anderen waren aardig op weg.

Ik wilde dat ik toen geweten had dat Tommy's moord op zijn ex-vriendin en Nish' poging tot moord op de zijne, een jaar eerder, niet het eind van het verhaal betekenden. Had ik kunnen verhinderen wat er vervolgens gebeurde? Waarschijnlijk niet. Maar ik stelde me steeds dezelfde vragen en ze hielden me evengoed uit mijn slaap.

Ik herinnerde me een jongen uit Squadron A die ruzie kreeg met de Royal Air Force (RAF)-zielenknijper. (Dat was na mijn vrijlating uit de Aboe Ghraib-gevangenis in Baghdad, aan het eind van de Eerste Golfoorlog.) Mugger had de volledige supervisie over het herstel van de SAS-leden: hij ging naar Riad om voor onze ontspanning wat video's te organiseren, terwijl de sergeant-majoor van Squadron B kwam opdagen met een ziekenhuiskarretje vol bier. We werden de afdeling uit gesmokkeld en gingen naar de bibliotheek om eens lekker door te zakken.

Dokter Gordon Turnbull was naar Cyprus gekomen om toezicht te houden op de herstelfase. 'Wat heb je daar?' vroeg hij Mugger toen hij zijn boodschappentassen zag.

'Video's voor de jongens.'

'Mag ik ze even zien?'

Turnbull kreeg bijna een hartaanval. Mugger had *Terminator*, *Driller Killer* en *Nightmare on Elm Street* voor ons gekocht. 'Dat kun je niet maken! Die mannen hebben allemaal een trauma!'

'Een trauma?' Mugger lachte. 'Die waren allemaal al kierewiet toen ze begonnen.'

Waardoor waren Shanks, Nish en de anderen doorgedraaid?

Hadden ze dat punt bereikt door iets in het landschap dat we doorkruisten, of door de dingen die we hadden moeten doen? Waarom was ik gespaard gebleven?

Maar de grootste vraag van allemaal was misschien wel: had ik het moeten voorzien? Waren er onderweg overal aanwijzingen geweest?

Ik keek niet vaak om. In ons soort werk is reflectie ongezond.

Maar als ik de antwoorden wilde vinden, werd het misschien tijd om de reis te herhalen die deze verenigde maar onderling heel verschillende groep mensen had afgelegd.

Ik leunde achterover tegen de reling. Sinds 1984 was er veel water onder deze brug door gestroomd.

1

Maleisië
juli 1984

Van mijn eerste dag bij Squadron B zijn me twee dingen bijgebleven. Op de eerste plaats dat ik me in het oerwoud zo'n volslagen groentje voelde in mijn glimmende en spiksplinternieuwe uitrusting. En op de tweede plaats het advies dat ik een week eerder in Hereford had gekregen en dat nog steeds in mijn oren galmde.

'Vergeet nooit dat je dit ding veel makkelijker krijgt dan houdt,' zei de kolonel toen tegen de acht nieuwelingen toen hij ons stuk voor stuk een zandkleurige baret toegooide alsof het frisbees waren.

Naderhand had de sergeant-majoor van het Regiment er in de gang aan toegevoegd: 'Jullie hebben dan misschien zes maanden lang de zwaarste selectiecursus ter wereld gevolgd, maar nu zijn jullie terug bij af. Want, jongens, jullie weten geen flikker.' Hij keek ons strak aan terwijl hij een trek van zijn sjekkie nam. 'Als jullie bij je ploeg komen, hou je dan vooral gedeisd. Hou je muil, kijk en luister. Zoek een rolmodel uit. Kijk wat hij doet en waarom hij het doet. Oké, eerst de vier man voor Squadron B. Jullie gaan je uitrusting halen en vervolgens naar Maleisië.' Hij nam nog een trek en bekeek ons allemaal om beurten. 'Veel geluk. Jullie zullen het nodig hebben.'

Squadron B was beroemd vanwege de bestorming van de Iraanse ambassade in 1980. De livereportage op tv was de allereerste keer dat ik het Regiment in actie had gezien. Vanwege dat filmmateriaal en omdat de Green Jackets de Falklandoorlog niet hadden meegemaakt, wilde ik graag de Selectie doen. Ik was namelijk bij het leger gegaan om te vechten, en zij zaten er altijd middenin.

De SAS bestond uit vier Sabre Squadrons: A, B, D en G. Die waren op hun beurt in vier ploegen verdeeld, die allemaal over een gespecialiseerde infiltratiekennis beschikten. Air infiltreerde per parachute in vijandelijk gebied. Mobility deed dat over land. Boat viel over het water aan en Mountain deed dat te voet via elke grote rotsformatie die hun voor de voeten kwam. Elke ploeg had een nummer, zodat je ook wist uit welk squadron je kwam. In Squadron B had je Boat 6, Air 7, Mobility 8 en Mountain 9.

Niemand van ons wist van tevoren in welke ploeg hij terechtkwam. We hadden alleen te horen gekregen dat we pas ter plaatse zouden worden ingedeeld.

Na de rit van die dag vanuit Kuala Lumpur kwamen twee jongens ons ophalen vanaf een diep doorploegde modderweg bij de noordgrens met Thailand. De ene was een Maori, de andere een rooie met een haarbos die dik genoeg was om er een tapijt van te vlechten. 'Ik ben Al,' zei hij. 'Klaar?'

We hesen onze Bergenrugzak op onze schouders en volgden hen naar de schemerwereld van het regenwoud. Enorme hardhoutbomen waaierden uit tot plankwortels op de grond. Het bladerdak hoog aan de hemel was dicht geweven, zodat nauwelijks een straal zonlicht de afgevallen bladeren onder onze laarzen bereikte.

De Rooie zag er niet al te opgewekt uit, en dat vond ik vreemd: hij zou dolgelukkig moeten zijn omdat hij niet in de zon liep. Zijn bleke huid leek onder het bladerdak nog bleker. Hij was ongeveer één meter tachtig lang en bestond voornamelijk uit botten. Hij had de uitstraling en het gedrag van een officier, en bij de zeldzame gelegenheden dat hij zijn mond opendeed, klonk hij zelfs zo. Hij praatte alsof de woorden met een tang uit hem getrokken moesten worden. Ik had het gevoel dat ik hem al eens eerder had gezien, maar ik wist niet meer waar.

'We hebben nog twintig minuten. Zitten hier al een tijdje. Vooral oerwoudtraining. En als afschrikking van rebellen.'

De Maori zei zo mogelijk nog minder dan Al. Veel Nieuw-Zeelanders en Australiërs sloten zich bij het Regiment aan, maar deze vent droeg andere oerwoudcamouflage dan Al en de rest van ons. De kiwi's hadden een infanteriebataljon in Singapore gestationeerd. Misschien hoorde hij daarbij, of anders bij de Nieuw-Zeelandse SAS. Het maakte niet uit; als zij het niet vertelden, was ik niet de man die ernaar vroeg.

Het voordeel van een dicht bladerdak is dat het kreupelhout dun en makkelijk te doorkruisen is. Als de boomkruinen dunner worden en het licht doorlaten, heb je mazzel als je in vier uur één kilometer aflegt. In het oerwoud ben je nooit alleen. We hadden gezelschap van rode mieren, bloedzuigers, schorpioenen en enorme teken die diep in je huid kropen. Bovendien stonden alle soorten en maten slangen in de rij om je te bijten. Daarnaast werd je natuurlijk bedreigd door scrubtyfus, geelzucht, dysenterie, zweren, gierstuitslag, rotkreupel en ringwormen. Toch is dit de beste omgeving voor gevechten. Je hebt dekking en water en lijdt nooit honger of kou.

Al gaf een klap in zijn nek. Alweer een mug dood. 'Verrekte malariaverkoper.'

Het was drukkend heet en vochtig. Mijn oerwoudtenue was al doornat van het zweet. Wat had ik anders verwacht? Een regenwoud heet zo vanwege de regen. Het vocht kan door het bladerdak niet ontsnappen, en daarom is het daar nat, heet en erg plakkerig – vierentwintig uur per dag en zeven dagen per week.

Alles wat we hadden, moesten we dragen. We hadden allemaal twee tenues: een droog pak om in te slapen en een nat pak. Het eerste wat we elke ochtend deden, was ons natte pak aantrekken.

Ik had geen dierbare herinneringen aan de oerwoudfase van de Selectie. Alles draaide erom dat je je droge kleren droog moest houden. Als ze nat werden, kreeg je ze nooit meer droog. De mijne wikkelde ik dubbel in de plastic voering van mijn Bergen, en daarna nog een keer voor alle zekerheid.

We volgden een smal en modderig voetpad naar een stel bedden van stokken tussen A-vormige geraamten. Je kon zien dat de jongens hier al een tijd zaten. Sommige bedden waren kromgetrokken, andere stonden op loopplanken van takken om ze uit de modder te houden. Schietschijven nummer 11 – het normale legerdoelwit in de vorm van een aanvallende man op een plaat hardboard – waren afgezaagd en op boomstronken gespijkerd. Zo waren tafels en stoelen ontstaan. Er waren ook stukken plaat in een hoek tegen elkaar gezet om er sit-ups te doen. Hier en daar waren twee of meer A-vormige geraamten met stukken van een regenzeil aan elkaar bevestigd.

Een radio siste onophoudelijk. Eten pruttelde in gamellen of grote, kookpotvormige granaatblikken, die op een of meer esbitfornuisjes waren gezet.

Het rook er sterk naar sigarettenrook. Niemand droeg ranginsignes. Iedereen had een baard en lang, vettig haar. Ze lagen op hun bed een boek te lezen of hurkten bij de pruttelende pannen. Het leek wel of ik op de set van *Platoon* verzeild was geraakt.

'Dit is het hoofdkwartier van het squadron. Ga zitten en wacht maar even.'

Al en de Nieuw-Zeelander verdwenen tussen de geraamten.

Iedereen had net als ik twee automatische morfinespuiten aan een stuk parakoord om zijn hals, samen met een horloge en soms een klein kompas. Wie de omgeving van de tenten verliet, nam te allen tijde zijn beltkit (overlevingspakket) en zijn wapen mee, plus zijn kapmes. Zonder zo'n mes aan je riem kwam je nergens. Het was geen onderdeel dat aan je riem hing maar een deel van jezelf. Het was je onmisbaarste stuk gereedschap onder het bladerdak: je kon ermee hakken, je groef er voedsel mee op, je maakte er vallen mee, bouwde er een onderdak mee en gebruikte het als middel om jezelf te beschermen.

We zaten daar in een drukkende luchtvochtigheid van negentig procent. Overal zoemde het. Een heel insectenleger had gehoord dat er vers bloed gearriveerd was. De lekkerste van het stel was blijkbaar de Green Jacket. Ik wreef nog wat antimuggenspul op mijn gezicht en handen, maar dat maakte geen verschil. Die kleine smeerlapjes zweefden hardnekkig om me heen, sloegen toe en vraten me aan flarden.

2

Een man stond op van zijn fornuis. Een sigaret hing zo laag aan zijn lippen dat het brandgevaarlijk was voor zijn baard. 'Oké, jongens, wat drinken?'

Hij gaf een grote mok van zwart plastic door, van het soort dat we normaal op de veldfles van onze beltkit drukten. De zoete, hete rantsoenthee dampte. We namen allemaal een slok en bleven staan terwijl het zweet onze kleren aan onze rug plakte.

Tussen de regenzeiltjes rechts van ons klonk het geluid van een wervelwind. Een beschaafde stem gaf met het snelle staccato van een mitrailleur een reeks instructies: 'Ik wil dit, dit, dit en dit...' De eigenaar van de stem kwam op ons groepje af en klapte in zijn handen. 'Ik ben Graham.' Iedereen werd hier kennelijk bij zijn voornaam aangesproken. 'Voor elke ploeg één man.' Hij bekeek ons van top tot teen. 'Jij ziet eruit als een duiker... Ploeg 6.'

Een geniesoldaat die graag klom, meldde zich voor Mountain.

'Oké. Dan is Ploeg 9 ook geregeld.'

Ik slaakte een zucht van verlichting. Allesbehalve Mountain. Graham wees naar de man naast me. 'Ploeg 8. Mobility.'

Toen knikte hij in mijn richting. 'Heb je je zonnebril bij je?'

Ik beantwoordde zijn glimlach knikkend, maar had geen idee wat hij bedoelde.

'Prima. Ploeg 7.'

Hij zette de wervelwindmodus weer aan en verdween onder de tentzeilen.

'Dat is Baas L,' zei de man die ons de thee had aangeboden. 'De commandant.'

De squadroncommandant was altijd een majoor. Deze kwam uit een Highland-Regiment en was een skikampioen. Duidelijk voor het oerwoud geboren.

Het duurde niet lang of onze nieuwe kameraden kwamen ons ophalen. 'Naar welke ploeg ga jij?' vroeg de eerste.

'Air.'

'De Ice Cream Boys!'

Zonnebril? Roomijs? Ik snapte het nog steeds niet, maar voordat ik ernaar kon vragen, kwam een reusachtige man op me af die een kleine een meter negentig lang en een meter twintig breed was. Zijn handen waren zo groot dat zijn M16 een speelgoedgeweer leek.

'Wie gaat naar Air?'

Ik stond op. 'Ik.'

'Ik ben Tiny.' Achter zijn baard kwam een kleine glimlach tevoorschijn. 'Pak je Bergen.'

Het was heel bizar voor zo'n beer van een man, maar hij wipte op de ballen van zijn voeten. Hij had lang, krullend haar maar kreeg al een kale kruin en leek nog het meest op een hippiemonnik met een veermechaniek.

Ik liep met hem mee naar de plek van de ploeg en probeerde mijn nieuwe kistjes wat modderiger te krijgen.

'Hoe heet je?'

Boven het bladerdak rommelde de donder.

'Andy. Andy McNab.'

'Uit welk bataljon?'

'Twee.'

'Ik kom ook uit Twee Para. Ken je...'

'Nee, joh. Twee RGJ, ik ben een Green Jacket.'

Hij bleef stokstijf staan. Voor de tweede keer die dag ging de hemel open en ratelde het bladerdak boven ons onder een wolkbreuk. Dat lawaai versterkte de herrie van de regen die op mijn hoofd viel.

'Maar wat doe je dan in jezusnaam bij Ploeg 7?'

'Weet ik veel. De baas zei dat ik hierheen moest.'

Hij liep weer door over het pad. De regen kwam met bakken omlaag. 'Godverdegodver, we hebben al achttien maanden niemand voor onze troep gekregen, en nu sturen ze zo'n slapjanus!'

Ik volgde hem schaapachtig en dacht: jemig, wat complimenteus. Lekker beginnetje.

Uiteindelijk kwamen we bij het terrein van de troep, de uitloper van een heuvel vol A-vormige geraamten. In het midden brandde een groot vuur. Zes of zeven jongens zaten iets warms te drinken onder een paar tentzeilen die onder de kletterende regen klonken als trommelvellen. Een van hen was Al.

Tiny stelde me voor. 'Hij heet Andy McNab en is een Green Jacket.'

'Wat doet zo'n slapjanus verdomme bij ons?' Een Vikingblonde man stond op. 'Ik ben Chris.' Hij stak zijn hand uit. 'Para Regiment.' Hij grijnsde. Hij was iets boven de één meter zestig, had veel haar en praatte met een zacht, noordelijk accent.

De anderen bleven waar ze waren terwijl Tiny hen aan me voorstelde. Niemand kwam in de regen naar buiten om iemand gedag te zeggen van wie ze wisten dat hij niet tot de broederschap van de luchtmacht behoorde.

'Nish... Frank... Al... Phil... Paul... en Saddlebags.' Het leek wel of iemand me aan de Teletubbies voorstelde.

Ik knikte terwijl zij knikten, en een of twee van hen vroegen: 'Oké?'

Chris wees naar een plaats rechts van het vuur. 'Ga daar maar heen en timmer een bed in elkaar voordat het helemaal donker is.'

Ik liep naar de rand van de open plek, zette mijn rugzak in de modder en pakte mijn kapmes.

3

In theorie begin je met vier stukken hout van een meter of twee. Je bindt elk tweetal aan één uiteinde samen en trekt het aan het andere uiteinde open. Dan krijg je de vorm van een A, en die zet je een meter of twee uit elkaar. Dan neem je nog twee stokken van een meter of drie lang en hoogstens vijf of zeven centimeter dik, net sterk genoeg om je gewicht te dragen. Je haalt ze door de uiteinden van de hangmat, gooit de uiteinden van de hangmat over de punten van de A en duwt ze zo ver mogelijk omlaag. De hangmat moet strak staan. Uiteindelijk bind je de banden van elke hoek, die je normaal gesproken aan een boom zou bevestigen, rond de stokken, zodat ze niet kunnen opkruipen. Als alles goed gaat, heb je dan een bed dat een halve meter boven de grond hangt.

Als dat klaar is, hang je er een lap zeildoek boven door het aan de dichtstbijzijnde bomen te knopen. Nu ben je tegen de regen beschermd, en het enige wat nog rest, is de klamboe. Zonder klamboe slapen is niet stoer maar waanzin. Als je blote vel gebeten wordt, zwelt het tot twee- of driemaal zijn normale omvang, wat betekent dat je minder goed inzetbaar bent. Wie de tijd neemt om zich met zorg te installeren, is de volgende dag veel nuttiger voor de anderen.

Hoe dan ook, zo luidde de theorie. Ik had pas één keer zo'n bed gemaakt, en dat was tijdens de Selectie geweest, een paar maanden eerder. Nu zat iedereen vanonder zijn tentzeiltje toe te kijken hoe ik een puinhoop maakte van mijn tweede.

Terwijl ik takken van de vereiste lengte probeerde te snijden, leek de Selectie heel lang geleden. Steeds als ik een stok neerzette om de A te maken, viel hij om, en pas na een hele tijd had ik twee fatsoenlijke frames. Daarna moest ik het tentzeil ophangen om mijn hangmat droog te houden terwijl ik er de twee palen doorheen stak. De anderen vonden het prachtig.

Chris kwam naar me toe en wauwelde iets over straks wat lol maken met cocktails. Hij draaide zich om en verdween even snel als hij gekomen was.

Wat lol maken? Met cocktails?

Ik wilde me nergens mee bemoeien, gaapte een paar keer overdreven en maakte me klaar om te gaan pitten. Ik trok mijn natte spullen uit, rolde ze op en legde ze op de punt van het frame. Vervolgens trok ik mijn droge kleren aan, kroop onder de klamboe en ging daar liggen.

De zes maanden daarvoor had ik gezweet, geschreeuwd, gesjord en gekropen... allemaal voor dit moment. 'Selectie is geen opleiding,' had het opleidingsteam gezegd tegen de tweehonderd hoopvolle jongens die kwamen opdagen. 'Het is een marteling. We besparen ons tijd en de belastingbetaler geld als we iedereen aan de kant zetten die het toch niet redt. Wij schieten niet tekort tegenover jullie, jullie schieten tekort tegenover jezelf.'

De Selectie is simpel, wreed en ongenadig. Van de oorspronkelijke tweehonderd man die op dag één, acht maanden eerder, waren opgekomen, slaagden er maar acht. En om zout in de wond te wrijven had ik mijn rang als sergeant moeten opgeven om weer als gewoon soldaat te beginnen.

Voordat ik mijn eerste soldij als lid van de Special Forces beurde, moest ik bovendien meer zijn dan iemand die een vrije val aandurfde. Ik moest minstens één patrouillevaardigheid beheersen: verbindingen, explosieven, taal of EHBO. Dat betekende misschien wel een jaar zonder extra soldij, maar het leek me elke cent waard. Ik wilde bij de elite horen. Maar deze jongens hier hadden eerder speciale behoeften dan Special Forces. Zo te zien deden ze niets anders dan maffen en theedrinken.

Uit het donker klonk een langgerekte kreet als een misthoorn. *Toeoeoeoet...*

De laatste keer dat ik me zo teleurgesteld had gevoeld, was toen ik naar een jeugdgevangenis moest, en toen was ik teleurgesteld omdat ik zo'n idioot was geweest. Onze diefstallen stelden niet veel voor. Als bende konden we geen enkele tweedehandsmeubelwinkel met een reclamebord op de stoep passeren zonder iets te jatten wat we in de volgende winkel om de hoek verkochten. We slenterden langs oude dametjes op parkbankjes in een chique buurt als Dulwich – wijken waar diefstal volgens ons gerechtvaardigd was – gristen hun tasje weg en zetten het op een lopen.

Als we een huurauto of buitenlands nummerbord zagen, wisten we dat er spullen in de kofferbak lagen. Ik stal uit de zakken van familieleden. Ik verlaagde me zelfs tot overvallen op de mobiele toiletten van een geïmproviseerd parkeerterrein in Peckam door de bezittingen van de doornatte, geschokte en bange inzittenden te jatten.

Ik haatte alles en iedereen, vooral omdat ik niet had wat zij hadden. De eerste vijftien jaar van mijn leven heb ik in Zuid-Londen doorgebracht. Wie *Only Fools and Horses* heeft gezien, denkt misschien dat het in Peckham stikt van brutale rekels à la Del Boy, die een lolletje maken op de markt en dan in de kroeg op de hoek een kleurige cocktail gaan drinken. De wijk was vergeven van de werkloosheid, drugs, wapens en zinloos geweld.

Ik was kwaad op mensen met een glimmende nieuwe auto of een smetteloze motorfiets – zo erg dat ik er vaak deuken in trapte, alleen maar omdat ik dat kon. Ik richtte in winkels vernielingen aan en verknoeide hun voorraad, alleen maar omdat de eigenaren dingen hadden die ik miste.

Tussen mijn vijfde en mijn vijftiende ging ik naar negen verschillende scholen en maakte dus ook heel wat leraren kwaad. Ik was boos omdat ze me altijd naar huiswerkklassen stuurden, maar deed niets om ervandaan te komen. Ik genoot pas echt als ik de slechtste van de klas was, en hield van het gevoel dat iedereen zich tegen me keerde. Daarmee werd ik lid van een selecte club. Het rechtvaardigde mijn wrok, en daarmee had ik het recht om dingen te doen die anderen niet konden of mochten.

Het duurde niet lang of ik zat diep in de stront, en op dat moment besloot ik te veranderen. Maar wat kon ik doen? Ik was niet opgeleid voor een fatsoenlijke baan of voor welke baan dan ook. Vandaar het idee om in het leger te gaan. Ik kon daar drie jaar blijven om te kijken of het me beviel. In elk geval raakte ik ermee uit de cel...

Ik meldde me aan toen ik zestien was. Ik had toen de leesvaardigheid van een elfjarige, en dat was misschien de reden dat ze me geen helikoptervlieger lieten worden zoals de jongen in de reclamefilm. Maar de infanterie had ook voordelen. Ik was daar op een plek waar ik juist werd aangemoedigd om kwaad te zijn. En ik werd er ook voor betaald.

Ik maakte mijn eerste dodelijke slachtoffer toen ik negentien was, werd bevorderd tot een rang die ik eigenlijk niet aankon, en was de jongste korporaal van de infanterie. Ze gaven me de Military Medal voor een vuurgevecht dat ik alleen met de nodige mazzel had overleefd. En ik werd op mijn drieëntwintigste tot sergeant bevorderd, waarmee ik het bevel kreeg over soldaten die veel ouder waren dan ik.

Dat was nog maar een jaar geleden, en nu zat ik al in Ploeg 7. Maar was dat de plek waar ik wilde zijn? Vierentwintig uur eerder had ik het zeker geweten, maar nu niet meer. Die onzekerheid werd er niet minder op toen iemand als antwoord op het getoeter een enorme scheet liet en de hele groep in een bulderend gelach uitbarstte.

4

Toen ik wakker werd, was het nog zo donker dat ik geen hand voor ogen kon zien, maar volgens de lichtgevende wijzers van mijn horloge was het tien over halfzes. Om een uur of zes ging de zon op. Shit, ik was te laat om aan te treden. Geen goed begin.

In het Britse leger is het standaardprocedure dat je voor zonsopgang en zonsondergang staat aangetreden, want dat zijn de uitgelezen tijdstippen voor een aanval. Die procedure geldt ook tijdens oefeningen. Nog afgezien van al het andere is het een manier om jongens discipline bij te brengen. Als je soldaten laat maffen en vegeteren, gaan ze dat ook doen. De discipline brokkelt af, de wapens worden niet schoongemaakt. Dan werken ze niet meer en gaan er mensen dood. Het klinkt misschien ietwat drastisch, maar deze systemen zijn ontwikkeld in de loop van vele jaren waarin soldaten op het slagveld gevochten hebben en gesneuveld zijn.

In het oerwoud komt elke beweging 's nachts tot stilstand. Het bladerdak bedekt de hele hemel; nergens in de omgeving is licht. Een patrouille houdt bij het laatste licht halt, loopt langs een omweg terug en legt een hinderlaag op het pad dat ze zojuist genomen hebben. Pas als ze hebben vastgesteld dat ze niet gevolgd worden, zoeken ze een veilig plekje. Als het eenmaal donker is en niemand hen kan volgen, hangen ze tastend in het donker tussen twee bomen hun hangmat en tentzeil op. Ze hakken of breken daarbij nooit takken en proberen zo weinig mogelijk bewijzen van hun aanwezigheid achter te laten. Voordat ze bij het eerste daglicht aantreden, pakken ze hun spullen in en gaan ze klaar voor een aanval op hun rugzak zitten. Als het eenmaal licht genoeg is om verder te trekken, geeft de patrouillecommandant daartoe het bevel. Ik had er dus een zooitje van gemaakt.

Overal om me heen was het stil. Je kon zelfs een speld horen vallen. Iedereen was kennelijk al opgestaan en zat met zijn geweer in de aanslag op zijn Bergen. Ik trok als een bezetene mijn natte spullen aan. Het koude, klamme textiel was bezaaid met gruis en bladerresten. Alles schuurde tegen mijn huid. Ik hing alles zo geruisloos mogelijk aan mijn beltkit, en dat gebeurde weliswaar niet geruisloos genoeg, maar ik hoopte vurig dat niemand merkte welke staaltjes van onhandigheid het groentje ten beste gaf.

Eindelijk ging ik zitten en wachtte ik met de rest van de onzichtbare groep, terwijl de insecten zoemend om me heen vlogen en aan mijn hals en handen vraten. Ik bedekte me met een stuk klamboe en zag vaag licht door het gebladerte vallen. Steeds meer dieren kwamen tot leven. De regen van de vorige avond sijpelde nog steeds tussen de bladeren op de grond. Straks kwam het bevel om in te rukken, en dan konden er twee dingen gebeuren. Chris kon me op mijn flikker geven omdat ik niet snel genoeg was aangetreden. De tweede mogelijkheid was dat niemand iets zei, en dat was nog erger. Dan dachten ze echt dat ik een watje was.

Drie kwartier na het eerste daglicht wachtte ik nog steeds op het bevel tot inrukken. Dat kwam niet. In plaats daarvan zag ik in de schemering de gloed van esbitfornuisjes. Het gezang van de vogels maakte plaats voor het gesis van lunchworst die in gamellen gebakken werd.

Toen ik weer bij de groep terug was, bleek Chris gehurkt bij de restanten van het vuur te zitten. Hij legde er kletsnatte takken op om met de rook de muggen uit de buurt te houden.

Al zat wijdbeens op een grote, blauwe plastic zak rijst en roerde in een handgranatenblik vol pap op zijn fornuis. Het begon tot me door te dringen dat ik de enige was geweest die klaar had gezeten. Ik deed snel mijn bepakking af, in de hoop dat hun ontgaan was welke oliebol tussen het gebladerte op zijn Bergen had gezeten. Maar helaas.

'Ik moet effe iets tegen je zeggen, joh.' Al stond op de een of andere manier ineens naast me. 'We doen er hier niet aan. Daar kun jij niks aan doen. Niemand zal het wel tegen je gezegd hebben.' Hij gebaarde grijnzend naar het kamp. 'Wie zou trouwens zo'n zooitje schooiers willen aanvallen?' Hij draaide zich om en wilde weglopen, maar was nog niet klaar. 'Perfect dat we een nieuweling bij de groep hebben. Tot gisteren was ik dat. Dat haalt wat druk van de ketel, als je snapt wat ik bedoel.'

Ik ging theezetten en Chris hield een houtblok omhoog terwijl de pap tussen zijn voeten aan het pruttelen was. 'Weet je hoeveel die dingen in Hereford kosten?' Hij wachtte het antwoord niet af. '45 pond per lading. Een verdomde schande. In Pontralis heb je ze voor 43.'

Ik wist waar hij het over had. Pontralis was een dorp met een houtmagazijn, een kilometer of vijftien van Hereford. Als hij bij de Green Jackets een van mijn makkers was geweest, zou ik een grap over krentenkakkers uit Yorkshire hebben gemaakt, maar ik hoorde nog niet bij zijn groep, en wist ook niet eens of ik dat wel wilde. Ik luisterde terwijl hij aan het koken was, en deed wat de sergeant-majoor gezegd had: 'Hou je muil, kijk en luister.' Alleen zijn opmerking over rolmodellen snapte ik niet, want die waren hier dun gezaaid.

Hoe dan ook, Nish nam vanachter zijn klamboe de grap voor zijn rekening, en ik hoorde iets van een brouwend West Country-accent in zijn stem. 'Pontralis? Het kost je meer dan 2 pond aan benzine om er te komen. Wat is er toch met die noorderlingen? Je wordt verdomme geacht ons te leiden. Je bent een krentenkakkerkorporaal. Geef ons maar wat van je pap.'

Vanuit het bladerdak werd opnieuw hard getoeterd. Nish kon er niets aan doen: hij antwoordde met een even harde ruft. Toen stond hij op om zijn natte tenue aan te trekken. Hij was ruim een meter tachtig lang en bovendien mager, maar zijn lichaam was gespierd. Met zijn donkerbruine haar, grote neus en lichtblauwe ogen deed hij me aan een wolf denken. Aangenomen dat er een wolf bestond die uit zijn neus at en de hele dag winden liet.

Chris gaf me zijn mok door terwijl ik wachtte tot het water kookte. Hij had een klacht over die geheimzinnige toeteraar. 'Die verdomde Snapper. Iemand moet hem helpen.'

Al bleef hoofdschuddend roeren.

Nish grinnikte en begon weer om eten te bedelen.

Ik nam een slok uit Chris' mok. Gelukkig was dat iets vertrouwds. In welk bataljon je ook zat, van iedereen kreeg je altijd thee.

Ik knikte alsof ik wist waarover hij het had, en begreep dat Chris de baas was en niets hogers dan korporaal was. Had Ploeg 7 soms geen sergeant of ploegcommandant? Het kon me niet schelen.

5

De rest van de groep begon net als wij aan de nieuwe dag.

De paalbedden van Tiny en Saddlebags stonden naast elkaar, maar het leek wel of er iemand tussen hen in woonde. Ze zaten allebei op hun knieën bij een klein gat in de modder en gooiden er stukjes lunchworst in.

'Kom op, Stan. Ontbijten.'

Tiny's stem was volledig in tegenspraak met zijn verschijning. Zijn lichaam straalde uit dat hij driemaal per dag baby's at, maar hij praatte zo zacht dat hij je klootzak kon noemen zonder dat je wist of hij dat meende of niet. Hij was goed in alles wat hij deed, maar het irritante was dat het altijd heel makkelijk leek.

Saddlebags was een zuiderling met een dikke bos donkerbruin haar dat onhandelbaar werd als het niet elk halfuur geknipt werd. Hij deed me sterk aan Jon Pertwee in zijn *Doctor Who*-periode denken. Zijn aanspraak op roem bestond eruit dat hij nog maar nauwelijks uit de luiers was toen hij voor de Selectie slaagde. Hij was pas negentien toen hij erbij kwam, en dat record deelde hij met iemand die Shansky heette.

Als hij zich een paar dagen niet geschoren had, had hij hoogstens een dun laagje kontdons op zijn wangen. Hij zag er dan ook uit als een eerstejaarsstudent. Maar hij had alles meegemaakt: de Falklands, de ambassade en het nodige in Afrika. Hij had ook veel klussen te doen gekregen omdat hij een talenknobbel had.

De leden van de groep kletsten heel wat af, maar ik had geen idee waarover ze het hadden. Andere terminologie, andere persoonlijkheden. Deze jongens kenden elkaar van haver tot gort. Ze praatten over hun vrouw en kinderen, de bouw van hun huis, hun auto... alle gewone dingen waarover mensen praten, of ze nu in een kippenfokkerij werken of in het oerwoud zitten.

Uiteindelijk stond ik op om te gaan pissen.

'Je zit vandaan in mijn patrouille, Andy. Oké?'

'Ja natuurlijk, Chris.'

Ik wendde me tot Tiny. 'Wat hoor ik nu te doen?'
'Maak je maar gewoon klaar.'
'Hoe laat gaan we weg?'
'We gaan weg als we weggaan. Stan moet eerst nog eten.'

Toen ik terugkwam van mijn sessie in de latrine, zat Nish weer op zijn bed. Hij deed geen moeite om op te staan, draaide zich alleen naar het vuur en stak als Oliver Twist zijn twee armen uit. 'Morgen kook ik, Al. Dat beloof ik.' Hij liet een even harde wind als waarmee hij de vorige avond het bladerdak in opschudding had gebracht. Meteen begon het te regenen. Nish klopte op zijn achterste. 'Die jongen ga ik nog eens als regenmaker verhuren.'

Ongeveer een uur nadat Nish had liggen mekkeren over dat hij de regen in moest, hing alles aan onze beltkit, pakten we onze Bergen en M16 en liepen we het oerwoud in.

Ik bleef dicht in de buurt van Chris.
'Viermanscontact. Oké?'

Heerlijk! Bospaden, tactisch optreden, acties bij een treffen met de vijand. Nu wist ik wat me te doen stond. Eindelijk kon ik laten zien dat ik geen slapjanus was.

De patrouilles van andere ploegen waren al aan het oefenen. Het hele bos galmde van het geratel uit automatische geweren en het gejank van kogels die bomen schampten. De contactroutine in het oerwoud draait om maximale vuurkracht, waarna je pijlsnel de benen neemt en het probleem omzeilt, zodat je kunt doorgaan met je werk.

Ook Tiny en Nish zaten in Chris' patrouille. Frank was de andere patrouillecommandant.

Ik keek om me heen. Het was alsof iemand een schakelaar had bediend. Al deze jongens waren ineens alert, professioneel en zakelijk. Iedereen handelde doelgericht. Misschien was hier toch nog een rolmodel te vinden.

'Snelheid, agressie, surprise.' Chris snoof even. 'Afgekort: SAS. Snap je?'

Ik was de nummer twee: kolf tegen mijn schouder, vizier omhoog, vuurregeling op enkelschots.

Het oerwoud kanaliseert alle bewegingen. Dichte begroeiing, dode takken, diepe geulen, steile hellingen, ravijnen en brede, diepe rivieren bemoeilijken een tocht door het bos, tenzij je alleen op hoog terrein blijft en paden gebruikt. Maar dat doen ook alle andere soldaten en daar worden de hinderlagen gelegd. Dat zijn dan ook niet de plaatsen waar de SAS te vinden is. Die dag trokken we door het bos met een techniek die *crossgraining* heet. Daarbij daal je, stijg je, daal je en stijg je zonder alleen op hoog terrein te blijven.

Als ik zeg dat we door het oerwoud trokken, dan bedoel ik eigenlijk dat we ermee versmolten. We gebruikten geen kapmes om ons een weg te banen, maar bogen de takken opzij en gleden over obstakels die we tegenkwamen. Maar altijd met de kolf tegen de schouder, het vizier omhoog en de vuurregeling op enkelschots.

Stroompjes zweet spoelden de antimuggenolie in mijn ogen, die afschuwelijk gingen prikken. Het verstrekte spul bestond voor bijna negentig procent uit Deet en was sterk genoeg om plastic te smelten.

We patrouilleerden al bijna een halfuur, toen vijf meter voor ons uit ineens een schijf 11 voor ons opdook. Even verderop stond er nog een.

'Contact voorin! Contact voorin!'

Ik ging rechts van Chris lopen en schiep ruimte. Ik verwachtte dat hij zijn voorste positie zou opgeven om niet in onze vuurlinie te staan. Hij diende eigenlijk achter mij te gaan lopen, terwijl Tiny en Nish, die nog steeds achter me waren, naar de zijkant afzwenkten en ook op hun beurt wat gingen schieten, zodat de vijand altijd onder vuur bleef liggen terwijl wij het contact verbraken. Schieten en aftaaien. Voor dat spelletje was ik opgeleid. Maar dat gebeurde niet.

Toen ik me omdraaide om me terug te laten vallen, stormden alle anderen schietend naar voren. Chris handhaafde zijn positie en leegde zijn patroonhouder met dertig kogels op stand 'automatisch'. De olie van zijn wapen verbrandde en vormde een grijze wolk om hem heen. Toen zijn kogels op waren, liet hij zich op zijn knieën zakken om er een nieuwe houder in te meppen.

Tiny en Nish renden langs hem heen, bleven staan en doorzeefden de schietschijven.

Toen was Chris weer aan de beurt. Hij rende voor de andere twee uit, keek achterom en staarde me aan alsof hij een volslagen debiel voor zich had.

Nish en Tiny volgden zijn voorbeeld. 'Verrek, wat doe je nou?'

De rookwolk en de geur van het cordiet bleven zwaar onder het bladerdak hangen. Ik kneep mijn ogen tot spleetjes dicht en haalde schaapachtig mijn schouders op. 'Zo heb ik het bij de Selectie niet geleerd.'

Nish haalde al lopend een peuk voor de dag en grijnsde meelevend. 'Vergeet al die onzin maar. Hier maken we lol.'

6

Elk squadron heeft zijn eigen manier om alles te doen, en dat geldt ook voor elke ploeg.

De rest van de dag patrouilleerden Chris, Nish en Tiny op grond van onze eigen regels. Niemand had belangstelling voor het schieten en aftaaien dat ik geleerd had. Niemand viel terug of omzeilde wat dan ook. Air kende maar één richting: recht vooruit. Chris liet me op de baan heen en weer rennen tot ik schietschijven verpulverde als de beste.

Toen we die avond klaar waren en in het kamp in onze hangmat gingen liggen, was ik kletsnat en bemodderd en zag mijn uitrusting er net zo uit als die van ieder ander. Ik moest alleen nog een baard zien te krijgen.

Later die avond zaten we rond het vuur. De rook prikte in onze ogen, maar dat kon niemand iets schelen, zolang de muggen maar uit de buurt bleven. Ik proefde ook mijn allereerste junglecocktail. Dat was typisch iets van Squadron B en bestond uit alle gekookte zoetigheden uit onze rantsoenen, waaraan voor alle zekerheid nog wat suiker was toegevoegd. Nou ja, ik dacht dat het suiker was, maar het was rum. Het Regiment kwam nog steeds in aanmerking voor een rantsoen sterkedrank en ik ging een gegeven paard niet in de bek kijken.

Al hield hof in zijn eigen, nieuwe leunstoel. Een hele tijd eerder had hij een verzoekschrift ingediend voor een grote zak rijst. De zak die hij kreeg, bevatte echter geen twee of drie pond maar vijftig kilo. Hij had er maar één probleem mee: steeds als we er wat rijst uit haalden, zakte zijn achterste dichter naar de grond. 'We zullen de boel moeten rantsoeneren,' zei hij zonder enige glimlach. Hij deed nooit mee aan soldatenjool en zat liever achterovergeleund te luisteren.

Met dezelfde leverantie was er post gekomen. Al zat op zijn rijstfauteuil zijn brieven open te maken. Hij bekeek de eerste en begon te grijnzen – dat had ik hem nog niet zien doen. 'Dit moet een stille wenk zijn.' Hij haalde drie vellen papier, een gestempelde en geadresseerde envelop en een potlood tevoorschijn. Die kwamen van zijn ouders. Ik hoorde Al tegen Frank over hen praten. De ploeg was inderdaad een hechte familie.

Nish lag weer languit in zijn nest en haalde een boek voor de dag. De anderen waren aan het koken of installeerden zich rond het vuur. Chris was met Tiny naar het kamp van het hoofdkwartier gegaan voor de 'gebeden' van het squadron, dat wil zeggen: de dagorder van Baas L. Chris was de enige van ons die erbij moest zijn, maar 's nachts liep je nooit alleen door het oerwoud. We hielden geen tactische oefening en mochten dus een lantaarn gebruiken, maar je nam wel altijd iemand mee en ging nooit zonder wapen, beltkit en kapmes.

Ik kookte mijn gedroogde lamsstoof en pap uit het rantsoen terwijl Nish bij kaarslicht *Het Heilige Bloed en de Heilige Graal* lag te lezen, ons daarbij trakterend op zijn volledige repertoire aan boeren, scheten en maaltijden uit zijn neus.

'Hoi, Frank.'

Frank keek op. Zijn blik verried dat hij wist wat er ging komen. 'Hou 's op, jongens. Niet al weer…'

Frank had dun, lichtrood haar – niet donker en dik zoals dat van Al – en de lichte huid die er vaak mee gepaard gaat. Hij was slank en iets langer dan ik, en zijn ogen hadden de allerlichtste kleur korenbloemenblauw. Hij klonk alsof hij rechtstreeks uit het noorden kwam, maar verhief zijn stem nooit. Anders dan Chris leek hij eerder oprecht dan bot.

'Hoe verdraag jij toch al dat gij-zult-niet-dodengedoe? Hoe werkt dat?'

Frank schudde lachend zijn hoofd. Ik hield me gedeisd. Hij werd duidelijk in de zeik gezet, maar het was familiezeik.

Nish nam een geweldige trek en haalde flink uit. 'Kom op, Frank. Hoe kun je dat allemaal rijmen? Soldaten schieten mensen dood. Dat is ons werk. Hoe kun jij dat recht breien?'

Al schudde zijn hoofd. Ik kon hem nog steeds niet plaatsen, maar ik kende hem beslist ergens van. Nish grijnsde naar me. 'Ook Frank is een nieuweling. Een nieuweling in de Godbrigade… wedergeboren.'

Gisteren was ik nog een Green Jacket en nu was ik ineens wel oké. Iemand gaf me zelfs een mok thee aan. Maar ik wist nog steeds niet wat er in jezusnaam gaande was.

Frank knikte naar me, en ik knikte terug.

Chris dook in zijn rugzak en haalde een bijbel voor de dag. 'Ja, Frank. Hier staat het: "Gij zult niet doden." Schiet op, we moeten erover nadenken… Wat ga je eraan doen?'

Nish begon een hymne te neuriën. 'Zal ik je 's wat zeggen, Frank? Dat van die andere wang toekeren hebben jullie nog niet goed onder de knie, vind ik. Ik lees net dat jouw stelletje in de naam van de godsdienst zo'n zes miljard mensen heeft vermoord.'

Dit werd met de minuut surrealistischer: acht ruige, geharde SAS'ers zaten midden in het oerwoud Bijbelpassages te vergelijken.

'Ik zeg je nog wat anders. De zoon van die baas van je heeft ook niet over het water gelopen. Mijn vader was tijdens de oorlog in het Midden-Oosten en bracht daar een bezoek aan het Meer van Galilea. Die had het meteen in de smiezen. In de Romeinse tijd konden niet veel mensen zwemmen, zeker niet in de woestijn. Geen wonder dat de mensen aan de oever niet wisten wat ze zagen. De evangelisten waren even erg als de schandaalblaadjes van tegenwoordig, joh: dat zwemmen naar de vissersboot van die vriend van 'm werd op de een of andere manier over het water lopen. Het is niet moeilijker dan dat.'

Frank glimlachte zwijgend en hapte niet.

Al zat op zijn troon een brief aan zijn ouders te schrijven.

Stilte heerste, totdat Nish ineens rechtop zat en naar iets in zijn hals sloeg. 'Jezus christus!'

Frank kromp ineen. 'Nish, heb je weleens nagedacht over wat je daarnet zei?'

Nish draaide zich om. Het puntje van zijn sigaret gloeide in de schemering.

Iedereen lachte, behalve Al en ik. En op dat moment – toen ik hem fronsend in het vuur zag kijken – wist ik weer waar ik hem van kende. Alastair Slater was korporaal van de opleiding die ik gezien had in het jaar voordat ik naar de Selectie ging: hij beulde toen rekruten af in de BBC-serie *Para*. Hij was naar een particuliere kostschool gegaan, en hoewel je het niet zou zeggen, kwam hij uit Schotland. Het leger had gewild dat hij officier werd, maar zelf koos hij ervoor om gewoon soldaat te worden.

Ik herinnerde me vooral één ding dat hij er bij de rekruten in had gehamerd. 'Aandacht trekken is absoluut het laatste wat je wilt,' had hij grommend gezegd.

7

De volgende dag begon net zo, alleen traden er geen groentjes aan. De soldaten lagen weer te doezelen, zetten thee en bakten lunchworst. Tiny en Saddlebags lokten Stan met lamsvlees naar zich toe – wie Stan ook was – terwijl Nish zijn belofte aangaande pap inloste.

Eten speelt een heel belangrijke rol in het leven van een soldaat, niet zozeer vanwege de calorieën als wel omdat het te velde een van de slechts drie bronnen van vermaak is. De twee andere zijn stangen en winden laten – of ruften of hoe je het ook noemen wilt.

Bij de infanterie bespraken we uitvoeriger dan Gordon Ramsay wat we gingen koken en hoe we dat wilden doen, inclusief alle soorten mosterd en specerijen die we gingen gebruiken. Iedereen bleek zijn eigen tabasco, worcestersaus en andere, nog exotischer sauzen bij zich te hebben om het eten extra smaak te geven.

Al, die bij het rokerige vuur op zijn staatsiezetel zat, was niet van een stamhoofd te onderscheiden. Af en toe bukte hij zich om een hand rijst uit zijn zak te halen voor mensen die besloten hadden om met hun Spam op de risottotoer te gaan. 'Ik wens voor mijn onderdanen te zorgen.'

Ik zat midden in het gedrang thee te drinken, maar deed niets anders dan kijken en luisteren en zei alleen iets als iemand me aansprak. Ik was de verschillende vriendschappen aan het peilen.

Al Slater en Frank Collins waren dikke maatjes.

Al was verzot op de vrije val, net als Frank. Zij tweeën gingen elk vrij weekend in het Peterborough Parachuting Centre springen. Al kon het heel goed vinden met Franks ouders, en dat was wederzijds. Steeds als de jongens in het zuiden waren, kwamen ze bij elkaar.

Al die tijd in het leger heb ik nooit ouders van andere soldaten ontmoet, en ik heb ook de mijne nooit aan iemand voorgesteld. Dat wil niet zeggen dat ikzelf mijn biologische ouders wél kende, hoewel ik wist dat mijn moeder – wie ze ook was – het beste met me voorhad, want ze liet me in een plastic tas van Harrods op de trap van het Guy's Hospital achter.

Op mijn vijfde werd ik door een echtpaar uit Zuid-Londen geadopteerd. Ze brachten drie jongens groot – ik was de middelste – en moesten elk slecht betaald baantje aanpakken om de eindjes aan elkaar te knopen. Mijn vader reed een minitaxi, mijn moeder wisselde kantoren schoonmaken af met fabrieksarbeid. Net als de meeste andere kinderen die ik kende, droeg ik kleren van de bedeling en kreeg ik op school gratis maaltijden. Uit ruimtegebrek sliep ik een jaar lang op een kampeerbed in de badkamer. Ik had er nooit last van condensvocht, want er was geen warm water. Later stelden mijn ouders vast dat ik wel oké was, want toen mocht ik naar de voorkamer verhuizen en werd ik ook door hen geadopteerd.

Ik werd niet mishandeld of geslagen, maar stond desondanks te trappelen om het huis uit te gaan. Vandaar dat ik nogal jaloers was op Al. Ik wil wedden dat zijn ouders op open dagen kwamen opdraven en wisten hoe zijn leraar heette.

Franks vrouw hield in het algemeen niet van jongens uit het Regiment, maar Al was een uitzondering. Ze ging op huizenjacht voor hem en had hem zelfs beloofd een vrouw voor hem te zoeken terwijl wij weg waren. Afgaande op wat ik tot dan toe gezien had, zou ik niet hebben durven zweren dat hij van het trouwende type was. Action Man lag hem nader aan het hart dan Barbie en Ken. Ik nam aan dat elke vierkante decimeter van zijn kamer in Hereford stampvol duik-, klim- en parachutespullen lag. Voor een verlovingsring was daar geen plaats meer.

Ik mocht Al graag, en zijn bijnaam Mr Grumpy leek me misplaatst. Volgens mij zei hij niet veel omdat hij de hele tijd aan het denken was. Elke keer dat hij zijn mond opendeed, kwam er iets verstandigs uit dat ter zake deed. Daar hield ik van. Maar ik hield ook van zijn andere bijnaam: Grote Zeikstraal.

Chris was dik bevriend met Frank, ondanks hun meningsverschillen over Franks pas ontdekte godsdienst. Tiny was goeie maatjes met zo ongeveer iedereen, misschien omdat hij nergens mee zat: hij deed gewoon zijn werk en eiste het uiterste van iedereen. Saddlebags leek veel op Tiny, maar praatte vooral tegen Stan, die blijkbaar nooit iets terugzei.

Ik dacht een tijdje na over Frank en de geintjes van de avond ervoor. Hoe was het met elkaar te rijmen om christelijk en soldaat te zijn? Als zestienjarige rekruut had ik alleen de zondagmiddagen vrij, maar eens in de twee weken moesten we naar de garnizoenskerk marcheren voor een uur lang psalmen en een dominee die kreunend over van alles en nog wat meierde. Dat betekende dat we alleen die avond vrij hadden, voor zover we niet onze schoenen poetsten en alle andere dingen deden voor de inspectie van maandagochtend. Ik had dus nooit veel tijd voor godsdienst, en eerlijk gezegd had ik er een bloedhekel aan.

Achter me klonk het metalige gerinkel van een kapmes. Chris keek over mijn schouder. 'Wat doe je daar, verdomme?'

Ik draaide me om. Nish boog zich voorover. Zijn ene hand hield het kapmes vast en zijn andere stak hij in zijn broek om zijn ballen te krabben. Hij inspecteerde de sneden die hij in een enorme boom met plankwortels had gemaakt.

'We moeten maar 's een zonnig plekje maken, ergens waar we onze zonnebril op kunnen zetten. De Ice Cream Boys hebben een reputatie op te houden.'

'Jezus.' Tiny stond op, liet zijn pannetje thee in de steek en liep naar de boomchirurg. 'Als je zo doorgaat, flikkert dat kolereding op onze kop.'

'Ach welnee,' zei Nish grijnzend. 'Als de sneden goed gemaakt zijn, valtie naar de rivier. Makkelijk zat.'

'Zeker weten?'

'Zeker weten.'

Al pakte zijn beltkit en zijn wapen. 'Ik geloof er geen zak van.' Hij liep naar de rivier en passeerde daarbij Nish. 'Ik ga effe wat modder van mijn kleren halen. Straks word ik nog door dat ding verpletterd.'

'Pas maar goed op als je straks terug bent, joh. Anders krijg je nog zon op je sproeten.'

We gingen weer rond het vuur elkaars thee drinken, terwijl Nish twintig minuten lang bleef hakken. De zware boom achter ons begon te kraken.

Het gekraak ging over in gekreun, en meteen daarna kwam Nish brullend van het lachen op ons afgerend. ''t Gaat mis! Red Stan!'

We grepen onze beltkit en wapens en namen pijlsnel de benen. Nish bleef bij Stans kuil staan en controleerde of hij niet buiten aan het ontbijten was.

Met een allemachtig hard gekraak van versplinterend hout viel de boom op een paar centimeter afstand van onze bedden.

'Zie je wel?' Nish grijnsde. 'Heel professioneel gedaan.'

Een straal zonlicht viel door het bladerdak, en ik voelde de warmte op mijn gezicht.

Nish stak een sigaret op terwijl hij het resultaat van zijn werk bekeek. 'Zie je, Frank? Daar heb je God. Eindelijk een rechtstreeks lijntje.'

Chris was niet onder de indruk van wat een kleine ramp had kunnen worden. Hij zei dat we onze bullen moesten pakken om te vertrekken.

Bijna meteen daarna hoorden we een paar salvo's van vijf kogels bij de rivier en we gingen kijken wat daar gaande was. Al verscheen met een grote, veelkleurige slang over zijn arm. Sissende Sid had hem beslopen terwijl hij zich aan het wassen was, en had ervoor geboet.

Frank legde een hand op mijn schouder. 'Vandaag zit je in mijn patrouille. We gaan weer contact oefenen. Laten we maar 's kijken of je even slecht bent als Chris zegt.'

8

We oefenden het tweemanscontact, waarbij de verkenner en de voorste man van de patrouille werden aangevallen. Ik liep voor Frank uit en gedroeg me tactisch: kolf tegen de schouder, de veiligheidspal omgezet en – na mijn dag met Chris – de vuurregelaar op automatisch.

Ik bereikte de top van een heuvel en gebaarde op heuphoogte dat de anderen moesten stoppen. Frank wachtte terwijl ik naar voren kroop om te zien wat de dode hoek voor ons in petto had.

We waren al kletsnat van de regen. Het oerwoud dampte en plakte. Het zweet liep in mijn ogen en prikte als de hel.

Ik staarde naar het bos en luisterde. Alles wat zich op meer dan tien meter afstand bevond, versmolt tot een groot, groen waas. Ik kon letterlijk door het bos de bomen niet zien.

Tijgerend door de modder en afgevallen bladeren dook ineens vijf meter voor me uit een schietschijf nummer 11 voor me op. Ik opende het vuur en bewerkte de omgeving met een hele patroonhouder van dertig stuks.

Frank passeerde me rechts en liep twee stappen door. Hij vuurde een paar snelle salvo's af terwijl ik me op mijn knieën liet zakken en het magazijn verwisselde. Ik stond op, liep vier of vijf stappen verder en schoot nog wat kogels af. De schijf was zo dichtbij dat ik de rondvliegende houtsplinters kon zien.

'Stop!'

De schreeuw kwam van de man die ons volgde. Het was zijn taak om de schijven aan te wijzen die we gemist hadden, en te controleren of de rest wel geraakt was.

Frank en ik herlaadden. We ruilden van positie en zetten de patrouille voort. Dat ging zo een paar uur door, totdat we een rivier bereikten. Voor ons was dat einde oefening. We moesten er wachten tot de rest van de groep er was.

'Zet even thee, Andy. Ik ga me afspoelen.'

Ik zag Frank naar de oever gaan en volledig gekleed het water in lopen, compleet met zijn beltkit en zelfs de tas van groen zeildoek met de Claymoremijn en de activeringskabel, die altijd aan zijn schouder leek te hangen.

De hete loop siste toen hij het water raakte. De Amerikaanse Colt M16 is namelijk een briljant wapen dat tegen bijna iedere soldaat bestand is. Wees nooit bang dat uw wapen nat wordt; problemen daarmee komen alleen in films voor. Een vuurgevecht houdt niet op omdat het een beetje gaat regenen.

Hij dook onder terwijl hij tot zijn borst in het water stond, en toen hij weer boven kwam, waren alle modder en rottende bladeren van de oefenbaan verdwenen.

Ik haalde het fornuisje van mijn beltkit en stak een esbitblokje aan. Ik goot water uit mijn veldfles in mijn metalen mok, zette hem op het vlammetje en ging tegen een boom zitten. De zwarte plastic mokken die bij een veldfles horen, gooiden we meestal weg, omdat je er niets in kunt koken.

Frank kwam weer de oever op en voegde zich bij me. Er stond geen wind, maar vreemd genoeg boog hij zich wel voorover om wat modder rond de brander aan te brengen. Macht der gewoonte, vermoedelijk. Of anders een raar christelijk ritueel.

Ik liet hem zijn gang gaan en ging zelf ook de rivier in om me af te spoelen. Bij mijn terugkomst zat Frank de bewegende delen van zijn wapen te oliën.

Het begon te regenen. Als het in het oerwoud regent, komt het water verticaal naar beneden, ongeacht of er wind staat of niet. De regendruppels raken het bladerdak vijftig meter boven je hoofd, banen zich een weg door het lover en komen met emmers tegelijk omlaag.

Door de regen ging het blokje sputteren. Frank boog zich eroverheen. 'Weet je wat? Hang er een tentzeil boven om het droog te houden.'

Het regenwoud weergalmde van het automatische geweervuur, want de anderen waren nog steeds het contact aan het oefenen. Ik haalde mijn tentzeil van mijn riem en ook de vier stukken elastiek die ik in Halfords gekocht had. Ik bevestigde er steeds een aan elke hoek en rekte ze naar de dichtstbijzijnde bomen uit, waarbij ik een zodanige hoek maakte dat het regenwater eraf liep. We kropen er allebei onder, en Frank legde zijn hoofd op zijn beltkit terwijl het groentje doorging met theezetten.

Het water kletterde op het zeil. We hadden voor minstens vierentwintig uur rantsoenen bij ons, plus genoeg theezakjes, suiker en melkpoeder voor de komende tien jaar. Ik had ook extra suiker bij me, maar die gebruikte ik alleen te velde.

Ik leegde een zakje melkpoeder in het warme water om te voorkomen dat het klonterig werd.

Frank zweeg, waardoor ik me weinig op mijn gemak voelde. Ik vroeg me af of ik een gesprek moest beginnen. Maar niet over het werk; hij zou de kwaliteit van mijn werk later nog evalueren.

'Frank, dat geëmmer over God van gisteravond… doen ze dat altijd?'

'Ze maken zich nou eenmaal zorgen over me. Ze snappen het niet.'

Frank bleef niet praten zoals ik gehoopt had, en daarom concentreerde ik me te veel op de thee. 'Ben je al lang een christen?'

Dat was verkeerd. Ik had een deur geopend die dicht had moeten blijven.

Frank zat ineens rechtop en sperde zijn ogen open. Hij praatte harder dan anders om zich boven het lawaai van de regen verstaanbaar te maken.

9

'Ik zat bij een Deltex. Afgelopen maart. Op de zeventiende. Die dag wist ik dat ik God gevonden had.'

'Deltex? Ik weet niet wat dat is. Ik leer hier een heel nieuwe taal.'

'Dat was een oefening in Duitsland. De Russen waren binnengevallen, en we gingen vitale punten opblazen, zoals energiecentrales en bruggen. Alles waarmee we de bevoorrading ontregelen. Daar krijg je nog volop mee te maken. Maak je maar geen zorgen. Maar toen gebeurde het. Tijdens de laatste Deltex.'

Het water kookte en ik hing er een theezakje in. 'Enne... praatte God toen tegen je of zoiets?'

Hij glimlachte. 'Zoiets. Hij zei iets tegen me via Larry, een van de jongens van Delta.'

Eindelijk een term die ik begreep. Delta Force was de Amerikaanse tegenhanger van ons Regiment. De eenheid was in 1977 door kolonel Charles Beckwith opgericht. Na de rampzalig verlopen operatie in 1980 om de Amerikaanse gijzelaars in Iran te bevrijden, was Delta volledig gereorganiseerd naar het model van de SAS, mede dankzij heel wat bijdragen uit Hereford.

Hun legerplaats was Fort Bragg in North Carolina.

Deltex, zei Frank, was bedoeld om een sfeer van samenwerking tussen de twee eenheden te bevorderen, maar het enige wat hij eraan overhield, waren enorme bergen jaloezie. 'Die basis is verbijsterend groot. De hele stad Hereford had er tweemaal in gepast, en dat noemen ze dan een fort.'

De kwantiteit en kwaliteit van de tentoongestelde uitrusting waren blijkbaar ongelooflijk. 'Delta had binnenshuis schietbanen voor 7.62 en 5.5 mm; in Sterling Lines hadden we alleen een equivalent voor 9 mm. We hadden ook maar één gymzaal, en zij hadden er dozijnen, met jacuzzi's, sauna's en een klimmuur voor de bergsoldaten.' Geen wonder dat ze het stadje de bijnaam Fort Brass hadden gegeven. In één eenheid hadden ze meer helikopters dan wij in het hele Britse leger; en wat dat betreft omvatte één basis meer manschappen dan alle Britse legeronderdelen samen.

'Ik was met Larry op patrouille. Ik zat al zes maanden bij Delta op basis van een uitwisselingsprogramma met Amerika. En toen kwam ik Hem tegen.'

In het Amerikaanse leger wemelde het van alle soorten christenen. Toen ik nog een Green Jacket was, had ik een paar maanden bij de 101ste Airborne Divisie in Fort Campbell (Kentucky) gezeten om mijn Air Assault-vleugels te krijgen. Zelfs in de kantine baden de soldaten aan tafel voor het eten en op de schietbaan zag je evenveel soldaten de Bijbel lezen als een wapen afvuren. Het lag volstrekt voor de hand dat ook Delta ervan vergeven was.

Ik haalde het theezakje op en neer en deed alles om oogcontact te vermijden.

'Larry had er nooit echt bij gehoord. Hij was te blond, te rechtdoorzee, te zeer Meneer Schone Handen. Hij had waarschijnlijk wel gevoel voor humor, maar dat was anders dan het onze. De mensen vonden hem een beetje eigenaardig.'

Ik knikte en haalde met een twijg het theezakje uit het water, hopend dat we het hiermee gehad hadden.

'Larry had altijd zijn bijbel bij zich en zat er altijd in te lezen. In Amerika was ik hem daar altijd mee aan het sarren, zoals hier met mij gebeurt, maar hij beantwoordde mijn vragen altijd serieus. Hij pakte dan zijn bijbel en zei: "Laten we maar eens kijken wat de Here daarover te zeggen heeft."'

Ik begon me een beetje zorgen te maken over de mogelijkheid dat ik zijn bekeringsdrift gewekt had, maar daar kon ik niet veel tegen doen. Ik was als groentje aan zijn genade overgeleverd.

'Larry had altijd een antwoord op mijn vragen, maar zal ik je 's wat vertellen? Ik begreep er eigenlijk geen bal van. Helemaal niks.' Hij grinnikte. 'Toch voelde ik me gedwongen om vragen te blijven stellen. Ik wilde de antwoorden weten. Op een avond tijdens de Deltex waren we in een Duits bos een brug aan het verkennen om de Russische bevoorrading af te snijden. Ik vroeg hem drie dingen. Het eerste was: iedereen weet wat evolutie is; hoe konden Larry en zijn makkers dan beweren dat God de wereld had geschapen? Vervolgens: als God van ons houdt, hoe kan Hij dan zo veel leed toestaan? En ten slotte de vraag waarmee de jongens me blijven bestoken: hoe kun je een soldaat en desondanks christen zijn? Nish heeft namelijk gelijk. In naam van de godsdienst zijn miljarden mensen vermoord. Maar weet je wat Larry tegen me zei?'

Ik controleerde of de rand van de mok niet te heet was, en schudde mijn hoofd. Ik nam een paar slokjes en gaf de mok toen aan hem.

Frank pakte hem aan. 'Larry zei: "Als je meer over God wilt weten, moet je het Hem zelf vragen."'

Hij bracht met zijn mok een heildronk naar me uit en knikte.

Ik zat in middels behoorlijk in de rats. Zaten we straks samen op onze knieën?

'Die nacht lag ik in mijn slaapzak en dacht ik: God, als U echt bestaat en naar me luistert, geef me dan een teken. Welk teken dan ook.'

Ik wendde natuurlijk mijn blik af en dacht onwillekeurig aan die scène in *Monty Python and the Holy Grail*: 'Geef me een teken, geef me een teken.'

'Ik zei ook: "Luister, God, als U me vannacht geen teken stuurt, moet ik daaruit definitief afleiden dat Larry lulkoek uitslaat."' Hij nam nog een slok en gaf me de mok terug.

'Ik lag daar gewoon te wachten. Ik zag geen engelen, geen gloed aan de hemel, geen duiven met olijftakken. Niks. Ik sliep. Toch bleef ik steeds wakker worden, en dan deed ik mijn ogen open om te controleren of God Zijn ding aan het doen was.' Hij grijnsde. 'Dat zou ik niet graag gemist hebben.'

Hij zweeg even. Het was blijkbaar tijd dat ik iets zei.

'Zag je dan helemaal niks?'

'Helemaal niks. Maar ik was niet teleurgesteld. Nou ja, natuurlijk wel een beetje. Wie wil niet stiekem een engel zien?' Hij tastte naar de mok. 'Maar vlak voordat het licht werd, moest ik rapporteren dat we het doelwit in zicht hadden. Toen ik dat gedaan had, hield ik mijn oortje in en begon ik naar de World Service te luisteren. Ik hoorde nog net het staartje van de nieuwsberichten, en daarna werd het volgende programma aangekondigd. Dat ging over een jongen die tijdens de Tweede Wereldoorlog bij Bomber Command had gezeten. De interviewer wilde weten hoe hij zijn daden tijdens de oorlog kon verzoenen met zijn wetenschappelijke activiteiten en godsdienstige overtuigingen. Hij kreeg drie vragen voorgelegd...' Frank stak een vinger op. 'Op de eerste plaats: hoe kon God de wereld in een paar dagen geschapen hebben als hij er vanuit zijn wetenschappelijke kennis van uit moest gaan dat die in de loop van eonen ontstaan was?'

Zijn tweede vinger ging omhoog. 'Vervolgens: hoe kon hij in Gods liefde geloven als hij zo veel leed had gezien. En op de derde plaats...' – hij stak zijn derde vinger op alsof ik hem niet kon horen – 'hoe kon hij in een bommenwerper zitten en tegelijk een christen zijn? Christenen mogen immers niet doden.'

Frank keek me stralend aan. Ik vroeg me af hoe ik kon overstappen op dingen zoals verbouwingen of de prijs van brandhout in Pontralis.

'Weet je, Andy, ik lag daar op mijn brits en wist niet hoe ik het had.

Precies mijn drie vragen! Die man ging ze beantwoorden! Was dat niet het teken waarom ik gevraagd had?'

Ik pakte de mok uit zijn handen en dronk het laatste restje thee op. Misschien bestond God wel degelijk: ik zag nog wat onopgeloste suiker tussen de achtergebleven blaadjes.

Frank wachtte tot ik de voor de hand liggende vraag stelde, maar ik moest ineens aan van alles denken. Ik begon me tussen mijn benen wat onbehaaglijk te voelen en krabde me door het natte achterste van mijn camouflagebroek heen. In het oerwoud word je altijd door iets gebeten, maar dit voelde anders. Toch probeerde ik hem al mijn aandacht te gunnen. 'En beantwoordde hij ze?'

'Ja! Op de eerste plaats bestond er geen tegenspraak tussen de Bijbel en de wetenschappelijke bewijzen voor de evolutie. De Bijbel vertelt waarom de wereld gemaakt is, en de wetenschap begint heel langzaam te begrijpen hóe dat gebeurd is. Onze wetenschappelijke kennis is vaak verkeerd of onvolledig, en de zogenaamde zekerheden waarmee we zijn opgegroeid, zijn door latere ontdekkingen allemaal ontkracht. Het enige waarvan we echt zeker kunnen zijn, is de omvang van onze onwetendheid. Meer weten we echt niet, Andy. Kun je dat plaatsen?'

Ik wilde niet ja zeggen en had het gevoel dat ik me tegen ondervraging moest verzetten. Als ik rechtstreeks antwoord gaf, bleek ik misschien ineens getekend te hebben voor dagelijkse Bijbellezingen of zoiets. Ik knikte maar een beetje.

'Aan het begin van de Bijbel maakt God in zes dagen de wereld. Maar nergens staat dat die dagen vierentwintig uur duurden, nietwaar? Een dag kan best een eon lang zijn geweest, zoals de evolutietheorie suggereert. Voor God kan een dag een miljoen jaar zijn geweest. Wie zal het zeggen?'

'Maar het leed dan, Frank. Waarom ziet Hij dat door de vingers?'

Verdomme, ik had zelf ook het nodige leed. De jeuk tussen mijn benen werd heel wat meer dan alleen jeuk. Het leek wel of iets daar beneden echt zijn tanden in iets zette. Ik stond in brand.

10

Frank fronste zijn wenkbrauwen terwijl ik in mijn broek aan het rommelen was. 'Alles hoort bij Gods plan. Leed heeft voordelen. Alleen iemand die pijn kent, kan echte vreugde beleven. Pijn is een noodzakelijk onderdeel van ons bestaan.'

Ik knikte, maar had mijn aandacht bij mijn eigen pijn, niet bij die van de wereld. Om geschaafde ballen te voorkomen, droeg ik in het oerwoud een lycra wielrennersbroek onder mijn camouflagekleding, en daarop was heel mijn denken gericht. Ik boog me diep onder het tentzeiltje en wipte met mijn voet op en neer om me flink te kunnen krabben. 'Daar moet ik nog eens over nadenken.'

'Een man laat zijn hamer op iemands teen vallen en doet hem pijn. Laten we aannemen dat God die pijn voorkomt. Dan leert de man nooit op een verantwoordelijke manier met zijn gereedschap om te gaan. Hij laat dan gewoon de hele tijd hamers vallen en bezeert andermans voeten. Dat besef was voor mij een openbaring.'

'Oké, maar nou de hamvraag: een christen die ook soldaat is.'

Hij glimlachte. 'Makkelijk zat. In het Nieuwe Testament spelen soldaten een belangrijke rol. Ze zijn Gods instrumenten om te zorgen dat iedereen zich aan het gezag en het gemeenschappelijk welzijn onderwerpt. Soldaten hebben de taak om namens God boosdoeners te straffen. Dat geloof ik echt, Andy. Ik geloof dat het Regiment bestaat om het kwaad te bestrijden. En dat was precies wat de man ook zei. In zijn visie is een soldaat iemand met een nobele en belangrijke opdracht.'

Ik maakte mijn broek los omdat ik wilde weten wat daar eigenlijk aan de hand was. Frank mocht ondertussen denken wat hij wilde, maar voor mij was vechten in het Regiment beslist geen nobele zaak. Ik zat daar niet om Gods straf uit te delen aan boosdoeners. Het lag me allemaal nog wat zwaar op de maag – het was pas mijn derde dag.

'Het is net als de ambassade, Andy.'

'Was je daarbij?'

'Ik was drieëntwintig en de jongste van het stel. De terroristen waren mensen aan het vermoorden, en dat mocht niet zo doorgaan. Doden is soms de beste manier om levens te redden.' Franks gezicht gloeide helemaal. 'Ik was er heel diep van onder de indruk. Ik liep naar Larry toe, schudde hem wakker en zei: "Larry, ga samen met mij bidden." En dat deed hij. Hij bad, en ik herhaalde steeds wat hij zei. Ik bood God mijn excuses aan voor de manier waarop ik tot dan toe mijn leven had geleid. Ik vertelde hem dat ik nu begrepen had hoe verkeerd het allemaal geweest was. Ik was zelfzuchtig geweest, had mensen gekwetst en had God uit mijn leven verbannen. Ik vroeg Zijn vergeving en wilde dat Hij me hielp om volgens Zijn voorschriften te leven. Alles wat ik tot dan toe belangrijk had gevonden, bleek ineens niets waard te zijn. Alleen God deed ertoe.'

Hij pakte een handvol bladeren van de grond. 'Kijk maar naar dit bos, naar elk blad, elk takje. Het is een kunstwerk, Andy. Ik zie vakmanschap in alles, en dat had ik nooit eerder opgemerkt. Tegenwoordig komt alles op me af omdat het opgemerkt wil worden. Alles ziet er tegenwoordig anders uit. Ik ben een christen. Ik geloof dat ik op een bepaalde manier ben uitverkoren.'

Dat geloofde ik ook van mezelf. Terwijl Frank zijn tas met de Claymoremijn pakte, trok ik mijn broek omlaag, waarbij ik iets langs mijn rechterbeen voelde vallen. Ik wilde me even lekker krabben en controleren of alles nog oké was daar beneden.

'Tegenwoordig heb ik dus altijd mijn bijbel bij me. Net als Larry.' Frank haalde zijn exemplaar tevoorschijn. Het was in een plastic tas gewikkeld.

Ineens hoorde ik ook andere stemmen. Ik had me nog nooit zo opgelucht gevoeld.

Nish en Chris waren klaar met hun oefeningen aan de overkant van de rivier en waadden naar ons toe. Ze hadden zeker het tentzeil gezien of onze thee geroken.

Nish zag Frank en zwaaide. 'Hé daar, dominee, zet je wijwater 's op.'

Frank keek me aan en schudde zijn hoofd. 'Het zijn gewoon onhandelbare jongens. Ze hebben praatjes voor tien maar klampen zich vast aan het Regiment in plaats van een duurzame relatie met God op te bouwen. Ze zijn verloren, Andy. Dat was ik ook, in elk geval tot 17 maart. Inmiddels begrijp ik dat mijn leven in een groter plan past.'

Ik zei de Here dank dat de bijbel weer in de tas verdween.

'Maar wat ga je nou doen? Moet je nu naar de kerk?' Mijn broek hing inmiddels op mijn kistjes. 'En naar wat voor kerk? De katholieke soms? Moet je naar een dominee om je in te schrijven. Hoe werkt zoiets?'

Terwijl ik het lycra van mijn lijf pelde, voelde ik overal rond mijn ballen iets warms en nats. Ik keek omlaag. Mijn liezen waren helemaal bebloed.

'Godsamme! Kolere!' Het was een oppervlakkige bloeding. Maar mijn huid was zo nat van de regen en het zweet dat het een vreselijk bloedbad leek, en ik was in alle staten.

Nish en Chris kwamen aangerend. 'Moet je dat lelijke ding zien!'

Maar ze keken niet naar de plek die ik dacht. Aan mijn voeten lag – innig tevreden – de grootste en dikste bloedzuiger ter wereld. Hij was zo groot als mijn duim. Hij was in mijn kleren gekropen, had zich vastgebeten in mijn lul en had zoveel gedronken dat hij eraf was gevallen. Als bloedzuigers bijten, doen ze er meestal een scheut antistollingsmiddel en een pijnstiller bij, zodat je blijft bloeden zonder dat je er iets van merkt. Maar deze jongen had kennelijk nog niet veel geoefend.

'Jezus, moet je dat zien.' Ik stak mijn leuter in Franks richting. De twee anderen gierden het uit van de pret.

'Driewerf schande, dominee!' Nish grijnsde van oor tot oor. 'Wij keren u tien minuten de rug toe, en dan vergrijpt u zich al aan de nieuwe misdienaar.'

De bloedzuiger was heel trots op zichzelf, en terecht. Ik hield hem een minuut of tien apart terwijl ik probeerde te bedenken wat ik met hem aan moest. Uiteindelijk trakteerde ik hem op een stoot antimuggenspul, en daar had hij niet van terug.

De twee anderen hadden inmiddels hun theespullen voor de dag gehaald en Nish ging even liggen om een sigaret te roken. 'En, dominee Frank? Hoe gaat het nu verder? Wordt deze diep betreurde bloedzuiger in de hemel opgenomen en gaat deze doodzieke moordenaar naar de hel?'

11

We brachten de volgende vier of vijf dagen ongeveer net zo door als de eerste: we oefenden het tweemans- en het viermanscontact, maar altijd met scherpe munitie, witte fosforgranaten en hoogexplosieve ladingen. De scherpe munitie had één groot voordeel. Hoe meer ladingen er ontploften en hoe meer kogels er in het rond vlogen, des te meer bijkomstige schade en des te voller onze kookpotten. De slang van Al verdween als eerste. Hij smaakte korrelig en bitter, maar daar deden wie iets aan met een half flesje tabasco en wat knoflook. Alleen Stan – die uiteindelijk een enorme schorpioen bleek te zijn – hield er niet van.

We oefenden dat we van voren, van achteren, van links of van rechts werden aangevallen; vervolgens dat we een gewonde hadden die uit het contactgebied geëvacueerd moest worden, en als we dan halverwege aan de oversteek van een rivier bezig waren en twee man van de patrouille al aan de overkant waren terwijl de andere twee nog niet waren overgestoken... wat deden we dan als we beschoten werden? Zo deden we dag in, dag uit de ene oefening na de andere. Ik vond het geweldig.

Daarna stapten we over op hinderlagen. Tijdens patrouilles oefenden we de antihinderlaagtactieken die we ook al bij de Selectie hadden geleerd. We keerden via een omweg op onze schreden terug om een hinderlaag te leggen voor iemand die ons volgde. Ik leerde aan de grenzen van een contactgebied Claymores te leggen om het af te sluiten terwijl anderen zich op het gebied zelf richtten om alles 'kinetischer' te maken – zo heette dat eufemistisch.

We schoten dus altijd met scherp. Het heeft namelijk geen zin om met losse flodders te oefenen, want dan oefen je alleen maar voor een oefening. Met scherpe munitie moet je je kop erbij houden, want anders komt er een verdomd groot gat in, zoals Nish zei.

Dat is waar. Als je met scherpe munitie klooit, is er geen weg terug meer. Je kunt dan alleen nog maar het lichaam in leven houden totdat de helikopter komt.

De voordelen wegen tegen de nadelen op. Je krijgt meer vertrouwen in jezelf, in je wapen en – wat het allerbelangrijkst is – in de mensen om je heen. Daarom is het Regiment beter dan wat dan ook in wat het doet. Er vallen veel slachtoffers, ook al bij de Selectie. Maar als de squadrons lekker werden ingestopt of naar praatjes van de veiligheids- en gezondheidsbrigade luisterden, zouden er nog meer doden vallen – niet tijdens de opleiding maar tijdens de operaties. En dan zou er nog veel meer geknars van tanden zijn.

De mensen vergeten gemakkelijk dat SAS-leden betaald worden om te vechten, te doden en misschien zelf te sneuvelen. Om te zorgen dat dit laatste niet al te vaak voorkomt, moet de opleiding realistisch en dus gevaarlijk zijn. Ik voelde me er kits bij. Ik was vrijwilliger; niemand had me gedwongen om de zandkleurige baret op te vangen.

Het leven was er glashelder. 'Dit is wat we doen; dit is hoe we het doen. Als dat je niet bevalt, is daar de deur. Duizenden anderen nemen je plaats graag over.'

Elke avond zetten we thee en kletsen we in het donker en de regen. Ik kreeg al wat haar op mijn gezicht en mijn uitrusting was net zo smerig als die van de anderen. Ik stonk, kreeg puisten zoals de anderen en raakte zo langzamerhand gewend aan de geintjes en het gemeenschappelijke koken. Ik had een koekenpan gekocht die keurig in de achterkant van mijn rugzak paste, en alles wat ik kookte, deelde ik met de anderen.

Ik begon me bij de jongens op mijn gemak te voelen en ging aan sommige gesprekken meedoen. Ik mocht iedereen graag. Niemand haalde smerige streken met de nieuweling uit of liet hem plat op zijn gezicht vallen. Zulke dingen gebeurden in het Regiment niet. Iedereen was een beroepssoldaat die gewoon zijn werk deed. En bovendien was ik het eerste jaar op proef en had ik ruimschoots de tijd om zelf op mijn gezicht te gaan.

Alleen met één ding deed ik niet mee: ik zette niemand in de zeik. Mijn plaats in het squadron was me zo dierbaar dat ik volstrekt niet van plan was mijn kansen te verknallen door mensen tegen me in te nemen.

Frank was het vriendelijkst tegen mij, en op de een of andere manier kwam ik altijd naast hem rond het vuur te zitten als iemand in de groep hem als mikpunt koos. Hij zag me misschien als een morele steunpilaar of een goede bekeringskandidaat.

Op een avond was iedereen zijn eigen ding aan het doen. We zetten thee en zaten te eten. Frank deed de rum bij de punch en gaf me een klap op mijn rug. 'Volgens mij is het Regiment het allerbelangrijkst in je leven. Toch? Je bent ambitieus, je wilt verder komen en je wilt alles leren. Dat is alles voor je, nietwaar?'

'Natuurlijk. De rest kan me niet schelen.' Ik keek hem verrast aan, want ik snapte niet waarom hij dat zei. Ik dacht dat iedereen dat net zo voelde als ik. Er was maar één reden waarom je bij het Regiment ging: je wilde als soldaat zo goed mogelijk zijn.

Chris was met Saddlebags naar het 'avondgebed' gegaan en kwam net terug. Hij legde nat hout op het vuur. Nish lag in zijn hangmat te klagen dat deze nieuwe wolken hinderlijk waren voor de zijne.

'Oké, luister goed. Baas L is pissig over dat gerufт. Hij weet dat Snapper er altijd mee begint. Daar moet een eind aan komen.'

Precies op dat moment galmde een harde scheet door het donker.

Iedereen lachte, ook Chris.

Nish haalde diep adem, maar daarop zat Chris te wachten. 'Als je dat maar uit je lijf laat. Dan zitten we allemaal in de ellende.'

'Ik was ook niks van plan. Ik wilde alleen zeggen dat Snapper gewoon even doof is als gek.'

Vervolgens leuterde iedereen erover dat Frank een paar weken wegging om bij medisch specialisten van andere onderdelen wat motiverende activiteiten te ondernemen.

Tiny zat aan de andere kant van het vuur weer eens in *Het Heilige Bloed en de Heilige Graal* te lezen. Al zat naast hem op de rijstzak en boog zich over een bijbel als een rechercheur op een plaats delict. Ze waren in hun eigen kleine wereld verdiept, wisselden af en toe opmerkingen uit en overlegden een beetje.

Ineens klonk er een opgewonden geluid van stemmen en kwam een brandende lantaarn onze kant op.

Achter de lantaarn klonk een traag, noordelijk accent. 'Vrijmetselaarsrazzia! Hier komen Snapper en de antivoorschotenbrigade! Waar is die nieuweling?'

12

Nish rolde uit zijn hangmat terwijl vijf mannen de lichtkring van het vuur in liepen.

'Hier is ie. Andy.'

Snapper ging aan de andere kant van het rokende vuur op zijn hurken zitten. Hij was heel lang en had een plat gezicht. Zijn neus was ernstig gebroken en wees naar het oosten als de rest van zijn gezicht op het noorden gericht was. Aan zijn gruwelijke accent te horen kwam hij uit Lancashire, en hij rekte het laatste woord van elke zin uit totdat het brak. 'Andy, ben jij zo'n verrekte vrijmetselaaaar?'

'Watte?'

'De loge, Andy. Ben jij zo'n verrekte voorschootdraaaager?'

De vier anderen waren met Nish aan het kletsen over het nieuwe, zonnige plekje en gaven een mok punch aan elkaar door.

'Nee, tuurlijk niet.'

Hij staarde me aan. Ik wist niet of het een geintje was of niet. Een voorschootdrager? Waar had hij het in jezusnaam over?

Hij stond op en nam de metalen mok over die Saddlebags hem aanbood. Nish stelde me voor aan de andere vier, die er iets minder krankzinnig uitzagen.

Des Doom had dik krulhaar en een gezicht dat zei: kom maar op als je denkt dat je hard genoeg bent. Hij droeg een groen vest dat zijn armen onbedekt liet en zijn borstkas was eerder vlezig dan gespierd. Elke vierkante centimeter blote huid was bedekt met tatoeages van het pararegiment. Het geheel leek wel een Chinese afhaalmenukaart zonder vertaling. Hij grijnsde toen ik die kunstgalerie tot me liet doordringen. 'Wie niet met me wil praten, kan me lezen.'

Harry was marinier, en dat was al op kilometers afstand duidelijk. Met zijn uiterlijk had hij tandpasta kunnen verkopen en zijn gezicht was geheel puistloos. Goddank was hij geen totale adonis: hij had meer blond haar op zijn gezicht dan op zijn hoofd.

Hillbilly leek op Chuck Connors' kleinere en minder succesvolle broer.

Zijn neus was nog meer tot moes geslagen dan die van Chuck en zijn kin was iets verder uit het lood gemept. Al zijn tanden waren echter nog intact, en dat was vreemd voor iemand die kennelijk geen ruzie uit de weg ging.

Ook Schwepsy had blond haar, maar dat was dik en wild. Zijn gezicht zat vol mee-eters maar was rimpelvrij. Hij was overduidelijk geen piekeraar.

Snappers maniakale ogen, die me over de mok heen nog steeds aanstaarden, vertelden me alles wat ik over hem moest weten. Hij dronk zijn mok leeg. 'Oké, hier dus geen vrijmetselaars. Alweer een nieuweling gecontroleerd.' Hij haalde diep adem en liep met de anderen het donker in. 'Ruuuuft!'

Chris snoof en schudde zijn hoofd terwijl de anderen het in hun broek deden van het lachen. Ik vond dat ik ditmaal wel mocht meedoen.

De rest van die avond kletsten we over de antivoorschotenbrigade. Snapper was geobsedeerd: hij wist zeker dat vrijmetselaars het Regiment infiltreerden, en vond het zijn taak om hen te ontmaskeren en eruit te schoppen. Tegenover de loge in Hereford had hij zelfs een geheime observatiepost ingericht, en daar filmde hij iedereen die er opdook.

Nish grijnsde. 'Je kunt best paranoïde zijn, maar dat betekent nog niet dat je geen achtervolgers hebt.'

Des Doom, Hillbilly en Harry waren allemaal in 1980 samen met Nish voor de Selectie geslaagd.

Hillbilly beweerde uit de koopvaardij te komen, maar was in werkelijkheid croupier aan boord van een cruiseschip geweest. Van de marine mocht hij zich niet opgeven voor de SAS. Daarom nam hij ontslag en werd hij weer burger. Hij had in Hereford in de bijstand gezeten terwijl hij zijn Selectie deed.

Schwepsy was in een vorig leven instructeur bij een commando-eenheid geweest en zag er ook precies zo uit. Er school een gefrustreerde RSM (Regimental Sergeant Major) in zijn binnenste.

En Snapper? Nou, het gesprek over hem hield maar niet op. Hij was een echt instituut. Mirbat, Kubat – alle gevechten in Aden – en weer terug. Hij had ook op de Falklands gezeten en meegedaan met de klus op de ambassade. Op zijn T-shirt stond de tekst SQUADRON B SMOKE EMBASSY.

Snapper was een keer naar Hongkong gestuurd om Gurkha's op te leiden in het ongewapende gevecht. Hij was toen betrokken geraakt bij een kloppartij in een café en werd de laatste Britse soldaat die daar in het openbaar gegeseld werd. Volgens hem deed het niet echt pijn – maar de beul was wel de grootste Chinees die hij ooit gezien had, en die had de langste rotting uit de geschiedenis. Hij kreeg zes slagen en beweerde nog maandenlang de enige sergeant met twaalf strepen te zijn: 'Drie op elke arm en zes op mijn rrrreet!'

Snapper wist dat hij geestelijk gezond was en kon dat met een stuk papier bewijzen. Al formuleerde wat een groentje alleen maar mocht denken: 'Dat betekent dus dat hij zo gek is als een deur.'

De gedachte dat je een stuk papier had om je geestelijke gezondheid aan te tonen, leek me schitterend. Dat wilde ik ook.

De rust rond het vuur begon terug te keren toen we onze mok punch hadden gedronken en al onze dingen besproken hadden, maar dat duurde niet lang. Nish, die in zijn klamboe lag, gebruikte een doosje legerlucifers om een nieuwe No. 6 op te steken. Hij ging op zijn elleboog liggen en riep in een zogenaamde microfoon: 'Welkom bij ons programma, dames en heren, jongens en meisjes. Mijn naam is Nish Bruce, en ik ben bij de show van vanmiddag uw Red Devils-commentator. Over ongeveer drie minuten zult u het vliegtuig zien verschijnen. Even kijken waar ze nu zijn...' Hij draaide zich om, stak zijn hoofd uit zijn klamboe en tuurde naar het bladerdak. 'We hebben vandaag acht parachutisten in het toestel, onder wie Zijn Heiligheid Frank, Officieel Gezonde Snapper – wat gebeurt er als iemand met paranoia ook nog een lage dunk van zichzelf heeft? Dan denkt hij dat een onbelangrijk iemand hem achternazit; baboem – plus het nieuwste lid van ons team, de jonge cavalerist Andy uit Sùid-Londen. Dit is zijn eerste show...'

Al had er genoeg van en gooide een groot stuk hout naar hem toe. Nish probeerde het te ontwijken en viel daarbij uit zijn hangmat.

Frank boog zich naar me toe. 'Nish weet alles over de vrije val. Hij is bij de Red Devils geweest en heeft iets van drieduizend sprongen gemaakt.'

Tiny mompelde: 'Moet je die twee halvegaren over vliegen horen praten.' Hij keek niet eens op.

Frank had niet bij de para's gezeten maar was in Hereford verbindelaar geweest, want alleen op die manier kon hij zich aanmelden. Nish veegde zijn kleren af en kwam bij ons zitten. 'Oi, eerwaarde Frank, vertel hem eens wie pappie is... En wie is op de Falklands nat geworden?'

13

De ondervragingsfase van Nish' Selectie eindigde op een zaterdagavond in mei 1982. 'Het eerste wat we die zondagochtend deden – ik en de vier andere eikels die je net ontmoet hebt – was onze insignes halen, schreeuwend rondrennen in de Lines (het kamp in Hereford) en onze uitrusting en schietwapens ophalen.'

Een Exocet-raket, die door een Super Étendard was afgevuurd, had de HMS *Sheffield* getroffen. Daarbij sneuvelden twintig man. Downing Street scheet in zijn broek van angst: als datzelfde met een vliegdekschip gebeurde, was de oorlog misschien al voorbij voordat de eilanden weer in Britse handen waren.

De hotemetoten van het opperbevel gingen manieren zoeken om Étendards en Exocets op de grond uit te schakelen. Terwijl Nish zich vermaakte met een survivalopleiding in oorlogstijd, waren Frank en de rest van het stel opgeleid voor een aanval op Argentinië.

Een van de opties was om met een paar C-130's (Hercules-transportvliegtuigen) vanaf het eiland Ascension naar Argentinië te vliegen en hen ter plekke af te zetten. De twee vliegvelden waren Rio Grande en Rio Gallegos, links en rechts van de Straat van Magallanes, op het uiterste puntje van Zuid-Amerika. Het Squadron B oefende op Heathrow met vliegen beneden radarbereik en deed overal in Groot-Brittannië schijnaanvallen op vliegvelden.

Er waren al patrouilles van het Squadron B op het vasteland van Argentinië, waar ze observatieposten (OP's) vestigden. Ze meldden hun bevindingen aan Hereford, en daar werd een aanvalsplan ontwikkeld. De vliegtuigen zouden boven zee blijven rondcirkelen. Zodra de OP's melden dat de kust veilig was, zouden ze beneden het bereik van de radar komen aanvliegen en op het vliegveld landen. De *ramp* werd neergelaten, en dan vertrok een stroom motorfietsen en uitgeklede Land Rovers met machinegeweren en M202's – Amerikaanse meerloopsfosforgranaatwerpers. Air zou zich in kleine groepen splitsen om de verkeerstoren te bombarderen, de brandstoftanks op te blazen, de kazernegebouwen aan te vallen en de piloten te doden.

Maar het tijdschema was krap. Drie kilometer verderop lag een militaire basis met een paar duizend Argentijnse mariniers. Veel ontsnappingsmogelijkheden waren er niet. Het dichtstbijzijnde schip van de Britse taskforce lag achthonderd kilometer verderop, en de helikopters hadden wel genoeg brandstof om het vasteland te bereiken, maar konden dan niet meer terug. Ze zouden dan ook na afloop niet worden opgepikt. De enige mogelijkheid was de Chileense grens, die zestig kilometer verderop lag. Ze moesten daar met de auto of de benenwagen zien te komen en zich dan overgeven aan de Chilenen.

Het opperbevel bedacht ook andere plannen. De soldaten vertrokken uit de school van Brize Norton. Nish kwam in de eerste groep te zitten vanwege zijn ervaring met de vrije val, hoewel hij nog zo nieuw was dat hij niet eens kon patrouilleren. Ploeg 7 zou als eerste in de aanval gaan. Zodra ze op de grond waren, moesten ze de verkeerstoren en de piloten onder handen nemen, terwijl de rest van het squadron aankwam, landde en de vliegtuigen vernielde.

De windkracht in het gebied bedroeg in dat jaargetijde gemiddeld ongeveer 60 kilometer per uur, zodat elke patrouille uit zes in plaats van de gebruikelijke vier man bestond – men dacht niet dat iedereen heelhuids zou landen.

Ze bereikten Ascension en wilden het vliegveld sluiten om hun sprong te oefenen. Een C-130 moest laag komen aanvliegen en weer naar een hoogte van 600 voet klimmen – de maximale hoogte voor de radar. De soldaten moesten dan van de ramp springen.

Nish wist het toen nog niet, maar niemand in welke Air-troep dan ook had ooit van zo'n geringe hoogte gesprongen. Zelfs hij vroeg zich af of hij stabiel genoeg zou hangen om meteen zijn parachute te laten ontplooien, maar hij hield zijn mond. Hij dacht dat de hoge heren van het opperbevel wel wisten hoe het zat.

Hij verzweeg zijn twijfels tot het moment waarop sergeant Ken – die ik nog niet ontmoet had – vroeg hoe ze de oefensprong moesten uitvoeren: met of zonder de kettingzagen om harmonicagaas door te knippen.

Volgens Frank was de squadroncommandant al ontslagen omdat hij de missie 'zelfmoord' had genoemd.

Tiny maakte een handgebaar. 'Dat kwam omdat ie een slapjanus was.'

Nish glimlachte. 'Ja. Maar wat had het voor zin om iets te oefenen wat je maar één keer kunt verknallen?' Hij vergaste een troep muggen met een long vol rook. 'De waarschuwing was al binnen: over twaalf uur vertrekken. Ik sprong met alleen een kettingzaag en niks anders. De rest van mijn uitrusting lag in een van de Land Rovers. Toen kregen we te horen dat er vertraging was. Daarna dat de boel was uitgesteld. Vervolgens dat alles doorging maar in een andere vorm. Jezus christus, zo ging het de hele week door. Thatcher was kennelijk niet blij met de voorspelde zestig procent slachtoffers. Ook de RAF-boys stonden niet te popelen om het vliegtuig te dumpen en de bemanning met ons naar Chili te laten sjouwen.'

Frank schudde bedroefd zijn hoofd. 'De nieuwe squadroncommandant riep ons bij elkaar. Wij dachten dat hij een nieuw uitstel ging melden, maar er was een Sea King helikopter verongelukt terwijl het toestel 's nachts van het ene schip naar het andere vloog. Twintig man uit Squadron D en G waren met hun verbindelaars omgekomen. Iedereen van ons had een of meer vrienden in die helikopter.'

Op 8 juni werden vervolgens twee vrachtschepen, de *Sir Galahad* en de *Sir Tristram*, door Argentijnse straaljagers in Bluff Cove getroffen. Tientallen soldaten sneuvelden of liepen brandwonden op. De meesten waren Welsh Guards. De vastelandoptie was ineens weer volop aan de orde.

'We moesten om zeven uur 's morgens vertrekken.' Nish blies rookkringen uit. 'Ik zat in de bagageploeg en kiepte spullen in het vrachtruim. Een Land Rover kwam met gillende banden aangereden, en toen hoorden we het nieuws: de operatie was afgeblazen. Een van de kranten bracht een artikel over hoe we aan het oefenen waren voor een operatie op het vasteland! De Argentijnen hadden in een paar uur alle vliegtuigen van de vliegvelden weggehaald en met een en twee tegelijk over het land verspreid.'

Squadron B kreeg toen opdracht om samen met D een aanval op het vliegveld van Port Stanley uit te voeren.

'We moesten er in twee C-130's naartoe om te voorkomen dat de Argentijnen met één treffer alle Special Forces zouden uitschakelen.' Frank sloeg op zijn hals een mug dood. 'We moesten op het water landen en door schepen in de buurt worden opgepikt. De volgende ochtend vertrokken we. Het was een vlucht van dertien uur en dat is heel lang als je al die tijd in een *dry suit* zit te zweten.'

Het vliegtuig zette eindelijk de daling in, en toen zagen ze beneden zich een paar schepen.

'Ik kon het andere vliegtuig met Nish aan boord niet zien, maar ik wist dat het voor ons uit vloog. We draaiden rondjes. We draaiden nog een tijd rondjes. Ineens klommen we weer en vlogen we terug in de richting waaruit we gekomen waren.'

De *jumpmaster* verscheen en zwaaide met zijn handen. 'Afgeblazen. Alle sprongen afgelast.' Toen ze na een vlucht van 26 uur op Ascension terug waren, kregen ze te horen dat ze zes uur later weer aan boord moesten om terug te vliegen. 'Op dat moment hoorden we ook waarom we teruggestuurd waren...'

14

Frank gaf het estafettestokje met een zwierig gebaar door. Nish grijnsde breed en blies rook uit. 'Precies. We bereikten het konvooi en maakten ons klaar voor een *static-line*sprong vanaf 1.000 voet, rechtstreeks van de ramp.'

Dankzij hun dry suits konden ze vijf minuten in het water liggen zonder te bevriezen, en alles hing dus van de marine af. Er waren eenentwintig jongens, maar bij elke ronde konden er maar zeven tegelijk springen, omdat er niet genoeg rubberboten waren om hen op te pikken. Nish zat in de tweede ploeg.

'Rood licht, groen licht... Ik hing onder mijn parachute en zag de laatste man van de eerste ploeg net de achtersteven van een schip missen. Op 10 voet van het water drukte ik op de knop om de parachute los te maken. Godskolere, wat was dat water koud. Enorme golven.' Nish haalde zijn hand op en neer. 'De stuurlieden voeren slingerend over de golven om ons op te pikken. Ze trokken me aan boord. De Herc beschreef nog één rondje en liet alle uitrusting vallen. Boem...' Nish stompte tegen zijn handpalm. 'Die hele kolerezooi barstte open en zonk. Rugzakken, wapens, persoonlijke bezittingen, alles.'

De operatie werd stilgelegd en de Hercules vloog naar Ascension terug.

Nish grinnikte. 'Toen ze uiteindelijk alles gingen opschrijven, gaven de jongens zoveel verloren spullen op dat een stel slagschepen eronder gezonken zou zijn. Ik was in mijn Bergen een paar Rolexen en een nertsmantel kwijtgeraakt.'

Hij nam een lange haal van een splinternieuwe No. 6. 'We stonden aan dek op de helikopters te wachten toen we de melding hoorden dat er boven Port Stanley witte vlaggen waren waargenomen. Het leek mijn levensverhaal wel.' Nish hield zijn duim en wijsvinger een centimeter uit elkaar. 'Zo dichtbij en toch zo ver...'

Frank stond op om zich klaar te maken voor de nacht. Nish pakte een eind hout en gooide het als een waarschuwingsschot voor de boeg van een schip.

Tiny zwaaide met zijn vinger. 'Zeg op, Frank, wat is de christelijkste manier om iemand te doden?'

Frank vond het geen plezierige vraag, maar verdedigde zijn opvattingen graag. 'Er is geen christelijke manier om iemand te doden...'

'Oké, dan stel ik de vraag anders. Dood jij als christelijke soldaat anders dan anderen?'

'Nee, want ik moet nog steeds een dreiging uitschakelen. In Romeinen 13 staat zoiets als: "Ze voert het zwaard niet voor niets, want ze staat in dienst van God, en door hem die het slechte doet zijn verdiende straf te geven, toont ze Gods toorn."'

'Wat betekent dat nou weer, verdomme?'

'Doden is soms de beste manier om levens te redden.'

'Ga jij na al dit gedoe naar de hemel, Frank?'

'Ik geloof in een leven na de dood. De dood is ons volgende grote avontuur.'

'Denk je dat Jezus geslaagd zou zijn voor de Selectie?'

'Vermoedelijk wel. Hij hield het veertig dagen en nachten vol in de woestijn. Christus was geen watje.'

'Ga je nog over het water lopen of wil je liever naar de Bijbelacademie?' Tiny begon genoeg te krijgen van de nooit happende Frank. Hij leunde achterover en rekte zich uit. Ook hij had zin om onder de wol te gaan.

Frank stond op en krabde zich een beetje. Hij had alles al eens eerder gehoord. Chris keek op en glimlachte. 'Nee echt, Frank, wat zijn jouw plannen?'

'Ik doe mijn werk, net als iedereen.'

Ik keek verbijsterd om me heen. 'Gaan we de plas over?'

Hij knikte.

'Wanneer?'

Chris moest lachen. 'We krijgen een lang weekend vrij en dan beginnen we aan de training. Zodra we terug zijn, gaan al deze spullen uit en trekken we een spijkerboek en sportschoenen aan.'

Ik lag die nacht in mijn hangmat aan Frank te denken terwijl de regen op het tentzeil kletterde. Hij was een ingewikkeld baasje. Alsof het niet genoeg was om Frank Collins te zijn.

Hij was in het leger gegaan om aan de agressie, de alcohol en de misère thuis te ontsnappen. Hij was lid geworden van 264 Signals (SAS) en slaagde als de jongste kandidaat ooit voor de Selectie. Tijdens het beleg van de ambassade had hij een kussen meegenomen naar het dak, waar de ploeg talloze keren op het teken had zitten wachten. Hij vond dat hij al wachtend best ook een beetje mocht slapen. Toen de aanval uiteindelijk begon, was Frank als eerste het gebouw in.

De Royal Signals hadden een vreemd systeem: als iemand van hen voor de Selectie slaagde, wilden ze hem na drie jaar weer terug. Maar Frank veranderde dat systeem voorgoed. Toen het moment aanbrak om terug te gaan, weigerde hij dat eenvoudig en zei hij dat hij liever ontslag nam. Dat was riskante bluf, maar het werkte. Toch is het niet uitgesloten dat hij zijn dreigement had waargemaakt. Met zijn godsdienstige overtuigingen ging het net zo.

15

Het was een schok, maar een prettige. Het was spannend om weer naar Noord-Ierland te gaan. Ik was er met de Green Jackets vaak gedetacheerd geweest en had de normale militaire patrouilles gelopen in steden zoals Crossmaglen en Belfast, maar uiteindelijk waren we daar gewoon lopende doelwitten geweest.

Het was bijna zeven jaar geleden dat ik rond Kerstmis 1977 aan mijn eerste detachering begon. In de eerste fase van de Noord-Ierse problemen waren zo veel zeventienjarige soldaten gesneuveld, dat je toen achttien moest zijn om er te kunnen dienen. Toen het bataljon dus op 6 december vertrok, mocht ik niet mee: ik moest wachten tot ik aan het eind van die maand jarig zou zijn.

Ik zat in Crossmaglen, dat bij ons XMG heette. Het stadje had een veemarkt en lag vlak bij de grens in bandietenland. Dat betekende dat de spelers zich in Dundalk aan de andere kant van de grens konden voorbereiden om over te wippen en ons het goede nieuws te brengen. Of anders stelden ze in het zuiden hun mortieren op en gaven ze ons van katoen.

We gebruikten geen auto's, omdat die te vaak met geïmproviseerde springladingen waren opgeblazen. Alles werd per helikopter aangevoerd, maar ook die waren niet immuun. Regimentscommandant Corton-Lloyd sneuvelde omdat het toestel waarmee hij vertrok, werd neergehaald. Toen in 1988 eindelijk het Goede Vrijdagakkoord tot stand kwam en de vrede werd getekend, waren er in Noord-Ierland meer dan 2.300 burgers gedood. Daarnaast waren 960 leden van de veiligheidsdiensten gesneuveld – een groter aantal dan tot dusver in Irak en Afghanistan samen.

In XMG ontmoette ik voor het eerst iemand uit het Regiment. Dat dacht ik tenminste. Tijdens de eerste twee maanden van mijn verblijf daar zag ik hem niet, maar ik wist dat hij Rob heette, en had gehoord dat hij een smerige witte coltrui, versleten spijkerbroek en rubberlaarzen droeg en in de buurt van het operatiecentrum sliep. Ik liep weleens langs zijn deur, hoorde dan radio's sissen en ving een glimp op van landkaarten van

South Armagh. Zijn kamer leek wel een uitdragerij: overal lagen rugzakken, beltkits en en oude zakjes chips. Maar Rob zag ik nooit.

Toen stond hij ineens in het waslokaal, en hij zag er heel anders uit dan ik gedacht had. Hij had de eerste de beste kunnen zijn en droeg een gewone broek met een T-shirt en slippers. Zijn was- en scheergerei bestond uit een tandenborstel en wat zeep in een plastic bakje uit een automaat. Aangezien wij ons op de laagste sport van de voedselketen bevonden, hadden we opdracht om niets tegen hem te zeggen.

'Alles kits, jongen?' Hij kwam ergens uit het noorden.

Ik glimlachte terug met een gezicht vol scheerzeep, wat niet wilde zeggen dat er op mijn achttiende veel te scheren viel. 'Best hoor.'

Dat was mijn kennismaking met het Regiment in de persoon van Rob. Later in H (Hereford) kwam ik hem vaak tegen, maar ik durfde hem nooit te vragen of hij zich de domme puistenkop uit het waslokaal herinnerde.

Tijdens die detachering moest ik voor het eerst op levende mensen schieten en sneuvelde er voor het eerst een vriend waar ik bij stond. Nicky Smith was een jaar ouder dan ik toen een boobytrap hem in een buitenwijk van de stad in tweeën scheurde. Zijn nek werd schuin doormidden gesneden en zijn beide onderbenen verdwenen. Alleen het middendeel was nog heel – zwaar toegetakeld maar nog heel. Ik voelde zijn bloed op mijn gezicht spatten, rook het vlees dat nu aan een hek hing, en had pas uren later zijn linkervoet gevonden.

Zo kwam er een abrupt eind aan het idee dat het een vrolijke boel was in het leger. Nicky's landkaart had ik nog steeds: die had ik uit het bloed op straat opgeraapt om me te helpen herinneren dat het menens was.

Toen de Special Air Service eenmaal mee ging doen, werd het een ander verhaal. Dat waren de jongens die oorlog voerden tegen de Provisional IRA, de Irish National Liberation Army (INLA) en de rest. Hun optreden was proactief en agressief. En nu ik eenmaal een spijkerbroek en sportschoenen droeg in plaats van een helm en een kogelvrij vest, kon ik me bij hen aansluiten.

Frank vertrok de volgende dag naar de Cameron Highlands om harten en zieltjes te winnen. Ik was blij dat hij even onder de druk vandaan was. Iedereen maakte het hem erg moeilijk, maar ik begreep inmiddels dat ze dat uit bezorgdheid deden – om zijn welzijn en het hunne. We waren voor ons leven van elkaar afhankelijk, en als Franks vinger aan de trekker aarzelde vanwege onzin die iemand een paar duizend jaar geleden zogenaamd had uitgekraamd, dan vonden we dat doodeng. Tegelijkertijd was het jammer dat hij er niet was. Het is leuk om iemand te stangen, en als de andere jongens hem niet als pispaaltje konden gebruiken, zochten ze misschien een ander slachtoffer.

Ik vroeg me af wat de volgende paar maanden in petto hadden. Ik was nog steeds op proef. Ik kreeg nog steeds de soldij van een sergeant bij de infanterie, maar dat was minder dan wat een gewone SAS-soldaat na zijn opleiding kreeg.

Om voor de soldij van de Special Forces in aanmerking te komen moest ik nog leren patrouilleren. Iedereen moest ook het verbindingswerk leren – als de pleuris uitbreekt, moet je 'help!' kunnen roepen.

Ook had ik meer basisvaardigheden nodig. Mensen bij Mobility moeten een hele reeks voertuigen kunnen besturen; duikers moeten kunnen duiken, voor Mountain moet je kunnen klimmen en dalen en voor Air moet je de vrije val beheersen. Wie niet kon patrouilleren, kreeg geen extra soldij, maar het was een duivels dilemma: we kregen pas betaald als we aan de eisen van ons werk voldeden, maar konden niet aan die eisen voldoen omdat we het te druk hadden met ons werk.

Ploeg 7 vertrok naar Noord-Ierland; de drie andere ploegen vormden samen de contraterreureenheid (CT).

Chris had nog meer goed nieuws voor me. Zodra we aan de overkant van de plas waren geweest, gingen we naar Oman, en dan deden we 'de glijbaan'. Ik ontdekte later wat dat betekende: een militaire opleiding vrije val, en daar waren we heel wat weken mee bezig. Uiteindelijk ontdekte ik ook de reden waarom we een zonnebril moesten hebben: het heeft geen zin om dure vliegtuigen aan de grond te moeten houden wegens slecht weer; het is goedkoper en efficiënter om ergens heen te gaan waar gegarandeerd de zon schijnt. En waar zon is, moet ook roomijs zijn.

Voordat ik naar Oman vertrok, moest ik mijn basisvaardigheden onder de knie hebben, want als de andere jongens in de ploeg het over een *rig*, een *riser*, een pijp of een *hookturn* hadden, moest ik weten wat ze bedoelden.

In de ogen van het publiek is de SAS synoniem met gillende Land Rovers door de woestijn, mannen in het zwart die langs ambassademuren abseilen, of parachutisten die 's nachts een vrije val maken. Maar een vrije val is net als alle andere basisvaardigheden alleen maar een manier om van A naar B te komen.

Ik mocht mezelf bekwaam genoeg achten als ik als onderdeel van een patrouille kon springen. Voorts moest ik de anderen 's nachts in de lucht kunnen bijhouden op zuurstof en met een volledige bepakking van meer dan 55 kilo. Het kwam erop neer dat ik net zo lang moest blijven springen totdat de eerste fase van een operatie een tweede natuur was geworden. Als het in zo'n eerste fase misging, kreeg je daarna een domino-effect van mislukkingen.

Hoe dan ook, als ik de verhalen rond het vuur goed begrepen had, was een vrije val verslavend. Er waren mensen in het Regiment die de vrije val op topniveau beheersten en Groot-Brittannië bij internationale wedstrijden vertegenwoordigd hadden. Een van hen was Nish, met al zijn scheten en zijn excentrieke gedrag.

16

Al maakte zich zorgen om Frank. Niet vanwege zijn zoeken naar God, maar over wat hij ging doen nu dat gelukt was. Zijn rijstzak was leeg, en hij moest dus net als de anderen op een houtblok zitten. 'Denk je dat hij ontslag neemt?'

De anderen dachten van niet. Het was gewoon een fase: binnenkort zou hij zijn dwalingen wel inzien.

'Even iets anders…' Chris had een dringender probleem, want hij had een brief gekregen. Frank en Chris waren korporaal en daarmee de hoogsten in rang. De sergeant van de ploeg was weliswaar Ken, maar die deed een cursus Duits in Beaconsfield, ten westen van Londen. Ik had geen idee waarom, maar dat deed er niet toe. Het ging erom dat Frank weg was, waardoor ineens iemand anders het mikpunt was – niet ik maar Ken, hoewel hij eveneens afwezig was. Of juist omdát hij afwezig was, want ik zou nog ontdekken dat er voor de rest niet met hem te spotten viel.

Chris las een passage voor waarin stond dat Duits een interessante taal was. De grammatica bleek sterk op die van het Engels te lijken. Beide talen hadden ook een identieke plusquamperfectus of zoiets.

Nish kwam niet meer bij van het lachen. 'Waar lult die vent over? Heeft ie soms een woordenboek opgevreten?'

Tiny drukte zich nog bondiger uit: 'Slapjanus.' Hij keek me over het vuur heen aan. 'Zelfs jij mag hem zo noemen. Hij komt uit de militaire inlichtingendienst.'

Mijn dag was weer goed.

De maand daarna onder het bladerdak was gewijd aan spoorzoeken. Om die reden was het kiwiregiment aanwezig. De Nieuw-Zeelanders beheersen dat namelijk als geen ander. Hun cursus is beroemd en de beste ter wereld. Het Regiment stuurt er voortdurend mensen naartoe. Ze zijn er niet alleen heel goed in, maar hebben in Nieuw-Zeeland ook alle mogelijke soorten terrein om op te oefenen: regenwoud, bergen, sneeuw en ijs.

Toen we eenmaal uit het oerwoud terug waren, kregen we twee dagen de tijd om onze wapens en uitrusting schoon te maken. Niemand schoor zich. Dat bewaarden we voor onze week verlof in Singapore.

17

Hereford

Na mijn verblijf in Maleisië voelde ik me prima. Ik had een plaats in de groep veroverd. Bovendien had ik geluk gehad, maar dat besefte ik pas toen ik weer in Engeland terug was. Het verblijf in het oerwoud bleek een van de weinige gelegenheden waarbij het hele squadron zich op één plaats bevond. Allerlei ploegen waren vaak weg voor een opleiding, of er ontstonden nieuwe eenheden van zes, tien, twintig man (of hoeveel er ook maar nodig waren) die samen een operatie uitvoerden. Anderen volgden een opleiding in gespecialiseerde centra, variërend van explosieven tot traumabehandeling. Het squadron is een soort doorgangshuis en dus iets anders dan een infanteriecompagnie, waar iedereen altijd samen is.

Mijn cursus vrije val zou drie maanden later beginnen. Daarvoor moest ik twee weken terug naar de No. 1 Parachute Training School van de RAF in Brize Norton (Oxfordshire), waar ik aan het eind van de Selectie ook de static-linesprong had geleerd. Daarna volgden twee weken in Pau, in de uitlopers van de Pyreneeën, en ten slotte nog eens twee weken in Brize Norton. Maar eerst moest ik al mijn zwarte spullen bij elkaar zoeken voor de voorbereiding van de contraterreurgroep. Ik kreeg namelijk een basisopleiding bij het onderdeel Counter-revolutionary Warfare (CRW) en werd dus lid van de ploeg die ik de ambassade had zien bestormen. Hopelijk maakte ik er geen puinzooi van.

De CRW ontstond na het bloedbad van de Olympische Spelen in München. Op 5 september 1972 drongen acht Palestijnse terroristen binnen in een kamer waar zich elf Israëlische sportlieden bevonden. Twee sportlieden werden gedood en de rest werd in gijzeling genomen met de eis tot vrijlating van PLO-gevangenen in Israël en leden van de Rote Armee Fraktion, die in West-Duitsland gevangenzaten. Ze wilden ook een vliegtuig om hen naar Caïro te brengen.

De West-Duitse regering had geen speciaal opgeleide contraterreureenheid en boog na een dag onderhandelen voor de eisen van de terroristen. Ze werden in twee helikopters naar een militaire basis gevlogen, en scherpschutters openden het vuur toen de terroristen zich klaarmaakten om in het vliegtuig te stappen. Het zicht was slecht en de scherpschutters zaten te ver weg. De terroristen hadden de tijd om de twee helikopters op te blazen, waarbij alle negen gijzelaars en een politieman omkwamen.

Om een soortgelijke ramp in Groot-Brittannië te voorkomen wendde de Britse regering zich tot de SAS. Vervolgens werd de CRW gesticht, die onder andere verantwoordelijk was voor de opleiding van elk Regimentslid in contraterreurtechnieken.

Zes tot negen maanden lang was steeds een heel squadron *on the team*, dat wil zeggen: permanent paraat in Groot-Brittannië. De squadrons wisselden, en nu was Squadron B aan de beurt. Zolang Ploeg 7 in het buitenland was, bestond de eenheid uit de drie andere ploegen. Ik was rechtstreeks naar de CT-opleiding gestuurd, zodat ik terwijl ik een maand lang rondlummelde in afwachting van mijn springcursus in Brize Norton, tegelijkertijd paraat was. Het was een nationale en internationale verantwoordelijkheid, en ze hadden iedere man nodig op wie ze de hand konden leggen.

Een idealere wereld kon ik me niet voorstellen. Ik kreeg een opleiding in groepsverband, leerde mijn basisvaardigheden en voerde met mijn eigen ploeg een operatie uit.

18

We werden in twee subgroepen verdeeld: Rood en Blauw, wat betekende dat we op een echt slechte dag bij twee incidenten tegelijk inzetbaar waren. De ene groep moest in dertig minuten kunnen uitrukken, de andere in drie uur. Franks eenheid omvatte een communicatienetwerk en elke subgroep telde een aanvals- en een scherpschutterseenheid.

De aanvallers waren de mannen in het zwart die uit helikopters sprongen en via ambassaderamen naar binnen gingen. Ze opereerden meestal met eenheden van vier man, maar dat hing ook van het doelwit af. Een van de aanvallers was de *method-of-entry*-man (MOE), verantwoordelijk voor de opening van elke deur – met explosieven of gewoon door de klink naar beneden te duwen – die de ploeg tegenkwam. Voorts was er een zware MOE-brigade. Dat waren de jongens die met holle ladingen door muren drongen en zorgden dat alle hindernissen (van tralies voor de ramen tot gepantserde deuren) werden opgeruimd.

Tot het moment waarop het knallen begon en de aanvallers binnendrongen, waren de scherpschutters het belangrijkste element in het team. Zij hadden het doelwit altijd in het vizier en waren zo onze ogen die rechtstreeks inlichtingen doorgaven. Ze meldden elke beweging die ze waarnamen, de precieze bouw van de ramen en de eventuele aanwezigheid van verborgen toegangen tot het doelwit. Ze waren dus een soort verkenners voor de rest. De scherpschutters wisten precies welke inlichtingen van belang waren, want ook zij waren tot aanvaller opgeleid.

Het hoofdkwartier van het squadron bestond uit de commandant (een majoor) en de sergeant-majoor (een *warrant officer*), die voor beide teams verantwoordelijk waren. Squadron B had net een nieuwe commandant, want Baas L was tot hogere en betere zaken geroepen.

Stirling Lines, ons kamp, was genoemd naar de oprichter van de SAS. We noemden het meestal gewoon de Lines, en het was een jaar of vijf eerder herbouwd. Het oude kamp Bradbury Lines bestond uit houten barakken uit de jaren vijftig, lange kazernegebouwen in een stervorm die in het midden door toiletten en wasruimtes verbonden waren. Het nieuwe kamp leek eerder op een universitaire campus, met gebouwen van rode baksteen en dubbele ramen in witte kozijnen. Een exercitieterrein was er niet, en dat was zo atypisch voor het leger dat ik het prachtig vond.

Ik ging bij de intendance in de rij staan en kreeg er mijn uitrusting uitgereikt: een zwarte tas van zeildoek – zo groot dat er een gezinsauto in paste – met alles erin wat een aanvaller ooit nodig kon hebben. Het idee was dat je die tas in geval van alarm in één keer in een auto of helikopter kon mikken. Je uitrusting diende altijd paraat te zijn.

Op de eerste plaats hadden we een paar zwarte overalls met daaronder een soort pyjama van Nomex. Nomex is het vuurvaste spul dat autoracers dragen. Ik kreeg ook een NBC-pak (een pak dat bescherming biedt tegen nucleaire, biologische en chemische besmetting), dat we ertussenin konden dragen als we 'intelligent' gas gebruikten dat zowel op de huid als op de ademhaling inwerkte. Vervolgens een gasmasker en zes reservebussen. Het kogelvrije vest van kevlar bevatte twee keramische platen (voor en achter) om de belangrijkste organen in de borstkas te beschermen. Een vest van dik suède ging over het 'pyjama'-jasje heen en was met kleine lussen en zakjes van webbing uitgerust. Niet het minst belangrijk waren de twee groenleren pilotenhandschoenen. Ze beschermden je handen, maar waren dun genoeg om de trekker te voelen. Iedereen was er dol op.

Ik kreeg een 9 mm semiautomatisch Browning-pistool en de legendarische Heckler & Koch MP5 waaronder een lichtbron was aangebracht. Die lichtbron was afgesteld op het wapen. Als je schoot van een afstand van maximaal acht meter, raakten de kogels datgene waarop de lichtstraal viel. In het donker zag je je doelwit uitstekend, maar het licht was ook sterk genoeg om rook te doorboren.

Voorts kreeg ik een zes patroonhouders met dertig stuks voor de MP5 en drie voor de 9 mm, plus dikke leren foedraals om de patroonhouders op mijn benen te binden: de 7.62 op het linker- en de 9 mm op het rechterbeen. Dat deed je niet om ermee te kunnen rondlopen als Wyatt Earp, maar omdat je beltkit onder je kogelvrije vest zat, zodat je er pas bij kon als het vest uit was.

De webbing lussen aan het vest waren voor de handgranaten, flashbangs en/of gasbussen. Flashbangs (geen verdovingsgranaten, zoals de media ze graag noemen) zijn er in diverse soorten: met knallen, lichtflitsen en lawaai. Elke soort jaagt de mensen op een andere manier de stuipen op het lijf. Sommige maken zo'n oorverdovende herrie dat je lijf ervan gaat beven – en dat van de vijand ook. Andere produceren een knal en een felle lichtflits, die je tijdelijk verblindt. Weer andere uiten een heel hoog, eveneens oorverdovend gegil. Ze zijn ongeveer zo groot als een spuitbus, hebben aan één kant een hendel en bestaan uit een rubberen vel dat drie kleine metalen busjes bevat. Als de pen eruit wordt getrokken en de flashbang wordt weggegooid, ontploft de kleine lading erin, waarna de omgeving geteisterd wordt door de zenuwslopende verrassing die erin verborgen is.

Aan de linkerkant van het vest hing een zak met een riempje voor het volgende uitrustingsstuk: een brandweerbijl – heel handig als de MOE-boy er een potje van maakte. Hoog op de linkerschouder zat een survivalmes binnen het bereik van je rechterhand, zelfs als je geweerkolf tegen je schouder rustte. Het diende niet zozeer om ermee te vechten, maar om er bijvoorbeeld een abseiltouw mee door te snijden als je erin verstrikt raakte. Het was aan de uitrusting toegevoegd na de belegering van de ambassade, toen een paar jongens in de touwen verward raakten en zich niet meer konden bevrijden. Ze liepen zware verwondingen op door branden die door flashbangs veroorzaakt waren en waarvan de vlammen uit de ramen onder hen sloegen.

Zodra we onze spullen hadden, gingen we naar de CRW en begon onze opleiding. De CRW evalueerde ook nieuwe hulpmiddelen en technieken voor het CT-team. Ze spoorden bovendien allerlei omgevingen en gebouwen voor onze opleiding op. Als ze de hand op een 747 konden leggen, dan deden ze dat, en dan vlogen wij naar de plaats waar het ding stond. Ze organiseerden tochten naar de Londense metro, havens en vliegvelden en bekeken belangrijke plaatsen waar zich staatshoofden konden ophouden. Daarbij waren ze grote aanhangers van een tijdige planning en voorbereiding. Zo werden puinhopen voorkomen. Een groot gebouw met een plat dak stond als een soort vesting in de opleidingszone en werd zo'n zes keer per week bestormd.

Het Regiment gebruikte Agusta-109 helikopters. Sommige waren op de Falklands buitgemaakt, andere waren aangekocht toen de hoge heren zagen wat een goed toestel het was. Ze waren geknipt voor een snelle inzet in bebouwde omgevingen en brachten aanvalsgroepen naar het dak van hoge gebouwen of waar ze ook maar nodig waren. Ze waren ook bij burgers veel in gebruik en boden daardoor camouflage.

Op een bepaalde avond moesten we een nieuwe techniek oefenen om een aanvalsteam snel in het donker naar het dak van een gebouw te krijgen. Tijdens mijn avonturentraining had ik een paar keer afgeseild, maar nooit vanuit een helikopter. In de Lines hadden de jongens voorgedaan hoe we het tuig in elkaar moesten zetten dat in onze uitrusting zat, en hoe we met een achtvormig metalen hulpmiddel onze daling konden beheersen. Meer was er niet aan. Ook dit was net schieten: je moest het gewoon doen.

De normale abseiltechniek vanuit een Agusta was dat je op de staartsteun ging staan en naar buiten leunde aan een touw dat met een D-vormige ring aan de vloer zat. Dat was een beproefde methode, maar had voor de vlieger het nadeel dat hij met een draai zijn positie moest kiezen terwijl er allerlei jongens aan zijn helikopter hingen. De nieuwe methode die we uitprobeerden, hield in dat we in het toestel bleven zodat de vlieger sneller kon vliegen en beter rond doelwitten kon manoeuvreren zonder bang te hoeven zijn dat mensen uit de zijkanten vielen.

We knielden allemaal op de vloer, maakten ons tuig klaar voor de afdaling en hadden een touw dat we met niet meer dan 3 meter speling aan een D-ring vastmaakten en in wikkelingen vasthielden. Toen het bevel kwam om te springen, deden we dat ook. We maakten een vrije val van 3 meter voordat het touw door de 8 werd gestuit, en toen daalden we normaal af. Volgens de instructeurs hoefden we maar op één ding goed te letten: we moesten het touw echt stevig in onze rechterhand hebben. Want dat was de vrije hand, de hand die als rem moest fungeren.

Alles ging prima, totdat iemand het verkeerd deed en zijn greep verloor. Hij raakte het dak als een weggelopen zak stront, en zijn enkel brak zo luidruchtig dat het op 10 meter afstand te horen was.

Terwijl hij daar lag te wachten tot hij geëvacueerd werd en de helikopters ons met hun slipstream bestookten, liep Snapper naar hem toe. Hij stak twee sigaretten op en gaf er een aan de gewonde. 'Op dat laatste eindje moet je oefenen, knùùùl.' Hij knipoogde. 'Slechts een vier komma vijf voor stijijijl!'

19

We gingen naar een gebouw dat we het Killing House plachten te noemen. Toen ik nog mijn Selectie deed, had ik er honderden kogels in horen afschieten, en nu ging ik er zelf naar binnen.

'We noemen het voortaan het MTM-gebouw, voor het man-tegen-mangevecht.' Snapper was niet onder de indruk. 'Alles wordt hier vreselijk politiek incorrect. Dat is de schuld van Maggieieie!'

Hoe het ook mocht heten, het was een gebouw van één verdieping in een hoek van de Lines, bedoeld om er met scherpe munitie de bevrijding van gijzelaars te oefenen en er op alle manieren binnen te dringen, van een viermansaanvalsploeg tot een compleet team.

De geur van lood en cordiet droop nog van de muren. Na een tijdje proefde je ze achter in je keel. Er waren ventilatoren, maar die waren niet opgewassen tegen het aantal afgeschoten kogels – meer dan wat de rest van het leger afschoot.

Snapper was net bij de CRW ingedeeld, maar voelde zich nog bij het squadron horen. Hij hing rond, deed met iedereen mee en kletste over van alles en nog wat – net als iedere andere soldaat in elk ander leger ter wereld.

Zelfs als alle lichten aan waren, boden de kamers in het MTM-gebouw een sombere aanblik. Sommige hadden kleine patrijspoorten met kogelvrij glas zodat mensen van buiten naar binnen konden kijken of ons konden filmen.

Scherpe munitie was bruikbaar omdat de muren bedekt waren met overlappende vellen rubber van transportbanden. Daarachter zat een ruimte van 7 centimeter en daarna kwam dik staalplaat. De kogels vlogen door het rubber, en als ze ricocheerden, vlogen ze weer tegen het rubber aan. Het was een briljant systeem. Je kon een MP5 tegen het rubber zetten en automatisch leegschieten zonder dat er ook maar één kogel terugkwam.

We werden in groepen van vier man gesplitst. Ik zat bij Hillbilly, een van de jongens die ik had leren kennen toen Snapper zijn antivrijmetselaarsstunt uithaalde. Hij zat bij Boat.

Hillbilly knikte me toe. 'Hoe gaat het met je? Zie je Nish nog weleens?'

'Nee, sinds we hier gekomen zijn, hebben ze op het opleidingsterrein gezeten.'

Snapper verscheen. 'Jij, jij en jij. Kom op.'

Hillbilly, een andere jongen en ik liepen achter hem aan.

Snapper keek en klonk even krankzinnig als anders. 'Oké, boooys. We roken ze uit en knallen ze aaaaf!'

Ik had gedacht dat hij zijn MTM-opleiding nog zou krijgen, niet dat hij de ploegcommandant was.

Ik moest als nummer drie naar de deur en keek Hillbilly aan. 'Wat moet ik doen?' Niemand had me instructies gegeven over de viermansaanval op een kamer.

'Gewoon die kutdeur in en loop naar een plek waar wij niet zijn. Als Snapper en ik aan de rechterkant zijn, ga jij naar links. Ga naar binnen waar je kunt. Als je een *X-ray* (terrorist) ziet, leg je hem om. 't Is niet moeilijker dan dat. Gewoon doen. Geen tijd voor geklets.'

Ik laadde de MP5 met dertig patronen, trok aan de haan om het wapen te spannen en zette de veiligheidspal om. Ik liet het wapen aan zijn riem voor mijn borst hangen en haalde de 9 mm voor de dag. Ik spande hem, zette de veiligheidspal om en stak hem weer in mijn dijholster.

We stonden links van de deur. Snapper was de nummer één en stond bij de scharnieren. Hillbilly stond zo dicht achter hem dat hij hem zwanger had kunnen maken. Ik stond even dicht achter Hillbilly. Het moest op deze manier, want zo konden we bijna als één man naar binnen.

In de loop van het decennium daarna raakte ik gewend aan het oorverdovende geknal uit andere kamers en de geur van lood en cordiet.

De nummer vier was iemand van de MOE-brigade en hij stond aan de kant van de deurknop.

Snapper had Hillbilly kennelijk gehoord. Hij pakte mijn arm vast en trok me zo ver naar zich toe dat hij ondanks het lawaai van de ventilator en de rest van de herrie iets in mijn oor kon schreeuwen. 'Het draait allemaal om de schiettijd, Andy-m'n-jongen. De tijd die je kogel nodig heeft. Daar gaat het om. Trek je niks aan van instructies en kletsmeierij. Als je er een zooitje van maakt, zwaait er wat.' Hij liet me los, en ik ging weer bij de deur staan. Toen kwam hij terug en trok hij me weer naar zich toe. 'Anders doet meneer Negen Millimeter het wel. Awww!'

Snapper ging weer bij de deur staan. Hij legde de kolf van zijn MP5 tegen zijn schouder, hief het wapen en richtte het op de plaats waar de kier zou ontstaan als de deur openging.

Hillbilly had zijn wapen geschouderd, maar wees ermee naar de grond. Ik zag zijn duim de vuurregelaar op enkelschots zetten. Als hij hem helemaal had doorgeduwd, zou hij op automatisch hebben gestaan. Maar het is van belang dat je snel maar beheerst schiet om munitie te sparen.

Snapper wist ineens weer dat hij bij de CRW zat. 'Die knakkers moeten we lozen als waaater, dan zien we ze tenminste niet meer terug. Steeds dubbel schot op hun kop.'

Ik kende dit spelletje al. De MTM-fase hoorde bij de Selectie, maar niet bij het gevecht binnenshuis. Ik wist dat de kamer in werkelijkheid vol X-rays of yankees (gijzelaars) kon zitten. Als je dan op automatisch om je heen ging paffen, doodde je misschien net de mensen die je kwam redden. Je richtte alleen op het hoofd. Terroristen konden best een kogelvrij vest dragen en bovendien konden ze stijf staan van de drugs of de adrenaline. Ik had gehoord over Schotten in de Eerste Wereldoorlog die soms met vliegend hemd en opgezette bajonet zes of zeven kogels incasseerden voordat ze begrepen dat ze dood waren.

20

Ik controleerde mijn veiligheidspal met de loop omlaag. Mijn linkerschouder drukte tegen Hillbilly's rug. We wachtten in stilte, maar dat was een luidruchtige stilte. Behalve het lawaai van geweervuur en geschreeuw hoorde ik bij elke inademing het geklik van het rubberen membraan in mijn gasmasker. Bovendien werd mijn ademhaling erdoor versterkt. Ik leek wel een hijger aan de telefoon. En dat was niet het enige probleem met de gasmaskers. Ze roken ook sterk naar rubber en penetrante, peperige resten van oud traangas. Als klap op de vuurpijl besloegen mijn lenzen. Ik begon het gevoel te krijgen dat ik onder water was.

Snapper riep: 'Stand-by, stand-by... nuuu!' Zijn geroep werd door zijn gasmasker gedempt, maar ik begreep de strekking.

Nummer vier duwde de deur open en Snapper en Hillbilly verdwenen. Ze moesten zo ver als ze konden oprukken zonder te schieten. Dan hadden anderen de ruimte om naar binnen te gaan en de aanval te versterken.

Toen ik hen een fractie van een seconde later volgde – kolf tegen de schouder, beide ogen open, fel lantaarnlicht tegen het halve donker – hoorde ik een stel snelle, dubbele tikken rechts van me.

Ik kon mijn ogen niet geloven. Er waren echte mensen in de kamer. Sommige teamleden zaten aan een tafel. Een van hen stond schuin links voor me, iemand anders zat op een sofa.

Ik ging links van Hillbilly staan. Hij schoot op een moffenkop tussen twee jongens aan tafel.

Ik zag een moffenkop in de verste hoek, bleef staan, verlichtte het doel, schoot tweemaal en liep verder. Het wapen had nauwelijks een terugstoot.

Ik schoot opnieuw tweemaal, schuifelde naar voren, schoot weer tweemaal en opnieuw. Eindelijk was ik zo dichtbij dat ik kon zien welke gaten de kogels maakten. Dat was het. Hij was dood, en er waren geen doelwitten meer, alleen jongens die om me heen zaten of stonden.

Binnen een paar tellen na onze binnenkomst waren we allemaal alweer opgehouden met schieten. Snapper schreeuwde door zijn gasmasker: 'Afmaken!'

We dekten de nummer vier, die met getrokken pistool vanaf rechts aan kwam lopen. Met zijn MP5 voor zijn borst zocht hij verborgen terroristen achter canapés en in kasten.

Een dubbel schot van hem in de kast, gevolgd door een ander dubbel schot, verried dat die er inderdaad waren.

Een dreiging gold alleen als opgeheven als het lichaam op de grond viel en zich niet meer bewoog omdat het dood was. Daarom werd een doelwit soms wel met zestien kogels doorzeefd. Je moest schieten tot je wíst dat die vent dood was. Het was donker in die kast, en de nummer vier kon niet zien waar zijn eerste twee kogels waren ingeslagen. Daarom herhaalde hij het tot hij er zeker van was.

Ik weet nog dat ik leunstoelexperts na de ambassade hoorde klagen over het aantal kogels dat dode terroristen in hun lichaam hadden. 'Waarom hebben ze hem niet gewoon in zijn been geschoten?' merkten ze op, of: 'Waarom dood je hem niet met gewoon twee kogels?' Mensen die zulke opmerkingen maken, hebben het geluk dat er nooit een geweer op hen gericht is.

Snapper deed zijn gasmasker af. 'Te traaaag, godverdomme!'

Ik zette ook het mijne af. Ongetwijfeld had de verzegeling net zo'n diepe groef rond mijn gezicht gemaakt als bij de drie anderen.

De gijzelaars – jongens van Mountain – kraakten Snapper af. Ze zeiden dat hij bij zijn binnenkomst naar rechts was gelopen terwijl de grootste dreiging links van hem en bovendien het dichtstbij was geweest.

Snapper werd daar erg pissig over en gaf een perfecte demonstratie van zijn bijnaam (snauwer). De discussie was in minder dan een seconde voorbij.

Ik ontlaadde mijn wapen en Hillbilly deed hetzelfde. Hij duwde tegen mijn arm om me naar buiten te werken en ging in de Snapper-modus. 'Die kookt wel in z'n eigen sòòòp.'

Mijn haren en nek waren nat van het zweet, en daar waaide een koude wind overheen terwijl we het MTM-huis verlieten en naar de 'Noren' slenterden. Dat waren enorme thermosflessen zo groot als vuilcontainers, die elke ochtend uit het keukengebouw werden opgehaald, samen met de voorverpakte lunch van het team. Die maaltijd was altijd identiek: een paar *beef rolls*, een pakje chips, een Yorkie-reep en een gebutste appel. Iedereen klaagde erover maar at alles in een paar uur op. We kregen ook allebei een papieren beker met stinkende, oude thee.

De trein tussen Worcester en Hereford tjoekte een meter of dertig verderop langs. De forensen hadden elke ochtend ongetwijfeld een prima uitzicht. Het oude kamp lag vlak naast de spoorlijn aan de rand van de stad.

Ik kende Hillbilly nog steeds niet erg goed, maar hij deed tegenover het groentje in elk geval zijn best. 'Wanneer ga je naar de cursus vrije val?'

'Over een week of twee. Daarna gaan we over het water met de hele ploeg. Heb jij in hetzelfde bataljon gezeten als Nish?'

'Nee, ik ken hem van de Selectie.'

Hillbilly kwam uit Portsmouth. Hij praatte niet op die manier, maar had de stad wel een paar keer genoemd. Zijn ex-vrouw en dochter woonden er nog steeds. Hij was een fitnessfanaat, maar dat had niets met de eisen van zijn werk te maken. Zijn favoriete motto was: 'Vrouwenbenen alleen met trainen.' Hillbilly leefde in de hoogste versnelling. Zaterdagavond was zijn avond voor een nieuw overhemd. De kledingwinkels in de buurt verdienden een fortuin aan hem. Hij gedroeg zich alsof het geluk van alle Herefordse vrouwen zijn verantwoordelijkheid was. Zijn in elkaar geslagen gezicht was niet dat van Robert Redford, maar hij had zoveel charme dat weinig mensen hem konden weerstaan. Hij zei altijd: 'In een nieuw hemd en netjes gekamd blijven ze staren en zijn ze verkocht.'

21

Ik begreep het nog steeds niet. Zat Snapper nou bij het team of bij de CRW?

'Bij de CRW.' Hillbilly haalde de plasticfolie van zijn laatste beef roll. 'Maar 's ochtends doet hij met ons mee. We moeten hem zien te lozen.' Hij grinnikte. 'Die gozer is zo gek als een deur.'

Snappers laatste aanval van waanzin kwam toen hij op de bruiloftsreceptie van Baas L begon te vechten. Uiteindelijk sneed hij alle opgehangen manden met een ceremoniële sabel los.

'Wat is dat eigenlijk voor gelul over een certificaat dat hij geestelijk gezond is?'

'Vlak voor Maleisië is hij naar Woolwich gestuurd, afdeling 11.'

Iedere soldaat wist wat dat was: de psychiatrische afdeling van het militaire hospitaal.

'Ze hebben hem alle tests laten doen, en daar kwam ie goed uit. Blijkbaar had ie ze eerder in de smiezen dan zij hem...'

De rest van zijn zin ging verloren toen Snapper opdook en een papieren bekertje pakte. Hij was in een goed humeur. 'Ze hadden 't miiiis. Dat geven ze toe. Snapper weet 't beeeter.' Hij roerde zo veel suiker door zijn thee dat het lepeltje rechtop kon blijven staan.

Hillbilly stikte bijna in het laatste stuk van zijn roll. 'Snapper, vertel Andy over de keer dat je je kanon ging opzoeken, je weet wel, dat van Mirbat.'

'Ze hielden mij niet binnennnn! Snapper glipte naar het artilleriemuseum omdat ik zin had om het te zien. Toen ik terugkwam, brak de hel lòòòòs.' Snapper genoot van zijn verhalen. 'Ze vroegen: "Waar ben je geweest?" Ik zei: "Mijn 25-ponder opzoeken. Ik heb Mirbat overleefd."'

Hij zweeg even om te controleren of ik wel wist waarover hij het had. Dat wist ik uiteraard: dat verhaal hoorde bij de geschiedenis van het Regiment. Een portret van een van de slachtoffers, Labalaba, hing in de kantine. Dat zagen we bijna elke dag.

Oman was in veel opzichten de spirituele thuisbasis van het Regiment. Daar hadden veldslagen zoals die van Mirbat plaatsgevonden en daar was Snapper doorgedraaid. Operatie Storm was een heimelijke oorlog geweest, uitgevochten om het communistische tij na de val van Aden en Vietnam te keren. De campagne was strategisch van doorslaggevend belang. Het Westen was doodsbang voor de Russische expansie sinds Stalin heel Oost-Europa tot aan Berlijn had overgenomen. Die stroom kreeg inmiddels vaart op het Arabische schiereiland. Het Volksfront voor de Bevrijding van de Bezette Arabische Golf – bij het Regiment bekend als de Adoo – won terrein in Jemen en verspreidde zich over de rest van het schiereiland. Ergens moest een grens worden getrokken.

De gekozen plaats was Dhofar, een provincie in het zuiden van Oman, vlak aan de grens met Aden. De operatie zou niet makkelijk worden. Het was een afgelegen gebied, en dat was een voordeel, omdat het een geheime oorlog was. Maar er was ook weinig over bekend. Dhofar is van het noorden gescheiden door een 600 kilometer brede woestijn, die in het uiterste zuiden opstijgt tot een enorm plateau. Dat is het Jebelmassief, een natuurlijk fort van 1 kilometer hoog en 14 kilometer breed. Vanuit het oosten daalt het 240 kilometer af naar de grens met Aden – dat door de nieuwe regering de Volksrepubliek Zuid-Jemen werd genoemd.

Sinds het begin van 1970 hadden kleine SAS-groepen bruggenhoofden gevestigd op de kustvlakte tegenover de Jebel en kregen daarbij steun van *firqats*, dat wil zeggen groepjes stamleden die trouw waren aan de sultan van Masqat en Oman. Andere bondgenoten waren de taaie bergbewoners uit Belutsjistan. De oorlog moest in alle heimelijkheid gevoerd worden om de olieprijs niet op te drijven en de olieproducenten en -consumenten wereldwijd niet zenuwachtig te maken. Operatie Storm was een klassieke guerrillaoorlog die zo heimelijk en beheerst werd uitgevochten dat de regio niet onstabiel werd. En die oorlog werd gewonnen.

Op 19 juli 1972 vocht de Adoo nog hard. Om zes uur 's ochtends rukten 250 goedbewapende mannen op naar het afgelegen huis van het British Army Training Team (BATT) bij de kustplaats Mirbat. Snapper bemande een .50-machinegeweer van Browning op het dak.

Hij en acht andere SAS-soldaten die daar gestationeerd waren, verzetten zich fel tegen een overweldigende meerderheid. Ze wisten de Adoo urenlang af te slaan, en toen kwamen er versterkingen.

De 25-ponder die inmiddels bekend is als het Mirbat-kanon werd tijdens het beleg bemand door sergeant Talaiasi Labalaba, een SAS-soldaat uit Fiji. Tegenwoordig staat het in het Firepower Museum van het voormalige artilleriegarnizoen in Woolwich. 'Laba' Labalaba sneuvelde tijdens die actie, maar bleef ondanks zijn zware verwondingen het kanon afvuren. Snapper had aan zijn zijde gestaan tijdens een van de allerberoemdste kleinschalige SAS-acties ooit. Het Regiment kent niet veel trotsere momenten dan dit.

Snapper grinnikte. 'Ze gaven me een kop thee, stopten me in bed en zeiden: "Tuurlijk heb je dat gedaan. Rust maar even lekker uit, dan komt alles weer in orde…" Die gasten snapten niks. Ze dachten dat ik gek was, maar toch gaven ze me een papier waarop staat dat ik ze allemaal op een rij heb staannn!'

Zijn grijns verdween. Snapper verveelde zich blijkbaar ineens. 'We scheiden ermee uit. Afkappen die handel. We hebben er voorlopig genoeg van. Tot zo.'

Voor gezellige babbels moest je niet bij hem zijn. We gingen naar het opleidingsgebied voor een vrije val en om te gaan abseilen. Maar dan 's nachts. Met enig geluk kreeg ik ook de ploeg te zien, want die kreeg daar zijn opleiding.

22

Des Doom en Schwepsy kwamen met hun thee naar ons toe en zetten Hillbilly klem. Ze hadden allebei de bekende groef rond hun gezicht die de verzegeling van het gasmasker veroorzaakt had. Schwepsy's vuilblonde haar was vochtig van het zweet en stak overeind alsof hij een elektrische schok had gekregen.

Schwepsy schreed altijd meer dan dat hij liep en leek wel een beetje op een sergeant-majoor op zoek naar rekruten die hij kan commanderen en uitfoeteren. Zijn rug was kaarsrecht en zijn schouders waren zo vierkant dat het leek of de klerenhanger nog in het jasje zat. Met zijn arische, naar achteren gekamde haar kon hij zo zijn weggelopen uit een rekruteringsposter voor het Panzer Korps.

Hij deed zijn handschoenen uit, en ik zag opnieuw dat hij geen horloge droeg. Maar ook zonder dat keek hij om de haverklap naar zijn pols om zeker te weten dat hij vijf minuten te vroeg was voor welke parade dan ook – of voor iets anders. Als hij een auto was zou hij een solide, betrouwbare Volvo met een fatsoenlijke prijs zijn geweest. Alleen zou deze Volvo dan een kazernebrede scheldkanonnade hebben uitgebraakt als je haar te lang was of je baret niet recht stond, jij vreselijk mannetje.

Des Doom hield zijn neus bij die van Hillbilly alsof hij aan een ondervraging begon. Des had maar twee versnellingen: agressief en heel agressief. Het leven was voor hem één lange bajonetaanval. Ik kende niemand anders die aan een personeelslid in een McDonald's om ketchup vroeg op een toon alsof hij hem uitnodigde om mee naar buiten te gaan. Als zo'n jongen de ketchup niet snel genoeg bracht, was hij geen idioot maar leed hij aan het NHGG-syndroom ('niet hard genoeg geslagen'). Toch hield wel degelijk iemand van Des Doom. Hij was al heel lang met mevrouw Doom getrouwd, en ze hadden kinderen. Te velde keek Des nergens van op: hij deed gewoon wat hij doen moest – agressief, natuurlijk. Als Des een auto was geweest, zou hij geen auto zijn geweest maar een van Schwepsy's tanks.

'Ga mee theedrinken.'

Hillbilly aarzelde. 'Heb thuis te veel te doen. Moet spullen uitzoeken.'

Allerlei jongens kwamen het Killing House uit, want het ging nu op slot.

Harry kwam onze kant op. Hij zat bij Mountain, was net als Nish een kampioen vrije val en was verzot geraakt op bergbeklimmen. In zijn vrije weken was hij altijd in Noorwegen te vinden om te klimmen, te skiën en te langlaufen – alles, als het maar in de sneeuw was. Hij was niet getrouwd, maar woonde wel samen met een vrouw in de stad, en anders dan zijn beste vriend Des was Harry heel kalm en stabiel, iemand die gewoon zijn werk deed en wilde dat zijn mooie blonde haar niet zo snel uitdunde. Des en Schwepsy vonden dat nu ik bij Ploeg 7 zat, ze Harry wel in de zeik konden nemen omdat hij een marinier was. Harry had altijd andere ideeën. 'Probeer maar...'

Harry zou een Jaguar E-type zijn geweest: niet erg opvallend, maar met heel wat onder zijn kalende kruin. Hillbilly? Er bestond nog geen auto die met hem voor ogen ontwikkeld was.

Des richtte zich tot mij. 'Wat heb je te doen?'

'Niks. Beetje aanklooien.'

'Ga mee.'

We trokken onze zwarte spullen uit en stopten ze bij onze uitrusting terwijl Hillbilly wegsloop.

Des keek op zijn horloge en wierp een blik op Schwepsy. 'Geef hem een voorsprong. 't Begint om vier uur, niet? We redden de laatste vijftien minuten nog.'

Wij vieren legden onze plunje in de hangar en stapten in mijn gedeukte witte Renault 5. Ik was de startsleutel allang kwijt en startte de motor altijd met de draden die onder het stuur hingen. Het rechterspatbord zat met twee elastieken vast. Maar de wielen draaiden.

Het bleek dat we geen thee gingen drinken, maar Hillbilly gingen verrassen tijdens een aerobicsles in een sportschool in de buurt. We waren net een stel schooljongens, opgewonden nu we een klasgenoot voor paal gingen zetten.

De aerobicsles was een van Hillbilly's talrijke en gevarieerde manieren om iemand in bed te krijgen. Hij rekende erop dat hij na zo'n les de kans had om met fitte vrouwtjes te praten, die hij dan kon uitnodigen voor een drankje. Hij had echter geen rekening gehouden met de mogelijkheid dat zulke vrouwtjes ook konden uitgaan of getrouwd konden zijn met mannen van het Regiment. Dat geheim was door mevrouw Doom doorverteld.

De sportschool had twee afdelingen: in een voormalig pakhuis had je de gewichten, en aan de overkant van de binnenplaats was de aerobicsstudio.

De muziek dreunde naar buiten terwijl wij ons klein maakten onder de ramen.

Hillbilly stond er middenin en was de enige man tussen dertig deelneemsters, die allemaal enthousiast aan het dansen waren terwijl de instructrice het tempo erin hield.

'Een, twee, drie, vier... ja! Zo gaat ie goed, ga door! Voel de pomp!'

Hillbilly droeg zelfs de juiste kleding, hoewel zijn hemd te strak was en zijn spandexbroek een paar maten te klein was uitgevallen, wat misschien geen toeval was.

Schwepsy genoot van elk moment. 'De pomp voelen? Hij wil hun achterste voelen.'

Hillbilly kende de routine op zijn duimpje. Hij glimlachte naar de anderen van de klas, rondspringend in een zee van beenwarmers en – in zijn geval – blauwe sokken die goed bij zijn hemd en polsbandjes pasten.

Des had iets aan te merken en legde zijn getatoeëerde onderarmen op de vensterbank. 'Hij loopt hier zowat in z'n nakie. Waar is zijn hoofdband?'

Harry wiegde op het ritme mee. 'Ach, wat kan het schelen. We zeggen gewoon dat hij hem wel droeg. Maar hij beweegt lekker, vinden jullie niet?'

We doken weer onder het raam toen de les eindigde. Dertig vrouwen en Hillbilly gaven elkaar high fives voordat ze naar buiten kwamen en over de binnenplaats naar de kleedkamers liepen.

Hillbilly liep breed te oreren en had ons nog niet in de smiezen. 'Ja, ik heb echt een goeie work-out gehad. Ze draait ook hartstikke goeie muziek, vind je...' Op dat moment kreeg hij ons in het oog: vier jongens die met een vette grijns aan zijn lippen hingen. 'Shit... Jongens, ik kan het uitleggen...'

Een van de vrouwen met wie hij plannen had, riep: 'Kom je dit weekend naar Gingerbread?'

'Eh... weet ik niet, maar ik zal het proberen.'

Des keek Hillbilly strak aan. 'Voel de pomp, hè?'

Hillbilly werd zo rood als een biet, en dat kwam niet van de work-out. 'Op heterdaad betrapt, dus.'

Maar Harry liet hem niet zomaar los. 'Gingerbread? Wat is dat nu weer? Je geeft ons toch niet een nog slechtere naam dan je al hebt, hè?'

Hillbilly ging bijna door de grond van schaamte. Gingerbread was een praatgroep voor alleenstaande ouders, die emotionele kwesties bespraken, elkaar met praktische dingen bijstonden en dagtochtjes organiseerden. Dat soort dingen. Hij was van plan de enige alleenstaande vader te worden wanneer zijn dochter een weekend kwam logeren. 'Je moet de meisjes een schouder geven om op uit te huilen, snap je?' Hij straalde. 'Ik laat hun mijn kwetsbare, liefhebbende kant zien. Tot nu toe werkt dat als een tierelier.'

23

Een paar uur voordat het donker werd, hesen we onze uitrusting in de Transit- en Range Rover-busjes van het team. Het had geregend, en het was een natte en ellendige dag geworden.

We zaten steeds met vier man in een Range Rover. De auto's waren volgeladen en zwaar. Die van mij schoot alle kanten op terwijl de chauffeur zijn racevaardigheid oefende. Hij keek op zijn horloge. 'Tien minuten. 't Gaat goed.' Het was altijd de kunst om binnen een kwartier op het oefenterrein te staan.

Het eerste voertuig meldde zich toen het de hoek om reed. 'Weg vrij.'

De autolading burgers die we in de korte bocht inhaalden, staarde ons aan alsof we niet goed wijs waren. En daar hadden ze misschien wel gelijk in, afgezien van Snapper natuurlijk, die het schriftelijke bewijs van het tegendeel had.

Snapper was niet bij ons. Hij had eindelijk beseft dat hij aan de andere kant van het hek thuishoorde, en was vooruitgegaan om de abseiloefening voor te bereiden.

Tijdens de Selectie had ik het oefenterrein goed leren kennen. We reden naar de schietbaan voor auto's, een open carré tussen aarden wallen van een meter of vijftien hoog. Net een driezijdige berm. Schietschijven konden naar links, naar rechts en recht vooruit bestookt worden.

Drie van de vier wagens werden aan één kant geparkeerd. Die terreinwagens dienden voor contactoefeningen met scherpe munitie en hadden het zwaar te verduren. Daaromheen stikte het van de lijken. Ploeg 7 was weer eens bezig.

Er lagen veel meer lijken rond de auto's dan in het oerwoud. Ploeg 7 was hier niet de enige. Er waren ook jongens van andere ploegen om de bezetting op sterkte te brengen. We hadden minstens twaalf man nodig.

Iedereen droeg een spijkerbroek en een jasje. Ons haar was nog langer dan in Maleisië, en sommigen hadden zelfs een baard. De meesten dronken thee uit witte papieren bekers terwijl ze hun MP5's klaarmaakten en de patroonhouders vulden.

Ze draaiden zich om en wilden weten wie eraan kwam. Eenmaal in de buurt, herkende ik Frank, Nish en Al naast een groene Astra.

De Range Rovers stopten, en we stapten uit. We sloegen elkaar op de rug, er werden veel winden gelaten, en toen haalden we met een glimlach de voorverpakte lunches tevoorschijn die we uit de kantine hadden meegenomen. Uit een van de auto's sleepte iemand een Noor en een stapel papieren bekers.

Toen ik naar Frank liep, zag ik dat de voorruit van de Vauxhall met elastiek op zijn plaats werd gehouden. Er lag een nette stapel splinternieuwe voorruiten op het gras naast een berg kapotgeschoten exemplaren.

Frank was in een goed humeur. Al produceerde iets wat op een glimlach leek terwijl hij zijn Browning in de platte holster achter zijn rechterheup stak. Ik glimlachte terug, maar vooral vanwege zijn trui. Dat was zo'n veelkleurig, Scandinavische visserszing dat Abba gedragen kon hebben als de groep een clip voor Kerstmis maakte.

Er stak een achterwerk uit het chauffeursportier. Al greep de riem en trok. 'Ken, dit is Andy. Hij vindt je een slapjanus.'

De reus stond op en draaide zich om. Ik zag meteen waarom niemand hem in de zeik nam. Met zijn golvende bruine haar en een stoppelbaard van een paar dagen op een enigszins door mee-eters aangetast gezicht leek hij eerder een levenslang gestrafte dan een soldaat. De valse tanden in zijn bovenkaak, die hij op hun plaats duwde, verzachtten het effect niet. De originelen konden er bij een kloppartij in de gevangenis uit geslagen zijn. Hij keek me zonder een spoor van een glimlach aan. Zijn mond ging open, maar niet verder dan nodig was om er een sigaret in te steken voordat hij hem opstak. 'Goed luisteren. Ik ben dan misschien een slapjanus uit het groene slijm, maar ik ben ook de baas. Snappie?'

Eindelijk verscheen er een glimlach. Terwijl hij zijn sigaret opstak, lachte hij zelfs. Hij nam een snelle trek en blies de rook weer uit zijn mond. Toen stak hij zijn hand uit. 'Alles kits, jongen?' Zijn accent was dat van Zuid-Londen, net als het mijne, maar ik wist al dat de overeenkomsten daarmee ophielden.

Ken was een grote Bruce Lee-volgeling, die zijn land wereldwijd bij vechtsportwedstrijden vertegenwoordigd had. Ik was ervoor gewaarschuwd dat hij al ging vechten voor een hap van je Mars.

Ik had ook zelf op dat gebied geliefhebberd, maar alleen om meisjes te versieren. Als veertienjarige gierden de hormonen door mijn lijf. Ik sliep dan misschien in de badkamer, maar zonder warm water in huis schoot dat niet op. Daarom ging ik elke avond douchen in het Goose Green-zwembad, want wie weet kwam ik naast een meisje te staan.

Ik droeg sokken die vers van de markt kwamen en was om te zoenen zo schoon, maar ik was ook te zwaar. Dat was ik altijd geweest. En de meisjes vielen niet massaal voor dikke jongens die naar Brut roken en lichtgevende oranje sokken droegen. Ik had iets extra's nodig.

De gekte overspoelde het land. Mensen wankelden de pub uit om naar een late film te gaan, en als die was afgelopen, waanden ze zich Karate Kid. Buiten de bioscopen, curryrestaurants en Chinese afhaaltenten wemelde het op vrijdagavond in de Peckhamse straten van de jongens die met hun hoofd tegen lantaarnpalen en tegen elkaar bonkten. Ik ging zoals iedereen bij een club, begon te trainen en raakte mijn overgewicht kwijt. De weg van de draak werkte voor mij heel goed. Maar dat vertelde ik Ken natuurlijk niet, want dan had hij met me willen vechten om te zien hoe slecht ik was.

Ik wist ook dat Ken, die uit het groene slijm (de inlichtingendienst) kwam, nogal wat klussen in de schaduw had opgeknapt, klussen die nooit openbaar werden. Dat was misschien de reden waarom hij Duits had moeten leren.

Ken leunde achterover in de Astra en haalde zijn MP5 van de vloer achterin. 'Oké dan, die slapjanus wil ik zien. Tijd voor 'n talentenshow, Andy m'n jongen. Pak je wapen en neem rechts achter plaats.'

'Wat?'

'Stap in die kolerekar, viermanscontact.' Hij wendde zich tot Frank. 'Geef die vent in jezusnaam instructies.'

24

Frank liep met me mee naar de Range Rover, en ik pakte mijn uitrusting. Ik laadde mijn MP5 en stak mijn pistool in mijn spijkerbroek voordat ik achter de chauffeursplaats ging zitten. Al kwam naast me zitten. Niemand gebruikte veiligheidsgordels en we zaten allemaal op natte zittingen en glasscherven.

'Heb je Ken gezien?'

Nish sprong links voorin en Frank reed in zijn achteruit langs de Range Rovers. 'Oké, jongen. Ga je nog naar de cursus vrije val?'

Frank had zijn linkerarm op Nish' rugleuning gelegd. Hij leunde achterover en kwebbelde tegen Al over een meisje dat diens vrouw voor hem had opgeduikeld. Ze hielp ook bij het schilderen van Als huis.

Nish was niet onder de indruk. 'Al, jij hoeft zo'n Collins-escort helemaal niet. Gooi je trui weg, trek een net overhemd aan en ga met Hillbilly de stad in.'

Frank stopte de auto op ongeveer 100 meter van de baan.

Nish draaide zich om naar Al. In zijn hoofd was een lichtschakelaar aangezet.

'Ik weet waarom ze een vrouw voor je proberen te krijgen.' Hij wees naar Frank. 'Dat komt door hem. Hij wil bij jou de dominee uithangen en jou in de echt verbinden!'

De rest van het squadron was naar de bovenkant van de berm gereden en stond of hurkte op de natte grond met een mok thee. Ken sprong bij de ingang van de baan op en neer en riep dat we moesten opschieten. Frank gaf gas. 'Daar gaan we.'

Nish staarde door het met elastiek gerepareerde raampje terwijl Frank plankgas gaf. 'Lekker glijen, Frank. Maak er een show van!'

Terwijl we met gillende banden de baan op reden, dook voor ons uit een vuurbal op, een fractie van een seconde later gevolgd door een harde knal.

Nish zette zijn wapen tegen zijn schouder. Frank remde hard. Het achtereind van de auto slipte op de natte grond weg, en het kostte hem moeite om op koers te blijven terwijl we naar de vuurbal reden.

Ik zag in de berm voor ons schietschijf 11-doelwitten staan. Nish leegde zijn MP5 in korte vuurstoten door de voorruit. De drukgolven teisterden mijn oren. Lege hulzen stuiterden tegen het dak en kwamen op mijn hoofd en schouders terecht.

Al had het portier van de nog rijdende auto al open en was toen verdwenen. Ik volgde zijn voorbeeld en rende 4 of 5 meter naar opzij om de kogels te ontwijken waarmee de auto in het geval van een hinderlaag bestookt zou worden.

Nish schoot zijn patroonhouder door het verbrijzelde glas heen leeg en sprong. Ook Frank kwam in actie. Schieten en manoeuvreren: iemand moet altijd aan het schieten zijn terwijl de anderen zich voortbewegen. Op die manier leg je vijanden neer of zorg je dat ze in elk geval hun hoofd intrekken zodat je zelf kunt oprukken.

Ik rende de vuurlinie uit, passeerde de neus van de auto, bleef staan en schoot steeds dubbel op het dichtstbijzijnde doelwit. Het vuur eromheen brandde nog steeds.

Frank sprintte me voorbij, bleef staan en schoot. Dat deed hij steeds in korte stoten van drie of vier kogels.

Aan de andere kant van de auto, links van mij, bewoog iets. Er werd ook veel geschoten. Dat ging door terwijl wij naar de schietschijven bleven lopen.

Ik haalde de trekker over, maar er gebeurde niets.

'Geen munitie!'

Frank bleef niet staan om me te dekken en liep door.

Ik moest me met het pistool behelpen en bleef schieten. De MP5 hing aan mijn linkerhand, maar ik had mijn ogen wijd open, staarde strak naar de schietschijf en pompte er keurig setjes van twee in.

Het kostte maar een paar tellen om vlak bij de doelwitten te komen, en die kregen allemaal twee kogels in hun lijf. Andere omgeving, zelfde principe: schieten en manoeuvreren, blijf oprukken en blijf de vijand raken.

'Stop! Stop! Stop!'

Ik zette de veiligheidspal om en draaide me om. Ken kwam met grote stappen op ons af en had een sigaret in zijn hand. De rest van het squadron had de show bekeken en begon langs de berm te lopen, of werd daartoe gedwongen. Snapper riep hun na: 'Aan het wèèèèrk! De heli's komen eraaaan!' Hij leverde vervolgens zijn eigen commentaar op de aanval. 'Klotèèè. Slechts vier komma vijf punten voor stijijijl!'

Ken keek me aan. 'Ik zie je na de vrije val, oké?'

'Oké.'

Tiny en een andere reus van een man repareerden een Mazda-sedan.

Hij knikte me toe. 'Je hebt dus kennisgemaakt met Ken.' Hij lachte snuivend.

De andere lange man hield op met wat hij aan het doen was, en kwam naar me toe. Hij stak een kolenschop van een hand uit en glimlachte. 'Cyril.' Hij lispelde een beetje en leek wel de oudste man van heel Hereford, om van Ploeg 7 nog maar te zwijgen.

'Hallo, ik ben Andy.'

'Dat weet ik.' Hij glimlachte opnieuw. 'We zien elkaar aan de andere kant van de plas.'

Ik liep naar de auto terug. Snapper stond nog steeds te bulderen en te schreeuwen. 'Schiet verdomme een beetje op, we verspillen dagliiicht!'

25

Brize Norton was de tweede keer nog leuker. Alleen vier jongens van de Special Boat Service (SBS) en ikzelf deden de cursus. Technisch gesproken hoorden we al bij de broederschap, en de instructeurs behandelden ons bijna als gelijken. Ik had een beetje medelijden met al die para's die als snotneuzen moesten opdraven voor de static-linecursus. Een beetje.

De meeste instructeurs waren lid van de Falcons, het showteam van de RAF. Ze boden al bij voorbaat hun excuses aan voor de verouderde lessen die ze moesten geven. 'Het handboek is heilig, ook al was dat al verouderd toen het gedrukt werd.' Bovendien sprongen ze niet met dezelfde parachutes als wij, maar we moesten érgens beginnen. Mij kon het niet schelen. Wat mij betreft hadden we ook die uit Noahs ark kunnen gebruiken.

Ik vond het prettig om ter voorbereiding op Noord-Ierland mijn haar te laten groeien. Ik vond het ook prettig om mijn zandkleurige baret te dragen. Ik voelde me zoals een toneelspeler of zanger zich waarschijnlijk voelt als het succes toeslaat, maar daar liet ik natuurlijk niets van merken. Ik had nog steeds een hoop te leren. De woorden van de sergeant-majoor klonken nog in mijn oren: 'Hou je muil, kijk en luister!'

De kindsoldaat die in september 1976 begonnen was zonder de bedoeling om lang in het leger te blijven, had zijn plannen ruimschoots bijgesteld. De eerste drie maanden bij het Infantry Junior Leaders Battalion (IJLB) in Shortcliffe (Kent) gingen voorbij met marcheren, schelden en schreeuwen, maar ik had altijd warm water, mijn eigen bed en mijn eigen kast, en we droegen zelfs ons steentje bij aan de bezuinigingen op defensie. In het IJLB mocht je maar drie velletjes toiletpapier gebruiken: het ene voor de heenweg, het andere voor de terugweg en het derde voor de glans.

Het ging me om meer dan het materiële comfort. Ik vond het prettig om ergens bij te horen. De sergeanten van de opleiding schreeuwden woorden zoals 'wij' en 'ons'. Ik begreep niet waarom sommige jongens de cursus niet afmaakten. Ze konden misschien terugvallen op iets beters.

Zelfs de leraren die zaten opgescheept met jongens zoals ik – jongens die voor hun leeftijd heel slecht lazen en schreven – gaven me een bijzonder gevoel. Mijn allereerste dag in het lesgebouw veranderde mijn leven. De kapitein was een oudgediende die op de onderste sport begonnen was en nu iets wilde doorgeven aan de nieuwe generatie. Hij betrad het leslokaal met twintig geüniformeerde puistenkoppen van zestien en wees uit het raam.

'Daar, aan de andere kant van het hek, vinden ze jullie zo stom als het achtereind van een varken.' Hij zweeg en keek ons aan alsof we het niet met hem eens waren. Voor mij had hij gelijk. Ik zat bij de infanterie omdat de rest van het leger me niet wilde hebben.

'Nou, dat zijn jullie niet. Jullie kunnen alleen maar niet lezen en schrijven omdat jullie het nooit gedaan hebben.'

Hij slenterde tussen de schoolbanken door en bekeek al die rode, pokdalige gezichten. In het leger scheer je je, zelfs als dat niet hoeft.

'Maar vanaf vandaag wordt dat anders, jonge soldaten.'

Het leger gaf niet alleen onderwijs, maar betaalde me zelfs om boos te zijn en te vechten. Ik werd de jeugdkampioen weltergewicht van het leger – wat ik zeker niet aan Kens lange neus hing. Dat begon allemaal met een 'bokscompetitie' in de compagnie. Maar er was geen sprake van boksen zoals Muhammad Ali deed. In het leger heette het *milling*. Je kreeg twee minuten om de ander verrot te slaan. Wie te makkelijk won, moest nog een ronde vechten. Wie te makkelijk verloor, moest eveneens een nieuwe ronde vechten. Ook wie zich niet staande wist te houden, moest een nieuwe ronde vechten. Na zes of zeven keer had het IJLB zijn boksploeg.

Dat kwam me werkelijk heel goed uit. Ze wilden dat ik vocht en mensen doodde, en gaven me er een fantastisch leven en een opleiding voor terug. Ik vond het heerlijk. Eindelijk had ik iets gevonden waar ik goed in was. Ik won zelfs het Light Division Sword als meest belovende jonge soldaat. Voor mij was elke nieuwe dag beter dan de vorige.

De lessen vrije val in Brize Norton waren één op één, en mijn persoonlijke instructeur heette Rob. Het eerste wat hij vroeg, was naar welke ploeg ik ging.

'Zeven.'

Zijn hele gezicht klaarde op.

'Ken je Nish?' vroeg ik.

Die kenden ze inderdaad. Het wereldje van de militaire vrije val was klein. Nish was een Red Fred en zij waren de Falcons, en ze hadden samen heel wat sprongen gedaan, bij burgerlijke shows en voor de lol, maar ook in militair verband.

De eerste paar lessen waren voor iedereen een beetje vreemd. Ik vond het raar om dingen te leren om het leren zelf, en zij vonden het raar om er les in te geven. Ik had echt gedacht dat de fase van het praten en de dikke klets achter de rug was. Het probleem was dat de vrije val eigenlijk eerder iets sportiefs dan iets militairs was. In de sportclubs werden de uitrustingen en de technieken geperfectioneerd. Ze waren voor militair gebruik aangepast, maar dat had een hele tijd geduurd. Meestal ging het omgekeerd. De militaire technologie inspireerde de burgerlijke, zeker in tijden van oorlog.

De volgende twee dagen ging het beter, hoewel ik nog maar net geleerd had hoe ik de basisuitrusting moest hanteren. Onze eerste sprong werd een doodnormale vrije val van 12.000 voet, die ongeveer vijftig seconden duurde en werd uitgevoerd met een doek dat een PB6 heette en veel op een static-lineparachute leek. Daarna gingen we over op een TAP, een verouderde uitrusting die nog steeds geen vierkante parachute was zoals de sportieve versies die de instructeurs gebruikten. Dat ding leek meer op een kwart sinaasappel. Je kon er alleen mee naar links of naar rechts.

26

Op dag drie gingen we met z'n tienen in de staart van een C-130 zitten. Bang was ik niet, maar ik wilde geen oliebol lijken. Ik ging springen, en daar had ik geen problemen mee, maar ik mocht er geen puinhoop van maken.

Iedereen voerde alle routines uit, zelfs de beroepsspringers die het al jaren deden. Lichamelijk en geestelijk doen ze nooit iets anders. Ze stellen zich voor dat ze aan de noodhendel trekken en de reserveparachute inzetten. Dat betekent niet dat ze bang zijn, alleen maar dat ze aan de toekomst denken.

We zaten allemaal in het vliegtuig met onze armen in de lucht, voerden de bewegingen uit en herhaalden in ons hoofd: duizendéén, duizendtwee, controleer het doek... En als dat niet open was, deden we net of we de afwerphendel aan de rechterkant van onze parachute zochten. Daar trokken we aan, en dan trokken we aan de rode reservehendel links.

Ik controleerde mijn twee polsen. Bij de training hadden we daar twee hoogtemeters: grote, dikke dingen die uit een Lancaster-bommenwerper gehaald leken.

Tegen de tijd dat we de 6.000 voet bereikten, had ik het echt koud. Ik kreeg een licht gevoel in mijn hoofd, maar we klommen door tot 12.000, en daar was de lucht nog ijler. Dit was de maximale hoogte waarop we zonder zuurstof konden springen. Op net 10.000 voet – lager dan de top van de Mont Blanc – is de hoeveelheid zuurstof en de druk waarmee die het lichaam in komt, niet genoeg om met maximale efficiency te kunnen functioneren. Als je nog hoger komt, krijg je last van hypoxie – zuurstofgebrek – gevolgd door bewusteloosheid en de dood.

Niemand zei iets. We zouden hebben moeten schreeuwen om onszelf verstaanbaar te maken. Het lawaai in het vliegtuig was oorverdovend. We zaten niet in de businessclass te wachten tot het karretje met de drankjes kwam.

Toen het moment gekomen was, gleed de ramp omlaag. Zonlicht viel naar binnen, samen met het geruis van de slipstream. Ik moest aan Frank denken. Hij zou hiervan genoten hebben en zou er een boodschap van God in hebben gezien.

Diep onder ons lag Oxfordshire in het zonlicht. Terwijl de vlieger naar links en rechts manoeuvreerde, zag ik de met bomen omzoomde wegen en gebouwen.

Rob dirigeerde me naar de ramp. Toen ik daar aankwam, draaide ik me om, en hij duwde me naar achteren tot de ballen van mijn voeten precies op de rand rustten en mijn hakken al op weg waren naar Oxfordshire. Hij greep de voorkant van mijn uitrusting en keek me strak aan terwijl de slipstream tegen mijn jumpsuit beukte. We moesten elkaar aankijken terwijl het vliegtuig zijn koers bepaalde en hij me in positie hield. Zijn blik gleed naar links en rechts om de lampjes in de gaten te houden.

'ROOD AAN!' schreeuwde hij recht in mijn gezicht.

Ik knikte.

'OP JE PLAATS!' Het groene licht was kennelijk gaan branden.

'KLAAR!' Hij trok aan me zodat ik naar voren gleed.

'AF!'

Ik boog me bij hem vandaan en lanceerde me met mijn voeten naar voren achterwaarts uit het luik. Ik nam de normale 'kikkerhouding' aan: knieën in een hoek van negentig graden, de armen uitgestrekt en ter hoogte van mijn schouders. Ik viel recht omlaag, maar hield mijn blik op het vliegtuig boven me gericht terwijl normale wind de plaats van de slipstream innam.

Robs gezicht bevond zich op een paar decimeter van het mijne. Eén seconde tussen twee sprongen betekende een gat van ruim 20 meter. Hij was kennelijk bijna boven op mij gesprongen, maar dat had ik niet gezien omdat ik het te druk had met er geen puinzooi van maken.

Ik tuimelde niet en keek recht voor me uit. Het vliegtuig hing hoog boven ons en werd met elke tel kleiner. Ik concentreerde me op de noodzaak om op één lijn met Rob te blijven. Hij bevond zich nu op een meter of drie afstand, maar bleef op dezelfde hoogte en keek me strak aan.

Ik viel nog steeds min of meer stabiel zonder te tuimelen. Even gunde ik me een moment om te genieten van de adrenalinestoot die een val op dodelijke snelheid oplevert. Het was net of ik op het dak van een auto stond die 200 kilometer per uur reed. De wind deed zijn uiterste best om de jumpsuit van mijn lijf te krijgen. Ik grijnsde, en mijn wangen zwollen op. Mijn hele gezicht rimpelde. Ik begon te wiebelen en compenseerde dat door met mijn armen te zwaaien. Bijna kwam ik ondersteboven te hangen.

Blijf naar Rob kijken!

Zijn gezicht leek op dat van een mopshond, compleet met klappende kaken. Het mijne zal er wel niet veel anders hebben uitgezien.

Ik moest nu een punt op de grond kiezen om te controleren of ik daar niet van afweek. Misschien bleef ik op koers en ging ik de goede kant op, maar ik kon ook afwijken naar links of rechts. Ik wilde recht omlaag vallen zonder naar voren of achteren, naar links of rechts weg te glijden. Alles onder me was piepklein. Ik richtte me op een bocht in de dubbele rijweg van de A40 en viel recht omlaag... dacht ik.

Mijn hoogtemeters controleerde ik constant. Zodra ik de 4.000 voet bereikte, maakte ik me klaar om te trekken. Ik keek omlaag naar de rode, stalen ring aan mijn rechterkant, stak mijn linkerhand boven mijn hoofd en pakte met mijn rechter de hendel. Ik wiebelde en begon te draaien, maar moest al bijna trekken en wist niet hoe ik me weer in evenwicht kon krijgen nu ik niet meer in de kikkerhouding was.

Ik stak mijn twee ellebogen uit om de symmetrie te handhaven. Als ik er maar één uitstak, werd die door de wind gegrepen en begon ik te draaien.

Mijn stabiliteit was niet honderd procent, maar voor de rest ging alles goed. Rob hing ergens op een halve meter afstand, maar ik kon hem niet zien. Mijn ogen zagen niets anders dan de waarden van mijn hoogtemeter aan mijn linkerpols.

Op 3.500 voet trok ik aan de hendel. De pin waarmee het doek vastzat, ging los. Ik controleerde of ik de ring in mijn hand had, maar nodig was dat niet: het pak op mijn rug gleed rammelend naar links en rechts terwijl de veer de drogue (kleine parachute) openduwde om de wind op te vangen en de grote parachute naar buiten te trekken. Daarna werden de lijnen op mijn rug naar buiten getrokken en ving de parachute – BENG – de wind op. Nu was ik Bugs Bunny die een hoek om rende om een klap met een koekenpan te krijgen.

27

Ik had me misschien meer zorgen moeten maken over de vraag waar alle anderen zich bevonden, maar ik had het al druk genoeg met het regelen van mijn eigen zaken.

Ik hoorde een andere parachute met een klap opengaan. Er was dus nog iemand anders in de buurt. Ik keek op om zeker te weten dat ik een parachute had in plaats van een grote zak wasgoed op een meter of zes boven mijn hoofd. De uiteinden van mijn parachute stonden nog steeds niet helemaal bol. Ik greep de stuurlijnen, trok ze van het velcro van de risers vlak boven mijn schouders en schudde er hard aan.

Ik keek omhoog en deed alles wat ik doen moest. Alles hing op zijn plaats en de parachute stond goed bol. Maar jezus, wat deden mijn ballen pijn! De riemen hadden zich in mijn liezen gewerkt, en het leek wel of iemand keihard in die stoute jongens kneep.

Ik keek om me heen, klaar voor ontwijkende acties. Maar er was niemand in de buurt. Geen parachutes gingen linksaf als ze rechtsaf moesten zodat ze knalhard op me afkwamen. Dit was het dus. Er stond me niets anders te doen dan van mijn sprong genieten.

De instructeurs aan hun vierkante parachutes doken als buizerds rond hun pupillen, terwijl wijzelf onder onze PB6-parachutes met stoomaandrijving naar de grond gleden zonder iets anders te kunnen doen dan afslaan naar links of naar rechts.

Auto's reden als speelgoedjes over de A40. Schapen zo groot als plukjes watten liepen verspreid over de weilanden. De jongens die de drop zone (DZ) bemanden, maakten blauwe rook, want we moesten tegen de wind in landen.

Hangend aan een doodstille hemel viel er niets anders te doen, maar voordat ik het wist, was de grond al heel dichtbij. Als je op gelijke hoogte met de horizon komt, besef je hoe snel de harde aarde op je afkomt. Je valt met een snelheid van 32 kilometer per uur – alsof je van een 3 meter hoge muur springt. Ik hees me in de landingshouding: knieën gebogen, voeten tegen elkaar, klaar om de klap op te vangen.

Ik raakte de grond en rolde om. Min of meer. Er was geen tijd om van het moment te genieten. Ik moest de parachute in de grote zak van groen nylon pakken die ik in de voorkant van mijn overall gestopt had. Daarna moest ik het geval bij de RAF-technici achterlaten, in een auto springen en weer naar Brize Norton scheuren voor de volgende sprong. We deden er drie per dag en kregen tussendoor een debriefing.

Bij de eerste paar sprongen voelde ik me onhandig en slecht op mijn gemak, maar daarna begon ik het onder de knie te krijgen. We sprongen in ons 'schone werktenue' zonder rugzak, wapen, uitrusting of zuurstofmasker. Voordat we naar de vervolgcursus in Pau mochten, moesten we allerlei manoeuvres beheersen: draai naar links, draai naar rechts, voorwaartse en achterwaartse salto, horizontaal manoeuvreren, ronddraaien en correctie van elke vorm van een onstabiele sprong.

Een vrije val is een combinatie van acrobatiek en aerodynamica die je in een leslokaal niet kunt leren. Het gaat net als fietsen: je leert het alleen als je het doet. Je kunt les krijgen in de werking van het evenwicht, maar daarna draait alles om 'reactievermooooogen', zoals Snapper gezegd zou hebben. En totdat je van de volwassenen je stabilisatoren mocht weglaten, was er geen sprake van Pau.

Veel manoeuvres lijken op trampolinespringen. Voor een achterwaartse salto zet je je knieën tegen je kin, trek je je armen omlaag en gooi je je hoofd naar achteren. De wereld is eerst blauw, daarna groen en ten slotte opnieuw blauw, en dan neem je de kikkerhouding weer aan.

Voor horizontale manoeuvres – *tracking* – hou je je armen heel dicht tegen je zij, zoals bij pijlvormige vliegtuigvleugels, en maak je kleine corrigerende bewegingen. Op die manier was een enorme snelheid mogelijk, veel groter dan de vaart van iemand die met een dodelijke snelheid verticaal omlaag valt.

Na een week gesprongen te hebben was ik nog steeds uitgelaten bij elke keer dat ik me uit een vliegtuig liet vallen. Niet alleen vanwege de vrije val, maar vooral ook omdat je na je sprong niet meer terug kunt. Iemand van Mobility kan stoppen om een probleem op te lossen. Iemand van Mountain kan een andere route over een rotsformatie zoeken of de berg weer afdalen. Iemand van Boat kan het water uit gaan of zich laten drijven. Maar wie zich bij Air uit een vliegtuig laat vallen, kan niet meer terug. Behalve natuurlijk als je Frank heette en de engelen aan je zijde had.

28

Het was de maandagochtend van week twee, en het eind van onze dagelijkse briefing naderde. We moesten op de eerste plaats weer veel herhalen van wat we al gedaan hadden: talloze salto's en koprollen, bij de instructeur blijven, je manoeuvre afmaken en vlak voor zijn neus eindigen.

In de gang buiten bulderde iemand: 'Alles kits, maat?'

Zelfs als ik de stem niet had herkend, zou ik de daaropvolgende scheet zeker herkend hebben.

Na een lachsalvo zei iemand met een zacht, Noord-Engels accent dat Nish zijn reet moest houden en maar eens thee moest gaan halen.

We liepen naar de planken met de parachutes om onze spullen te halen. Frank, Al en Nish overlegden met de instructeurs. Ze kenden elkaar kennelijk goed.

Al bekeek me van top tot teen en schudde zijn hoofd. 'Kolere, een slapjanus in de broederschap. Het moet toch niet veel gekker worden.'

Iedereen lachte, zelfs de jongens van de SBS.

Op de planken lagen drie sportparachutes, die veel kleiner waren dan de onze, en drie plastic Pro-Tec-helmen van de soort die kanovaarders gebruiken. Zelf gebruikten we de veel zwaardere puddingschalen van de para's.

Nish pakte er een en grijnsde. 'Ik heb niet veel nodig.' Hij tikte met zijn knokkels op zijn schedel. 'Hard als een kokosnoot.'

Nu was het Als beurt voor een glimlach. 'Dik als een kokosnoot, zul je bedoelen.'

Nish dook in een van de keurig witte RAF-lunchdozen en haalde er een sinaasappel uit, die hij naar Frank gooide voordat hij naar me toe liep en mijn parachute bekeek alsof hij de plaatselijke expert van *Tussen kunst en kitsch* was. 'We zijn hier in een 109 gekomen – die helikopter stond te wachten om de commandant op te pikken. Dus we dachten: we bietsen een lift en nemen een paar man mee.' Hij pakte een van de sportparachutes. 'Bovendien wil ouwe dominee Frank een een-op-eentje met zijn baas…'

Ik zag hen achter in de C-130 over hun burgerlijke jumpsuits heen hun uitrusting aandoen – heel kleurig en veel losser, bedoeld om de wind op te vangen. Aan de onderkant van hun broek en onderarmen zaten lussen, zodat ze elkaar bij groepsactiviteiten beter konden vasthouden. Dat ging ik pas in de laatste fase van de cursus leren. Ze zetten hun Pro-Tec op en deden ook de rest precies zoals beroepsspringers alles doen. De instructeur had ons het ritueel beschreven: bijna een soort tai chisessie waarbij ze langzaam hun handen hieven, deden alsof ze trokken, omhoogkeken, hun doek bekeken en aan de denkbeeldige hendel trokken waarmee een in de war geraakte parachute werd losgemaakt. Daarna gingen ze weer in een vrije val en trokken ze de reserve open.

Eenmaal boven de DZ wenkte Rob me zoals gewoonlijk naar de ramp. Toen ik me naar hem omdraaide, zag ik dat de andere drie niet achteruit het vliegtuig in keken, zoals ik, maar vooruit. Ze zaten ook heel dicht tegen elkaar en vlak achter Rob, klaar voor een massale sprong. Ze gingen met me mee.

Frank beet in de sinaasappel om hem goed in zijn mond te houden.

Ik dacht: oké, maar ik heb geen idee wat jullie van plan zijn.

Rob gaf me het 'Op je plaats? Klaar? Af!' Ik sprong en keek op: ik wilde hem recht aankijken voordat ik stabiel op koers kwam en aan mijn oefening begon.

Nish, Frank en Al sprongen vlak achter hem aan. Ze zweefden naar me toe en glimlachten breed, behalve Frank, die nog steeds een gezicht vol sinaasappel had.

Toen ze rechts voor me hingen, gaven ze elkaar een arm. Ik moest nog steeds binnen de vijftig seconden van mijn vrije val al mijn oefeningen doen, buitelde 360 graden naar links en zorgde dat ik rechts van Rob uitkwam. Hij knikte. Toen 360 graden naar rechts. Ik kwam iets te ver uit, maar wist het te corrigeren en kreeg een knikje.

Nish stak zijn benen uit om extra wind op te vangen. Het drietal gleed naar me toe. Hun hoofden hingen zo dicht tegen elkaar, dat ze elkaar bijna raakten.

Frank deed zijn mond open en liet zijn sinaasappel vallen. Die stuiterde drie of vier tellen tussen hun hoofden heen en weer, maar werd toen door de wind gegrepen en weggetrokken.

Mijn arm schudde. Rob had me vastgepakt en gebaarde naar me. Voordat ik de 5.000 voet haalde, had ik nog oefeningen te doen.

Ik maakte een voorwaartse en een achterwaartse salto en kwam toen weer op koers. Nish stak royaal zijn duim naar me op, buitelde naar achteren en verdween zwaaiend. Frank draaide zich om, hield zijn armen naar achteren alsof hij deltavleugels had, en scheurde langs de hemel. Al maakte een voorwaartse salto, waarna hij snel afdaalde.

Ik controleerde mijn hoogtemeter. Net 4.000 voet. Ik keek omlaag naar de hendel, pakte hem en wachtte tot ik op 3.500 voet was voordat ik hem omlaag trok.

Niet iedereen bleek zich net zo op Pau te verheugen als ik. Een van de SBS-jongens – de grootste, langste en sterkste van de hele cursus, zo'n irritant iemand die gewoon spieren schijt – keek er een beetje bezorgd bij en de vroeg de instructeurs de hele tijd welke eenheden er nog meer zouden zijn.

'Een paar compagnieën van 2 REP,' luidde het antwoord. Het Deuxième Régiment Étranger de Parachutistes oftewel 2 REP hoorde bij het wereldberoemde Franse vreemdelingenlegioen en diende als een snel inzetbare elite-eenheid. Er was nooit een tekort aan vrijwilligers voor 2 REP, maar de Selectie was zwaar en de toegang beperkt.

De jongen van SBS werd heel zwijgzaam. Ik nam aan dat dat kwam omdat hij zo'n harde was; hij wilde geen confrontatie met het vreemdelingenlegioen uit angst dat hij tekort zou schieten.

Toen we daar eenmaal waren, hield hij zich de helft van de tijd verborgen. Naar de kantine ging hij nooit. Hij leefde van chocoladerepen en restjes die zijn makkers voor hem meebrachten. Dat was jammer voor hem, want met de jongens van 2 REP was niet veel mis. Ze wilden alles over ons weten, en wij lieten hen over zichzelf vertellen. Hun hoofden waren kaalgeschoren, maar ze zagen er met hun piekfijne kleding en *porte-monnaies* heel Gucci uit. Velen van hen waren Oostenrijker – misschien wel kleinzoons van de honderden nazi's die in 1945 bij het legioen waren gegaan om vervolgens in Vietnam te vechten. Het waren harde jongens, maar we konden het prima met hen vinden. De meesten hadden een goede opleiding gehad en spraken niet alleen hun eigen taal maar ook vloeiend Engels en Frans.

Maar onze SBS'er liet zich nog steeds niet zien. Ik vond het een beetje vreemd, maar dat moest hij natuurlijk zelf weten. De kans was groot dat ik hem nooit meer terugzag. Pas toen we op onze laatste avond de stad in gingen om vis te eten, kwam hij met een bekentenis. Hij was bij de mariniers zonder verlof weggebleven en naar Frankrijk gegaan. Daar deed hij wat iedere romanticus doet: hij ging bij het legioen en kwam uiteindelijk bij 2 REP terecht. Hij bleef er echter maar drie van de vijf jaar waarvoor hij getekend had. 'Ik verveelde me gewoon.' Hij duwde tegen een groot stuk vis op zijn bord – de eerste echte maaltijd die hij in twee weken gezien had. 'Daar smeerde ik 'm dus ook. Ik ging naar de mariniers terug, kwam voor de krijgsraad, zat mijn straf uit, ging weer naar mijn eenheid en kwam uiteindelijk bij de SBS terecht. Toen ik het aanbod kreeg van een cursus vrije val, kon ik dat niet weigeren, want zo'n cursus is het summum. Dat ik terugging naar Frankrijk, was al erg genoeg, maar toen hoorde ik dat 2 REP ook meedeed… Het werd zelfs nog erger. Ik zag er een van mijn maten die op hetzelfde moment getekend had als ik. Als ze een deserteur te pakken krijgen, gaat die een jaar of tien de bak in – vandaar al die Marsen…'

29

Belfast
november 1984

Gloria Hunnifords witte permanent hing voor me in de British Airways-shuttle vanuit Heathrow, maar dat was niet mijn grootste genoegen. Ik had een baard van drie dagen, mijn haar was lang en ik droeg de goedkope sportschoenen die ik van mijn kledingtoelage gekocht had, en dit was de eerste keer dat ik met een lijnvlucht naar Noord-Ierland ging. Normaal zat ik opgepropt achter in een C-130 met een paar compagnieën jagers op weg naar een detachering. In de eerste jaren gingen we zelfs met een boot van het Royal Corps of Transport vanuit de haven van Liverpool. Die schepen waren een verschrikking. Ze waren bedoeld voor landingen op een strand en hadden dus geen enkele diepgang, maar op de Ierse Zee werden ze een achtbaan – en de tocht duurde meestal veertien uur. Het waren letterlijk stoomschepen.

Maar nu zat ik met een plastic beker goede, pikzwarte koffie, een slap, in plastic verpakt broodje kaas en één Twix te luisteren naar Gloria, die met haar kennis aan het kwebbelen was. De dames droegen een vreemd parfum, maar het rook nog altijd veel lekkerder dan de dieseldampen op de boot of de lichaamsgeuren van als sardines opgepropte soldaten in de staart van een C-130.

Ik maakte mijn Twix open en roerde er het kleine bakje melk mee door mijn koffie. Daarna las ik een deel van de krant. De redactie wilde weten wat de lezers de belangrijkste gebeurtenis van het jaar vonden. En er viel heel wat te kiezen. Het aidsvirus was geïdentificeerd. De Indiase premier Indira Gandhi was vermoord. In Ethiopië werden tien miljoen mensen met de hongerdood bedreigd. Het Sovjetblok had de Olympische Spelen van Los Angeles geboycot. Michael Jackson had talloze platen van zijn *Thriller* verkocht, en iedereen leek moonwalkend op weg naar zijn werk.

Er waren ook gebeurtenissen dichter bij huis, en zeker dichter bij de wereld die de mijne ging worden. John Stalker, plaatsvervangend hoofdcommissaris van politie in Greater-Manchester, was in mei in Belfast aangekomen voor een onderzoek naar het zogenaamde 'schieten om te doden'-beleid van de veiligheidstroepen in het gebied. In september onderschepten veiligheidstroepen in de Ierse Republiek een *trawler*, de *Marita Ann*, voor de kust van het district Kerry. Ze vonden zeven ton wapens en explosieven die voor de IRA bestemd leken. En nog maar een paar dagen eerder had de IRA een bomaanslag uitgevoerd op het Grand Hotel in de Engelse stad Brighton, waar het jaarlijkse congres van de Conservatieve Partij werd gehouden. Vier mensen waren bij de aanslag gedood, en iemand anders stierf een paar dagen later aan zijn verwondingen. De IRA publiceerde een verklaring die tot Margaret Thatcher was gericht: 'Wij hebben vandaag pech gehad, maar vergeet niet dat we maar één keer succesvol hoeven te zijn – terwijl u altijd geluk zult moeten hebben.'

Frank had net twee weken eerder geluk gehad. Hij was met zijn dolle kop rechtstreeks naar een mogelijke schutterspositie van de IRA gelopen om te kijken of daar iemand zat. Dat gebeurde toen hij een patrouille leidde naar een huis dat eigendom was van een parttimelid van de veiligheidstroepen. De Tasking and Coordinating Group (TCG) had ontdekt dat die man op de korrel werd genomen en waarschijnlijk zou worden neergeschoten als hij het huis verliet.

Het plan was om buiten het huis een hinderlaag te leggen en te wachten tot de IRA kwam. Het probleem was echter dat maar één plek genoeg dekking bood voor een hinderlaag. Stel je voor dat de IRA daar al tussen de struiken zat te wachten tot het slachtoffer bij het eerste daglicht naar buiten kwam!

Frank bedacht een oplossing. Hij stak de driehonderd meter open terrein tussen het huis en de dekking over. Een eventuele vijand moest dan op de vlucht slaan of gaan schieten.

Ze zouden waarschijnlijk in paniek zijn geraakt als Frank op hen afkwam. Wat deed die vent daar? Waren er nog meer? Hoeveel waren het er? Was het een valstrik? Als ze hem neerschoten, tekenden ze dan hun eigen doodvonnis?

Frank liep door, maar verwachtte elk moment een kogelregen in zijn gezicht te krijgen. Eindelijk stond hij in de struiken en trok hij ze uit elkaar. Er was niemand.

Nu waren de bordjes verhangen. De patrouilleleden namen hun positie tussen de struiken in. Ze bleven er vier dagen zitten, maar de IRA kwam niet. Ze hadden misschien gehoord dat er in die buurt een man rondliep die een nieuwe truc had en hen allemaal in zoutzuilen kon veranderen.

Het lichtje van de veiligheidsgordels ging aan en Gloria signeerde een laatste inflightmagazine voor een medepassagier. Ik keek uit het raampje en zag de acht kilometer lange sluipschuttersbaan die door de meeste mensen Belfast wordt genoemd. Met mijn nieuwe basisvaardigheid voelde ik me een volledig betaald lid van Ploeg 7, en nu begon mijn eerste operatie als zodanig.

Voor mijn vertrek was ik nauwelijks gebrieft. Ik had mijn vliegkaartje opgehaald bij de administrateur van het squadron, en hij had gezegd dat iemand me aan de andere kant zou oppikken. Dat was alles, want meer wist hij niet.

Al stond me in een spijkerbroek en bomberjack op te wachten. 'Hallo, Andy, hoe is ie?' Hij klonk alsof hij een dijk van een verkoudheid had, en zijn gezicht had geen enkele kleur.

We werkten ons warme en enthousiaste begroetingsritueel af, speciaal bestemd voor nieuwsgierige ogen op zoek naar doelen die voor neerschieten in aanmerking kwamen zodra ze van het vliegveld vertrokken. We liepen samen naar het parkeerterrein en stapten in een Mazda-sedan. Daar gaf hij me een Browning met een extra patroonhouder. 'Hij is doorgeladen en schietklaar. De veiligheidspal is omgezet.'

Ik schoof hem onder mijn rechterdij. Hij haalde zijn eigen wapen uit zijn holster en legde het onder zijn been. Toen reden we weg.

Al begon meteen aan zijn briefing. 'We gaan naar de kazerne van het Regiment. Je slaapt met iemand anders op een kamer.'

Ik steigerde meteen. Hij zag het en glimlachte. 'Nee hoor, wees maar niet bang, niks met scheten of bijbels. Je slaapt met Paul.'

'Hoe gaat het met het werk?'

Hij glimlachte wrang. 'We hebben net een klus in South Armagh gehad. Echt ontspannen is het hier niet.'

'Hoezo?'

'Merk je wel.'

We reden over smalle wegen. Links en rechts rukten heggen van tweeënhalve meter hoogte op. Ik stelde vast dat Al helemaal geen Mr Grumpy was. Hij vond het alleen moeilijk om met andere mensen te praten en leek heel tevreden met zijn eigen gedachten.

Voor mij gold dat niet. Ik vond het een raar gevoel om zomaar te zitten zwijgen. 'Hoe gaat het met je nieuwe huis? Is Franks vrouw al klaar met de inrichting?'

Ik dacht dat het wel niet zo groot zou zijn als het huis aan zee waar hij was opgegroeid. Hij had zijn hele jeugd gevist, krabben gevangen en avonturen in rotspoelen beleefd. Inmiddels was hij opgeklommen tot de vrije val, had hij leren duiken en reed hij met een 9 mm onder zijn dij.

'Het ziet er goed uit. Ze heeft alles georganiseerd, van de verf tot het kamerbreed; je weet wel. Ik denk dat zij en Frank willen dat ik kom babysitten als tegenprestatie.' Hij glimlachte. 'Dat vind ik best.'

'Wat gaat ze dan doen als ze een vrouw voor je vindt? Beginnen ze een crèche?'

Zijn glimlach werd een verrassende, vrolijke lach. 'Misschien als ik terug ben. Misschien... ik zou best willen, maar ja, je weet hoe het gaat...'

Al was soldaat. Hij toonde niet veel emotie, behalve tegenover zijn familie. Maar ik wist wat hij bedoelde: als het juiste moment gekomen was, wilde hij zich aan iemand buiten het Regiment wijden. Alleen nu nog niet.

We reden door het hek van een goedbeveiligd legerkamp en kwamen in een kamp binnen een kamp terecht.

'Welkom in onze wereld.'

30

De omheining van het Regiment leek een groot, raamloos pakhuis met deuren die groot genoeg waren om er vrachtwagens doorheen te rijden. Het geheel was zo hoog als een huis van zes verdiepingen. Schijnwerpers beschenen de hele binnenplaats, waar het wemelde van de portakabins: sommige laag, andere drie of vier hoog gestapeld – net een bouwterrein. Er waren zones voor auto-onderhoud, opslag en uitrusting.

Al wees door de voorruit. 'De wapenkamer. De sauna. Daar is de sportschool. En daar heb je de squashbanen. Die worden gebruikt om te vechten. Als je wilt knokken, ga je erin, doe je wat je doen wilt en zeg je het tegen niemand.'

'Mag het niet van Ken?'

Al schudde zijn hoofd. 'Ken doet altijd mee.'

Frank was niet de enige in het Regiment die bekendstond om zijn godsdienstige overtuigingen. Ken geloofde in reïncarnatie: hij was al eens eerder in Engeland geweest als Vikingplunderaar, en net als iedere andere zichzelf respecterende Noorman was hij dol op vechten. Om die reden was hij zelfs tijdelijk uit het Regiment gezet.

Ken nodigde jongens uit om te gaan squashen, maar dan zei hij: 'Kom op, we gaan sparren.' Dat liep natuurlijk altijd uit de hand, en dus stond niemand in de ploeg te trappelen om op zo'n uitnodiging in te gaan. De enige die dat wel deed, was een van de koks. Die was van niemand onder de indruk en vocht minstens eens per week met Ken. Maar dat kon niet zo blijven. Een gezicht vol blauwe plekken was in een menigte te makkelijk herkenbaar, en de kok kon door zijn dichtgeslagen ogen geen eieren meer bakken: hij brak ze nog wel, maar miste dan de pan.

Al wees de kantine en de controlekamer aan – de dingen die ik onmiddellijk moest weten. 'De rest wijst zich vanzelf. Je zit hier lang genoeg.'

Er liep een roedel meer dan levensgrote honden te snuffelen.

'Van wie zijn die beesten?'

'Geen idee.'

'Wie geeft ze te eten?'

'Dat krijgen ze gewoon, en veel ook.'

Al parkeerde met piepende remmen naast een laag gebouw van gasbeton. Ik volgde hem een donkere gang in. De vuilwitte bakstenen muren waren kaal en bladderden af. Links en rechts waren deuren, een stuk of zes. Achter sommige klonken schrille stemmen van een spelletjesprogramma op de tv.

Bij de tweede deur links bleven we staan. 'Hier is het. Tot straks.'

Ik liep een kamer in die was ingericht voor een spartaan. Er stonden twee oude, zware, metalen bedden van het soort dat toen in het leger net vervangen werd. Ze waren ontworpen voor een gebruiksduur van duizend jaar, maar hadden één fataal nadeel: de uiteinden gleden heel makkelijk in de metalen buizen die de poten vormden, en gleden er even soepeltjes weer uit. En een 15 centimeter lange buis van dik staal met een verbreed uiteinde is een volmaakt wapen. In de soldatentaal bestond zelfs de uitdrukking *to bed-end someone* voor 'iemand in elkaar slaan', en het leger had die term nog steeds niet weten uit te bannen.

Aan het voeteneind van de bedden stond een tv. In een van de hoeken waren twee kasten, een beltkit, een rugzak en allerlei andere uitrustingsstukken geschoven.

Paul lag languit op een Desperate Dan-dekbed. 'Alles kits, maat?'

In het oerwoud had hij zich op afstand gehouden. Ik herinnerde me hem vooral van de keer dat we het begin van de weg bereikten en op transport wachtten. Hij hoorde boven zijn hoofd een vliegtuig passeren en zei: 'Is het niet gek? We hebben net een heel eind gelopen, en die afstand kostte die man daar boven net genoeg tijd voor één slok van zijn gin-tonic.'

Paul was kleiner dan ik, maar veel zwaarder gebouwd. Hij had in het rugbyteam van het leger gespeeld, zoals ook bleek uit zijn mond vol valse tanden. In dit squadron liepen heel wat valse tanden rond. Hij had meegedaan aan de ambassade en was op de Falklands geweest. Vlak voor Maleisië had hij elders in Zuidoost-Azië een klus gehad en daarna nog een in Sudan. Oorspronkelijk had hij bij de intendance gezeten, en wel bij de luchtmachteenheid die Heavy Drop heette en in Aldershot gelegerd was. Hij was getrouwd, had een paar kinderen en afgaande op zijn accent was hij bij Hereford geboren en getogen. Ik mocht hem erg graag.

Ik zette mijn tas neer. 'Waar kun je hier thee krijgen?' Na die smerige vliegtuigkoffie snakte ik naar thee.

Hij wees naar de gang. 'Zie je vanzelf, de boiler.'

'Wil jij ook?'

Hij keek me aan met een blik die iets van walging uitdrukte. 'Nee! Ik heb net Channel 4 aanstaan; straks komt *Countdown* en dan is het tijd voor soep. Ik moet geen thee.'

Ik slenterde weer naar de gang. De deur van de eerste kamer rechts stond nu open. Ik stak mijn hoofd om de hoek en zag Tiny op een van de bedden liggen. Zijn haar was langer dan eerst en accentueerde zijn kale kruin, zodat hij nog sterker op een waanzinnige monnik leek.

Een gitaar lag tussen stapels tijdschriften en oude kranten op het andere bed. De vloer lag bezaaid met borden vol opgedroogde Marmite en sigarettenpeuken. De tv schetterde, maar ik kon niet zien waar het over ging omdat het toestel schuilging onder onidentificeerbare spullen.

'Hé, slapjanus, leuk dat je even langskomt. Vrije val, oké?'

Dat was vermoedelijk zijn manier om aardig en zelfs vriendelijk te zijn. Ik vertelde hem het verhaal over SBS en 2 REP, en hij viel bijna van zijn bed. 'Ja, maar dat is nog niet alles. Hij vertelde me ook wat er gebeurde toen hij zich wilde aanmelden.'

De jongen van de SBS was helemaal naar het wervingskantoor in Marseille gegaan, maar het was al zo laat op de middag dat het bureau dicht was. Hij had geen cent op zak, maar was wel volledig bepakt. Daarom ging hij naar het park aan de overkant, waar hij zich in de struiken verstopte, zijn jasje dichtritste en warm probeerde te blijven. Toen begon het hard te regenen. Drie uur later was hij doorweekt, en de rest van de nacht zat hij geweldig te bibberen. 'Bij het eerste daglicht kwam hij uit de struiken tevoorschijn om zich een beetje te fatsoeneren voordat het kantoor openging. Maar toen merkte hij dat er in het hele park maar één natte plek was, namelijk het struikgewas waar hij zich verstopt had. Op dat moment drong het tot hem door dat hij vlak naast de sproei-installatie was gaan liggen…'

Achter me dreunde een stem. 'Zo, ben je er eindelijk?' Scheten schetterden als trompetten. 'Ze zeiden al dat er een rukker van de Green Jackets aan kwam. Dat werd verdomme tijd!'

31

Ik draaide me om. 'Hé, Nish! Hoe gaat ie?'

Hij droeg een spijkerbroek, slippers en een oud T-shirt met hetzelfde uiterlijk als de borden. Zijn haar stond recht overeind en er bengelde een sigaret aan zijn mondhoek. 'Wil je thee?'

'Daar ging ik net heen.'

Hij stak zijn hoofd om de deur. 'Tiny?'

'Nee. *Countdown*! Maar neem er een voor me mee.'

Nish draaide zich om.

'En ruim een paar van die verdomde borden op!'

In deze kamer was een oorlog gaande. Maar wie kwam er als overwinnaar tevoorschijn? Hoe meer Tiny klaagde, des te meer genoot Nish. Ik wedde dat die spullen niet van Tiny waren.

Nish grinnikte terwijl we de gang uit liepen. We sloegen links af en kwamen uit bij het toilettenblok – eveneens een portakabin.

Toen bereikten we het keukentje, beheerst door een Burco-boiler die kennelijk 24 uur per dag aanstond. Daarnaast stonden een doos biscuitjes, potten met koffie en suiker, bergen theezakjes en kartonnen bekertjes. Nish had zijn eigen halvelitermok met blauwe en witte strepen bij zich.

'Ben jij goed in ingewikkelde dingen?'

'In wat?'

'*Countdown*. Ga me niet vertellen dat je niet naar *Countdown* kijkt...'

'Tuurlijk wel, maar...'

'Hier hebben we elke avond om halfzeven onze briefing, en voor die tijd is het bikken geblazen. Om een uur of halfzes. Ken en de boys zijn aan een klus bezig, maar hij zoekt je later vanavond op.'

Ik hoorde de herkenningsmelodie van *Countdown*. Nish rende met zijn mok en een papieren beker terug. 'De plicht roept. Tot zo!'

Ik maakte thee voor mezelf en slenterde weer naar mijn kamer. Ik liet mijn bagage nog even staan en ging gewoon op bed liggen om vast aan Paul te wennen. We zagen Carol Vorderman hier en daar een medeklinker toevoegen.

Toen de rekensom aan de beurt was, had Nish het kennelijk bij het rechte eind: een hard 'jie-ha' schalde door de gang voordat hij Tiny uitfoeterde omdat hij zo'n vreselijke oetlul was. Carol en het team namen zwaaiend afscheid van ons.

Paul sprong op en wreef in zijn handen. 'Soeptijd. Ga je mee?'

Het was pas halfvijf. Nish had gezegd dat er om halfzes gegeten werd, maar ik ging toch maar mee naar de kantine, die was ondergebracht in een ander laag gebouw aan de andere kant van de washokken. De twee jongens achter de roestvrijstalen balie hadden ook in elke andere kantine ter wereld kunnen staan. Ze hadden een enorme pan met iets dampends voor zich staan. Daarnaast stonden stapels witte kommen. We schepten voor onszelf brokken minestrone op. Tiny nam er een half brood bij. 'Da's gezond. Je dept er het vocht mee op.'

Vier of vijf auto's kwamen bij het pakhuis tot stilstand: normale sedans zoals de auto waarin Al me had opgehaald. Er zaten steeds twee mannen voorin.

De ploeg stapte uit. De jongens droegen een spijkerbroek, sportschoenen en een bomberjack of leren jasje, en sommige hadden nog steeds een baard. Ze leken fabrieksarbeiders aan het eind van hun werkdag, totdat ze hun G3's, hun Duitse 7.62mm-geweer van Heckler & Koch en hun MP5's uitlaadden. Het ratelende staccato van heen en weer getrokken bewegende onderdelen echode tegen de portakabins.

Nish keek uit het raam. Al kwam binnen en gaf een klap op mijn arm. Ik vond hem nog bleker dan op het vliegveld. 'Zo te zien zijn die twee nog geen vriendjes, hè?'

Ik begreep niet wat hij bedoelde.

'Frank en Ken.'

Ik volgde Nish' blik. Hij had gelijk: ze stapten zichtbaar kwaad uit hun verschillende auto's. Ken liep naar Frank. Frank staarde hem aan en gaf geen krimp. Hij werd vast uitgenodigd voor een potje squashen.

Tiny dacht iets vergelijkbaars. 'Waarom kunnen ze niet normaal doen?'

Ik zei niets. Ik wist niet waar het over ging, maar het was mijn zaak ook niet. Het had misschien wel iets met God en het squadron te maken, dat Frank op zondag geen mensen wilde doodschieten of zoiets. Wat wist ik daarvan? Ik voelde me ineens veel minder een lid van de groep dan toen ik Gloria's kapsel had zitten bewonderen.

32

De soep was op en de rest van het team had zich verspreid. Er liepen ook talloze anderen rond. Ploeg 7 was klein en moest met mensen uit andere ploegen op sterkte worden gebracht. Op weg naar mijn kamer kwam ik Saddlebags tegen, die zijn open holster van zijn beltkit haalde.

Ik knikte naar hem. 'Hoe gaat het?'

Ik kreeg een knik terug, maar Saddlebags bleef niet staan voor een antwoord en verdween in Als kamer, waar hij blijkbaar sliep. Met een verwijzing naar zijn bijnaam zat er een Mr Grumpy-sticker op de deur.

Ik kieperde mijn tas leeg en maakte mijn bed op. Daarbij vond ik een veelgebruikt blauw hoeslaken dat kennelijk jaren eerder door iemand was achtergelaten en successievelijk was doorgegeven. Het rook nauwelijks muf, en ik was er het dekbed in aan het stoppen toen Frank binnenkwam. 'Hallo. Ik slaap hiernaast, tegenover Nish en Tiny.'

'Zijn jullie lang weggeweest?'

'Nee, alleen een beetje aan het dollen geweest. Verder niks. Heb je al gegeten?'

'Ja. En *Countdown* gezien.'

'Weet je van de briefing om halfzeven?'

'Ja.'

Ik was nog steeds met mijn bed bezig, toen Ken door de gang kwam aanlopen. Hij zwaaide.

'Andy! Alles kits?'

'Ken.'

'Tot straks na de briefing. Ik zal zorgen dat je alle feestspullen krijgt.'

Hij liep door. Gelukkig glimlachte hij. Bij Frank was daar geen sprake van.

Frank vroeg: 'Heb je gehoord wat er gebeurd is?'

Ik schudde mijn hoofd. 'Alleen dat er enige spanning is geweest.' Ik wilde het natuurlijk graag weten, maar was niet van plan om ernaar te vragen.

Hij stelde me niet teleur. 'Twee van ons zetten Ken en een paar anderen met een busje af voor een klus aan de grens. We kenden het doelwit niet eens. Alleen het punt van afzetten en ophalen en de kampeerauto voor noodgevallen. We reden het gebied uit en parkeerden in afwachting van het belletje dat we ze moesten oppikken. We stonden op een paadje, iets bij de weg vandaan. Ik had net de thermosfles opengemaakt, toen een auto met stadslicht aan langzaam over de weg kwam. Hij bleef een eindje verderop staan en kwam weer heel langzaam terug. Er zaten minstens twee man in. Ze bleven in de buurt van ons pad staan, keken op en reden toen weer door. Ze moeten ons gezien hebben. We meldden aan de centrale dat we vermoedelijk ontdekt waren, en vertrokken. Zodra we weer op de weg waren, zagen we die auto opnieuw, en die begon ons te volgen. We waren vlak bij de grens. De auto bleef achter ons rijden en kreeg gezelschap van een andere. Ook die had zijn stadslichten aan. Ik maakte weer radiocontact en verwachtte elk moment beschoten te worden. De weg werd breder. De voorste auto versnelde ineens en kwam langszij. Terwijl ik mijn veiligheidspal omzette, kwam ook die oude Ford langszij. Ook daarin zaten twee man. En die hadden allebei een masker op. Als ik een wapen had gezien, zou ik geschoten hebben. Maar niks dus. We kwamen bij een andere kruising, en net toen we daar waren, ging een derde auto meedoen. Ik pakte de radio weer en deed rechtstreeks verslag. Zo ging het een minuut of tien door. Er kwamen steeds meer auto's bij. Het was waanzin, even later waren het er zes. Dat betekende minstens twaalf van die gasten en waarschijnlijk meer. We moesten in het doelgebied blijven om de patrouille weer op te pikken, maar die liet niks van zich horen – dat gebeurde natuurlijk pas als ze klaar waren. We reden in grote cirkels rond, en ze hadden een weg zelfs met vuilnis gebarricadeerd. De patrouille meldde dat ze klaar waren. Ik legde de situatie uit en zei dat we de auto's achter ons kwijt probeerden te raken, maar niets konden garanderen. Ze moesten snel in actie kunnen komen. Toen drong ineens iets tot me door. "We zijn met ons vijven op het rendez-vous. Vijf tegen twaalf. Laten we het erop wagen."'

Frank zweeg even en vervolgde: 'De G3 lag op mijn schoot. Met mijn ene hand bediende ik de radio, en in mijn andere had ik een lantaarn om kaart te lezen. Net of ik navigeerde voor een rallyrijder, maar dan achtervolgd door zes anderen, en ik moest klaar zijn om ze onder schot te nemen. We scheurden naar het rendez-vous, remden en lieten de jongens achter instappen. Ik meldde dat we de hele patrouille bij ons hadden. Maar Ken verbood alles.'

Frank klonk heel verbitterd. 'Hij zei: "Ik heb hier de leiding en ik zeg dat jullie meteen het gebied moeten verlaten." Ik zei: "Maar we zijn een halfuur achternagezeten en nu hebben we de kans om er een stelletje te grazen te nemen." Hij zei dat ik moest doen wat hij zei. Ik kon dus geen kant op. We hielden die zes auto's achter ons aan tot we het gebied ver achter ons hadden. Ik kon het echt niet geloven. Ik heb het opgezouten tot we hier terug waren, maar toen heb ik hem de wind van voren gegeven. Ik ben er nog steeds kwaad over, Andy. We hebben een geweldige kans verprutst, alleen maar omdat hij niet het hele plaatje had en niet de tijd nam om het te krijgen. Als je het mij vraagt, is Ken...'

'Ach, hou verdomme 's op, Frank.' Paul kwam met een mok in zijn hand terug. 'Laat toch zitten.'

33

Er werd niet geroepen en er rinkelden geen bellen voor de briefing. Iedereen ging er gewoon heen. Het commandocentrum bestond uit acht portakabins: vier onder en vier boven. Ik volgde een paar jongens over een metalen brandladder naar boven.

De briefingroom was ingericht met het normale, psychedelische meubilair van militaire gehuwdenlegering: een combinatie van plastic stoelen en fauteuils die uit het Killing House afkomstig leken. Alles was een puinzooi. Aan de muren hingen landkaarten van de Provence, plattegronden van steden, krantenknipsels en grappig bedoelde portretten van de jongens. Diverse kranten bedekten een oude, houten klaptafel van een kleine twee meter lang. Een bordje verbood iedereen om ze mee te nemen. Een grote, zwarte vuilniszak voor het afval hing aan een spijker.

De kamer liep langzaam vol. Sommige gezichten kende ik; anderen waren leden van het squadron die ik in Maleisië niet ontmoet had. We waren met zo'n vijftien man – plus de grote, dikke dobermann die hijgend in een hoek lag. Iedereen droeg een trainings- of spijkerbroek en slippers en iedereen had een mok thee, behalve het groentje, dat een papieren beker had.

Ken stond bij een whiteboard met een opschrijfboekje in zijn hand. Hij keek om zich heen en wachtte tot iedereen zat. 'Waar is Al?'

Op dat moment kwam Mr Grumpy binnen. Hij zag er iets beter uit. Nish gooide een verkreukt A4'tje naar hem toe. 'Hier. Je EPC-papier.'

Het Educational Promotion Certificate is een kwalificatie die je op diverse niveaus van je carrière nodig hebt. Al had zijn standaard-EPC al gehaald, want anders zou hij geen korporaal bij het pararegiment zijn geweest. Een soldaat kon zo goed zijn als hij wilde, maar werd nooit sergeant als hij zijn EPC niet haalde. En wie een hogere officier wil worden, moet voor zijn EPC voor gevorderden slagen. Ik had mijn EPC al gehaald en was blij dat ik het achter de rug had, maar dat voor gevorderden moest nog komen. Nish boog zich naar voren terwijl Al ging zitten. 'Ik hoop dat je mijn huiswerk voor me gedaan hebt, want anders krijg je geen appel.'

Ken keek nog één keer om zich heen. 'Oké. Luister.' Zijn betoog was beknopt, scherp en agressief: ter zake. Hij had het over de klus die eerder op de dag was uitgevoerd. Een MI5-agent had een IRA-bron gesproken. Zo iemand heette ook wel een informant, verklikker of verrader – aan namen geen gebrek. De bijeenkomst was beveiligd door Ken en zijn team voor het geval het een valstrik was. Dat gebeurde voortdurend. De IRA liet een bom ontploffen; de geheime dienst kwam aangesneld, zette de omgeving af en bemande commandoposten. Als het gebied eenmaal stampvol mensen was, liet de IRA opnieuw een paar dingen ontploffen.

Een heel goed voorbeeld was Warrenpoint.

In augustus 1979 sneuvelden minstens achttien soldaten bij twee ontploffingen van boobytraps in South Down, dicht bij de grens met de Republiek. Dat was het grootst aantal slachtoffers bij het Britse leger tijdens één incident sinds het in 1969 in Noord-Ierland gearriveerd was, en kwam maar een paar uur nadat lord Louis Mountbatten, de oom van prins Philip, door een IRA-bom in Donegal Bay was gedood.

De hinderlaag was met zorg gelegd. De eerste bom, die een halve ton woog, was verstopt onder hooi op een dieplader naast een dubbele rijweg aan de grens, op 70 kilometer van Belfast. Daarbij sneuvelden zes leden van het 2de pararegiment in een viertonner achter in een konvooi van drie vrachtwagens.

De overlevende soldaten in de twee andere voertuigen kregen direct het bevel om het gebied af te zetten en versterkingen op te roepen. De Queen's Own Highlanders waren twintig minuten na de eerste explosie ter plaatse; terwijl ze een paar gewonden evacueerden, ontplofte een tweede bom. Daarbij kwamen nog eens twaalf soldaten om – twee Highlanders en tien para's – die dekking hadden gezocht in een poortgebouw vlakbij.

Het was die dag onze taak geweest om te voorkomen dat iets dergelijks opnieuw gebeurde, bijvoorbeeld wanneer de SIS (Secret Intelligence Service)-man zich liet pijpen en de schietschijf 11-mannen kwamen aangesneld om te zien wat er gebeurde.

Ken nam alle huishoudelijke dingen door die gebeuren moeten als soldaten in één gebouw verblijven. Corvees zoals het schoonmaken van de kantine en gemeenschappelijke ruimten en algemene zaken zoals wapencontroles. Alle wapens moesten elke dag opnieuw verantwoord worden.

Ik voelde tijdens de bijeenkomst wel een onderstroom. Frank was bijvoorbeeld overdreven kalm. Hij zat erbij en knikte instemmend wanneer dat nodig was, maar deed eigenlijk niet mee. Een deel van hem leek afwezig. Als hij me niet over zijn probleem met Ken had verteld, zou ik gedacht hebben dat hij luisterde naar God die Zijn eigen huishoudelijke punten met hem doornam.

'En ten slotte: Andy is er. Maar dat weten we al.'
Sommigen zwaaiden of glimlachten.
'Vragen?'
Die waren er niet.
'Nog één ding: de honden. Geef ze niet te eten. Dat geldt ook voor dat mormel van mij.' Hij wees naar de dobermann, die met zwaaiende poten probeerde op te staan om het applaus in ontvangst te nemen.

Tiny, Nish en Saddlebags lagen zowat dubbel van het lachen.

Ken richtte zijn wijsvinger op Tiny. 'Geen… worst… meer.'

Het gelach kwam tot bedaren en Chris stond met zijn aantekenboekje op. 'Eerst de corvees en dan de bar.'

Ik bleef zitten en Nish wijdde zich aan een cryptogram in *The Daily Telegraph*.

34

Toen Ken zijn papieren gesorteerd had, nam hij me mee naar de portakabin onder de briefingroom, waar hij me mijn wapens uitreikte: een pistool, een MP5, een M16 en een G3, plus alle bijbehorende patroonhouders, munitie en nachtvizieren.

'Frank en Chris zijn de patrouillecommandanten, maar je gaat mee met wie je nodig heeft. We doen alles gemengd. Als er wat te doen is, word je ergens ingedeeld.'

Hij liep weer naar de metalen trap, op weg naar de controlekamer, maar draaide zich toen om en keek me strak aan. 'Luister, alles wat we hier doen, is strategisch. Dat zijn we namelijk: strategische troepen die een opdracht krijgen. En die opdracht komt van de TCG. Wij werken voor hen.'

De TCG (Tasking and Coordinating Group) bestond uit de Special Branch, MI5, alle andere spionnen en de regeringsadviseurs die deze smerige oorlog gezamenlijk doorspraken.

'Ik wil dus geen speculatieve operaties. Ik wil niet dat je loopt te lummelen. Want dat gaat ons de oorlog kosten, snap je? Je rijdt nooit zomaar rond, zoekt geen problemen, doet gewoon het werk dat je doen moet.'

Dit leek me het moment om het erop te wagen. 'Frank heeft me net over South Armagh verteld.'

Ken haalde diep adem. Hij knipte met zijn vingers naar de vetste hond ter wereld, die nog steeds overeind probeerde te komen. 'Frank wist niet wat we daar aan het doen waren, en dat weet hij nog steeds niet. Niemand weet het, want niemand hoeft het te weten. Ik heb tegen hem gezegd, ik heb tegen iedereen gezegd en ik zeg nu tegen jou: we gaan deze oorlog winnen met inlichtingenwerk. Met inlichtingenwerk, en de aantallen lijken doen er niet toe. We hadden die gasten kunnen afknallen, maar dan waren we maanden achteropgeraakt. We krijgen ze heus wel. Maak je maar geen zorgen.'

Hij knipte weer met zijn vingers en liep weg met de waggelende hond achter zich aan. 'Tot straks in de bar.'

Ik vond Chris in het toilettenblok en bevrijdde hem van zijn stokdweil. Kens verhaal was overtuigend. Ze waren daar iets aan het doen geweest, hadden iets aangebracht – een afluisterapparaatje? een camera? – maar hoe dan ook, het mocht niet in gevaar komen. Als de IRA beschoten was, zouden ze geweten hebben dat er Special Forces in de auto zaten. En zo te horen wisten ze helemaal niets. De SAS'ers hadden ook varkens- of sigarettensmokkelaars uit het zuiden kunnen zijn, die doodsbang probeerden te vluchten nu ze ineens de belangstelling van al die auto's trokken. De IRA had zich ongetwijfeld afgevraagd: zitten daar soms SE-mensen in? Maar ze schieten niet, dus dat kan niet. Als Frank was gaan schieten, zouden er doden gevallen zijn. Dan had de IRA misschien de operaties in het gebied opgeschort of afgeblazen, en zouden er geen inlichtingen zijn gekomen van de apparaten die waren aangebracht. Dan zouden we ook de anderen nooit treffen.

Het duurde niet lang of ik ontdekte dat Ken gelijk had: de oorlog werd met inlichtingenwerk gewonnen. Later kreeg ik in Noord-Ierland met actieve IRA-cellen te maken, die ik niet moest doden, maar beter moest leren kennen dan ze zichzelf kenden.

Frank zag zich kennelijk als Gods eigen werktuig, uitverkoren om Zijn straf aan boosdoeners uit te delen. Hij dacht ook dat het Regiment bestond om het kwaad te bestrijden. Maar Ken wist dat de Heer soms mysterieuze omwegen maakt.

Ik gooide mijn papieren bekertje in de vuilnisbak bij de boiler en begon te dweilen.

Op mijn negentiende had ik een van die zogenaamde boosdoeners gedood, en ik had toen niet bepaald het gevoel dat ik Gods werk deed. Ik had eerder de indruk dat ik in leven wilde blijven.

Het gebeurde tijdens mijn tweede detachering en het vierde contact dat ik ooit gehad had. Ondanks mijn leeftijd was ik 'blok'-commandant. Op een zaterdagavond was ik met twee viermanspatrouilles op straat in South Armagh. De commandant van het geheel was Dave, een korporaal.

We kwamen bij een woonwijk aan de rand van de stad. Daar begon het open platteland, dat doorliep tot het dorp Castleblaney aan de andere kant van de grens – een paar minuten verderop.

Ik leidde mijn drie soldaten over een rivier naar een stuk woeste grond vlak bij de wijk. Dave leidde zijn eigen groepje langs de rivier, en we zouden elkaar in de wijk treffen.

In die tijd waren de straten op zaterdagavond vol bussen die de mensen naar het uitgaansleven in Castleblaney brachten. Ze gingen daar een avond stappen en kwamen dan om twee uur 's nachts aangeschoten terug. En gelijk hadden ze: als ik op een zaterdagavond in Keady niks te doen had, zou ik ook een nieuw overhemd aantrekken om aan de boemel te gaan.

We patrouilleerden door een verlaten gebied. De mensen zagen ons niet, en wij zagen hen niet. Ik verwachtte dat dat zou veranderen als we eenmaal in de wijk kwamen, maar voorlopig lieten we iedereen met rust. Het had geen zin om ons een weg door menigten te banen; dat moedigde iedereen aan om stenen en flessen te gooien, en ons leven werd daar alleen maar lastiger door. Het was onze bedoeling om uit hun buurt te blijven en een beetje rond de wijk te hangen om te kijken wat er gaande was.

Een stationaire patrouille vangt meer op dan een bewegende. Dat noemden we *lurking*: we namen een positie in en bleven er zitten. Dat deden we bijvoorbeeld in iemands achtertuin: we kropen er in de struiken en wachtten al luisterend. Voor de soldaten was dat grote pret, want we zagen alles: van huiselijke ruzies in de keuken tot verliefde paartjes die elkaar in de salon betastten.

Daves patrouille liep op zo'n 150 meter rechts van ons op een stuk woeste grond. Er was geen reden voor radiocontact, want we zaten er al een paar maanden en werkten goed samen.

We waren nog steeds door een rij van drie of vier winkels van het huizencomplex gescheiden. Ik ging rechtsaf en liep langs de achterkant van de gebouwen totdat ik bij een hek kwam. De woeste grond had inmiddels plaatsgemaakt voor braakliggende bouwgrond en was bezaaid met autowrakken, blikjes en vuilniszakken. Ik sprong over het hek en stond oog in oog met ongeveer honderdtwintig mensen aan de overkant van de straat.

Ik hoorde gegil en geschreeuw, en dat was ongewoon. Normaal werd er alleen veel gepraat en gelachen; jongens roken naar Brut en haarlak en meisjes hadden feilloos geperste bloesjes aan.

Toen ik de menigte bekeek, zag ik dat de mensen echt bang waren. Ze pakten hun kinderen en trokken hen weg. Sommigen vielen vluchtend op de grond. Toen ik linksaf naar de winkels liep en de straat overstak, zag ik drie of vier sedans en een veewagen staan. Die waren in dit deel van het land niets bijzonders. Maar bij het passeren viel mijn oog op een groep mannen met maskers en wapens.

Ik zag een jongen zijn vuist omhoogsteken. Hij deed met zijn Armalite-geweer Che Guevara na en sprak de menigte aan de overkant toe.

Hij stond hoogstens 10 meter bij me vandaan: dicht genoeg in de buurt om te zien dat hij zijn ogen achter zijn masker even geschrokken opensperde als ik de mijne.

Verdomme!

Hij hanneste met zijn Armalite en riep iets. De andere gemaskerden renden de veewagen uit.

Zijn wapen was al gespannen, en hij begon te schieten. Ik beantwoordde dat met schoten op hem en de andere maskers, die chaotisch achter hem rondliepen.

Een andere gemaskerde man begon vanachter de wagen mee te doen, en ik beschoot ook hem. Ze waren net zo in paniek als ik en deden hun uiterste best om de wagen in te komen en weg te rijden.

Een van de jongens sprong achter in de veewagen en gaf al schietend dekking aan de anderen, die over de achterklep klommen.

Ik raakte een van hen en zag twee zware 7.62mm-kogels door zijn borstkas scheuren, een fractie van een seconde later gevolgd door spuitend bloed uit de plaats waar de kogel weer was uitgetreden. Hij gilde als een varken en werd de wagen in getrokken.

Ook vanuit de cabine werd geschreeuwd toen kogels doel troffen.

Scouse, de nummer twee van mijn patrouille, gaf inmiddels vanaf de andere kant van het hek het goede nieuws door. De twee anderen liepen nog steeds in totale verwarring over het woeste terrein omdat alles zo snel was gegaan.

Ik knielde al schietend, maar hoorde toen de gevreesde klik.

De losse onderdelen zaten nog steeds los, maar er was geen kogel meer in de houder.

Ik raakte in paniek. Ik wist wat ik doen moest, maar hoe sneller ik dat probeerde te doen, des te sneller ik het verknoeide.

Ik liet me op de grond vallen terwijl kogels mijn kant op kwamen, en schreeuwde uit alle macht: 'Blokkering! Blokkering!'

Ik tastte naar een andere patroonhouder. Alles leek in slow motion te verlopen. Dat was natuurlijk schijn: ik deed alles snel en onhandig, maar het was alsof ik buiten mijn lichaam trad en mijn eigen handelingen gadesloeg.

Ik klikte de nieuwe houder in het wapen en spande het. Nieuwe schoten, nieuw geschreeuw. Maar het hardste geschreeuw was dat in mijn eigen hoofd: wat is dit vreselijk! Maar ik moet het doen!

De veewagen kwam in beweging. Scouse schoot intussen op de cabine. Maar de wagen was aan de achterkant van zandzakken voorzien en er waren stalen op platen gelast om de chauffeur te beschermen.

Ik was nog steeds de enige aan mijn kant van het hek en rende langs de winkelruiten naar voren. Ik wist niet of iemand buiten de veewagen gebleven was, maar er kon iemand tussen de geparkeerde auto's liggen. Of waren ze soms de wijk in gevlucht? Of de winkels in? Of waren ze 10 meter verderop naar de kruising gerend en linksaf gegaan? Of rechtsaf naar de niet meer gebruikte spoorlijn? Ik had geen idee.

Vanuit mijn ooghoek zag ik dat mensen zich op de vloer van de dichtstbijzijnde winkel klein maakten. Een van hen sprong overeind. Ik draaide me om en schoot een paar kogels hoog door het raam, zodat hij mijn boodschap begreep. Het glas kon er niet tegen, en hij liet zich weer op de grond vallen.

'En beneden blíjven!'

Ik wist niet wie het bangst was: zij of ik. Het was een domme en extreme reactie geweest om door de winkelruit te schieten, maar ik kon niets anders bedenken. Ik was zo opgefokt dat ik in elke beweging een dreiging zag.

Ik beende naar de kruising. Tijdens de opleiding hadden we steeds opnieuw twee manieren geoefend om rond een hoek te kijken. Je kunt je hoofd tegen de grond leggen en dan van dichtbij kijken, maar het is beter om uit de buurt van de hoek te blijven en beetje bij beetje je gezichtsveld te vergroten. Dan word je minder snel geraakt. Tijdens de opleiding was dat allemaal goed en wel, want je wist dat er niemand aan de andere kant met een Armalite stond te wachten. Ik haalde diep adem, ging op mijn buik liggen, hield het wapen klaar om er een zwaai aan te geven en wierp een snelle blik. Niemand.

Terug op de plaats van het contact bleek een arme man vloekend en schreeuwend naar het huizencomplex te kruipen omdat zijn rolstoel omgevallen naast de weg lag. Bewoners stroomden hun huis uit om hem te helpen.

Moeders gilden tegen kinderen. Deuren sloegen dicht. Een vrouw in de winkel schreeuwde: 'Hier is niemand! Hier is niemand!'

Later werd ten zuiden van ons een lijk ontdekt met een paar schotwonden van 7.62mm-kogels. Enkele gemaskerde mannen waren in een ziekenhuis voor schotwonden behandeld. Ze waren van plan geweest om aan de andere kant van de stad langs een van onze patrouilles te rijden. De gemaskerde mannen achterin moesten aan beide kanten van de straat de patrouilles beschieten, en dan zouden ze doorrijden totdat ze de grens gepasseerd waren. Mijn patrouille was op hen gestuit toen ze buiten de winkels hun praatje hielden en weer in de veewagen wilden stappen.

Ik had toen gemengde gevoelens over dit contact. Op het eerste gezicht was alles geweldig verlopen. Zij hadden slachtoffers te betreuren. Bij ons was niemand gewond geraakt. Mijn geloofwaardigheid groeide omdat ik het eerste dodelijke slachtoffer van de detachering had gemaakt, en dankzij een stimuleringsmaatregel van de regering kreeg ik twee weken extra verlof. Maar er zat ook een andere kant aan. Ik had me geen ordebewaarder Gods gevoeld en was alleen doodsbang geweest. Bovendien had ik verdomde veel mazzel omdat het niet mijn persoon was geweest die de kogels had opgevangen.

35

Na het corvee ging ik terug naar mijn kamer om mijn spullen een plek te geven. Ik hoorde Nish' gruwelijk slechte versie van *Smoke on the Water* door de gang galmen. Om alles nog erger te maken had hij een versterker en luidsprekers op zijn gitaar aangesloten. Overal in het gebouw riepen muziekliefhebbers dat hij dat ding verdomme moest uitzetten.

Mijn Bergen en militaire uitrusting waren al een week eerder door een helikopter gebracht. Ik ordende alles een beetje, en toen werd het tijd om naar de bar te gaan. Net als overal elders in het leger was het de taak van een nieuweling om een rondje te geven.

De bar had een tegelvloer, en er stonden een stuk of twaalf tafeltjes met steeds drie of vier stoelen eromheen. De toog zag eruit alsof hij rechtstreeks uit een pub was gehaald, en dat was misschien ook wel zo. Aan beide zijden van de godsdienstige scheidslijn waren daarvoor genoeg pubs gebombardeerd. Deze tapkast was 3 meter lang, fonkelde van de glazen en dergelijke en was beladen met blikjes Tennants waarop een half ontklede 'Lager Lovely' stond. Zo'n meisje nam ongeveer de helft van het blikje in beslag, en ik was er een groot liefhebber van.

Ik deed de ronde langs de tafels en noteerde de bestellingen. Er zullen ongeveer vijfentwintig jongens gezeten hebben, inclusief verbindelaars en 'groen slijm'. De bar was niet bemand, en er heerste een erewoordsysteem. Je ondertekende een papier waarin je je leven verbeurde als je niet aan het eind van de maand betaalde. Ik ben dol op dat soort vertrouwen, en dit was voor het eerst dat ik het systeem tegenkwam.

Nish en Al zaten met hun nog dichte EPCA-map aan tafel. Nish zat over het cryptogram van *The Daily Telegraph* gebogen. Hij had een blikje Tennants in zijn ene hand en een stompje potlood in de andere. Al droeg af en toe een antwoord bij.

Het EPCA was voor deze twee een fluitje van een cent. Nish en Al hadden meer gemeen dan op het eerste gezicht leek. Ze waren niet alleen intelligent, maar hadden ook een goede opleiding achter de rug en kwamen uit een gegoede middenklassenfamilie. Nish' vader, die ingenieur was, had in de Tweede Wereldoorlog in Spitfires gevlogen en was tweemaal neergehaald. Later werd hij uitvinder. Sir Francis Chichester gebruikte een van zijn pompen toen hij in zijn *Gipsy Moth* in zijn eentje rond de wereld zeilde. 'Ze konden het goed met elkaar vinden,' zei Nish schertsend. '"Hoe gaat het, kerel? Verduveld aangenaam kennis te maken."'

Nish was getrouwd en had een zoontje; dat was het grote verschil met Al – maar niet meer als Franks vrouw haar zin kreeg.

Nish riep Frank bij zich. 'Ik wil het plaatje helder hebben. Die klus waarbij je wilde gaan schieten... hoe ging dat eigenlijk? Zat je in de sneltrein naar de hemel?'

Een paar jongens draaiden zich om en luisterden mee. Tiny mikte pinda's in zijn keel, maar kwam niet bij de bar vandaan. Ook ik bleef waar ik was.

'Ik zeg al de hele tijd dat ik niet kan sneuvelen.' Dit was de eerste keer dat ik Frank zijn stem hoorde verheffen. 'Ik heb gegarandeerd het eeuwige leven. Echt waar, Nish.'

Nish was niet onder de indruk. 'Maar wat krijgen we de volgende keer? Zien we je dan over het water lopen?'

'Ik bedoel helemaal geen wonderen.' Frank nam een slok uit zijn blikje. Heel even leek het of alleen zijn hand verhinderde dat Fiona uit haar jurk viel. 'Als iemand van ons moet sneuvelen, dan ben ik dat. Ik ben christen. Ik heb gegarandeerd het eeuwige leven. Ik kan het beste sterven. Daarom deed ik het.'

Nish kneep zijn ogen tot spleetjes. 'Wat wil je daarmee zeggen? Dat je een soort hemelse verzekering hebt?'

'Wat ik daarmee zeggen wil, is dit: als er iemand dood moet gaan, dan ben ik de beste kandidaat. Bovendien kun je beter één dag een tijger zijn dan duizend jaar een schaap.'

Tiny rolde met zijn ogen en leidde me naar de pooltafel. 'Kun je een beetje biljarten?'

Ik schudde mijn hoofd.

'Goed.'

Frank was niet te stuiten. 'Oké, ik had de jongens de struiken moeten laten controleren. Maar dat had nooit gekund zonder dat iemand zijn leven had gewaagd. Als christen vond ik dat ik dat niemand mocht opdragen. Het was dus geen kwestie van dapperheid, ik ben gewoon niet bang om te sterven.'

Nish stak zijn potloodje de lucht in. 'Bedoel je dat ik dat wel ben?'

'Nee, Nish, nee. Maar ik geloof dat God een bepaalde bedoeling met me heeft. En pas als Hij me dood wil hebben, zal dat gebeuren.'

Daarmee stak hij zijn hoofd in een wespennest. Iedereen ging zich ermee bemoeien, en de enige die niets zei, was Al, die met zijn hoofd gebogen zat en kennelijk nog steeds niet helemaal de oude was. Na een tijdje keek hij op. 'Je moet effe dimmen, Frank. Godsdienst is iets persoonlijks...'

'Natuurlijk.'

'Je moet dat de mensen niet door de strot duwen. Laat ze met rust.'

Tiny stak zijn keu onder zijn arm en applaudisseerde als vertegenwoordiger van de rede. Toen liep hij naar de tafel om zijn acquitstoot te verknallen.

Het gesprek was voorbij. Ik zag Al met zijn mappen onder zijn arm weglopen om iets te gaan doen. Nish wijdde zich weer aan zijn cryptogram.

Tiny fronste zijn wenkbrauwen. 'Hij hoort hier helemaal niet te zijn.'

'Wie bedoel je? Frank?'

'Welnee, idioot. Ik bedoel Al. Hij heeft malaria en hoort in bed te liggen.'

De deur van de bar vloog open. Minky stormde met een handdoek rond zijn middel en zijn gezicht vol scheerzeep naar binnen. Ik kende hem van de Selectie. Hij was een van de leidinggevenden en zat in Ploeg 6. Hier werkte hij als sergeant voor de operaties en verzorgde hij het contact met de TCG en alle politie- en spionagediensten. Hij leek op de man met het krulhaar in *The Professionals* en had bijna op een wervende poster van de SAS kunnen staan. Tot die dag althans.

'Klootzakken!' Hij stak een staaf scheerzeep omhoog. Ik wist niet waar hij op doelde en was kennelijk de enige die de mop niet snapte. Alle anderen lagen dubbel van het lachen terwijl hij zijn tirade voortzette. 'Klootzakken! Klootzakken!' Toen smeet hij zijn scheerzeep naar Ken.

Tiny moest zo lachen dat hij zijn keu niet kon hanteren. 'Er zitten garnalen in! Het heeft ons uren gekost om ze erin te krijgen! Hij scheert zich al dagen met garnalenzeep en klaagt dat Gillette de chemische samenstelling heeft veranderd.'

Minky was al zo vaak het mikpunt geweest, dat hij in alle staten was. In die periode gebruikte hij zelfs het toilettenblok niet meer, uit angst dat de toiletpot onder hem ontplofte of dat het dak instortte.

36

De paar weken daarna was het druk. Op een dag surveilleerden we in een gebied waarvan we wisten dat er een bermbom geplaatst ging worden. Een paar anderen legden een hinderlaag met IRA-wapens en arresteerden degenen die ze kwamen ophalen.

We moesten onze bronnen altijd met de grootste zorg beschermen. Ken liet vaak een foto rondgaan met de waarschuwing: 'Als de poppen aan het dansen gaan, mag deze man niet sneuvelen.' Ons werk had altijd een strategisch doel en was gebaseerd op informatie die verzameld was – soms tijdens nonchalante cafégesprekken, soms uit de mond van informanten, soms via het soort apparaatjes dat Kens patrouille die avond in South Armagh had aangebracht.

Ik werd soms bij Frank, soms bij Chris ingedeeld. De ene keer zat ik in een auto met Nish, de volgende keer lag ik met Tiny of Saddlebags in een hinderlaag. Net als in het oerwoud en tijdens de groepstraining in Engeland moesten we in elke samenstelling leren werken.

Hoog op onze lijst van werkzaamheden stond de inzet van dubbelgangers voor doelwitten. Als we hoorden dat iemand op de nominatie stond om vermoord te worden, kozen we degene van ons die het meest op hem leek en diens rol kon overnemen. We legden dan hinderlagen om de aanslag te verhinderen, en namen vervolgens de IRA-cel onder handen.

Ken verzamelde de ploeg in de briefingroom en vertelde wie het nieuwste IRA-doelwit was: een bekend iemand uit het politieke en het maatschappelijke leven. Die inlichting kwam van het slachtoffer zelf. Hij had gemerkt dat allerlei verdachte auto's hem op weg naar zijn werk volgden. Daarom had hij zijn route veranderd, maar de auto's waren gebleven.

'Goed.' Ken controleerde zijn aantekeningen. 'Het plan is om hem door een dubbelganger te vervangen. Door jou dus, Al. Kun je het aan?'

Zo'n klus deden we niet op bevel, alleen op verzoek. In de loop van mijn carrière heb ik het een paar keer gedaan; het is griezelig.

Al vertrok geen spier. 'Ja hoor, best.'

Al en Frank gingen de nacht voor de aanslag naar het huis van het slachtoffer. Frank verstopte zich in de loop van de nacht onder een deken op de achterbank van zijn Saab. Hij had een radio en een G3 en was Als ruggensteun als de pleuris uitbrak.

Al moest het huis verlaten zoals ook het slachtoffer altijd deed. Tussen tien voor halfnegen en halfnegen moest hij in de Saab stappen en ongeveer anderhalve kilometer naar de Tamnamore-rotonde van de M1 rijden. Hij moest daar de snelweg oversteken en Belfast in rijden. De rest van de ploeg zat in drie auto's klaar om de cel te grazen te nemen.

Iedereen maakte zich klaar om in actie te komen, en Als kapsel werd zo gewijzigd dat hij meer op het doelwit leek. De tv stond uit en Paul pakte zijn spullen in. Ik hoorde Frank dwars door de muur heen mompelen en besefte dat hij aan het bidden was, maar ik wist niet voor wie hij bad: voor zichzelf, voor Al of voor de rest van ons. Hij maakte er veel werk van, en ik liet hem rustig begaan. Zijn godsdienst was privé; je rent dan niet zijn kamer in om hem te stangen.

Nish kwam langs en zag er heel zwierig uit. De dagorder schreef kostuums en stropdassen voor. Het doelwit kwam uit een luxe forenzenwijk. Daar werd veel aan carpoolen gedaan, en een gezelschap van drie of vier kostuums viel er niet op.

Om acht uur was iedereen op zijn plaats. De drie auto's observeerden het huis. Ken reed in een Lancia, Nish in een Renault. Ze hadden allebei drie anderen bij zich. Saddlebags werkte in zijn eentje en controleerde de route voor Al en Frank. Geen probleem.

Onze operationele auto's zagen er heel burgerlijk uit, maar na de motorkap hield de gelijkenis op. De motor was opgevoerd vanwege het gewicht van de bepantsering in de portieren en achter de twee voorste stoelen, en ze hadden *run flat*-banden. Auto's die voor een belangrijke klus gebruikt waren, werden niet opnieuw ingezet. Tiny had de stijlvolle Renault met zijn elektrische ramen en elektrische schuifdak opgeëist zodra hij bij ons aankwam, maar omdat hij met verlof was, reed Nish de Renault voor deze klus. Door zo veel mogelijk rommel op de grond te gooien en de asbakken te vullen zorgde Nish dat de auto intussen niet opviel.

37

Om halfnegen legde Ken contact met Saddlebags. 'Oké, rijden maar.'
Saddlebags nam de route die de Saab genomen zou hebben, en gaf zijn ogen goed de kost. De IRA-cel had ongetwijfeld mensen op de uitkijk om de Saab te zien wegrijden en te melden waar de anderen naartoe moesten. Saddlebags lette echter niet alleen daarop, maar ook op andere aanwijzingen. Was er iemand op straat? Er moesten kinderen op weg zijn naar school; zo niet: waarom niet? Waren zijstraten geblokkeerd voor werkzaamheden? Verhinderde een vrachtwagen met panne dat de Saab aan een overval ontsnapte?
Saddlebags controleerde het nummerbord van elke auto die hij zag. De antwoorden kwamen in minder dan tien tellen over de radio terug: het juiste model en de kleur van de auto, wie de eigenaar was en of de eigenaar als IRA-sympathisant bekendstond.
Als stem klonk over de radio. 'Ik wil net wegrijden. Aan het eind van het pad staat een Mini.'
Saddlebags draaide en reed erlangs. 'Klopt. Wacht.' Hij las het nummerbord in zijn achteruitkijkspiegel. Het bord was vals. Zat er een boobytrap in? Had de IRA-cel gekozen voor afstandsbediening in plaats van een overval? Was de controle verkeerd uitgevoerd?
Ken nam de leiding. 'Iedereen wachten. Al, bevestig.'
Al tikte tweemaal op de zendknop.
Kens stem klonk over de radio. 'Heb jij iets, Minky?' Op afstand bediende camera's en andere observatiemiddelen waren op het huis van het slachtoffer gericht.
'Nee, niks. Geen draden, geen geknoei met de auto. Zeg jij het maar.'
Op zo'n moment was een commandant ter plaatse goud waard. Moest hij de operatie afblazen vanwege de mogelijkheid dat er iets in de auto lag en dat iemand toekeek om het te laten ontploffen? Of moest hij de levens van zijn manschappen riskeren?
Ken had er drie tellen voor nodig. 'Kun je het aan, Al?'
Al had aan één tel genoeg. 'Ik vertrek.'

Het is een kunst om je voor te doen als iemand anders, vooral als er een wapen op je gericht is.

De cel kende hem natuurlijk inmiddels heel goed, inclusief de manier waarop hij naar de auto liep, en de kleine rituelen die hij voor het instappen uitvoerde. Hij voelde bijvoorbeeld of hij zijn kantoorsleutels bij zich had of legde altijd zijn koffertje op de achterbank. Al had de vorige avond maar een paar uur de tijd gehad om dat allemaal te achterhalen, en wel in gesprek met de betrokkene zelf, die het vermoedelijk niet wist omdat je over zulke dingen meestal niet nadenkt. De IRA-leden konden Al hebben zien wegrijden. Als er iets was wat hun niet aanstond, konden ze de operatie gewoon afblazen. Het was een lange oorlog. Op zo'n moment is de uitdrukking 'wat kan het me ook schelen' heel handig. Je hebt een bepaalde geestelijke instelling nodig om door te gaan met je werk hoewel je weet dat het je dood kan worden. 'Wat kan het me ook schelen' helpt altijd.

Ook als je zo veel mogelijk over het doelwit te weten bent gekomen, blijft het heel moeilijk om te lopen als iemand die naar zijn werk gaat in plaats van als iemand die weet dat zijn hoofd misschien in de kruisdraden staat.

'Ach, wat kan het me ook schelen.'

Al had een vierkant stuk kevlar op de stoel naast hem liggen. Als ze begonnen te paffen, kon hij in elk geval proberen om zijn hoofd te beschermen terwijl Frank vanaf de achterbank het goede nieuws retourneerde met zijn G3.

Saddlebags reed door tot de rotonde van de M1, waar Nish zijn Renault geparkeerd had.

Nish kwam op de radio toen Ken in de Lancia een meter of tweehonderd achter de Saab reed – net een gewone forens. 'Ik heb een schaduw. Bruine Cortina op de rotonde met een cb-antenne. Het spel gaat beginnen.' Nish was niet de enige die op de rotonde geparkeerd stond. Dit was een verzamelpunt voor carpoolers, die er parkeerden, kennissen troffen en in één auto de stad in reden.

Saddlebags meldde zich: 'Ik heb een gele Escort die hier voor een garage staat. Zeker twee mensen erin. Ze zijn waakzaam en zitten niet te pitten. Kan niet zien wat ze achterin hebben. Het achterraam lijkt wel van zilverpapier in plaats van glas.'

De nummerbordencontrole meldde: koosjer. Dat betekende niets. De IRA hield gewone burgers vaak in gijzeling terwijl hun auto voor een actie gebruikt werd. Maar de aanwezigheid van zilverpapier in plaats van glas moest iets te betekenen hebben.

Toen Al in de buurt van de garage kwam, reed de gele Escort voor hem alsof hij de rotonde ging nemen.

Frank meldde zich en gaf door wat er volgens Al te zien was. De radio gaf ook Als stem weer: hij praatte met opeengeklemde kaken om zijn lippen niet te bewegen.

'Wil naar rechts.' De richtingaanwijzer ging aan, maar dat kon bluf zijn.

'Gaat langzamer rijden.' De stemmen uit de Saab klonken koel en kalm. Frank had de veiligheidspal van zijn G3 omgezet, wachtend tot het contact begon of tot Al duidde dat hij overeind moest komen.

'Stop, stop, stop. Wil nog steeds rechtsaf. Geen verkeer; ze kunnen gewoon afslaan. Dit is het. Hou je klaar.'

Frank schudde de deken van zich af en stak zijn G3 langs Als hoofd, klaar om het busje door de voorruit heen te beschieten.

Ken trapte het gaspedaal in. De motor gilde boven zijn geschreeuw uit. 'We naderen.'

Frank kwam weer op de radio. 'Afstand houden, afstand houden. Ze zijn rechtsaf gegaan, rechtsaf gegaan. Afstand houden.'

Ken nam weer de leiding toen het lawaai van de motor afnam. 'Nish, is die schaduw er nog?'

Klik-klik.

'Oké. Doorgaan zoals afgesproken.'

Ken bleef achter de Saab terwijl Saddlebags over de rotonde reed en alle geparkeerde forenzenauto's controleerde. Hij passeerde Nish in de Renault en de schaduw in zijn bruine Cortina.

Al leverde nog steeds via Frank commentaar op waar ze waren en wat hij kon zien. Iedereen moest een goed beeld hebben van waar de Saab precies was.

Saddlebags vervolgde zijn weg toen de Saab een kruising bereikte, rechtsaf ging en naar Nish op de rotonde reed. De Lancia verscheen een meter of honderd daarachter en draaide.

Nish zocht een paar tellen later contact. 'Daar is het gele busje weer. Gaat rechtsaf… komt snel naar je toe.' Hij liet het busje passeren in de richting van de Lancia en de Saab, die net de snelweg gekruist had. Hij ging erachter rijden. 'Hou afstand! De schaduw gebruikt zijn radio… Wacht… Busje gaat linksaf… wacht…'

Door de radio klonk ineens het overweldigende lawaai van automatisch geweervuur uit het busje. Nish' auto werd geraakt. 'Contact! Contact! Hou je in!'

Het achterraampje had niet uit zilverpapier bestaan maar uit platen gegalvaniseerd tin. Het tweetal dat achterin verstopt zat, had ze weggehaald en het vuur geopend.

38

Nish scheurde een paar tellen later met meer dan 130 kilometer per uur over de smalle landweg en schoot schuivend door elke bocht.

Cyril opende het vuur met zijn MP5 door het gelamineerde glas heen. Eno, die eerder zijn Selectie had gehaald dan ik, zat achterin met een HK53 (de 5.56mm-versie van de kleinere MP5). Hij zette zijn ellebogen schrap tegen de twee voorste stoelen en schoot tussen de twee anderen door. Hete, lege hulzen stuiterden in de auto rond, en de cordietwolk maakte het voor Nish nog moeilijker om zijn auto op de weg te houden. Het tweetal in het busje schoot nog steeds.

Nish gaf een klap tegen de voorruit vol sterren. De wind joeg naar binnen en nam een stroom verbrijzeld glas mee. De twee auto's beschoten elkaar nog steeds. Ken schreeuwde dat hij hun locatie wilde weten, maar niemand kon de radio horen.

Nish vond het moeilijk om in de buurt van het busje te komen en het te rammen.

Eindelijk reden ze over de hoofdweg.

Nish had de andere auto nu kunnen rammen en klem kunnen zetten als er niet een groep schoolkinderen op de bus had staan wachten. Schooltassen en boeken verspreidden zich over de weg terwijl de kinderen in greppels sprongen of zich over het asfalt uit de voeten maakten.

Een meisje stond stokstijf als een standbeeld en met haar lunchdoos in haar hand op de weg. Nish verloor bijna de macht over het stuur toen hij voor haar uitweek.

'Parallel aan de M1, ik zit op de oude hoofdweg naar Belfast.'

Die weg is lang en recht. Nu kon de Renault zijn gang gaan.

Eno schoot weer, terwijl Nish de verbinding verbrak. Cyril zat op de grond en praatte over de radio met Ken.

Er was goed nieuws. 'We zitten op dezelfde weg voor jullie uit.'

Ken zat voorin en trok Chris' veiligheidsgordel over diens hoofd. 'RAM-MEN!'

Chris gaf plankgas toen het gele doelwit in zicht kwam.

'Het kan niet, Ken. We gaan te hard!'

Hij reed intussen 230 kilometer per uur. Dat overleefde niemand. Ken maakte zich daar geen zorgen over: hij wilde als stier in deze wereld terugkeren. Maar Chris had niet veel fiducie in wedergeboorten. Hij zwenkte de auto en blokkeerde de weg. De Escort stoof op hen af, schoot op het laatste moment een hellinkje op en ontweek hen. Chris sprong uit de Lancia en bestookte de achterkant van het busje.

Ken duwde zijn portier open en probeerde er tegelijk met Chris uit te springen, maar zijn veiligheidsgordel hield hem tegen. Een fractie van een seconde later verbrijzelden twee kogels zijn raampje. Als de gordel er niet was geweest, zou hij de felbegeerde Vikingendood zijn gestorven.

Nish wist de Lancia te ontwijken door de auto een grote helling op te rijden.

'Hebbes. Hebbes. Hij zit voor me.'

Negentig... honderd... honderddertig... De Renault versnelde en kwam steeds dichterbij.

Het busje sloeg ineens links af. Nish trapte op de rem en probeerde genoeg snelheid terug te nemen om de andere auto te kunnen volgen.

Cyril kwam op de radio. 'Ken, ze zijn linksaf gegaan, linksaf gegaan. We krijgen ze niet te pakken.'

Vitale seconden gingen verloren toen Nish moest vechten om de Renault te keren. Het busje reed nu weer over smalle wegen en werd door heggen aan het oog onttrokken.

De twee auto's kamden het gebied uit tot ze bijna geen benzine meer hadden. Het leger en de politie van Ulster kwamen in actie om de doodsbange burgers te kalmeren die gewoon naar school en naar hun werk wilden zonder doodgeschoten te worden. Toen blies de TCG de operatie af.

Het busje werd pas later gevonden. De IRA-cel had het op een boerenerf gezet, een gijzelaar genomen, de telefoondraad doorgesneden en was over de akkers doorgelopen om wegversperringen te ontlopen. Daarna namen ze een andere auto.

Terug in het pakhuis werd duidelijk waarom de operatie was afgeblazen. Tijdens de operatie was een onschuldige burger omgekomen. Frederick Jackson wilde bij een houtmagazijn wegrijden en stond te wachten om in te voegen, toen ons mobiele onderscheppingsteam passeerde. Een van onze kogels ricocheerde van de weg en vloog de auto in. Het projectiel drong het lichaam van meneer Jackson in en kwam er bij de hals weer uit. De auto rolde naar achteren en parkeerde zichzelf. Hij stond daar dan ook al tien minuten voordat iemand van het bedrijf ontdekte wat er gebeurd was.

Die avond heerste er een sombere stemming in de bar. Ook na honderden uren opleiding kan iets faliekant misgaan. Soldaat zijn is geen wetenschap. De onbekende factor is de vijand. Je kunt hem niet voorschrijven wat hij doen moet om in je plan te passen. Napoleon zei het al: je bereidt je voor op A en B, en dan doet de vijand C.

Frank bad natuurlijk voor meneer Jackson. Ik hoorde het hem door de muur heen doen. 'Maar wat konden we anders doen, Heer? We zijn hier om het kwaad te keren.'

Nish, Frank en ik hadden een gesprek over wat wij drieën vermoedelijk gemeen hadden met die IRA-jongens.

Ondanks zijn Bijbelvastheid kostte het Frank geen enkele moeite om hen als slechte mensen te zien. 'Ze gebruiken geweld om het democratische proces te saboteren en ze moorden zonder onderscheid.' Hij haalde zijn schouders op. 'We moeten ze tegenhouden. Simpel.'

Nish trok een wenkbrauw op. 'Maar ik begrijp wel waar ze vandaan komen. Als jij hier als katholiek geboren was en in dezelfde shit had gezeten als zij, had jij misschien ook wel met een Armalite gelopen. Jezus, dat ik niet op onze eerwaarde Frank schiet, komt alleen door het toeval van mijn geboorte, denk ik.'

Ze hadden allebei gelijk. Als ik in de Bogside was grootgebracht, zou ik bij de IRA zijn gegaan. Maar aangezien ik uit Zuid-Londen kwam, kwam ik in het leger terecht.

39

Het was vaak heel druk, maar we moesten ook veel wachten.

Soms gebeurde er een week lang niets, terwijl we toch altijd paraat moesten zijn. Voor het geval er iets gebeurde waarbij we ons snel moesten kunnen verplaatsen, stonden onze helikopters zelfs naast het gebouw klaar. Tiny had er gruwelijk de pest over in dat Nish zijn oogappel in de prak had gereden. Maar Nish vond de auto er nu veel beter uitzien dan met alleen volle asbakken en wat prullaria voor het achterraampje.

In rustige perioden kon je niet de hele dag gaan squashen of vechten. De jongens begonnen muren te beklimmen, vooral als Nish probeerde om een paar akkoorden van *The House of the Rising Sun* onder de knie te krijgen.

Frustraties werden op veel manieren geuit, maar vooral in de vorm van grappen. Minky wist over het garnalenincident heen te raken, om vervolgens geconfronteerd te worden met een paar bokkingen achter het rooster van zijn elektrische kachel. Nish en Tiny maakten er veel werk van, zelfs zodanig dat ik 's ochtends voor het opstaan onder mijn bed keek uit angst dat daar iets kon ontploffen.

Het was weer eens zo'n rustige dag. Paul was weg om zijn eigen ding te doen. Frank stak zijn hoofd om de deur. 'Heb je zin om me te helpen in het busje?'

'Best, hoor.' Ik stond op. 'Geen probleem.'

Geweldig. Ik mocht voorin zitten bij een klus. 'Wanneer is de briefing?'

'Er komt geen briefing. Ik heb iemand nodig die meegaat om boodschappen te doen.'

'Oké, oké.' Ik pakte mijn Browning en een paar tijdschriften. Iemand die niet paraat hoefde te zijn, kon gewoon een auto nemen en Belfast in rijden. We waren undercoversoldaten, grote jongens met veel wapens. Ik was er nog steeds niet aan gewend.

Ik volgde hem naar het vuile, oude administratiebusje. Dat gele ding was zo gebutst als dat van een scharrelaar, en dat was precies zoals het zijn moest.

'Stap in, jij rijdt.'
'Waar gaan we heen?'
'Naar het houtmagazijn.'
'Oké.' Ik had geen idee waar dat was.

Ik trok de slede terug om een kogel in de kamer van mijn 9 mm te krijgen. Toen ging ik achter het stuur zitten. Ik schoof het pistool onder mijn dij en controleerde of ik ook de andere twee patroonhouders bij me had. Ik had er zelf voor gekozen om er altijd drie bij me te hebben: één in het wapen en de andere aan mijn riem. Als ik meer dan 39 kogels nodig had, zat ik dieper in de shit dan met een pistool op te lossen viel. En hoe dan ook was het de bedoeling dat ik moeilijkheden ontliep in plaats van ze te scheppen.

We reden het pakhuis uit. 'Waarom moet ik voor jou het busje rijden?'

'Omdat ik niet meer rij. Niet na Tiny.'

Deze transportspecialist was totaal geobsedeerd door beschadigde voorruiten en zulk soort dingen. Frank aasde waarschijnlijk op een MBE-medaille. Nish was in een vuurgevecht verzeild geraakt en had zijn auto in vijf minuten in puin weten te rijden, maar omdat dit in het kader van de dienst gebeurde, kraaide er geen haan naar. Maar Tiny had bij een huishoudelijk klusje een kras op een portier gekregen en moest de kosten van de reparatie betalen.

'Nieuw beleid dus,' verklaarde Frank. 'Ik rij tijdens operaties, maar niet voor andere dingen.'

'Oké, gefeliciteerd. Voor mij maakt het natuurlijk niet uit.'

'Natuurlijk niet. Daar hebben we soldaten voor.' Frank grijnsde breed. Hij was in een goede bui, en ik mocht hem dan graag.

We reden het complex uit en kwamen in de wereld van de burgers terecht.

Frank grijnsde nog steeds. 'Ze denken dat ik niet goed snik ben.'

'Wie denkt dat?'

'Je weet heel goed wat ik bedoel.' Hij draaide het raampje open om wat frisse lucht te krijgen. De auto stonk naar sigaretten en verschaalde scheten. 'Jullie denken allemaal dat mijn christelijke geloof een raar soort idiotie is, maar ik zal je wat vertellen: we zijn allemaal op onze eigen manier gek. We hebben een Viking als commandant, sommige jongens lezen alleen over paranormale dingen en we hebben er ook die verslaafd zijn aan fitness alsof het heroïne is. Voor zover ik weet, is Al de enige normale.'

'Alweer bedankt. Ben ik dan niet normaal?'

'Nee. Jij bent SAS. Meer wil je niet zijn.'

'Daarom ben ik hier.'

'Precies. We zijn niet goed snik. En ze sturen ons elke dag met deze dingen de straat op.' Hij tikte op de 9 mm onder zijn dij.

'Maar je vindt Al wel oké?'

'Ja, meer dan oké, de enige met wat gezond verstand. Na al dat gedoe in de bar van een paar weken geleden zei hij dat ik bij hem moest komen zitten. Hij vertelde me toen dat ik mensen irriteer met mijn pogingen om hen te bekeren, onder wie ook hem. Maar toen zei ik tegen hem dat christenen de hele geschiedenis lang anderen geïrriteerd hebben. De Romeinen hadden zo'n bloedhekel aan ze, dat ze de christenen voor de leeuwen gooiden. Dietrich Bonhoeffer irriteerde de nazi's. Christenen moeten staan voor wat ze geloven.'

Ik zette mijn verstand op nul en had geen zin in het levensverhaal van een Duitser van wie ik nog nooit gehoord had, zeker niet als die ook nog christen was. Het was al moeilijk genoeg om me te concentreren op het voorkomen van een boete voor krassen op deze schroothoop.

'Bonhoeffer... Je weet niet wie dat is, hè?'

'Als ik slim was geweest, had ik wel bij de genie gezeten.'

'Hij deed mee aan een complot om Hitler te vermoorden. Ze hebben hem uit wraakzucht geëxecuteerd, hoewel ze wisten dat de oorlog al verloren was. Hij was een dik mannetje met een bril, van het soort dat op elk schoolplein het pispaaltje is. Maar hij vond dat christenen het kwaad in de wereld moeten bestrijden, waar en wanneer ze het zien. Hij noemde kerken onnodig. Een christen hoeft alleen maar een bijbel te hebben.'

'De jouwe in die Claymoretas? Is dat jouw kathedraal?'

Hij knikte. 'Ik lees er elke dag in. Dat zou jij ook eens moeten proberen.'

Ik deed geen moeite voor een antwoord. Ga toch moppen tappen, Frank. Die horen we veel liever. Net als iedere andere bekeerling tot wat dan ook was hij roomser dan de paus. Ik besefte dat de godsdienst voor mij niet het probleem was. Ik was alleen maar doodsbang voor fanatici.

We reden het houtmagazijn in. Frank had een ellenlange lijst van alles wat hij nodig had: paaltjes van vier bij twee duim, platen multiplex, platen van van alles en nog wat, lijm, allerlei timmertoestanden. Ik had van het meeste geen idee waar het voor diende. Op school had ik het nooit gedaan, en ik was niet bepaald ambachtelijk aangelegd – eerder iemand voor bouwpakketten van IKEA.

We gingen naar het pakhuis terug, maar Frank liet me eerst naar een golfplaten schuurtje in de buurt rijden. Daar stonden alle nummer 11-schijven die we bij schietoefeningen gebruikten, met alle multiplex achterkanten en de papieren vierkantjes en lijm waarmee de gaten werden dichtgeplakt zodat ze opnieuw gebruikt konden worden.

Ik dacht dat we allemaal spullen voor de schietbaan hadden gekocht, maar zodra Frank de deur had opengemaakt, zag ik dat dit blijkbaar zijn werkplaats was. Een grote keukentafel van keurig wit hout was in aanbouw. Al het hout was geschuurd en stond klaar voor de verfkwast. Vier stevige keukenstoelen waren al op die manier behandeld. Overal stonk het naar verf en versgezaagd hout.

Frank straalde van trots. 'Ik heb hem zo gemaakt dat de poten eraf kunnen. Ik kan hem dus in de auto meenemen naar Hereford.'

Ik keek naar de balkjes onder mijn arm. 'Jezus christus, Frank, je gaat er het hele Nieuwe Testament aan ophangen, niet?'

Hij kreunde. Het was kennelijk niet de eerste keer dat hij die mop hoorde, maar in elk geval kon hij er nog om glimlachen.

Frank zette het hout neer. 'Ik zal je wat zeggen, Andy. Als jij de Bijbel gaat lezen, dan maak ik een tafel en stoelen voor je.'

Ik legde mijn stapel hout naast de zijne en lachte. 'Jij geeft het niet op, hè?'

'Geloof je dan niet in God?'

'Nee, maar als ik het mis heb, ontdek ik dat na mijn dood wel. Toch? Voorlopig denk ik er niet erg over na.'

'Aha. Dat betekent dat je een agnost bent. Je kunt geen beslissing nemen omdat je bang bent. Dat weet je toch, hè? Het betekent dat de deur nog steeds openstaat.'

Ik draaide me om en wilde weggaan. Frank pakte zijn gereedschap en zette het goede werk van Gods familiebedrijf voort.

'Joh, de enige deur die me hier interesseert, is de buitendeur. Doe jij die achter me dicht?'

Ik nam aan dat ik als nieuweling het voor de hand liggende doelwit van Franks zendingsijver was, en hoopte alleen vurig dat Nish me niet ging vragen voor zijn band.

40

1 december 1984

We hadden gehoord dat een IRA-cel het op iemand van de veiligheidstroepen voorzien had. De informant wist niet precies wie het doelwit was, en we maakten dus een lijst van mogelijkheden binnen het operatiebereik van die cel. De IRA had het heel druk gehad en veel mensen van korte afstand gedood. Ze gingen naar een voordeur, klopten aan en stormden al schietend naar binnen zodra iemand opendeed. De slachtoffers waren vooral Noord-Ierse politiemensen en UDR-leden, en de daders wisten zich altijd in veiligheid te brengen voordat de politie of het leger kwam.

Wij hadden niet genoeg mensen om alle potentiële doelwitten te beschermen, en daarom vroegen we versterking van het 2de parachutistenbataljon, dat in het gebied gelegerd was. Ken wilde steeds één lid van de ploeg samen met twee para's op een mogelijk doelwit zetten, behalve het waarschijnlijkste. Die laatste woonde tussen de koeienvlaaien vlak bij de grens en was al een paar keer eerder bedreigd. Geen wonder dat hij een Stirling-machinepistool op de keukentafel had liggen als hij theewater opzette.

Franks viermanspatrouille met mij erin moest hem beschermen, en we zouden daarmee beginnen voordat de rest van de ploeg met steeds twee para's op patrouille ging.

Ook Baas S zat in Franks patrouille. Hij was net voor zijn Selectie geslaagd en moest bij ons ervaring opdoen. Frank wilde hem eigenlijk niet meenemen, maar een officier leert alleen in de praktijk hoe alles gaat. Hij kon bovendien schieten. Ken had opnieuw een openhartige gedachtewisseling met Frank. Baas S werd bij ons ingedeeld en Frank moest de hele tijd bij hem in de buurt blijven. De man was er immers om iets te leren.

Het vierde lid was Eno. Hij kwam uit het Queen's Regiment en zijn hoofd kwam niet hoger dan mijn schouder. Hij zei nog minder dan Chris en Al en rookte nog meer dan Al.

Ik hoorde door de muur heen dat Frank bad voordat we op pad gingen, maar kon niet precies verstaan wat hij zei. Aan mijn kant van de muur was het nooit meer dan gemompel.

Het doelwit werd misschien al in het oog gehouden. Om wantrouwen te voorkomen – en om te verhinderen dat Frank gewoon naar het huis liep om te kijken of hij beschoten werd – werden we rond een uur of elf 's avonds bij het huis van het doelwit afgezet. We sprongen het busje uit alsof we dikke maatjes met hem waren, en toen kwam onze goede vriend opendoen om ons binnen te laten.

Het doelwit was rond de vijfenvijftig en had het allemaal al eens meegemaakt. 'Ik zet water op, jongens. Het wordt een koude nacht, en ik geloof niet dat ze zullen komen.' Evengoed had hij zijn gezin een paar dagen weggestuurd. Zijn 9mm-Stirling lag rammelend op de wasmachine, die net begon te centrifugeren.

Als onze tegenstanders het terrein goed verkend hadden, zouden ze niet aan de voorkant van het huis aanvallen. Het was namelijk een huis waarvan de voordeur nooit gebruikt werd. Auto's en mensen gingen altijd via het erf naar de keukendeur. Het was ook onwaarschijnlijk dat ze naar het erf reden, want het hek was alleen met veel moeite open te krijgen. Hoe dan ook, de grens liep op een steenworp afstand van de keukendeur.

Vanuit onze leunstoelen in de warme, droge keuken hadden Eno en ik een panoramisch uitzicht op het erf, de koeienstal aan de overkant van het geplaveide gedeelte, de geul waarin een beekje liep, en het hogere terrein van de Republiek verderop.

De majoor, Frank en Baas S gingen naar de voorkamer om tv te kijken. Het was van belang dat de majoor zich aan zijn routine hield. De functie van patrouillecommandant heeft tijdens een klus als deze onder andere als nadeel dat je bij het doelwit moet blijven. Eno en ik kregen de eerste kogels over ons heen.

We draaiden het licht uit en trokken de gordijnen open. Met onze voeten op een poef en onze wapens op schoot keken we door de dubbelbeglaasde, openslaande deuren. Het doelwit had in één opzicht gelijk. Het was koud. Op het erf lag ijs en de opvriezende mist – een Ierse specialiteit – werd elke minuut dichter.

Ons plan was de eenvoud zelve. Als ze door de achterdeur links van ons kwamen, zou Eno hun met zijn fantastische lichte mitrailleur – een Brengun uit de Tweede Wereldoorlog die van .303 inch was omgebouwd tot 7.62 mm – het goede nieuws doorgeven. Zelf had ik een G3 en een paar hoogexplosieve handgranaten, die heel effectief waren tegen iedereen op het geplaveide erf. We zouden op dat moment het glas al uit de ramen hebben geschoten, zodat we de granaten makkelijk naar buiten konden gooien, om dan dekking te zoeken achter de muren links en rechts van de openslaande deuren.

We keken en wachtten terwijl de drie anderen een voetbalwedstrijd volgden.

Eno boog zich naar me toe. 'Ik snak naar een peuk.'

'Waarom rook je, verdomme? Het kost je een fortuin, en je stinkt.'

'Ja, maar je komt zo lekker op gang. Binnenkort hou ik ermee op.'

'Wat? Zeker wanneer je nog minder onder druk staat dan hier, waar het lekker warm is, waar je een goed schootsveld hebt in plaats van daar buiten te moeten liggen?'

Eno grijnsde terug. 'Ja, zo zouden alle oorlogen moeten zijn.'

'Tart de voorzienigheid niet,' had Frank kunnen zeggen als hij in de kamer was geweest. Hij kwam binnen en beval ons te gaan staan. De TCG had radiocontact gemaakt. Onze klus was veranderd. De officier van dienst in het Noord-Ierse politiebureau van Kesh (district Donegal) had even na middernacht een telefoontje gekregen. 'Dit is de Fermanagh-brigade van de IRA. In restaurant Drumrush Lodge in Kesh liggen brandbommen. De reden daarvan is dat ze daar de schofterige veiligheidstroepen bedienen.'

41

Ik kende de Drumrush Lodge, een restaurant aan de weg tussen Kesh en Beleek, niet ver van de Bannaghrivier. De TCG nam het dreigement serieus.

Frank trok de gordijnen voor de openslaande deuren dicht voordat Eno het licht aandeed. 'Ken heeft 2 Para afgezegd. De TCG wil dat de ploeg naar de Lodge gaat, nú!'

Ken had de rest van de ploeg al in twee auto's gezet en naar de Lodge gedirigeerd. Ook voor hen was het een rit van een halfuur. We liepen met Frank mee naar de voorkamer en luisterden naar Ken op de radio. 'Alle codes. We weten niet of de bommen al geplaatst zijn. We weten niet of het een valstrik voor de Noord-Ierse politie is en of ze ons opwachten. We weten niet of ze de boel met een bom willen beginnen en dan op een schietpartij wachten. We pakken de zaak dus flexibel aan.'

Frank reageerde. 'Begrepen. We nemen de auto van het doelwit.' Hij noemde het nummerbord en de kleur van de Escort terwijl Baas S de landkaarten bekeek.

Wij vieren zaten even later in het oude busje van het doelwit. Hij was er niet van ondersteboven, want hij had het al eens eerder meegemaakt.

Frank reed en Baas S zat naast hem met de kaart. Het weer werkte niet mee. De opvriezende mist beperkte het zicht tot hoogstens een meter of tien. De wegen waren spekglad. Het licht uit onze koplampen weerkaatste alsof we in een whiteout zaten.

Tiny reed een van de andere auto's met Ken, Nish en Jocky van Ploeg 8. In de andere zaten Cyril, Saddlebags en Al.

Zodra Frank harder dan 50 kilometer per uur reed, begon de Escort te slingeren. Hij corrigeerde dat en nam gas terug om niet in een greppel te rijden.

Baas S meldde Ken wat er gaande was. 'We halen het niet in een halfuur. Door het ijs kunnen we niet hard genoeg rijden.'

Frank nam een bocht, en de achterkant begon weer te slingeren.

'Begrepen.'

We ontdekten pas later dat de IRA-cel al een halve ton ammoniumnitraat met stookolie in negen biervaten had gedaan en ze in een duiker bij de ingang van de Lodge had gelegd. Die hoeveelheid was genoeg voor een krater van 5 of 6 meter breed en nam alles en iedereen in de omgeving mee. De ladingen moesten tot ontploffing worden gebracht door twee IRA-leden die op iets meer dan 300 meter afstand lagen te wachten totdat de mist optrok en de politie arriveerde. Ze lagen op iets hoger terrein, waardoor ze een goed schootsveld en een ontsnappingsroute hadden. Sommige kameraden van hen hadden posities ingenomen langs de verbindingsweg naar de Lodge. Ze waren van plan om overlevenden neer te schieten en het detonatieteam te waarschuwen als de politie de Lodge in ging terwijl het nog mistte.

Minky meldde zich. 'We zien een blauw busje, misschien een Toyota. Kan van ons zijn.'

'Begrepen.' Iedereen die meeluisterde, bevestigde dat.

Eno verwoordde wat iedereen dacht. 'Het is verdomme een valstrik. Dat kan niet anders. De informatiestroom is veel te soepel.'

Baas S zat over zijn kaart gebogen en had een kleine Maglite tussen zijn tanden. 'Hier. Ga linksaf. Niet ver meer. Nog tien meter of zoiets.'

Ken meldde vanaf de vloer aan de voeten van Baas S: 'Oké, alle codes, luister. We blokkeren de verbindingsweg aan beide kanten op ongeveer 100 meter van de Lodge. Dan gaan we te voet verder. Deze code neemt de eerste kant. Cyril, rij ons voorbij en neem de andere kant. Frank, meld je als je er bent.'

'Cyril?'

Klik-klik.

Frank?'

Klik-klik.

Terwijl wij zo hard mogelijk doorreden, kwam Tiny glijdend tot stilstand. Nish en Jocky sprongen uit de auto en dekten de voor- en achterkant. Ken bleef bij de radio wachten totdat Cyril gepasseerd was en de andere kant geblokkeerd had. Pas daarna konden ze op hun doelwit afgaan. Geen van hen had een individuele radio en het zicht bedroeg inmiddels nog maar 3 meter.

Nish kroop aan de voorkant van de auto in een greppel toen hij in de mist ergens verderop het portier van een busje hoorde opengaan. Met zijn HK53 tegen zijn schouder klom hij de weg weer op. Hij werkte zich naar voren terwijl het licht van Cyrils koplampen de duisternis doorboorde. Een paar passen na een uit vijf tralies bestaand hek nam hij de schiethouding aan. Zijn loop wees in de richting van het vermoedelijke geluid. Zonder visueel houvast is geluid verwarrend en moeilijk bepaalbaar. Stoppen en luisteren is dan het best. Dat beperkt je eigen geluid, zodat je je op dat van de ander kunt concentreren.

Achter hem ratelde de poort.

Aan zijn kant van de heg landden voeten.

Nish zag iemands adem in de mist condenseren. Wie was dat? Tiny? Jocky? Ken? Zijn wapen was door de heg heen gericht. Hij kon het niet terughalen en weglopen zonder zijn positie te verraden.

Hij hoorde een hijgende en raspende ademhaling en daarna het gesis van een radio.

Nish kon niets doen. Cyrils team was nog niet op zijn plaats. Als hij deze knaap te grazen nam, zou de rest van de cel verdwijnen – en misschien tegelijkertijd iets tot ontploffing brengen. Eén IRA-lid was niet genoeg.

42

In de Escort probeerden we kilometers te maken, maar van Cyril hoorden we niets anders dan: 'Klaarstaan, klaarstaan.' Toen: 'Er staat een Toyota-busje op de verbindingsweg. Rechtervoorportier open. Geen beweging. We rijden door om de weg te blokkeren en gaan terug om een kijkje te nemen.'

'Akkoord. Wij komen dichterbij om weglopers op te vangen. Frank, waar zit je?'

De auto gleed opnieuw weg toen Frank op het gaspedaal trapte. 'Vijf minuten...'

Ken en Tiny namen een positie in om weglopers te onderscheppen. Jocky bleef bij de auto en de radio.

Ze zagen de koplampen naderen en gingen even van de weg af in dekking. Cyril parkeerde. Zijn team stapte geluidloos uit. Ze controleerden of de patroonhouder strak in hun wapen zat en of het pistool veilig in de beenholster hing. Toen zetten ze de vuurregelaar op enkelschots.

Intussen werden ze gadegeslagen door twee van de IRA-leden die de bom hadden geplaatst.

Cyril en Saddlebags liepen over de verbindingsweg naar de Toyota terug en hadden hun wapens in de aanslag. Ze bleven bij elkaar in de buurt om oogcontact te houden. Ze liepen, stopten, luisterden en probeerden vast te stellen wat er voor hen uit aanwezig was – hopend dat ze niet in iemand anders' schootsveld liepen.

Al bleef bij de auto en gooide kraaienpoten op de weg. Dat zijn stekels die een auto tot stoppen dwingen door de banden te vernielen. Als het busje of een ander voertuig uit de val probeerde te ontsnappen, kon Al het onder vuur nemen terwijl het knarsend tot stilstand kwam.

De twee IRA-leden keken en luisterden, maar wisten niet hoeveel SE'ers er aanwezig waren. Ze wilden alleen in actie komen als dat niet anders kon.

Cyril en Saddlebags hoorden vanaf de Toyota voetstappen op hen afkomen. Ze bleven staan en lieten hun doelwit naderen.

Cyril nam de ander met zijn HK53 onder schot. 'Blijf staan! Veiligheidstroepen!' Hij zei het net hard genoeg om verstaanbaar te zijn, maar niet zo hard dat de hele bende het hoorde.

'Het is oké. Ik ben het maar!'

De 'ik' hoopte misschien dat Cyril in een legerpatrouille zat, zodat hij de tijd had om iets te bedenken of versterkingen te krijgen. Dat zou ik gedaan hebben.

'Sta of ik schiet!'

De voetstappen hielden op. Cyril liep naar voren en Saddlebags dekte hem.

De jongen rende weg. 'Sta! Sta of ik schiet!'

Kens team hoorde het geschreeuw en kwam aangerend.

Zodra de herrie begon, wist Al dat ze licht moesten hebben. Hij verliet zijn positie bij de kraaienpoten en haalde een lichtgranaat van Schermuly uit de achterbak van de auto.

Iedereen hoorde het gezoef alsof een groot stuk vuurwerk de lucht in ging. Het meeste licht werd door de mist geabsorbeerd, maar de rennende schaduw was wel degelijk zichtbaar.

Cyril en Saddlebags vuurden waarschuwingsschoten links en rechts van hem af, maar hij bleef rennen, sprong over een greppel en kwam via een hek op een veld terecht. Die waren ze kwijt.

De twee IRA-leden in Als buurt wisten dat ze een beslissing moesten nemen. Ze stonden op en beschoten Al op precies het moment waarop Cyril en Saddlebags begonnen te schieten.

Al incasseerde een kogel, maar draaide zich om in de richting van de lichtflitsen uit de loop. De IRA-mannen namen de benen.

Ken riep over de radio: 'Contact, contact. Attentie!'

We konden niet zien wat er gebeurde, maar dat hoefde ook niet. We hadden onze raampjes omlaag gedraaid, en het geknal van de wapens klonk luid en duidelijk.

Kens team kon nu niet oprukken, vanwege het gevaar van eigen vuur. Ze moesten weglopers opvangen of wachten tot Jocky eventuele voertuigen tot staan bracht. Als Cyril en Saddlebags hulp nodig hadden, zouden ze daar wel om roepen.

Cyril en Saddlebags hadden de weglopen te pakken. Hij was blijven staan toen hij het lawaai van kogels bij zijn voeten hoorde. Cyril sleepte hem naar de weg en drukte zijn gezicht tegen de grond. 'Als je beweegt, ben je dood.'

Hij fouilleerde hem. Saddlebags gaf dekking. 'Al! *PlastiCuffs!*'

Er lagen er een paar in hun auto.

We waren er nu bijna. Ken was op de radio. 'Verzamelen bij Jocky. We gaan de rest zoeken.'

Saddlebags kreeg geen antwoord van Al, en daarom sleepten ze de jongen naar de auto.

Saddlebags liep naar de kofferbak. Daar zag hij Al in een plas bloed liggen.

'Een gewonde! Een gewonde!'

43

Al had kogels in zijn arm en borstkas.

Saddlebags gaf Cyril zijn HK53 en haalde de traumaset uit de kofferbak. Hij moest de bloeding stelpen en zorgen dat Al snel vocht binnenkreeg.

Cyril hanteerde de radio terwijl hij Al dekte. 'Alle codes, er is een gewonde. Het is Al; we moeten een helikopter hebben. Roep een helikopter! Anders is hij er geweest!'

Minky antwoordde meteen. 'Bevestig dat het Al is. Bevestig dat het Al is. Over.' De bloedgroep moest kloppen.

'Ja, het is Al. En schiet nou op.'

De radio zweeg twee minuten.

Toen kwam Minky weer. 'We krijgen geen helikopter de lucht in vanwege de mist. Ik probeer een ambulance te regelen. We sturen wat we kunnen. Wacht daarop, wacht...'

Ken onderbrak hem laaiend van woede. 'Rot op met je mist! Ik wil een helikopter! Nú!'

De jongen op de grond had kennelijk begrepen dat hij in de shit zat. Hij sprong op en rende Cyril voorbij. Cyril liet Saddlebags' HK53 vallen om de jongen bij zijn arm te kunnen grijpen.

Hij was te laat. De jongen was in de mist verdwenen, en dat gold ook voor het wapen.

'Hij heeft een 53!'

Ze renden allebei achter hem aan.

Saddlebags trok zijn pistool. Ze schoten allebei, en de jongen liet zich vallen.

Net als de anderen had Ken geen idee wat er gaande was. 'Contact! Wacht!'

Eindelijk waren we er. Frank zette de Escort stil en nam contact op. 'Ik hou alles tegen wat hier weg wil.' Hij was opmerkelijk kalm voor iemand wiens beste vriend zojuist was neergeschoten. Maar hij had natuurlijk werk te doen.

We begonnen de omgeving uit te kammen, maar dat was moeilijk. Nachtkijkers waren in deze omstandigheden nutteloos, en we moesten het met onze ouwe, trouwe ogen zien te redden. Als we iemand van hen tegenkwamen, dan was dat meer geluk dan wijsheid.

We hadden gehoord dat Minky de Quick Reaction Force (QRF) ter plaatse had opgeroepen om het gebied af te zetten. Met enig geluk bevonden de IRA-mannen zich nog steeds binnen het kordon. Ik was blij dat we geüniformeerd waren: als de QRF opdook, zou ik niet graag in mijn burgerplunje willen staan met een wapen in mijn hand.

Sommige van hun Land Rovers waren al in greppels gegleden. Bij de aankomst van de rest was over de radio te horen dat daar meer stamhoofden dan indianen waren. Ze wisten niets anders dan dat iemand gewond was en dat zich nog steeds terroristen in het gebied bevonden. Elke boomtak die bewoog, werd gemeld en beschoten.

In de verte klonken geweersalvo's. Elke keer vroegen we over de radio om erop te mogen reageren. Maar Minky antwoordde steeds: 'Blijf op afstand, blijf op afstand.' Het was de QRF die op schaduwen schoot.

Ken was in alle staten. 'Zeg het volgende tegen de QRF: wij houden dit gebied in toom. Zij moeten blijven waar ze zijn. Ze mogen niets beschieten, behalve als wij daartoe opdracht geven of als zij door anderen beschoten worden. Geen patrouilles, geen bewegingen; in de voertuigen blijven. Zeg dat ze nergens op reageren, tenzij ze daar van ons bevel toe krijgen.'

Minky zei: 'De QRF meldt bewegingen in een paar heggen bij de rivier. Zijn er codes van ons bij de rivier? Over.'

Frank verspilde geen seconde. 'Andy en ik regelen dat.'

'Akkoord. Frank gaat naar de rivier. Ken, bevestig dat.'

Klik-klik.

We lagen ons in het bevroren gras te oriënteren terwijl de QRF nog een paar kogels afschoot.

Frank wist wat hij wilde. 'Andy, pak je infraroodlantaarn en blijf 3 meter voor me. We gaan ze verjagen.'

Ik knipte de lantaarn aan. Die verlicht een donkere omgeving beter dan een nachtvizier en is als een normale lantaarn bruikbaar, behalve dan dat het licht alleen door een nachtvizier te zien is.

Ik haalde diep adem en liet de lichtstraal bij het passeren langs de heg glijden. Ik leek wel een soort hightech fazantendrijver. Maar deze drijver had ook een wapen, en dat had ik op automatisch gezet. Hier gold de wet van het oerwoud weer: schiet de hele houder leeg, dan weet je zeker dat niets kan terugvechten.

De rivier aan de andere kant van de heg stroomde volop. Onder mijn voeten kraakte ijs alsof ik over pakken chips liep. Ik liep half gebukt en had de veiligheidspal omgezet. De kolf rustte tegen mijn schouder. Ik probeerde niet te luidruchtig te ademen, maakte me zo klein mogelijk en had mijn ogen goed open.

Frank liep vijf of zes passen achter me. Hij had zijn geweer in de aanslag en richtte langs mijn infrarode lichtstraal zodat hij iedereen meteen kon bestoken. Omdat hij een eind achter me liep, kon hij sneller reageren dan ik.

Blauw stroboscooplicht gleed door de mist en bestreek ons alsof we dansers in een disco waren.

Ik deed nog twee of drie stappen, bleef staan en haalde het infrarode licht op en neer.

We liepen door, bleven staan en liepen weer door.

Het zicht was nog steeds beroerd. In de verte was opschudding; daar werd weer geschoten. Er renden wat IRA-leden rond die net een vuurgevecht achter de rug hadden. Ze wilden in hun paniek zo snel mogelijk vluchten en waren gewapend. Ik verwachtte elk moment een salvo geweervuur en kogels in mijn lijf. Maar verdomme, dit deed ik nu eenmaal voor mijn brood. Bovendien wilde ik hen vermoorden.

We vonden niets, en toen kwam het bericht dat we al die tijd gevreesd hadden. Er waren geen ambulances en helikopters meer nodig.

Al Slater was dood.

44

De mist was nog niet opgetrokken toen we vroeg in de ochtend vertrokken. De Noord-Ierse politie, de QRF en de speurhonden namen ons werk over. Het gebied werd afgezet en op explosieven onderzocht, waarna de mijnopruimingsdienst de halve ton ANFO onschadelijk maakte.

Het werd een trage rit over spekgladde wegen. Er werd niet veel gezegd, zeker niet in onze auto, die op een gegeven moment terug moest naar zijn eigenaar. Baas S praatte in de gebruikelijke radiogeheimtaal met de controleposten die we passeerden, en gaf alles over de radio door aan Minky, zodat hij de voortgang van de ploeg kon volgen. Ik had het koud en was nat van de mist. Mijn ogen prikten van het slaapgebrek en de teleurstelling.

Frank zei op de terugweg geen woord. Zelfs in het pakhuis met zijn altijd brandende lampen voelde alles koud en vochtig aan. De mensen deden hun gewone werk, laadden auto's uit en maakten wapens schoon, maar Ken had mij bevolen om Als wapens van de operatie op te halen; ik moest ze voor de politie in veiligheid brengen en opbergen. Daarna moest ik kijken of hij nog munitie op zijn kamer had. Iedereen had honderden patronen voor diverse wapens in zijn kast.

Saddlebags en Cyril zaten met de politie in de briefingroom. Ze moesten de civielrechtelijke aspecten van de zaak afhandelen. Dat was slechts een van de nadelen van het classificeren van IRA-leden als gewone misdadigers in plaats van hun de politieke status te geven waarnaar ze snakten. En het was ook van belang dat we ons duidelijk zichtbaar aan de afspraken hielden. Alle betrokkenen moesten na het treffen een verklaring afleggen, en de wapens waarmee geschoten was, werden door forensisch experts onderzocht. Dat was een verdomd lastige manier om oorlog te voeren, maar het kon niet anders.

45

De gang rook sterk naar verbrande koffie. Ik maakte de deur met de mr. Grumpy-sticker open en liep naar binnen. De koffiepot was drooggekookt.

Iemand had Als bebloede beltkit al binnengebracht en op zijn bed gegooid. Frank had aangeboden om zijn persoonlijke spullen uit te zoeken en in te pakken. Ik was blij dat hij het deed en niet ik. Ik had het al twee keer moeten doen, en twee keer was genoeg.

Zoekend naar munitie, betastte ik Als spullen in zijn kast. Onder een stapel schone sokken en ondergoed voelde ik iets wat op een doos 9mm-patronen leek. Ik haalde hem eruit en bleek een bijbel in mijn hand te hebben.

Was dit het exemplaar dat de ronde deed zodat alle jongens zich met citaten tegen Frank konden bewapenen? Zo te zien niet, want op de flap stond een opdracht aan Al. Geen wonder dat hij het Frank niet al te moeilijk had gemaakt, zelfs niet in het oerwoud. Hij was zelf al die tijd een christen geweest. Maar eerlijk is eerlijk: hij had er niet mee te koop gelopen.

Ik haalde alle munitie bij elkaar en zocht zijn wapens uit. Al had een M16 en een 9mm-pistool in een dijholster meegenomen naar de operatie. Ik ontlaadde allereerst de M16, duwde de patronen omlaag en ontdekte dat er een paar ontbraken. Tot dat moment hadden we niet zeker geweten of hij had kunnen terugvechten.

Ik borg zijn tijdschriften op en wijdde me aan de bebloede, leren dijholster. Ik haalde de Browning eruit, verwijderde de patroonhouder en probeerde de slede naar achteren te trekken om de kogel uit de kamer te halen, maar dat lukte niet. Een kogel van het salvo dat Al geveld had, had de slede geraakt en geblokkeerd.

Ik bond er voor de politie een bruin bagage-etiket aan: 'Wapen nog doorgeladen – patroon in de kamer.' Hun wapendeskundigen zouden het pistool meenemen naar de schietbaan om het uit te proberen.

In sommige patroonhouders van de M16 aan Als tactische vest zaten grote gaten. Het moest een geducht salvo zijn geweest. Ik borg ze net op, toen Frank binnenkwam. Zonder iets te zeggen liep hij meteen naar zijn kast om aan het werk te gaan. Hij was duidelijk geagiteerd. Eindelijk keek hij me aan. Zijn kaak stond strak. 'Wat vond jij van Ken vannacht? Ik ben niet onder de indruk.'

'We zijn er niet bij geweest, Frank. We hebben geen recht op een mening. We weten niet meer dan wat we gezien en gehoord hebben, en dat is niet veel. Uiteindelijk was hij de commandant. Al is verdomme dood. Daar is niks meer aan te doen.'

Hij wilde nog meer zeggen, maar ik draaide hem de rug toe. Frank begon me geweldig op mijn zenuwen te werken.

'O, mijn god.'

Ik keek achterom. Frank zat op Als bed met de bijbel in zijn rechterhand en liet me het boek zien.

'Ik weet het.'

Daarna stak hij met zijn linkerhand een klein gebedsboek en drie of vier cassettes met christelijke muziek omhoog. Frank staarde me aan. 'Ik heb hem vaak proberen te bekeren.' Hij leek nu in zijn eigen wereld te verkeren. 'Waarom heeft hij niet één keer met mij over zijn geloof gepraat? Niet één keer? Waarom moest hij het geheimhouden?'

Ik bond een volgende plastic zak dicht en pakte hem op. 'Niet iedereen duwt zijn overtuigingen door andermans strot, vriend.'

Kens stem klonk door de intercom. Elke kamer was erop aangesloten, zodat we met elkaar en de controlekamer konden communiceren. 'Iedereen nu naar de bar. Iedereen naar de bar.'

We gingen er samen heen. Niemand had zich nog geschoren of zelfs maar zijn natte kleren uitgetrokken. De meesten hadden nog hun dijholsters en de rest van hun feestartikelen om. Ik had voor een schouderholster gekozen: als ik zat, wilde ik snel en makkelijk mijn pistool kunnen trekken.

Blikjes bier en glazen whisky werden rondgedeeld. Ken hield een glas whisky omhoog en keek iedereen aan. 'Op Al.'

We knikten. 'Op Al.'

46

Nish staarde naar een leeg whiskyglas.
Franks knokkels werden wit rond zijn bier. 'Hij is in elk geval vechtend gesneuveld. Zo zou hij het ook gewild hebben.'
Saddlebags keek op. 'Dat weet ik anders niet zo zeker. Volgens mij is hij verrast en kreeg hij geen kans om terug te schieten.'
Frank schudde zijn hoofd. 'Dat deed hij wel. Ik weet het.'
'Frank heeft gelijk.'
De groep staarde me aan.
'Er ontbreken kogels uit zijn houder.'
Er werd niet veel gepraat. We slenterden alleen of in groepjes van twee weg. Nish was somberder dan meestal. Frank begon openhartiger te worden. Maar alles draaide om Ken, en ik had de verbittering in Franks ogen gezien toen Ken een heildronk op Al uitbracht.
Ik begreep toen niet en begrijp nog steeds niet waarom Frank zo de pik had op Ken. Misschien had hij alleen maar iemand nodig op wie hij zijn woede kon afreageren, en Ken had bovendien de leiding.
Terwijl ik Als spullen naar de controlekamer bracht, dacht ik: we voelen ons gelukkig allemaal wat beter nu we weten dat hij heeft teruggeschoten. Zo zit een soldaat nu eenmaal in elkaar. Niemand stelt zich graag voor dat een vriend een paar kogels in zijn lijf krijgt en neervalt zonder de kans te hebben om terug te vechten. Als mij dat overkwam, zou ik in staat willen zijn om minstens één keer te schieten of zelfs alleen maar een steen te gooien.
Ik vertelde de politiemannen over de 9 mm. Toen ging ik weer naar mijn kamer om een dutje te doen. Ik keek die middag naar *Countdown*, maar kon geen oplossing bedenken.

Een paar uur na de schietpartij arresteerde de Ierse politie twee mannen die bij Pettigo door een wegcontrole reden. De auto was even eerder gekaapt, en de eigenaar zat er nog steeds in, met een wapen tegen zijn hoofd. Een Winchester-geweer en achttien kogels lagen op de grond.

Bij het eerste daglicht vond in het gebied van de schietpartij een vervolgonderzoek plaats. In de blauwe Toyota werden explosieven gevonden en bij de ingang van de Lodge bleken negen biervaten met de halve ton ammoniumnitraat met stookolie te liggen. Een radio en een pistool met zes kogels werden aangetroffen bij het hek, waar de jongen naast Nish in het veld was gesprongen. Hij had ze geen van beide bij zich toen Cyril en Saddlebags hem aanhielden. Misschien had hij ze laten vallen toen hij de koplampen zag, denkend dat het een IRA-auto was waarin hij met enige bluf wel weg kon rijden.

De man die Cyril en Saddlebags hadden doodgeschoten, werd later die ochtend geïdentificeerd als Antoine Mac Giolla Bhrighde, een zesentwintigjarige deserteur uit het Ierse leger.

De Toyota was om halftien diezelfde avond gekaapt in het dorp Pettigo (district Donegal). Het slachtoffer verklaarde dat de IRA-mannen gevechtsuniformen droegen, maar dat gold niet voor Mac Giolla Bhrighde.

Twee van de IRA-leden hadden de explosieven in de duiker gelegd. Twee anderen lagen klaar in het veld aan de kant van Kesh. Een van hen scheen Kieran Fleming te zijn geweest. Hij was in 1976 als achttienjarige gearresteerd en werd in 1977 wegens terroristische activiteiten tot levenslang veroordeeld. Na zes jaar in het H-blok van Armagh was hij in september 1983 met 37 anderen ontsnapt.

De twee bij de duiker hadden hun explosieven al geplaatst maar nog niet op scherp staan toen een auto vol langharige burgers opdook. Begrepen ze waar die anderen vandaan kwamen? Het Ulster Defence Regiment? De politie? De Irish National Liberation Army? Of alleen maar smokkelaars? Dat was het grote probleem in Noord-Ierland. Niemand wist het ooit zeker. Er was bijna altijd een moment dat iedereen koortsachtig bezig was om te bedenken wie de anderen waren.

Mac Giolla Bhrighde had blijkbaar Cyrils auto gehoord. Hij was uit het busje gesprongen en in dekking gegaan. Daarbij had hij dezelfde schuilplaats gekozen als Nish.

Cyril passeerde vervolgens het busje voordat hij keerde en de weg afzette. De jongens wisten het niet, maar ze parkeerden recht tegenover de greppel waar de twee bommenleggers lagen.

Toen hoorde Cyril iemand op hem en Saddlebags afkomen. Nish had Mac Giolla Bhrighde over het hek zien springen.

Na Al te hebben neergeschoten, kozen de bommenleggers het hazenpad en bleven ze rennen totdat ze de grens over waren. Het tweetal op de helling bleef in zijn schuilplaats. Een van hen bevestigde de draden van de bom en probeerde hem tot ontploffing te brengen. Hij probeerde dat zelfs meermalen, maar faalde. Kieran Fleming was niet erg handig.

Ik liep Nish' kamer in.

Frank zat bij hem en las op Tiny's bed een brief. De tv was uit. In de hoek stonden nog meer vuile borden dan eerst.

Nish keek Frank aan en wachtte op goedkeuring. 'Vind je hem niet een beetje te zwaar? Een beetje te veel?'

'Nee hoor, ik vind hem goed.' Frank keek naar me op. 'Het is een brief aan Als ouders.'

Nish schudde zijn hoofd. 'De eerste brief die ik in een jaar of twintig geschreven heb.'

Frank gaf hem terug. Nish vouwde hem op en deed hem in een envelop. 'Ik wilde iets tegen ze zeggen. We zullen wel niet naar de begrafenis kunnen, hè? Er zal dan wel weer een klus voor ons zijn.'

Frank sprong overeind. 'Nee, we gaan wel! We gaan wel!'

Hij stoof weg. In Engeland stonden jongens klaar om over te komen als iets op sterkte moest worden gebracht. Een paar van hen konden ons makkelijk even aflossen.

Nish likte aan de envelop. 'Ik zal je wat zeggen. Frank moet zich wat meer gedeisd houden. Als hij zo doorgaat, heeft hij binnenkort geen werk en vermoedelijk ook geen kop meer. Aan Kens geduld komt een eind.'

Ik liet Nish zijn brief posten en ging terug naar mijn kamer. Paul was er niet. Ik ging op bed liggen en wachtte op *Countdown*.

Frank kwam op de terugweg even langs. Hij keek enigszins schaapachtig. 'Ken heeft het al geregeld. Een paar van ons gaan naar Hereford.'

'Dat is goed nieuws. Ik heb al gezegd dat ik hier blijf. Laat de jongens maar gaan die hem echt goed gekend hebben.'

Hij bleef nog even staan. 'Verveel je je?'

'Ja, ik wacht op *Countdown*.'

'Wil je een boek?'

'Wat heb je?'

'Je zult het prachtig vinden. Seks, geweld, bedrog, verraad... alles staat erin.'

'Lijkt me wel wat.'

'Ik haal het even.'

Zodra hij door de deur verdwenen was, wist ik dat ik erin was getuind. En inderdaad, toen hij terugkwam, had hij zijn Claymoretas bij zich. Hij haalde er zijn bijbel uit.

'Doe geen moeite, joh. Geen belangstelling.'

'Waarom niet? Je probeert het niet eens? Al vond het mooi. En als het goed genoeg was voor hem...'

'Het – interesseert – me – niet. Het – kan – me – geen – bal – schelen. Je lijkt wel zo'n kolere ayatollah die me de hele tijd zijn zooi door de strot probeert te duwen.'

'Ayatollah…' Het boek verdween weer in de tas, en heel even dacht ik dat hij ging lachen. 'Da's een goeie.'

Hij draaide zich om en liep zwijgend weg. Dit was niet het moment voor een lach.

47

Nish en Al hadden elke maandag EPC-cursus gehad. Ze waren niet vaak komen opdagen, en daarover was een vaste grap ontstaan. Als de leraar vroeg waar ze geweest waren, zeiden ze: 'Het spijt me, meneer, maar die vraag kan ik niet beantwoorden.'

De maandag na de schietpartij kwam Nish Als rekenmachine en EPCA-map inleveren. Hij gaf er een exemplaar van *The Sun* bij. De grote kop luidde: SAS-SOLDAAT IN NOORD-IERLAND GESNEUVELD.

Het forensisch onderzoek bevestigde wat ik al uit de deels lege patroonhouder had afgeleid: met Als wapen was geschoten. Hij had nog zes kogels weten af te schieten.

Uit het autopsierapport over Antoine Mac Giolla Bhrighde bleek dat hij door negen of mogelijk tien kogels geraakt was.

Het incident leek min of meer voorbij. Tijdens Mac Giolla Bhrighdes begrafenis op donderdag 4 december 1984 werd een beetje gevochten toen de politie even buiten de wijk waar de MacBrides woonden (Magherafelt), de driekleur probeerde te verwijderen van Antoines doodskist. Maar daarmee was de zaak afgedaan, dachten we.

Een paar dagen later gingen Nish, Frank en een paar anderen uit de ploeg aan boord van de Puma-helikopter, die hun aflossing vanuit Hereford was komen brengen. Ze vlogen voor de begrafenis naar de St Martin-kerk, waar het Regiment een stuk grond heeft. De meeste jongens worden daar begraven.

Ken kwam niet met de anderen terug. Hij moest nog een paar dagen blijven om met de hotemetoten over Als dood te praten. In die periode kwam hem kennelijk ter ore dat Frank het nog steeds op hem voorzien had. Bij zijn terugkeer stormde hij het pakhuis in en liet hij iedereen naar de briefingroom komen. Hij pakte de zaak aan zoals alleen Ken kon. 'En nou geen gezeik meer. Wie wat te zeggen heeft, doet dat nu. Kom ermee voor de draad of hou je bek.'

Frank stond tot mijn verrassing op. Hij beschuldigde Ken nog net niet van Als dood, maar het scheelde niet veel. Niemand van ons wist eigenlijk waarom. Het kwam misschien omdat hij ondanks al zijn gepraat over het eeuwige leven niet kon omgaan met Als dood.

Iedereen in het Regiment wordt aangemoedigd om zijn mond open te doen, maar dit sloeg nergens meer op. Zoals ik al tegen Frank gezegd had: hoe konden we erover oordelen? Wij zagen niet wat zij gezien hadden; wij hoorden niet wat zij gehoord hadden.

'Oké, stop.' Ken had er genoeg van. 'Denk je soms dat ik niet keer op keer over alles gepiekerd heb? Maar jezus, die man is dood.'

Frank stond opnieuw op om nog een duit in het zakje te doen, maar Tiny kwam tussenbeide. 'Het is genoeg geweest, Frank. Hou je in.'

Nish stond op. 'Luister, ik ben het met Ken eens. Ik denk de hele tijd: als we het anders hadden aangepakt... Als we individuele radio's hadden gehad zodat we allemaal wisten wat er gaande was... Als ik voor Mac Giolla Bhrighde was gaan staan toen hij over het hek sprong. Als... Als... Misschien dit, misschien dat. Niemand heeft er schuld aan. Het is gewoon gebeurd.'

Ik wist dat hij dat wilde geloven, maar één blik op zijn gekwelde ogen bewees dat het in zijn hoofd nog niet gebeurd was.

Cyril was de volgende. Ik vond dat hij meer plechtige ernst uitstraalde dan de andere deelnemers aan de operatie. 'Nish heeft gelijk. Hij is dood. Daar is geen flikker aan te doen. Hij was soldaat. Als het je niet aanstaat wat we doen, neem je ontslag en word je maatschappelijk werker. Debriefing afgelopen.'

Dat was het inderdaad. Het was afgelopen. Frank hield de paar dagen daarna zijn mond. Het werd Kerstmis. Frank ging op verlof en liet bij zijn terugkomst een bommetje ploffen. Hij nam ontslag uit het Regiment.

Omdat Al was afgeknald? Nee, beslist niet. Het moest iets met de godsdienst te maken hebben. Frank zei er niets over. We wisten alleen dat hij 'in het Circuit' ging werken, dat wil zeggen: voor een particulier beveiligingsbedrijf. Hij had een baan gekregen op Sri Lanka bij een van de bedrijven die het Sri Lankaanse leger opleidden voor de strijd tegen de Tamil Tijgers, de eerste plegers van zelfmoordaanslagen ter wereld.

Op een avond in de bar begon Nish erover. 'Kom op, Frank. Hoe zit het met je godsdienst in het Circuit? Dat is toch net zoiets als hier zitten? Waarom blijf je niet?'

Frank weigerde er iets over te zeggen.

Nish staarde hem aan, en toen viel het kwartje. 'O jezus, jij wordt dominee, hè?'

'Dominee...' Ook Tiny bemoeide zich ermee. 'Hoe noemde jij hem laatst, Andy? Hij wordt ayatollah!'

48

We hadden een hechte ploeg, en Al Slaters dood was een harde klap. Het is nooit makkelijk om iemand te verliezen die je kent, maar in het leger is er weinig tijd voor rouw. In mijn oude eenheid had ik veel jongens gekend die omkwamen. De achterblijvers gingen gewoon door. Dat betekent niet dat je zo iemand vergeet, maar Cyril had gelijk: hij was soldaat, en toen was hij dood.

De grappen kwamen langzaam terug, maar pas na een tijdje begon het ouderwetse stangen weer. Tiny en Nish probeerden elkaar op dat gebied te overtreffen en Minky was nog steeds het belangrijkste pispaaltje. Hij was een groot boksliefhebber en was urenlang in de sportschool om de boksbal mores te leren of naar wedstrijden op de tv te kijken. Op een zaterdagavond zou er een belangrijk gevecht worden uitgezonden. Om te voorkomen dat zijn pretje gesaboteerd werd, sloot hij zich met een paar blikjes Tennants en zakken chips in zijn kamer op. Niets mocht zijn uitzicht op de ring verstoren.

De bel voor de eerste ronde ging, maar zijn tv versprong bijna meteen naar een ander kanaal. Zelfs twee deuren verder hoorde ik hem brullen, worstelend met zijn afstandsbediening om het oude kanaal terug te krijgen. Het gebeurde een of twee minuten later echter opnieuw. Hij had er geen rekening mee gehouden dat in elke kamer van de ploeg dezelfde tv stond, die dan ook dezelfde afstandsbediening had. Zodra Minky zich had opgesloten, zetten Nish en Tiny een paar stoelen voor zijn deur en hielden de rest van de avond hun eigen afstandsbediening tegen het glas van het bovenlicht om van kanaal naar kanaal te schakelen.

We gingen door met ons dagelijks werk. Nish' gitaarspel werd slechter dan ooit en Ken ging met zijn dobermann naar de WeightWatchers. Maar zijn verbod aan de jongens om het dier worst te geven, werkte als een rode lap op een stier. Uiteindelijk gaf iedereen die stakker elke avond worst, en hij leefde nu zo ongeveer voor de deur van de kantine.

Mijn middagen waren nog steeds aan *Countdown* gewijd. Daarna was het tijd voor het eten, de briefing, het corvee, de sportschool en mijn afspraak met de Lager Lovely's.

In South Armagh werden sommige IRA-cellen intussen heel actief, en het groene leger kreeg het zwaar te verduren. Wij werden uitverkoren om als lokaas dienst te doen. Chris nam drie van ons mee om buiten de stad een heel beroerde operatie uit te voeren; we wisten dat daar een cel actief was. We staken zelfs – zoals in een oude film over de Tweede Wereldoorlog – een radioantenne door het camouflagenet voor het geval niemand ons gezien had.

Frank en Saddlebags hadden de taak om ons vanaf 500 meter met scherpschuttersgeweren te dekken. Nish en Tiny zaten met een paar anderen in auto's om ons te waarschuwen als er een IRA-konvooi kwam aanrijden om ons onder vuur te nemen, en daarna moesten ze de tegenaanval inzetten.

We hadden niets anders te doen dan in de observatiepost van het groene leger droge worstenbroodjes te eten en ons dood te lachen omdat we er zo stompzinnig uitzagen. Het moet zo erg zijn geweest dat de IRA medelijden kreeg, want er gebeurde niets. De TCG trok ons na twee dagen terug. Er was ander werk te doen.

Ditmaal zat ik bij de scherpschutters en moest ik dekking bieden vanaf hoog terrein aan de andere kant van een helder verlicht busstation. Het was zaterdagavond negen uur. Het was ijskoud en het gras was bevroren. Ik had via een glazen abri een prima uitzicht op de plaats waar ze de explosieven gingen aanbrengen. Ze wilden die op een van de stopplaatsen achterlaten en dan de benen nemen.

We moesten hen zonder omhaal arresteren. Dat betekende in wezen een confrontatie met mensen die zich per definitie verzetten en er niet tegen opzagen wapens te gebruiken. De TCG wilde deze mannen levend in handen hebben, en dat kon twee dingen betekenen: ze moesten ondervraagd worden of we moesten een bron beschermen. Als die bron bestond, kon hij heel goed een van de arrestanten zijn.

Inlichtingen werden om veel verschillende redenen bij veel verschillende mensen verzameld.

Sommigen deden het voor geld. Ik heb dat nooit goed begrepen, want ze kregen nooit meer dan met hun levensstijl overeenkwam. Meestal betekende dat zo'n 80 pond per week – anders zouden de meesten van hen meteen een splinternieuwe auto hebben gekocht, en zoiets had voor een verlopen sociale woning enig wantrouwen gewekt. Waarom namen ze het risico van levend verbranden of gaten in hun hoofd voor een paar bierbonnen per week?

Anderen verklikten om hun man of broer te beschermen, iemand die bij de IRA zat. 'Als ik je vertel wat hij doet, kun jij dat dan verhinderen?'

Voor deze categorie had ik alleen minachting. Ze hielpen ons de oorlog te winnen, maar waren verraders. Het kon me niet schelen aan welke kant ze stonden. Als de Black & Decker draaide, had ik geen medelijden met hen.

Ten slotte waren er mensen die het om ideologische redenen deden. Ze hadden een hoge positie in de IRA en hun inlichtingen waren betrouwbaar: het machtigste wapen in elke oorlog.

Maar wat de reden ook was, het moest een arrestatie zijn. Een wandeling door het park ging het niet worden. Als de mannen wapens hadden, zouden ze die gebruiken. We liepen allemaal gevaar, ook de buspassagiers en passanten, maar zoiets laten ontaarden in een vuurgevecht kan veel gevaarlijker zijn dan het contact zelf te initiëren en daardoor te beheersen.

Chris leidde de patrouille aan de andere kant van het busstation. Hij wachtte met vijf anderen achter in een busje om de auto met de explosieven aan te vallen zodra die parkeerde.

Nish, ikzelf en de andere scherpschutter hadden allereerst de taak om Chris en zijn patrouille permanent op de hoogte te houden, omdat zij niets konden zien. Vervolgens moesten we klaarstaan tegen vluchters of helpers van de bommenleggers die toesnelden als het lawaai losbarstte.

Het station stikte van de tieners die op de bus wachtten om een avond los te gaan. Het kledingvoorschrift was: korte rok, T-shirt en veel lelieblanke armen en benen met kippenvel. Twee zestienjarigen konden niet wachten tot ze weer bij moeder thuis waren en begonnen ter plaatse aan een nummertje. Gelukkig had zij genoeg stijl om de kauwgum uit haar mond te halen.

We lieten een paar mensen het doelwit passeren en te voet terugkomen. Het contact kon elk moment beginnen.

Maar er gebeurde niets.

We bleven tot vlak voor het daglicht op onze post. Toen riep de TCG ons terug.

Dit hoorde allemaal bij ons werk en was een variatie op haasten en wachten. Voor elk succes waren er twintig klussen die niet met een contact eindigden. Iemand vermomde zich opnieuw als doelwit, ditmaal in een politiebureau. We hadden de tip gekregen dat daar een aanval zou plaatsvinden. Er gebeurde niets. We beschermden een MI5-agent bij een gesprek met een IRA-bron. Het vond zonder incident plaats.

Er was ook goed nieuws. We kregen de bevestiging dat Kieran Fleming, een van de IRA-leden die in de nacht van Als dood ontsnapte, dood was. Zijn lijk was in de rivier de Bannagh gevonden.

Toen de twee mannen die op ongeveer driehonderd meter van het restaurant bij de explosieven op de uitkijk hadden gelegen, de benen namen, kwamen ze niet verder dan de rivier, waar Frank en ik langs de oever liepen om hen uit te roken. Ze waren het water in gegaan om mijn activiteiten als drijver te ontlopen. De rivier was daar slechts zeven meter breed, maar hier en daar diep en hij stroomde snel. Een van de mannen had de overkant bereikt, maar toen hij op de kant stond, kon hij zijn makker niet vinden. Fleming was door de stroom meegesleurd.

Twee dagen later werd hij begraven. Ik ging erheen om te kijken. Zo'n dertig mensen raakten gewond bij schermutselingen tussen de rouwenden en de politie. Er werden plastic kogels afgevuurd, en het kostte de stoet bijna drie uur om van Flemings huis op het kerkhof te komen. Toen de stoet de Bogside in draaide, schoten drie IRA-leden met bivakmutsen in de lucht terwijl helikopters van het Britse leger overvlogen.

Ik had geen krans gestuurd, maar een mooie, kleurrijke plant, en legde een paar opgeblazen zwemvleugeltjes rond de pot. Ik heb nooit kunnen achterhalen of die plant ook bij de kist is gezet. Al zou het prachtig hebben gevonden.

49

Na Als dood veranderde één ding ten goede: Frank hing niet meer de zendeling uit. Hij had misschien ontdekt dat hij bij ons niet de enige was die een stroom duivels probeerde te stuiten, en dat sommigen hetzelfde deden, maar dan zonder zang en dans. Anders was hij eindelijk gaan beseffen dat zijn woorden op stenige grond vielen.

Ik had ook mijn rolmodel gevonden. Chris was een goeie gozer. Hij zei alleen iets als dat moest, en ik wilde zijn voorbeeld volgen nu ik mijn plaats in Ploeg 7 gevonden had. Ik was er inderdaad thuis geraakt en merkte dat ik weleens te veel kletste.

Ik wed dat zelfs Ken hem inspirerend vond: Chris had nog steeds het blonde Vikinghoofd dat Ken gehad moet hebben toen hij nog met een blikken muts met hoorns op zijn hoofd alle kusten onveilig maakte. Hij beheerste zijn vak, was een professional en straalde een kalm zelfvertrouwen uit. Als hij iets zei, betekende het altijd iets. Dat kwam misschien omdat hij zich niet liet afleiden door de onzin om hem heen. Zelfs van Frank met zijn God en van Nish met zijn scheten trok hij zich niets aan.

We hadden allemaal ervaring en sommigen waren hoge onderofficieren in bataljons geweest, maar hij ging daar goed mee om en kreeg mensen achter zich. Zo wilde ik ook zijn. Zij het zonder de snuif voor elke nieuwe zin.

Dat betekende niet dat ik Frank afschreef als vriend of niet meer voor hem het busje reed in het kader van zijn familiebedrijf. Als ik niet veel omhanden had, was het altijd goed om er een paar uur uit te zijn.

Onderweg naar het houtmagazijn praatten we een keer over Als begrafenis. 'In mijn zeven jaar bij het Regiment heb ik een hoop makkers zien sterven, maar dit is de hardste klap voor me geweest,' babbelde hij vanaf de passagiersstoel. 'Al heeft veel voor me betekend. Hij dacht ook aan de morele kant van ons werk.'

Het leek me beter om hem niets over de zwemvleugeltjes te vertellen.

We hadden het over militaire begrafenissen in het algemeen. Ik was daar geen liefhebber van. Normaal krijg je een doodskist met een vlag erop en zingen ze veel *Jerusalem* en *I Vow to Thee, My Country*. Er is zelden een preek, maar wel vaak een lofrede van een vriend.

Frank glimlachte. 'Ja, maar ik wed dat je altijd meebidt.'

'Dat doe ik pas bij het amen.'

'Luister je niet eens naar de gebeden, Andy? Probeer je niet te begrijpen wat ze betekenen?'

'Natuurlijk niet. Ik denk aan de man en aan hoe hij gestorven is. Gebeden zeggen me niks, ook niet als de vlag wordt opgevouwen en het begrafenisgedeelte begint. Ik denk gewoon aan die gozer. Voor mij betekent het alleen iets als de man met de bugel de *Last Post* speelt. En dat heeft niks met godsdienst te maken, Frank, alleen met de man.'

Frank knikte. 'Mijn vrouw was helemaal ondersteboven van Als begrafenis. Ze kon heel goed met hem opschieten. Wist je dat?'

'Ja, dat heb je me verteld.'

'Ze was kwaad. De meeste mensen met wie ik werk, vindt ze beesten. Al was de enige fatsoenlijke die ze kende.'

'Gold dat ook voor mij?'

'Ja, natuurlijk. Maar moet je iedereen hier eens zien. Ze zijn verloren, en dat ben jij ook. Nish laat zijn scheten alleen voor Engeland en heeft verder geen enkele gedachte in zijn hoofd. En…'

'Wat bedoel je? Nish?' Frank had ongelijk. 'Wat denk je dat hij met al die nummers van *Time* en *The Economist* doet? Veegt hij er zijn reet mee af? Waarom is hij gaan gitaarspelen en leert hij het notenschrift lezen? Die jongen heeft een onderzoekende geest, Frank. Ik zie je met hem geen ruzie maken over *The Telegraph* na de briefing.'

'Als hij zo'n onderzoekende geest heeft, dan moet hij die maar eens tonen.'

'Dat doet hij al, maar hij bluft vooral en probeert de echte Nish te verbergen. Volgens mij schaamt hij zich een beetje voor zijn intelligentie en de extra kansen die hij gehad heeft. Meer niet. En misschien wil hij die geest niet altijd gebruiken. Dat moet kunnen, vind je niet?'

Frank leek veel meer op Nish dan hij soms wilde toegeven. Hun vaders hadden een drankprobleem en hadden hun zoon als kind de stuipen op het lijf gejaagd. En toen Al dood was, trokken ze zich allebei verder in hun eigen wereld terug en schiepen ze meer afstand tot de rest van ons.

Hij leunde achterover en legde zijn voeten op het dashboard. 'Misschien. Maar ik voel me er geen deel meer van. Het Regiment was vroeger een soort familie, maar dat is veranderd.'

'Vervang je het nu door de Kerk?'

Hij lachte. 'Zo ver ben ik nog niet. Ik heb nog geen Kerk. Ik wacht nog steeds tot een man met het witte haar aanklopt om te zeggen waar ik heen moet.'

'Waar woon je dan de dienst bij?'

'Overal en nergens. Ik ben alle kerken in Hereford af geweest, zelfs die van de methodisten!' Hij lachte weer, maar ik snapte de mop niet.

Eindelijk werd hij wat minder zwaar op de hand. Hij vertelde een verhaal over wat hem tijdens zijn kerstverlof overkomen was. 'Ik klopte aan bij de vrouw die hun kapel leidt, en zij kwam met meel aan haar handen naar buiten. Ik zei: "Ik ben net christen geworden en zoek een Kerk." Zij zei: "Kun je niet een andere keer terugkomen? Dan kunnen we er in alle rust over praten." Ik antwoordde: "Dat kan niet, want ik zit in het leger. Over een paar dagen ga ik naar Noord-Ierland, en ik kom pas in maart weer terug." Ik dacht dat ik daarmee wel binnen zou komen, maar ze zei: "Dat is goed, hoor. Dan ben ik er nog."'

'Ga je terug als ze klaar is met bakken?'

'Ik kan best allergisch zijn voor meel. Ik probeer ze allemaal, en daar ga ik mee door.'

Het was een luchthartig moment, maar eigenlijk dacht ik dat hij iets beters zocht en bij ons zijn dagen telde. Die indruk had ik althans. 'Wil je echt weg, Frank?'

Hij dacht even na. 'Ja, ik ben klaar om verder te trekken. God zal voor me zorgen.' Hij knikte er iets te energiek bij. Ik geloofde er geen woord van.

50

De melding kwam dat drie dagen later een klus zou beginnen. Er was een wapenschuilplaats van de IRA ontdekt. Volgens de inlichtingendienst bereidde een nieuwe IRA-cel een aanval op een politiebureau voor. Wij moesten een observatiepost inrichten en de mensen arresteren die de wapens kwamen ophalen.

IRA-cellen namen hun wapens pas op het laatste moment mee en operaties werden vaak afgeblazen, niet omdat ze ontdekt hadden dat ze werden opgewacht, maar om redenen zoals de klapband van iemand die daardoor niet op tijd op de afgesproken plaats kon zijn.

Verkenners bekeken soms het doelwit en besloten het met rust te laten omdat een bepaalde politieman er niet was of omdat er meer politie was dan anders of juist minder – wat even verdacht was. Voor hen waren dat allemaal indicaties. Ze waren geobsedeerd door de mogelijkheid dat ze door ons aangevallen werden. Als ze iets ongewoons ontdekten dat ze bij hun verkenningen niet hadden opgemerkt, bliezen ze de zaak af. Het was een lange oorlog; ze konden wachten.

Bij de genoemde operatie konden we niets anders doen dan een observatiepost inrichten en de opslagplaats in het oog houden totdat de IRA kwam of de TCG ons terugriep. Het plan was dat Chris de eerste nacht een viermanspatrouille zou meenemen naar het doelwit om er een OP in te richten. Die moest echt dicht in de buurt zijn, zodat de patrouille precies kon zien wat er plaatsvond. Ze moesten ook snel kunnen reageren als IRA-leden de bergplaats openden, anders rende iedereen in het donker als gekken rond en werd het een megachaos. Chris' patrouille moest er de eerste vier nachten blijven. Franks patrouille (met mij erbij) zou het de vier nachten daarna overnemen, en zo moest het doorgaan totdat de TCG er een eind aan maakte.

De twee patrouilles kwamen in de briefingroom bijeen. Chris, die de hele operatie leidde, snoof en gaf de bevelen.

Bij dit soort operaties was altijd de moeilijkheid dat we moesten vaststellen wie de wapens kwam ophalen. Een cel stuurde soms verkenners als kanonnenvoer vooruit – jonge tieners die de bergplaats passeerden en nagingen of er gereageerd werd. Zulke jongetjes wisten niet eens dat het een bergplaats was, en hadden alleen te horen gekregen dat ze een bepaalde route moesten lopen. Dat deden ze dan omdat ze bij de grote jongens wilden horen. Maar ze konden ook het bevel krijgen om de bergplaats leeg te halen en de wapens in een container te doen of op een plaats te leggen waar de IRA-cel ze veilig kon ophalen.

De IRA had net zo'n cellensysteem als het Franse verzet in de Tweede Wereldoorlog. Alle informatie was maar in beperkte kring bekend. Als een van die jongens werd opgepakt, kende hij negen van de tien keer alleen de namen van een paar anderen in zijn cel. Ze wisten niet waar de wapens waren, wie ze leverde en zelfs niet wat de operatie behelsde. Slechts een of twee mensen hadden die kennis en ze gaven de details pas op het laatste moment door. De jonge jongens konden niet alleen de operatie, maar ook hun leven in gevaar brengen. Ze hadden bijvoorbeeld bevel om de bergplaats leeg te halen, maar werden dan opgewonden en begonnen met de wapens te spelen. Als dat gebeurde, konden we niets anders doen dan luidruchtig worden.

Chris gaf daarom opdracht om te wachten totdat iemand daadwerkelijk de bergplaats betrad – misschien een tweetal, misschien de hele cel van acht man – en daadwerkelijk de wapens en de patroonhouders eruit haalde. Het moest ook duidelijk zijn dat zij degenen waren die de klus uitvoerden. Dat kon blijken uit hun leeftijd of doordat ze de wapens inlaadden en er niet alleen mee speelden.

In 1978 was er een puinzooi ontstaan die niemand wilde herhalen. John Boyle, een zestienjarige katholiek, onderzocht een oude begraafplaats bij de boerderij van zijn ouders in het district Antrim. Hij ontdekte er een wapenopslag en vertelde dat tegen zijn vader, die de politie inlichtte. De volgende ochtend besloot Boyle te gaan kijken of de wapens waren weggehaald, en hij werd doodgeschoten door twee jongens van het Regiment, die op de loer hadden gelegen.

Frank stond op. 'Nee. We moeten ze meteen arresteren. Jij geeft die jongens de kans om een dreiging te worden. We wachten niet tot ze gaan inladen, maar arresteren ze meteen.'

Iedereen – ook ikzelf – werd nijdig. 'Schiet op, Frank, jezus christus...'

Frank kon zeggen wat hij wilde, maar ik wist precies wat ik ging doen. Als ze wapens in hun handen hadden en op slechts een paar meter afstand stonden, zette ik de kraan open. Makkelijk zat.

De discussie raakte verhit. De meesten vonden dat Frank de levens van de anderen in gevaar bracht. We waren niet de uitvoerders van Gods werk tegen boosdoeners, maar een viermanspatrouille die de confrontatie aanging met wat een groep van twaalf IRA-leden kon zijn.

Chris stond erbij en liet het van zich afglijden. Hij was de baas, en zijn orders waren duidelijk.

Toen hij zijn bevelen gegeven had, nam ik Frank terzijde. 'Hoor eens, op dit punt ben ik het met Chris eens. Ik word liever door twaalf man veroordeeld dan door zes man gedragen.'

Frank was inmiddels gekalmeerd en glimlachte zelfs. Hij leunde achterover op de sofa. 'Het is niet altijd echt zwart-wit. Ik ga ze niet doodschieten. We zijn er om een arrestatie te verrichten. Dat doen we voordat ze de hand op wapens kunnen leggen.'

'Zorg dan maar dat je op het juiste moment de juiste beslissing neemt, anders legt iemand van ons het loodje.'

Hij keek me heel kalm aan – te kalm naar mijn zin. 'God zal me leiden. Maak je maar geen zorgen.'

Ik liep weg en maakte me wel degelijk zorgen. Niet om de klus; jezus, als het zover kwam, deden we gewoon wat we doen moesten. Ik maakte me zorgen over Frank. God was geen makkelijke combinatie met ons soort werk. Al had kennelijk het juiste evenwicht gevonden. Maar Frank niet, volgens mij.

Toch bewonderde ik hem om de manier waarop hij voor zijn principes opkwam. Het kan nooit makkelijk zijn geweest om een overtuiging te hebben die zo lijnrecht indruiste tegen een organisatie waarvan hij hield. Ik wist dat hij diep in zijn hart niet weg wilde. Hij gooide zijn eigen glazen in, en dat vond ik vreselijk. Maar het christendom irriteert mensen al heel lang, zoals hij zelf gezegd had.

Op de middag voordat Chris met de eerste patrouille op pad zou gaan, werd de operatie afgeblazen. De TCG vond die misschien niet de moeite waard. Of anders maakten de hotemetoten zich zorgen over Frank. We kwamen nooit te weten wat Frank zou doen als puntje bij paaltje kwam, maar inmiddels had ik het gevoel dat de laatste spijker al in zijn doodskist was geslagen.

51

Na het OP dat niet doorging, was er enige wrijving tussen Chris en Frank, maar Frank dreef het niet op de spits. Vervolgens werd hij een tijdje van de operaties gehaald om bij afwezigheid van Minky de coördinatie te doen. Het mikpunt van de grappen was nu niet meer zijn godsdienst, maar zijn verleden als verbindelaar.

Het hele leger is eigenlijk een stammensysteem. Het schept trouw en een gevoel van saamhorigheid die nooit meer verdwijnen. Je kunt een jongen weghalen bij de Green Jackets en, maar de Green Jackets en niet bij de jongen... En zo moet het ook. Niemand mag vergeten waar hij vandaan komt, tenzij hij verbindelaar is geweest, natuurlijk.

In maart waren we allemaal weer in Engeland terug. Na een paar weken verlof maakten we ons klaar om naar Oman te gaan. Afgezien van Frank, want die bereidde zich op een ander vertrek voor.

Het leek vanzelfsprekend dat iemand moeite zou doen om hem te behouden. Het Regiment trok altijd graag goeie mensen aan en investeerde een fortuin in hun opleiding. Een SAS'er zover krijgen dat hij kan patrouilleren en zijn basisvaardigheden beheerst, kost meer dan de opleiding van een straaljagerpiloot. Maar als iemand zegt dat hij vertrekt, vraagt niemand waarom en probeert niemand hem op andere gedachten te brengen.

Frank was een ervaren korporaal die op het punt stond om tot sergeant te worden bevorderd. Hij verveelde ons stierlijk met zijn gewauwel over God die zijn beslissingen voor hem nam, maar op het gebied van planning en voorbereiding behoorde hij tot de besten. Ik had onwillekeurig het idee dat die godsdienst een fase was. Misschien probeerde hij wel aan iets te ontsnappen.

En zijn verdiensten logen er niet om. Totdat Frank zich in zijn eentje tegen het beleid ging verzetten, mochten verbindelaars maar drie jaar in het Regiment blijven. Daarna moesten ze naar hun eenheid terug. Frank wist die regel ingetrokken te krijgen en bewerkstelligde bovendien dat het Regiment een andere houding invoerde om in het man-tegen-mangevecht een pistool te gebruiken. De effectiviteit ervan steeg daardoor aanmerkelijk.

Na een uitwisseling met Delta Force in de Verenigde Staten was Frank als een fenomenale pistoolschutter teruggekomen. Bij Delta had hij de weaverhouding geleerd. Die was aan het eind van de jaren vijftig tijdens pistoolwedstrijden door plaatsvervangend sheriff Jack Weaver ontwikkeld en eerst door de FBI en vervolgens door het Amerikaanse leger overgenomen.

De weaver stelt je in staat om veel sneller en nauwkeuriger te schieten. Je staat niet recht tegenover het doelwit met beide armen uitgestrekt, maar zijdelings; je schietarm met de 'sterke hand' is daarbij uitgestrekt en die wordt door de andere ondersteund. De isometrische spanning die ontstaat door de ene arm te strekken en met de andere te steunen, geeft een uitstekende beheersing van de terugstoot als het wapen is afgevuurd.

Het viel niet mee om deze nieuwerwetse yankeemethode bij jong en oud ingevoerd te krijgen, maar de resultaten spraken voor zich. Frank hield voet bij stuk – zoals altijd – en wist de methode aanvaard te krijgen. Omdat hij net zoveel zeurde over de weaverhouding als over God, konden SAS'ers nu met een loop van 10 centimeter iemand op 5 meter afstand met een dubbel schot door het hoofd schieten. Als Winston Churchill erbij was geweest, zou hij gezegd hebben dat nooit in de geschiedenis zo velen zoveel te danken hadden aan één wedergeboren gek met rood haar.

Als je besluit ontslag te nemen bij een infanteriebataljon, waar de opleiding van een soldaat 3 pond en een Mars kost, komt je commandant bij je zitten en zegt: 'Stop, denk na. Denk er nog eens over na...' De reactie van het Regiment was blijkbaar: 'Voor jou duizend anderen. Tot ziens.'

Aan de andere kant weten ze misschien dat het tijd wordt om afscheid te nemen zodra er twijfel bij je opkomt. Mentaal ben je dan al weg.

52

We hielden de traditionele veiling van Als spullen. Ook jongens van andere squadrons kwamen naar de Paludrin Club, de kantine in de Lines. De dingen die zijn familie niet wilde hebben, waren tentoongesteld. Chris was de vendumeester.

Er was van alles, variërend van een paar sokken tot de zuurstoffles van zijn duikuitrusting. De mensen betalen er belachelijke bedragen voor en de opbrengst gaat hetzij naar de nabestaanden, hetzij (als dat de wens van de overledene was) naar een feest voor het squadron. De meesten van ons – ook Al – hadden dat laatste in hun testament gezet en hadden ook 500 pond gereserveerd om de rekening voor het feest te betalen.

De parachute bracht honderden ponden op. Ik kreeg zijn Barbour-jas te pakken voor een bedrag dat viermaal hoger was dan wat het ding me in de winkel gekost zou hebben – en ik droeg niet eens waxjassen.

Nu restte nog één andere ceremonie. Tijdens een avond in de stad kreeg Frank een groot bierglas en een ruim 20 centimeter hoog beeldje van een SAS'er met parachute. 'Daar ga je,' zei Chris snuivend. 'Tot ziens.'

Iedereen vroeg Frank naar zijn nieuwe baan in Sri Lanka, maar wat iedereen eigenlijk wilde weten, was: waarom ga je weg? Hij tackelde elke vraag met zijn gebruikelijke gemeenplaatsen.

Op de tweede dag na ons verlof kwam Frank naar het kamp om zijn spullen op te halen. Elk squadron had zijn eigen blok, maar al die blokken hadden een paar dingen gemeen: industriële tapijttegels en branddeuren van gewapend glas. Het woongedeelte bestond steeds uit eenpersoonskamers met witte formicakasten, een wasbak, een bed en een paar planken. Aan het eind van de gang waren de douches en toiletten.

De benedenverdieping van Squadron B was vooral bestemd voor jongens die buiten de kazerne woonden, maar een plek nodig hadden om hun spullen te bewaren. Ze kwamen op de fiets of rennend aan, gingen douchen en verkleedden zich. De vrijgezellen bewoonden de bovenverdieping, maar meestal niet voor lang. Iedereen werd aangemoedigd om buiten het kamp een huis te kopen, en Hereford was vermoedelijk de enige stad waar dat voor een soldaat mogelijk was. De Special Forces betalen goed, en je weet dat je daar normaal gesproken tot je veertigste blijft.

Mijn kamer lag aan een gang tegenover die van Frank. Ik sorteerde mijn uitrusting voor Oman en hij pakte zijn multiplex bagagekist voor buitenlandse reizen in. Ik wilde hem een handje helpen door het ding in de kofferbak van zijn stationcar te leggen.

Het was een uur of acht, en iedereen was de stad in. Ik zag hem in zijn trainingspak tussen de spullen in zijn kast rommelen. 'Frank, die baan op Sri Lanka is niet bepaald iets vrooms en heiligs, hè? Je doet daar gewoon hetzelfde als hier. Dat is toch zo?'

Hij keek niet op van zijn werk. 'Maar ik kan helaas niet blijven. Ik wil een stap verder komen en een Kerk zoeken. Weet je nog?'

'Een mens leeft blijkbaar niet van brood alleen.'

'Dat heb je goed begrepen. Evengoed moet ik de hypotheek betalen en schoenen voor de kinderen kopen. Als alles naar mijn zin is, ga ik misschien wel op de universiteit theologie studeren.'

'Om ayatollah te worden?'

Hij liet zijn kist even in de steek en glimlachte.

Ik wees met mijn hoofd naar de baret en de andere dingen in zijn hand. 'Die *stable belt* heb je niet meer nodig, hè?'

De nieuwe stable belts waren veel dunner dan de oude beltkits en de metalen sluiting met de gevleugelde dolk was blikkeriger. Aangezien ik een groentje was, had ik die uitgereikt gekregen.

De riem verdween met de rest in de kist.

'Ga je weg vanwege Al? Is dat de reden?'

Hij schudde zijn hoofd. 'Ik heb het je al verteld. Ik hoor hier niet meer thuis. Mijn leven wordt door iets anders gevuld.'

'Nou ja, oké. En je bent zeker nog steeds onsterfelijk.'

'Dat zijn we allemaal.'

'Maar hoe kwam het dan dat je mij in de nacht van Als dood vooruitstuurde om ze uit de heg te drijven?'

Ik dacht eigenlijk dat God hem geen antwoord op die vraag had gegeven, maar dat had ik mis. 'Omdat ik degene wilde zijn die Als moordenaar vermoordde.' Vervolgens oreerde hij weer over Ken, over de klus van die nacht en over waarom Al niet had mogen sneuvelen.

Verdomme. Ik voelde me kits als lid van het squadron. Ik zat er al bijna een jaar, had mijn draai gevonden en werd gewaardeerd. Bovendien was ik voorafgaand aan mijn komst sergeant bij de infanterie geweest. Ik had al iemand gedood en had tijdens operaties toen al moeilijke beslissingen moeten nemen.

'Frank, ik zal je iets zeggen. Iedereen heeft altijd een beter plan dan wat er wordt uitgevoerd. Weet je waarom? Ze weten dat het nooit in praktijk wordt gebracht, en daarom kunnen ze lullen wat ze willen. Hun idee is nou eenmaal beter, en daarover wauwelen ze tot ze een ons wegen. En weet je, hun plan wordt naderhand ook steeds beter, dat plan dat nooit is uitgevoerd.' Ik stond te raaskallen omdat hij ongelijk had. 'Maar iemand moet de leiding hebben. Ken was die nacht de leider. Hij moest die nacht de beslissing nemen, linksom of rechtsom. Je bent alleen maar boos en gefrustreerd, man. Je bent kwaad op Al omdat hij een christen was en dat niet tegen je zei. Je bent boos omdat hij dood is. Misschien ben je zelfs wel boos omdat jij en je God hem niet hebben kunnen redden. Maar je moet er echt mee in het reine komen.'

Frank antwoordde niet en wendde zich af.

'Krijg ik die stable belt nog van je?'

Hij dacht een paar tellen na en keek me toen met zijn korenbloemblauwe bambi-ogen aan. 'Nee.'

53

Oman
april 1985

We landden op het internationale vliegveld Seeb, even buiten de hoofdstad Masqat. Ik was opgewonden over de drie maanden die me te wachten stonden. Het hele squadron kreeg een opleiding oorlogvoering in de woestijn, en de Ice Cream Boys werkten altijd onder een heldere hemel. We kregen veel operationele dingen te doen, zoals HALO-sprongen (waarbij je pas op het allerlaatst je parachute opent), maar Nish had het vooral over de glijbaan – de vrije val.

De meeste leden van het squadron waren al eens eerder in het Midden-Oosten geweest, hetzij voor operaties, hetzij voor werk in ploegverband, hetzij als trainer van een ander leger. Ze voelden zich er thuis, en ik voelde me eindelijk bij hen thuis. Ik zag veel vrienden van Nish.

We stonden op de landingsbaan op ons vervoer te wachten en probeerden onze nieuwe zonnebrillen. Wie naar het buitenland gaat, krijgt geen briefing over dat land zelf: je wordt geacht je eigen huiswerk te doen. Ik had ontdekt dat Qaboes bin Said Al Said in 1970 met enige Britse hulp zijn vader had afgezet en sindsdien sultan was gebleven. Er woonden ongeveer drie miljoen mensen en de grenzen waren meer dan 1.000 kilometer lang. Het was een groot, oud land.

Oman grenst in het noorden aan de Verenigde Arabische Emiraten, in het westen aan Saudi-Arabië en in het zuiden aan Jemen. De oostkust ligt aan de Arabische Zee tegenover India en een deel van Iran. De noordkust voorbij Masqat – het schiereiland Musandam – beheerst de Straat van Hormuz, een belangrijke politieke en economische brandhaard in de Arabische Golf. Door deze zee-engte stroomt elke dag het merendeel van de olie uit het Midden-Oosten die de wereldeconomie draaiend houdt. Wie de Straat van Hormuz verovert, heeft de westerse wereld in gijzeling.

In het noorden liggen de enorme, ruige gebergten van het hete en kurkdroge binnenland, maar wij lagen in het zuiden tussen de zandzeeën op dezelfde hoogte als Bangalore. Daar bestond zelfs een moessonseizoen.

Ik had algauw ontdekt dat alles hier draaide om olie en aardgas, die vooral door Japan werden afgenomen. Plus dat het land volledig islamitisch was, hoewel de sultan een liberaal beleid voerde. Alcohol was verkrijgbaar en in de steden mochten de vrouwen westerse kleding dragen.

Het Regiment was tijdens de Tweede Wereldoorlog in de Noord-Afrikaanse woestijn opgericht en opereerde al jaren in Oman. De technologie was dan wel met sprongen vooruitgegaan, maar de principes van de oorlogvoering in de woestijn waren hetzelfde gebleven. Satellietplaatsbepaling bestond toen al, maar niemand had er echt vertrouwen in. De militairen gebruikten het systeem sinds het eind van de jaren zeventig, maar de apparatuur was omvangrijk en slokte veel energie op: prachtig op een oorlogsschip, maar minder handig te voet of in een auto. Voor de Special Forces werden kleinere systemen ontwikkeld, maar die waren nog steeds zo groot als bakstenen. Hun batterijen waren veel te snel leeg en het apparaat werkte altijd slecht. Het was niet tegen soldaten bestand en viel dus regelmatig kapot. Niemand geloofde dat het zou aanslaan. De beste navigatiemiddelen waren de vaardigheden die de jongens in de Tweede Wereldoorlog bezeten hadden, toen ze alleen sterren, kompassen en buitengewoon slechte landkaarten hadden.

Het duurde niet lang voordat er Omaanse militairen verschenen met een vloot van in Engeland gemaakte Bedford-viertonners, en zo reden we rammelend het binnenland in. Op enige afstand verrezen hoge bergen tegen een volmaakt heldere, blauwe hemel. Ik had eigenlijk zandduinen en Lawrence of Arabia verwacht, maar dit terrein was keihard, en je knieën en ellebogen werden hier aan flarden gescheurd.

54

We werkten ons via een eenbaansmacadamweg over een uitgestrekte, rotsachtige vlakte die vele kilometers naar alle kanten doorliep. Zestiende-eeuwse forten, gebouwd door de Portugezen toen Oman nog een belangrijke rol in de slavenhandel speelde, stonden naast dorpen van leem en stro.

Na een uur bereikten we een tentenkamp in een volstrekt verlaten gebied. Het werd door prikkeldraad omgeven en zag eruit als de set van *The Great Escape*. Schwepsy vond het er prachtig en kon hier de cipier uithangen.

De eerste drie dagen richtten we ons in. De veteranen hadden het al eens meegemaakt, maar ik vond zelfs het uitpakken van een .50-machinegeweer en het monteren ervan op een Land Rover nieuw en spannend. Het enige waar ik niet gelukkig mee was, was de kou 's morgens vroeg. Het kostte de zon meer dan twintig minuten om de omgeving een beetje op te warmen. Ik had blijkbaar het DNA van een hagedis.

Tiny ontwikkelde al snel een routine. Zodra hij wakker was, zat hij rechtop in zijn slaapzak tussen de twintig anderen in de tent en riep hij: 'Ik verveel me zo! Waar is Frank?'

Hij was niet de enige die hem miste, al was het maar als mikpunt van geintjes.

'Hij kon niets anders doen dan weggaan.' Nish vatte de situatie op een ochtend vanuit zijn bed samen. 'Frank heeft een probleem: hij is een gecompliceerde combinatie van een gelukkige strijder en een ongelukkige pacifist.'

Tiny had weinig belangstelling voor Franks wezen en moest de tweede helft van zijn ritueel nog uitvoeren. Hij stond op, stak zijn hoofd buiten de tentflap en keek verrast om. 'Hé, het is weer prachtig weer!'

Ik moest elke keer lachen, maar dat kwam misschien omdat hij me geen slapjanus meer noemde.

Paul miste *Countdown*, volgens mij vooral vanwege Carols parmantige medeklinkers, niet vanwege de hersengymnastiek.

Sommige griezels misten hun work-outs zo erg dat ze een soort geïmproviseerde sportschool inrichtten. Ze sloegen elke middag de boksballen lens, drukten zich honderden keren op en gingen hardlopen. Ken probeerde mee te doen, maar de griezels legden niet de rode loper uit. Ze wisten dat het slechts een kwestie van tijd zou zijn voordat de boksbal hem verveelde en hij met hen wilde vechten.

De geintjes hielden niet op. Zij waren de buitenaardsen en wij de toffe jongens of Jedi's. De Kracht was met ons. Het eten eveneens. Een stel jongens uit de buurt voorzag ons van chapati's, terwijl de koks de rest van ons voer in elkaar flansten op branders nummer 1, die vlamden als raketmotoren langs de smalle loopgraaf, afgezet met veldketels.

Onder het uitpakken praatten we vooral over de vrije val, en dan met name over de CRW, een letterwoord dat ditmaal niet Counter Revolutionary Warfare betekende, maar Canopy Relative Work, oftewel formatiespringen, de truc om alle parachutes naar elkaar toe te brengen en met elkaar te verbinden.

'We moeten een toren maken van de hele ploeg,' verklaarde Nish. 'Gewoon even als lolletje tussendoor.'

Iedereen kreunde.

'We kunnen het best. Het wordt hartstikke tof. We nemen iemand als onderste man. De tweede legt zijn benen rond de ruglijnen van de eerste en laat zich zakken tot het lijkt alsof hij op zijn schouders staat. Enzovoort. Aan het eind van de sprong is de hele ploeg gestapeld. Makkelijk zat.'

Voor hem was het misschien een makkie, maar in Brize Norton en Pau had niemand me zoiets geleerd. Ik wist alleen: hoe meer jongens op de stapel, des te langzamer de voorwaartse snelheid en des te sneller de afdaling. Om die reden was de beste springer het laatst aan de beurt.

Nish rekte zich uit op zijn kampeerbed. Deze keer rookte hij niet, want de normale operatieprocedures verboden roken onder tentzeil. Hij wees naar mij. 'Het groentje gaat eerst. Zorg dat je op koers blijft, dan kom ik vanzelf.'

Harry, de adonis van de mariniers, stormde naar binnen en riep met een zwaar Duits accent: '*Raus! Raus! Wir haben ein entschnappungstunnel gefunden!*'

Ik had geen idee wat hij bedoelde. We volgden hem naar het prikkeldraad van de omheining, waar Hillbilly een paar kistjes omgekeerd had neergezet op de rand van een mansbreed gat van ongeveer een meter diep. Op een bordje erboven, gemaakt van een schietschijf nummer 11, stond de tekst: ONTSNAPPINGSTUNNEL VAN PLOEG 8. Hillbilly was Ploeg 6, maar vermoedelijk de enige die kon spellen. We sloten weddenschappen af op hoe lang het zou duren voordat Schwepsy het zag en de Duitse herders stuurde.

Harry haalde de jongens van Mountain bij elkaar en wilde dat ze poseerden voor een ander bord van eigen makelij, dat hij boven de hoofdpoort had gehangen: STALAG 13.

We zagen hoe hij hen langs het prikkeldraad op een rij zette. Ze moesten er hun polsen doorheen steken en vol verlangen naar de bergen kijken. Het droevige was dat die sufferds waarschijnlijk stonden te trappelen om eruit te gaan en ze te beklimmen.

55

Toen alles was uitgepakt, vervolgden we onze opleiding. We werkten allereerst met onze ondersteuningswapens: 81mm-mortier, .50-machinegeweer en GPMG op automatisch. Door mijn jaren bij de jagers kende ik de GPMG en .50 als mijn broekzak. Ik wist ook waartoe de 81mm-mortier in staat was en hoe je een beroep op zijn vuurkracht kon doen, maar ik had er nooit mee geschoten.

Ken stuurde me naar de mortiergroep, en we bleken een beetje een voorsprong te hebben. Toen Nish nog bij de para's zat, had hij in het mortierpeloton van zijn bataljon gezeten, en daarom werd hij de nummer 1 van het mortierteam in Ploeg 7. Paul werd de nummer 2 en ik de nummer 3. Dat betekende dat ik de granaten erin moest mikken en mijn oren moest dichthouden als ze afgingen, maar ik kon algauw een mortier monteren en richten.

De 81 mm's waren nog steeds de ruggengraat van de luchtsteun bij elk infanteriebataljon en schoten wel twaalf granaten per minuut over een afstand van 5 kilometer. Ze waren in drie delen lopend te vervoeren, maar mortierdetachementen waren meestal gemotoriseerd. We laadden alles in de Land Rover 110's, inclusief meer munitie dan mijn oude bataljon in meer dan tien jaar zou hebben toegestaan, en reden de woestijn in om te spelen.

Net als al het andere wat we deden, verliep alles fantastisch onmilitair. Niemand stond achter je te kijken of je wel alle veiligheden inbouwde en de correcte procedures volgde. We laadden gewoon een 110 vol spullen, reden de woestijn in en rookten een joint.

Ook het image van de Ice Cream Boys poetsten we meteen op. We droegen een korte broek, sportschoenen en een zonnebril, en daar kwam de zonnebrandcrème al tevoorschijn. 'Ik haat mortier schieten in het zand,' klaagde Paul terwijl hij zijn armen insmeerde. 'Het plakt zo aan je Ambre Solaire.'

Chris was onze vuurleider. Elke ploeg had zo iemand, en elke ploeg had één mortier. We zetten de mortieren een meter of vijftien van elkaar. De vuurleiders zaten in een kleine groep onder een stel oude Martini-parasols en kletsten als een troep wasvrouwen. Op Chris' keuze was niets aan te merken. Hij brulde af en toe een vuurbevel en leunde dan met de anderen weer achterover tussen bergen munitie en koelboxen vol voedsel en drank.

Het bereik van een mortier wordt bepaald door de hoek van de buis en de hoeveelheid energie die door een reeks explosieve ladingen geleverd wordt. Rond de stang zitten plastic ringen met stuwlading die een beetje op hoefijzers lijken. Om te beginnen zijn er zeven, en hoe meer je er laat zitten, des te verder vliegt de granaat.

Wat zo'n granaat aan de andere kant doet, hangt van de soort af: brisant, rook of licht. Een brisantgranaat kan zo zijn ingesteld dat hij in de lucht ontploft, maar hij kan ook ontploffen zodra hij iets raakt, of vertraagd ontploffen door eerst iets te penetreren.

Nish en Paul konden dat allemaal met hun ogen dicht. Ook in een korte broek en met een bengelende sigaret aan zijn mondhoek terwijl hij zich over het vizier boog, deed Nish geen enkele handeling verkeerd. Daarna lachte hij erom alsof het er niet toe deed. Hij schaamde zich misschien voor zijn nauwkeurigheid.

56

Toen we de woestijn drie dagen geteisterd hadden, lagen we op schema en werd het tijd voor een wedstrijd. Op een kilometer afstand maakten we een reeks *sangars*. Dat zijn eigenlijk loopgraven met een wal van rotsblokken erboven en eromheen, zoals ook de Adoo die we gebruikten. Het was de bedoeling dat je in je 110 ging rijden, op bevel stopte, er als een team van drie man uit sprong, de mortier in elkaar zette en het doelwit raakte met granaten op de vertraagde stand. Alle bevelen tot vuren kwamen van je eigen vuurleider, die met zijn ijslolly in zijn hand lekker in de schaduw van zijn Martini-parasol zat.

Toen we met onze mortierbuis, grondplaat en munitie aankwamen, gaf Chris meteen bevel om te schieten. 'Actie!'

De jongens die nog niet aan de beurt waren, joelden en gooiden stenen naar ons.

Paul liet de grondplaat vallen, greep de richtstok en rende 15 meter in de richting van het doelwit. Nish zette intussen de bal van de mortier in de holte midden in de plaat. Ik zette de tweepoot overeind waartegen de loop rustte, en sloot de kraag rond de buis. Nish bevestigde het optische vizier en stelde het in op de richtstok om het bereik en de richting te bepalen.

Ik haalde de grote, groene, plastic munitiecilinders, die in paren aan elkaar gebonden waren, uit metalen kisten, legde ze op elkaar en maakte de deksels los.

We werden nog steeds met beledigingen en stenen bekogeld. 'Kom op, eikels! Schiet 's 'n beetje op!'

Chris schreeuwde een bevel. 'Richting… een zes vier.'

Nish stelde het vizier bij. 'Richting… een zes vier.'

Chris bekeek het computertje in zijn hand. 'Elevatie… een twee twee acht.'

Nish draaide aan de knoppen. 'Elevatie… een twee twee acht. Nummer één… klaar!'

Er kwam een salvo stenen aan. Chris haalde de ijslolly uit zijn mond en controleerde opnieuw zijn computertje. 'Twee stuks, lading drie... standby!'

Nu was ik aan de beurt om te schreeuwen. 'Twee stuks, lading drie!'

Ik trok de eerste granaat eruit, haalde er vier ringen stuwlading af, gooide ze in de lege munitiekist, gaf de granaat aan Paul en maakte de tweede klaar. Hij verwijderde de veiligheidsspin en deed die in het plastic deksel om het aantal bij te houden.

Ik ramde mijn rechtervoet op de grondplaat om hem vast te houden. We gooiden twee granaten in de buis om in te schieten en Nish stelde het vizier weer bij.

'Vijandelijke troepen in de loopgraven!' Chris kwam echt op zijn praatstoel.

Ik moest nu de ontsteker op de bovenkant op vertraagd zetten.

'Zes stuks... vuur!'

We schoten er elke vijf seconden een af.

Veel spottend gejoel klonk op: alle zes vielen ze om de sangar heen, niet erin.

Ik begon de buis schoon te maken. De jongens van Boat sprongen intussen uit hun 110, installeerden hun mortier en schoten zich met twee granaten in.

De tweede granaat van hun reeks van zes trof rechtstreeks doel. De ploeg begon geweldig te springen en riep dat iedereen buiten Boat een rukker was. Daarna kwamen Mobility en Mountain, die evenmin iets raakten. Boat won dus. Ze kregen geen prijs, maar hadden gewonnen. Daar ging het namelijk om.

In de paar weken daarna speelden we met de .50 en GPMG. Ken wist bij de luchtmacht van Oman een Huey-helikopter los te krijgen, en de vlieger haalde ons op wanneer hij maar kon.

Als je uit een vliegtuig springt, trekt de slipstream je weg en moet je tegen iets vechten. Uit een helikopter springen is hetzelfde als van een gebouw vallen. Je voelt je snelheid toenemen, maar hebt in het begin geen weerstand. Ik vond het heel moeilijk om mijn stabiliteit te handhaven, maar na de eerste paar sprongen nam Nish me terzijde. 'Je moet je voorstellen dat er een grote strandbal voor je ligt en dat je jezelf eroverheen legt om een eind mee te glijden.' Hij grijnsde. 'Buig je lichaam en doe je best om het krom te houden. Als je op die manier springt, blijf je stabiel.' Nish liep altijd rond met een houding van 'wat kan mij het schelen', maar het kon hem wel degelijk schelen. Hij hanteerde een mortier uitstekend en zijn parachutesprongen waren goddelijk. Het rare was alleen dat hij zo weinig belangstelling had voor zichzelf. Hij sneed een keer in zijn hand, maar deed er niets aan. 'Ik kan de wond beter straks schoonmaken,' zei hij alleen, maar dat deed hij nooit. Ik had de indruk dat hij zich schaamde voor zijn intelligentie en opleiding en geen hoge dunk van zichzelf had.

Na vier of vijf pogingen om de enorme strandbal te naaien was de stabiliteit geen probleem meer en sprong ik beheerst. Ik voelde me als een kind dat ineens zonder zijwieltjes kan fietsen.

Op de laatste dag reden we de woestijn in naar ons trefpunt met de Huey. We staken een stapel autobanden met dieselolie in brand om rook te krijgen en sprongen met burgerlijke sportuitrustingen. Iedereen had zijn eigen uitrusting, en Nish leende me zijn reservespullen. Die waren kleiner en lichter dan de militaire, omdat ze niet meer dan een lichaam zonder bepakking hoefden te dragen. Om die reden waren ze sneller. Je kon er ook veel makkelijker mee ronddraaien en in de lucht spelletjes mee doen.

Ik moest wel mijn spullen leren inpakken. De RAF was heel streng op zijn parachutes en liet de springers nooit hun eigen parachute inpakken. Nish liet weer eens zien hoe het moest. Hij hield het simpel, en ik leerde dus snel. Hij wilde mensen zoals ik iets bijbrengen en was gefascineerd door vliegen, niet alleen door de vrije val. Hij wilde de theorie en de mechanica ervan begrijpen, en de helikoptervlieger stond uiteindelijk bijna nog meer tijd op de grond om uit te leggen hoe alles werkte dan dat hij in de lucht was.

Vlak voor zonsondergang sprongen we nog één keer en pakten we bij het licht van de brandende autobanden de parachutes weer in. Nish legde de lijnen tussen het harnas en het doek recht. Hij keek Chris aan. 'Zal ik je eens wat zeggen? Ik mis Frank. Het is verdomd raar dat hij er niet is. Wat vind jij?'

Chris snoof alleen. 'Ik eigenlijk niet. Hij is gewoon weg.'

'Nee, joh. Het voelt anders, voelt anders.' Nish schudde zijn hoofd. 'Ik mis Al nog meer.'

57

Een van de buitenaardsen gleed uit op een paar stenen en brak zijn enkel, of anders had Ken eindelijk een robbertje met iemand gevochten. Nish was de pechvogel die langs de tent van het hoofdkwartier liep toen de sergeant-majoor een ambulancechauffeur voor een rit naar Masqat nodig had.

Nog voordat het slachtoffer in de auto lag, kregen we daar lucht van en gaven we Nish een ellenlange boodschappenlijst in zijn handen. 'En probeer ook een koelbox te krijgen.' Tiny telde wat geld uit. 'Vul hem maar helemaal met bier en ijs.'

Nish stoof een paar uur later de tent weer in. Hij was een en al glimlach, maar had niets bij zich.

'Moet je horen. Ze betalen hier voor bloed. Ik heb net een liter afgestaan. Daar ben ik een beetje duizelig van, maar dat dondert niet. Je krijgt meer dan 30 pond voor een halve liter.'

Tiny was al overeind gekomen, maar niet om zijn rials terug te eisen. 'Krijgen we thee en koekjes?'

'Nog beter. Chocoladekoekjes.'

Daarmee was de zaak bezegeld.

We gingen de hotemetoten overhalen tot toestemming om naar de stad te gaan en onze burgerplicht te vervullen. Nish was nog steeds bleek, maar knikte zo hard dat zijn hoofd er bijna af viel. 'Alles is al geregeld. De dokter zit op ons te wachten...'

We namen twee stoffige auto's, maar zagen er ook zelf niet op ons paasbest uit. Ons haar was zo vervilt dat het bijna recht overeind stond. In het ziekenhuis konden we best als gevaar voor de volksgezondheid in quarantaine worden genomen, maar 30 pond per halve liter was het risico waard.

Hotsend reden we door de woestijn naar de verharde weg. Schwepsy zat achterin naast mij. Na een of twee tellen drong het tot me door dat hij zat te trillen van opwinding, en niet alleen vanwege het fortuin dat we van de bloedbank gingen halen.

'Jullie zijn erin geluisd, eikels!'

Hij stond te popelen om ons alles te vertellen over de schietwedstrijd met de 81 mm. Het mortierteam van Boat had de avond ervoor een granaat in de loopgraaf gelegd en er een kneedbom aan bevestigd. Die was via een draad met de grondplaat verbonden, en de draad was onder het zand verstopt. Schwepsy had de veiligheidsspin van de tweede granaat niet verwijderd en alleen gewacht tot de granaat bij het doelwit was aangekomen. Toen bracht hij de granaat in de sangar tot ontploffing. Zo veel tijd en moeite om te winnen... We vonden het allemaal jammer dat we het niet zelf bedacht hadden.

Klootzakken... Maar het duurde niet lang of we stonden quitte.

We stonden in de rij buiten de donorkamer te wachten tot de naald in onze arm werd gejast. Schwepsy's gelach verstomde zodra hij het ziekenhuis rook. Hij schuifelde steeds verder naar achteren in de rij.

Nish ging als eerste naar binnen en kwam er anderhalve liter lichter uit dan hij die ochtend was opgestaan. Hij omklemde zijn arm en was zo bleek als een spook. 'Ik zal je wat zeggen, joh. Die naalden zijn enorme joekels... het lijken wel spijkers van 15 centimeter.'

Schwepsy's gezonde bruine kleur was ineens weg.

Iedereen had het meteen door, en de een kwam nog harder steunend en kreunend de kamer uit dan de ander.

Schwepsy wankelde. Toch ging hij naar binnen. De lokroep van het geld was luider dan zijn angst.

Daarna stond de glijbaan op het menu. We oefenden zowel HALO- als HAHO-sprongen.

Bij een HALO-sprong (High Altitude, Low Opening) spring je boven de locatie waar je gaat opereren. Je springt, valt en opent je parachute zo laag mogelijk om de radar te ontwijken en zo kort mogelijk in de lucht te zijn.

Bij een HAHO-sprong (High Altitude, High Opening) gebruik je je parachute als een transportmiddel. Je springt op bijvoorbeeld 30.000 voet, opent je parachute en gebruikt de wind en thermiek om de plaats te bereiken waar je zijn moet. De parachute heeft van nature een snelheid van ongeveer 20 knopen, en als je een meewind van 15 knopen hebt, reis je dus met een snelheid van 35. HAHO vereist kleding tegen extreme weersomstandigheden en zuurstof. Je moet temperaturen van tot -40 °C overleven, vooral omdat een afdaling van 80 kilometer meer dan twee uur kan kosten.

We vlogen naar Rustaq in het zuiden. Het terrein bestond daar vooral uit zand en struiken, maar om te landen was dat veel prettiger dan een bevroren weiland in Engeland. Het ervaringsniveau van de groep was heel verschillend, met het niet-meer-zo-vreselijk-nieuwe groentje aan de ene kant van het spectrum en Nish aan de andere kant. Maar gelukkig voor mij begon de ploeg traditioneel bij het begin en voerde het niveau dan op.

We sprongen met alleen onze parachute, zonder uitrusting of zuurstofapparatuur, en begonnen op 12.000 voet. De hemel hing vol manoeuvrerende mannen, die hun armen schuin achter zich hielden en naar elkaar toe zweefden om de koppeling te maken en als groep te vallen.

Dicht bij elkaar blijven is niet alleen leuk voor toeschouwers. Je vermijdt daarmee ook botsingen in de lucht en zorgt dat je als patrouille gezamenlijk neerkomt. Dat doe je om tactische redenen meestal 's nachts, en dan heb je je eigen gewicht aan bepakking bij je. Na zijn tijd bij de Red Freds beheerste Nish die kunst meesterlijk, en het beste van wat ik geleerd had, had ik van hem.

Na de eerste landing nam hij me terzijde. 'Vergeet wat je in Brize geleerd hebt. Al dat gezeur over een vaste stervorm. Je moet flexibel zijn. Haal je armen en benen meer naar binnen. Gebruik je lichaam, niet je armen. Het komt heus wel. Wees maar niet bang.'

Hij lag op zijn buik in het zand, kromde zijn rug en was in het stof aan het duiken, zoals we allemaal deden als we de toren aan het oefenen waren. Zijn armen staken niet recht uit zijn zij zoals ik geleerd had. Ze waren gebogen, en zijn handen lagen bijna voor hem. Zijn polsen hingen slap. 'Je wilt ze later meewapperen met de wind. Maak er gebruik van, verzet je er niet tegen.'

Sommige dagen lagen we urenlang op platte karretjes van 60 bij 60 vierkante centimeter. Dan oefenden we onze toren. We reden naar voren, gingen erop liggen, kromden onze rug, bewogen ons met onze voeten voort en oefenden de details van de koppelbewegingen. Het was niet zo dat wie het eerst kwam, het eerst maalde: we wachtten onze beurt af om mee te doen. De belangrijkste man was de voorste. Hij was degene die op koers moest blijven zodat de anderen naar hem toe konden zweven om te wachten tot ze aan de beurt waren. De voorste man was niet noodzakelijk de beste springer, want die ging meestal als laatste. Het was dus geen wonder dat ik tot eerste man werd benoemd en dat Nish de laatste was.

Dagenlang deden we niets anders dan springen voor de lol: we maakten voor- en achterwaartse salto's, tolden rond en experimenteerden met allerlei manieren om elkaar vast te pakken. We lieten ons zelfs boven op elkaar vallen door boven een slachtoffer te gaan hangen zodat je tijdens de val in de werveling van de ander kwam. Daardoor viel je op zijn parachute, zodat je allebei onstabiel werd en ging tuimelen. Al die oefeningen zorgden ervoor dat we ons in de lucht thuis voelden.

Ik had algauw mijn eigen plaats in het ritme van de Ice Cream Boys. Na elke landing trokken we onze springoverall uit en vouwden we onze parachute op in een korte broek met kistjes en een zonnebril. Om beurten reden we dan op een paar motorfietsen dwars door de woestijn naar de dichtstbijzijnde middeleeuwse nederzetting, op zoek naar roomijs.

De volgende grote uitdaging was verhinderen dat het ijs smolt tijdens de terugweg van een halfuur. Nish kwam op het idee om een paar Arabische *keffiyehs* in water te weken en rond de plastic kist te wikkelen die met snelbinders op de bagagedrager bevestigd was. Terwijl wij ermee door de woestijn naar onze C-130 reden, werkte het verdampende vocht als een geïmproviseerde koelkast.

58

De meeste landen zijn niet blij als een militair vliegtuig hun luchtruim schendt. Ze sturen dan gauw een stel straaljagers omhoog, en als het de vliegers niet bevalt wat ze zien, bestoken ze je met lucht-luchtraketten. Burgervliegtuigen van bevriende landen glijden daarentegen elke dag van de week over hun radarschermen. Veel klussen van ons begonnen dan ook met een vrije val uit een militair vliegtuig op een commerciële route of vanuit het vrachtruim van commerciële straalvliegtuigen in het bezit van samenspannende luchtvaartmaatschappijen. We moesten daarbij bijna altijd formatiespringen en hadden bijna altijd onze bepakking bij ons.

Uiteindelijk sprongen we ook met onze wapens en volledige bepakkingen, waaronder een Bergen aan ons achterste. Het was een heel nieuwe ervaring om op die manier naar het luik te waggelen. Het extra gewicht beperkte ook onze beenbewegingen in de lucht en gaf ons lichaam tijdens de val een zittende houding. Evengoed kon je nog steeds formatiespringen, zolang je de Bergen maar goed inpakte. Als je ook maar één van de zijvakken openliet, was de symmetrie weg. Die ving dan wind op, en dan draaide je als een kurkentrekker rond.

Al na één sprong met volledige bepakking werd Nish razend. Hij vond dit niet de manier om met uitrusting te springen. 'Hang de bepakking aan de voorkant. Dat is veiliger, vergemakkelijkt je val en verlaagt je zwaartepunt.'

Maar het parachutistenhandboek zei nu eenmaal dat dit de manier was: rugzak op de rug.

Nish discussieerde aan één stuk door met de RAF-instructeurs. 'Op de hele wereld is dit al jaren verboden. Het is onveilig.'

Ze hielden voet bij stuk. Het handboek was heilig.

De RAF maakte het in de loop van die week nog erger. Ze waren van mening dat de uitrusting gedropt kon worden in een grote kist van het soort waarin Frank die dag in Hereford zijn spullen had gepakt. Ze hadden er een parachute aan bevestigd die voor zware vracht ontwikkeld was, en hielden vol dat het systeem werkte.

'Je hoeft alleen maar te springen en in de buurt te blijven.'

Nish nam een trek van zijn sigaret. 'Hetgeen betekent dat we niet in formatie kunnen springen. We houden die kist alleen bij als we de Wacky Racers zijn.'

Tactisch gezien was het verdomd lastig om het ding te volgen, omdat niemand de kist in bedwang kon houden. Ook de kist had zichzelf niet in de hand, en dat is precies de reden waarom vliegtuigen niet de vorm van een kist hebben.

'Vertrouw ons maar.'

'Jezus christus, godverdomme,' mopperde Nish. 'Precies de woorden die je nooit van een luchtmachtman wilt horen.'

Ze namen ons mee naar de vrachtwagen waarop de kist trots was opgesteld. De parachute was uitgerust met een Automatic Acitvation Device (AAD), en dat was net zo'n automatische reserveparachute als de onze. Als een bepaalde barometrische waarde werd bereikt (die je zelf kon instellen), trok het apparaat een pen eruit.

We gebruikten die dingen als we 's nachts met bepakking sprongen, want als je in het donker aan het manoeuvreren bent, bots je makkelijk op iemand anders, en als twee hoofden botsen, kun je bewusteloos raken. De AAD zorgt dan dat de reserveparachute naar buiten komt, hoewel je overleving daarmee niet verzekerd is. Als je gaat draaien of tuimelen, kan de parachute in de war raken of raken de lijnen zo gedraaid dat de parachute niet helemaal opengaat.

We probeerden bij daglicht een sprong met het nieuwe speeltje van de RAF, maar het ging gewoon niet. De kist viel met ongeveer de lichtsnelheid omlaag en was bijna onmogelijk te volgen.

Zodra we geland waren, gaven we een flinke trap tegen het ding. Tiny wist het open te krijgen en keek of er iets leuks in zat. Het bleek vol te zitten met bakstenen en gewoon rommel als ballast. Hij was er niet van onder de indruk.

De RAF wilde het met alle geweld opnieuw proberen. 'Oefening baart kunst, jongens.'

De kist werd op een baan met roestvrijstalen rollen gezet, klaar om de ruimte in te gaan. De openingshoogte van de AAD werd ditmaal ingesteld op 3.600 voet. Zodra we op 12.000 voet waren, bukte de ladingmeester zich om de 'kers' – de rode, plastic veiligheidspal – uit de AAD te trekken. Wij deden hetzelfde met de onze.

Nish zat te piekeren en leek in zijn eigen wereld verzonken.

Eenmaal in de buurt van ons drop point, stonden Saddlebags en ik op om bij de kist te gaan staan. Van waggelen was geen sprake: ditmaal sprongen we 'schoon'.

Alle anderen sprongen met een zonnebril voor jockeys – veel kleiner dan de gewone en met ventilatie aan beide kanten – maar ik had nog steeds het ongeventileerde monster dat me was uitgereikt. Ik had de glazen dus opgeklapt om geen condensvocht te krijgen. Bij mijn volgende sprong wilde ik zorgen dat ik een Gucci-bril had en bovendien mijn eigen uitrusting.

We hoorden 'op de plaats' en 'klaar'. Bij 'af!' duwden Saddlebags en ik de kist van de ramp en sprongen we hem na. We daalden snel en steil, maar het was een verloren zaak. Het kreng beschreef salto's en gierde door de lucht als een koffer die op de snelle baan van de M25 van een imperiaal kiepert.

Nish scheurde ons als een bliksemschicht voorbij en had zijn armen naar achteren. Eerst leek het of hij frontaal op de kist ging botsen, maar hij wist langszij te komen en stak zijn duim naar ons op voordat hij zich afzette en net als de anderen op 3.600 voet zijn parachute opende.

Zadeldak en ik zochten de kist. Die was niet boven ons. We keken omlaag.

De parachute ging niet open.

De kist stortte als een baksteen neer.

Toen ik begrepen had wat er gaande was en met de rest van het formatieteam een toren had gevormd, lag de wijde omtrek rond de plaats van de klap bezaaid met bakstenen en het andere afval. Wat jammer van die mooie kist.

We landden op minder dan 20 meter afstand van elkaar, en Nish kwam niet meer bij van het lachen. Toen we onze parachute in de zak hadden gestopt en op transport stonden te wachten, lachte hij nog steeds.

'Dit is de laatste keer dat we met zo'n verdomde kist gesprongen hebben.'

Ergens in de verte landde de C-130.

'Hoe heb je het gedaan, Nish?'

'Met een reservekers. Toen ik langszij kwam, heb ik die weer in de AAD gestoken. De veiligheidspal zat er weer in. Laat ik die er maar uit halen voordat de RAF komt.'

59

Nish was misschien niet erg blij met hoe het ging, maar ik wel. Mijn leven leek wel een wervingsposter. Ik had een paar keer onder een parachute gezweefd terwijl de C-130 beneden op een airstrip in de woestijn landde. Ik had een paar keer oog in oog gestaan met de kleine Portugese forten en wachttorens op de heuvels – dingen die rechtstreeks uit de kruistochten leken te komen. Ik was omringd door geschiedenis en genoot enorm.

Vervolgens sprongen we met zuurstof: vanaf 18.000 voet, vanaf 24.000 voet... hoger, steeds hoger. Helaas heeft gas de neiging om bij het klimmen uit te zetten, en wij volgden Nish' goede voorbeeld: in de staart van het vliegtuig stonk het als in een riool omdat iedereen onbeheerst aan het ruften was.

Om dezelfde reden moest je zorgen dat je gebit in goede staat was. Ook de lucht in een tandholte zet uit, en het was al voorgekomen dat een tand ontplofte. Springers waren ook zwaargewond geraakt door met een geblokkeerde voorhoofdsholte te vliegen.

Tot de laatste minuut ademden we zuurstof die door de C-130 geleverd werd. Twee jumpmasters van de RAF liepen rond met oriëntatielampjes op hun helm, die zwak rood gloeiden om ons nachtzicht niet te verstoren. Bij allebei hing een soort navelstreng aan hun masker, en hun handen controleerden onwillekeurig of het ding niet klem raakte of gescheiden werd van de zuurstoftoevoer.

In het vliegtuig heerste geen enkele druk, en op 12.000 voet moesten dus de maskers op. En hoe hoger we kwamen, des te kouder het werd.

Op een avond sprongen we vanaf 24.000 voet. Ik controleerde de hoogtemeters op mijn twee polsen. Dat waren niet meer de oude modellen uit Lancaster-bommenwerpers, maar kleine, plastic exemplaren uit de winkel. Wat voor bijna elke sportuitrustig gold, gold ook op dit vlak: spullen uit de winkel waren veel beter dan wat het leger uitreikte. We vlogen vlak onder onze spronghoogte en kregen bevel om ons klaar te maken. Vanwege de herrie deden de jumpmasters dat door fluorescerende A4-bordjes omhoog te houden en ze met hun rode helmlampjes te verlichten. Die werden altijd in een vaste volgorde getoond, en zo werden de veiligheidscontroles uitgevoerd.

Ik duwde mijn rugzak achter mijn benen en haalde mijn kistjes door de schouderlussen, waarna ik de haken aan beide kanten aan het harnas van mijn rig bevestigde. Ik droeg nu een last van zo'n 70 kilo. Behalve een parachute hing er een GPMG van 19 kilo aan mijn linkerzij. De kolf was verwijderd zodat hij niet boven mijn schouders uitstak en in de riglijnen verward raakte. Ik had hem in mijn Bergen gestopt, samen met vierhonderd kogels (samen nog eens 19 kilo), reservebatterijen voor de radio van de patrouille en natuurlijk mijn eigen uitrusting.

We haalden onze zuurstofmaskers van het centrale systeem en sloten ze op onze eigen fles aan. Die bevatte zuurstof voor maar twintig minuten en was aan een buikband bevestigd.

Daar was de A4-kaart met het bevel om te gaan staan. De Bergen hing ondersteboven aan de onderkant van mijn rig. Ik trok de banden rond mijn dijen strakker zodat ik mijn benen kon gebruiken om te vliegen. Omdat er zo veel gewicht aan me hing, had mijn rug de neiging om door te buigen. De jumpmaster die de leiding had, zei iets via een microfoon tegen de vlieger, en daar ging de ramp open. Ondanks mijn helm hoorde ik een zoevende luchtstroom, en daarna rukte een orkaan aan mijn kleren. Diep beneden ons doorboorde heel in de verte soms een lichtje de inktzwarte duisternis.

Het vliegtuig steigerde naar links en rechts en won en verloor voortdurend hoogte terwijl de vlieger ermee naar de DZ vloog. We stonden in twee rijen vlak voor de ramp. Ik was de derde man aan de linkerkant. We kregen bevel om te gaan, en toen boog iedereen zich tegen de wind in voordat we als eenden naar voren waggelden. Ik moest de achterkant van Tiny's tuig grijpen om overeind te blijven.

De voorsten – Nish en Chris – stonden met hun tenen op de rand van de ramp. We zetten ons schrap, want het vliegtuig zwaaide van links naar rechts en de wind trok aan onze kleren.

De jumpmaster beval een laatste controle van de pin. Ik scheurde de klep van klittenband op de rug van Tiny's rig open en bekeek de stalen pin van het trekkoord, dat het doek op zijn plaats hield. In het vage, rode licht was dat makkelijker gezegd dan gedaan. Bovendien was de binnenkant van mijn zuurstofmasker inmiddels kletsnat en begon mijn bril te beslaan.

Tiny's pin was oké en stond in de juiste positie. Niets verhinderde ook dat hij eruit werd getrokken. Als Tiny aan zijn handvat trok, zou de stalen draad de pin netjes naar buiten trekken. Daarmee gingen de flappen open die de kleine parachute op zijn plaats hielden. Onder druk van een veer werd die kleine parachute uit de zak gedrukt. De wind kreeg er vat op, en deze parachute trok vervolgens de grote koepel met de lijnen naar het rig naar buiten.

Ik tikte Tiny bevestigend op zijn rechterschouder. Paul deed hetzelfde bij mij.

De twee jumpmasters hadden zich intussen met banden van webbing aan de romp bevestigd. Ze stonden aan de rand van de ramp en hielden Chris en Nish vast om te verhinderen dat ze vielen terwijl het vliegtuig zijn bestemming naderde. Even later hielden ze schreeuwend twee vingers bij het gezicht van de voorste mannen. Nish en Chris draaiden zich half om en deden hetzelfde bij de mannen achter hen. Zo werd het bericht doorgegeven.

Twee minuten!

Je kon niet anders dan schreeuwen, en dat hoorde je nog maar net boven het lawaai van de wind en de vier gillende turboprops uit. Bovendien droegen we natuurlijk zuurstofmaskers.

Ik viel hard tegen Tiny, omdat het vliegtuig hevig heen en weer ging. Buiten de open ramp waren geen lichtjes meer te zien. De hemel en de grond waren niet meer te onderscheiden.

Ik staarde naar de panelen met lampjes links en rechts van de ramp. De twee lampjes brandden niet.

Mijn bril was weer beslagen. Ik hield mijn linkerhand op Tiny, en met mijn rechter klapte ik het glas wat omhoog voor ventilatie.

'Rood aan! Rood aan!'

De rode lampjes maakten plaats voor groene.

Iedereen schreeuwde gezamenlijk: 'Op de plaats...'

'... klaar...'

We slingerden naar achteren.

'... af!'

We werkten ons snel waggelend naar de ramp. Iedereen duwde iemand anders naar voren. Tiny verdween ineens in het donker en ik viel achter hem aan.

De slipstream van het vliegtuig kreeg vat op me en sleurde me mee. Het was een enorme opluchting dat mijn gewicht verdween, maar ik hing omgekeerd en werd nog steeds door de slipstream gebeukt. Ik spreidde mijn armen en benen en kromde mijn rug. Daarna draaide ik snel in een stabiele positie.

Mijn bril was meteen weer helder. Tijdens een vrije val zijn hoofdbewegingen zo ongeveer het enige wat je stabiliteit niet aantast. Ik keek om me heen en probeerde in het pikkedonker de anderen te onderscheiden.

Het werd een vrije val van twee minuten. Ik had precies 120 seconden om iemand te vinden met wie ik kon linken en om te zorgen dat ik tegen niemand op botste. Ik staarde het donker in en wist dat ze op maar een paar meter afstand waren, maar ik kon niets zien. De onbedekte huid van mijn gezicht golfde onder de druk van de val.

Een paar sterren werden even aan het zicht onttrokken toen iemand boven me van links naar rechts manoeuvreerde.

Mijn hele lichaam schokte toen iemand mijn arm pakte en me naar zich toe trok.

Daarna verbrak een ander paar handen vanuit het donker de greep van mijn rechterhand om mee te doen.

We hielden elkaars springoverall vast zonder te weten van wie het was. Intussen strekten we onze benen om dichter bij elkaar te komen.

Op 4.000 voet schudden we elkaars arm. We lieten los, draaiden ons om en werkten ons snel uit elkaars buurt om afstand te scheppen voordat de parachute openging.

Ik controleerde mijn lichtgevende hoogtemeter en trok bij 3.600 voet aan de rechterhendel. Het tuig wiebelde een beetje heen en weer toen de kleine parachute het grote doek naar buiten trok.

Ik wachtte, maar kreeg geen klap met een koekenpan. Het was meer een rukje waarmee ik overeind werd getrokken; van kracht was geen sprake, en ik hing in een zittende houding.

60

Mijn handen vlogen naar de handgrepen, Ik rukte ze van hun klittenband en trok ze snel omlaag om meer doek open te krijgen en meer wind te vangen. Een parachute gaat soms pas na een paar keer trekken open.
 Er gebeurde niets. Wetend dat ik nog steeds te snel viel, keek ik op. Het was te donker om iets te zien. Voor hetzelfde geld hing er een berg wasgoed boven me.
 Ik keek omlaag. Geen referentiepunten, alleen jagende wind. Ik hoefde niet op mijn hoogtemeters te kijken om te weten dat ik al ruim onder de 3.000 voet was. Ik had nog maar dertig seconden te gaan voordat ik de grond raakte.
 Ik kon niets anders bedenken dan schreeuwen. 'SHIIIIT!'
 Alsof dat hielp.
 Ik raasde nog steeds omlaag. Het was allerminst denkbeeldig dat ik dwars door iemands parachute heen viel, zodat we er allebei geweest waren.
 Ik moest hem afwerpen.
 Dat had ik nooit eerder gedaan. Ik wilde het ook nu niet. Maar het kon niet anders.
 Ik liet de handgrepen los. Mijn ene hand schoot naar het rode afwerppaneel rechts, de andere naar de reservehandgreep links.
 Ik schreeuwde onwillekeurig opnieuw. Met mijn rechterhand greep en rukte ik zo snel en zo hard als ik kon om de hoofdparachute los te krijgen van de risers.
 Ik viel meteen nog veel sneller.
 Vanwege de Bergen had ik bijna een zittende houding, en dat ding begon me naar achteren te trekken. Dat wilde ik niet. De nooduitrusting zat op mijn rug.
 Ik trok het linkerhandvat over mijn lichaam en voelde de risers van de reservekoepel omhooggaan. BENG! Tijd voor de koekenpan!
 Dit was geen vierkante parachute, maar een simpele ronde. Ik had er geen beheersing over, maar dat kon me op dat moment niet verdommen.

Het grote probleem was dat deze veel kleiner was dan de grote parachute, en mijn bepakking was zo zwaar dat ik nog steeds te hard viel. Ik moest een paar andere dingen doen.

Ik verspilde geen tijd aan mijn hoogtemeter. Mijn Bergen moest weg, anders brak ik bij de landing mijn benen – op zijn allerminst. Het ding hing nog steeds aan mijn achterste en was met haken aan mijn harnas bevestigd. Ik duwde de pootjes omlaag, en het hele pakket viel zo ver als het vijf meter lange touw toestond. Als ik het de grond hoorde raken, had ik nog een fractie van een seconde voordat mijn kistjes hetzelfde deden. Eindelijk had ik mijn voeten in de juiste landingshouding, zoals me bij de cursus static line geleerd was, en moest ik de klap incasseren.

De Bergen viel met een bons op de grond. Vlak daarna – voeten en benen naast elkaar, schouders gekromd, tanden op elkaar, kin tegen mijn borst – deed ik dat ook.

Ik kwam als een zak stront neer, pakte een paar lijnen en haalde ze in om te verhinderen dat de wind me samen met mijn parachute door de woestijn sleepte.

Na afloop bleef ik een paar tellen verzaligd liggen. Mijn bril besloeg weer. Het was stikdonker. Ik zag of hoorde helemaal niets. Ik deed mijn parachute af, legde de GPMG opzij, maakte mijn Bergen los, haalde ook al het andere los en stopte het in de zak. Ik tastte naar de lamp op mijn helm en probeerde me te oriënteren. Als ik de DZ niet kon bepalen, dwaalde ik waaschijnlijk vele kilometers af.

Ik haalde mijn Firefly-noodbaken voor de dag en stak het aan. Het ding produceerde ritmische stoten fel licht. Vroeg of laat zou iemand me vinden.

Het duurde een minuut of twintig voordat ik de geruststellende koplampen van een auto zag. Even later kwam een viertonner tot stilstand. Nish reed. Paul, Chris en Tiny waren bij hem.

Deze keer grijnsde Nish niet, maar zodra duidelijk was dat me niets mankeerde, kreeg de normale routine weer de overhand. 'Alsjeblieft, slapjanus.' Tiny tilde mijn parachute voor me op. 'Dit gaat je geld kosten.'

Ik ontdekte dat panne met de parachute net zoiets is als een hole-in-one op de golfbaan. Alle Milky Ways kwamen voor mijn rekening. Ik vond eigenlijk dat het omgekeerd moest zijn.

Nish legde zijn arm om mijn schouders. 'Hoor eens, maat. Niemand pakt een parachute verkeerd in om jou te laten oefenen. Je moet gewoon wachten tot het gebeurt. Het zal je nog heel vaak overkomen.'

Hij hielp me met mijn uitrusting, en toen we die achter in de viertonner legden, zei ik: 'Volgens mij was dit de manier waarop Al de pijp uit wilde gaan.' Hij wendde zijn blik af. 'Als ik die vent had tegengehouden toen hij over het hek sprong...'

Tiny schudde geïrriteerd zijn hoofd. 'Nish, in jezusnaam, hou daarmee op. Hij is dood. Laat hem met rust.'

Maar Nish kon dat steeds slechter. Zijn grappen en streken waren een rookgordijn van geleuter om zijn negatieve gevoelens te verbergen. Hij liep vaak het donker in, zeggend dat hij ging roken, maar het was duidelijk dat hij alleen wilde zijn met zijn gedachten.

Volgens mij gaf hij zichzelf de schuld van Als dood. Dat hoefde helemaal niet, maar we konden het hem met niets uit zijn hoofd praten.

61

Een paar weken voor ons vertrek uit Oman haalde onze commandant, die eigenlijk Rupert heette, ons alle zestig naar de tent van het hoofdkwartier om het nieuwe systeem van de squadronrotatie uit te leggen. Er moest een samengestelde ploeg naar het buitenland, bestaande uit jongens uit elk squadron. De detachering duurde een jaar. Uiteindelijk kwam iedereen een keer aan de beurt, maar voorlopig vroegen ze jongens met veel ervaring naar voren te komen.

Ik wist dat ik geen kans had. Ik was te jong. Ik had een cursus infiltratie gedaan, maar wist nog niet alles van patrouilleren.

Nish en Hillbilly stonden te trappelen, maar Schwepsy hield zich gedeisd. Hij overwoog ontslag te nemen en was niet de enige. Het Regiment was een soort broedplaats voor particuliere beveiligingsbedrijven. Daar deed niemand negatief over. Als je een tijd had meegedraaid en een goede baan tegenkwam, moest je zelf gaan rekenen. Dat had Schwepsy tegen me gezegd toen Frank vertrok.

Dit was niet voor het eerst dat ik over het Circuit hoorde praten: het handjevol echt goede ondernemingen met wereldwijde contracten voor persoonlijke bescherming, adviezen, feitelijk vechten... van alles.

Veel jongens waren na Operatie Storm vertrokken en gingen naar Oman terug, waar ze goed betaald werden om het leger zodanig op te leiden dat het de Adoo in het zuiden op afstand kon houden. Maar in die periode was ook Franks baan op Sri Lanka erg in trek. De Tamil Tijgers beten flink van zich af, en er was ongetwijfeld veel werk te doen. Mensen probeerden te achterhalen hoeveel Frank betaald kreeg, en hoe lang zijn werk nog kon duren.

Ik was heel tevreden met wat ik deed. Het squadron werd binnenkort opgesplitst en verspreidde zich dan over de hele wereld voor klussen in teamverband en operaties voor kleine groepen – misschien met z'n vieren, misschien als ploeg, mogelijk met twintig of dertig man. Negen van de tien keer werkten ze voor het ministerie van Buitenlandse Zaken 'ter bescherming van de Britse belangen in het buitenland'. Sommigen vochten, anderen leidden andere SE-groepen op, weer anderen werkten samen met de plaatselijke bevolking, bijvoorbeeld om een opstand de kop in te drukken of juist op gang te krijgen.

Sommigen wisten al wat ze te doen kregen, maar zeiden niets, en niemand vroeg iets. De veiligheid van een operatie was belangrijk. Je hoefde alleen maar te weten wat je weten moest. De drie die het nog niet wisten, waren Hillbilly, Nish en ik.

Hillbilly zat later die avond op een oude kist voor 81mm-granaten terwijl Nish languit op zijn kampeerbed lag. Ze praatten over de vraag of ze naar het buitenland zouden gaan. Een zak met 50 kilo pistachenoten stond op het zand tussen hen in. Het gekwek verschoof naar het teamwork in het algemeen. Nish wist precies wat hij wilde. 'Ik zou alles willen doen in de RWW.' De RWW is de Revolutionary Warfare Wing, de geheime militaire vleugel van de Britse inlichtingendienst. 'Ik begin liever een oorlog dan dat ik er een probeer te stoppen.' Hij spuwde een mondvol notendoppen ongeveer in Hillbilly's richting.

Ik bemoeide me ermee. 'Hoe kom je in de RWW? Wat moet je daarvoor doen?'

Hillbilly deed dezelfde truc met de doppen. 'Daar ga je niet bij, daar word je voor geselecteerd. Als je het kunt krijgen, is het leuk werk. Maar eerst gaan Grote Neus en ik hier over de plas.' Hij duwde Nish weg van de voorraad noten, bukte zich en raapte de zak op. 'Dat wordt lachen.'

'Dat weet ik zo net nog niet.' Nish begon ernstig te kijken. 'Ik krijg er de kans om een paar hufters af te knallen die Al vermoord hebben.'

'Nish, hou je bek.' Tiny legde aan de andere kant van de tent zijn boek neer. 'Het is oké, joh.'

Schwepsy verscheen. Hij had net zijn arische lokken gewassen en gekamd om foto's te laten maken voor een wervingscampagne van de SS. 'Raad eens?' Hij hielp zich aan een hand pistachenoten, kraakte er een paar en spuwde de doppen over Nish. 'Frank is weer in Hereford.'

Tiny had het druk met krabben. 'Wat is er gebeurd?'

Het pistachefeest kwam op toeren. Schwepsy draaide zich om en wilde iets tegen Tiny zeggen, maar ik zat op het bed tegenover hem, en daarom spuwde hij zijn doppen naar mij. 'Weet ik niet.'

Nish begon te stralen. 'Hij heeft zijn ayatollah-gedoe vast overdreven en is natuurlijk afgedankt omdat hij het iedereen door de strot probeerde te duwen.'

'Wie weet. Maar wat kan het schelen? Zo te horen is het een prima baan.' Schwepsy bukte zich en nam de zak van Hillbilly over. 'Gaan jullie tweeën de plas over?'

Hillbilly haalde zijn schouders op. 'Tuurlijk. Waarom niet?'

Ik zat daar als een ongenode gast op een bruiloft. Iedereen maakte zich op voor een knalfeest, maar ik was niet uitgenodigd.

Tiny keek me aan. 'Ik weet precies waar je naartoe gaat. Als de slapjanussen eenmaal de griezelcursus hebben gedaan, gaan ze allemaal naar Ploeg F. Dan zit je weer in het oerwoud.' Hij grinnikte en hees zich in zijn slaapzak.

Ik dacht: verdomme, als hij er zo blij mee is, moet ik me zorgen gaan maken.

62

Hereford
augustus 1985

Na onze terugkeer in Groot-Brittannië lummelden we een paar weken rond. Daarna ging iedereen zijns weegs. De meesten gingen met een ploeg aan het werk. Ik probeerde mijn hoofd bij een morsecursus te houden.

Aan het eind van die tien weken durende cursus diende ik minimaal twaalf woorden per minuut uit te braken. Tijdens operaties moesten we onderling en met Hereford kunnen communiceren door te coderen en te decoderen, radioberichten te versleutelen en onze eigen antennes te fabriceren. Maar als satellietcommunicatie onmogelijk was en al het andere faalde, moesten we op onze goeie ouwe puntjes en streepjes kunnen terugvallen. Alles wat we uitzonden, ging naar 'ontvangers' in een ondergrondse bunker, omringd door satellietantennes en pingende apparaten. De berichten werden dan gedecodeerd en gedistribueerd, maar gingen altijd eerst naar Hereford.

Na drie weken was ik nog niet verder dan één woord per tien minuten. Op een zaterdagmiddag ging ik de stad in voor een frisse neus, en toen ik met een zak en een beker cola McDonald's uit liep, botste ik tegen Frank op.

Hij leek oprecht verheugd me te zien.

'Alles kits? Hoe gaat het met je?'

Zijn glimlach verdween. Blijkbaar ging het niet erg goed.

'Zin in een biertje?'

We liepen naar de Grapes, waar we vroeger vaak kwamen.

'Ik had al gehoord dat je terug bent.'

'En ze zullen wel zeggen dat het komt omdat ik het evangelie te luidruchtig verspreid heb...'

Muziek dreunde uit de jukebox. Er hing een dikke wolk sigarettenrook in de pub. Alle tafels zaten vol mensen die gewinkeld hadden en nu snel even een *steak and kidney pie* met wat friet aten.

Hij nam een glas bitter, ik een glas pils.

Het lawaai dwong ons om vlak bij elkaar te gaan staan. De korenbloemblauwe ogen waren hun fonkeling kwijt.

'Dat land is één groot mijnenveld. Ik ben erheen gegaan om opleidingen te verzorgen, maar ze wilden dat ik tegen de Tamils vocht – zonder extra betaling. Het heeft niks met Bijbelpraatjes te maken. Ik had alleen geen zin om zomaar m'n benen kwijt te raken.'

Ik concentreerde me op mijn Kronenberg en liet hem raaskallen.

'Ik heb daar mijn lesje geleerd. En bovendien, wat de compagnie mij betaalde, was maar een derde van wat ze van de regering kregen.'

'Ik heb inderdaad horen zeggen dat je over de Bijbel kwekte...'

'Ja, dat zal wel. Ze zochten natuurlijk een smoes om me te lozen. Ik ben in Colombo naar een kerk gegaan, maar meer niet. Ik ben er gewoon in geluisd.'

'Wat ga je nu doen?'

Hij draaide zich weer naar de bar en zakte ineens in. 'Weet ik niet.' Zijn toon werd agressief. 'Ik zit in de bijstand. Kun je je dat voorstellen? Ik heb nog nooit iets van iemand gevraagd. Ze vroegen: "Wat doe je?" Dat vertelde ik dus. Weet je wat voor werk ze me aanboden? In die tent waar we elkaar tegenkwamen. Bij McDonald's. Is dat niet van de gekke?'

'Is er echt geen werk? Is het zó erg?'

'Nou ja, af en toe ben ik weleens lijfwacht. Ik hou mijn ogen open.'

'Hoor eens, Frank. Als je geld nodig hebt... Ik heb niet veel, maar...'

Hij stak zijn hand op. 'Nee hoor, hoeft niet. Ik heb mijn bijstand, en ze geven me melkbonnen voor de kinderen. Da's wel weer genoeg vernedering voor één week.'

Ik piekerde me suf over een troostend woord, maar ik ben geen wereldkampioen emotionele gesprekken. We stonden alleen maar synchroon te drinken.

'Weet je, Andy, ik voel me nog steeds verdoofd.'

'Ik kan me voorstellen dat het niet lekker voelt om zo belazerd te...'

'Nee, nee, nee... vanwege mijn vertrek uit het Regiment. Ik heb het gevoel dat ik nergens naartoe kan. Ik mis de dagelijkse rit naar het kamp. Ik mis mijn kameraden. Jij bent de eerste die ik tegenkom. Er is gewoon geen eh... helderheid hier. Ik word er bang van.'

'Dat komt omdat je een gelukkige strijder en een verbitterde pacifist bent.'

Franks wenkbrauwen verdwenen bijna boven zijn haarlijn. 'Heb je woordenboeken gevreten?'

'Dat zijn de woorden van Nish, niet de mijne. Zo beschreef een zekere Graves het zijn maat Sassoon. Dat was geen kapper, trouwens, maar een dichter.'

'Nou ik ben niet Sassoon de dichter, maar de werkloze Frank Collins.'

'Vind je dat je stom bent geweest door ontslag te nemen uit het Regiment?'

Hij zette zijn lege glas op de toog, en daarbij kwam er weer vuur in zijn ogen. Elk sprankje onzekerheid was weg. 'Nee, helemaal niet. Ik moet effe pissen.'

Ik zag de grootste leugenaar ter wereld naar het toilet lopen en bestelde nog een paar biertjes.

63

*Airport Camp, Belize
december 1985*

De stromende regen bestookte het golfplaten dak van de nissenhut. Ik had het gevoel in een enorme trommel te zitten. Ondanks de drukkende hitte en het vocht strekte de goedgeefsheid van het ministerie van Defensie zich niet tot airco uit, maar serpentines en kerstversieringen waren wel opgehoest. We wisten dus dat ze echt van ons hielden.

Mijn bagage stond klaar op de grond. Ik vertrok om op tijd voor Kerstmis in Hereford te zijn. Het wekelijkse Tristar-transportvliegtuig van de RAF uit Brize Norton zou even later landen met de post en nieuwe troepen. De oude vertrokken de volgende dag weer naar Groot-Brittannië. Ik had een afspraak met het militaire hospitaal in Woolwich. Niet met afdeling 11, waar Snapper had gezeten, maar om uit te zoeken wat er met mijn rechterbeen mis was.

Ik was vier maanden in Belize geweest zonder gewond te raken, maar tijdens de laatste patrouille langs de Guatemalteekse grens was er iets met mijn knie gebeurd. Ik wist niet hoe of wat, maar in het oerwoud kan zelfs het kleinste sneetje ernstig zijn. Zwammen, parasieten en exotische ziekten strijden om te verhinderen dat je lichaam geneest. Het gewricht was binnen een paar dagen gezwollen als een voetbal. Als ik het boog, droop er pus uit en hoorde ik het geval kraken. Ik had zelfs moeite met lopen gekregen en werd als gewonde geëvacueerd.

De regen werd minder en het geroffel verstomde. Ik lag oude nummers van *Time* door te bladeren. TOT ZOVER GAAT ALLES GOED, stond die week op het omslag. 'Reagan en Gorbatsjov worstelen oprecht en als beschaafde mensen met de antwoorden op het raadsel van de wapenwedloop.' In het nummer las ik over een jongen die Terry Waite heette en naar Beirut vloog in een poging om gijzelaars vrij te krijgen: 'Als leek in de Anglicaanse Kerk voelde hij zich tot die Kerk aangetrokken, zei hij, "vanwege zijn hartstochtelijke koelte en vanwege zijn combinatie van gezag en vrijheid".' Ik nam me voor om die uitspraak te gebruiken wanneer ik Frank weer zag. Hij zocht een Kerk; zo te horen had deze jongen de zijne gevonden.

De kop was in elk geval opgewekter dan die van een week eerder: COLOMBIA'S DOODSSTRIJD – EEN VULKAAN KOELT ZIJN WOEDE EN VEROORZAAKT 20.000 DODEN OF VERMISTEN.

Time wisselde misschien goede weken af met slechte. Op het nummer dáárvoor stond de kop DAAR KOMEN ZE boven een foto van Charles en Diana. Het dolgelukkige paar was onderweg voor een driedaags bezoek aan Washington. Ik kon me voorstellen hoe koortsachtig daar aan de beveiliging werd gewerkt.

Het getrommel maakte plaats voor stompen en gekreun. Een plunjezak die aan een boom buiten de hutten hing, fungeerde nu als boksbal, en Des Doom gaf het ding er serieus van langs. Hij nam voortijdig en vrijwillig ontslag. Het kostte een paar honderd pond om je contract te verbreken, maar dan was je ook vrij om te gaan. De moeilijkheid was alleen dat hij pas vier jaar bij het Regiment zat, en als straf was hij van zijn teamklus gehaald en voor de hele duur van de squadrondetachering naar Belize gestuurd. Daar was hij buitengewoon verbitterd en chagrijnig over, en dat reageerde hij altijd op de boksbal af. Ik vroeg me af wiens gezicht hij die dag onder handen nam; hij had met flink wat lieden een appeltje te schillen. Die waren allemaal NHGG (niet hard genoeg geslagen).

Ik wist niet wat Des ging doen als hij eenmaal het Regiment uit was. Hij hield zijn kaarten tegen zijn getaoeëerde borstkas. Maar ik wist zeker dat het solide zou zijn als een tank.

Behalve de boksbal was er één andere mogelijkheid tot sporten: twee met beton gevulde bonenblikken van weeshuisformaat aan beide uiteinden van een ijzeren staaf. Toen de recreatieofficier die gemaakt had, was hij kennelijk een dutje gaan doen.

Nish en Hillbilly zaten aan de andere kant van de grote plas. Ik had een brief van Hillbilly gekregen. Hij vertelde over een klein huis met vier kamers in Hereford, dat na Kerstmis op de markt zou komen. Het echtpaar lag in scheiding. De mannelijke helft wist het nog niet, maar de vrouwelijke had besloten niet te trouwen en daarom wilden ze snel verkopen. Hillbilly was een van Thatchers 'gouden kinderen' aan het worden. Hij kocht en verkocht vaak huizen nog voordat ze ook maar gebouwd waren. Hij deed dan een aanbetaling, en omdat er in Hereford bijna altijd meer vraag dan aanbod was, verkocht hij zijn optie aan de hoogste bieder.

De eigenaren van het huis waren niet de enigen die aan het scheiden waren. Nish had het uitgemaakt met zijn vrouw, en zij was met hun zoon Jason naar Cheltenham gegaan.

In een PS schreef Hillbilly dat Nish nu niet alleen *The House of the Rising Sun* speelde, maar ook *Duelling Banjo's*. Hij was er gek en doof van geworden en had Nish uit hun gezamenlijke kamer verbannen, zodat Nish nu in de sauna oefende.

Harry had ergens een teamklus. Ook hij overwoog ontslag. Hij wilde de Everest beklimmen, en dat kon alleen buiten het Regiment. Anders dan andere regimenten gaf de SAS zijn soldaten niet de middelen of de tijd voor avontuurlijke trainingen. Dat was extra zuur voor de jongens van Ploeg 9, want die wilden vroeg of laat altijd de bergen in. Harry had zijn huis niet met potplanten ingericht, maar met op een juk lijkende klimijzers uit de jaren dertig en oude houten ski's. Ik snapte daar de lol niet van. Als ik muren had om dingen aan te hangen, zou ik iets interessanters nemen dan oude parachutes.

Des plaatste zijn laatste reeks stoten, en toen werd het stil in het complex.

64

Guatemala maakt al sinds de achttiende eeuw aanspraken op Belize, en Ploeg F hoorde bij een Britse strijdmacht die daar als afschrikking tegen invasies gestationeerd was. Op elk moment waren vier jongens met een Puma-bemanning paraat. De rest van ons patrouilleerde langs de grens.

Ik snakte naar werk buiten het kamp. Het garnizoensleven was saai en er werd alleen maar geouwehoerd. Afgezien van de blikken bonen was er maar één ding om naar uit te kijken: naar de thee met toast om elf uur 's morgens in de onderofficiersmess.

We werden als vier- of zesmanspatrouille door een helikopter gedropt en zochten dan tien tot veertien dagen Guatemalteken.

Op landkaarten zag je grote gebieden vol dicht op elkaar gepakte contourlijnen (dat waren de heuvels), bedekt met groen (dat was het oerwoud). Er waren geen echte wegen en maar heel weinig paden.

De hoge luchtvochtigheid in combinatie met de drukkende hitte betekende in theorie een duidelijke beperking van hoeveel bepakking iemand kon dragen. Het maximum hoorde rond de vijftien kilo te liggen, maar het was soms veel meer. Gamellen werden meestal weggegooid, want die waren sowieso vrijwel nutteloos. Alles wat je nodig had, was een metalen mok en een kleine koekenpan met antiaanbaklaag, die ideaal was om rijst in te koken.

Het populairste wapen in het oerwoud was de M16 of M203-versie daarvan, die onder de loop was uitgerust met een granaatwerper voor 40mm-munitie. Die hoefde je maar zelden schoon te maken en we hoefden dus ook weinig tijd en energie te spenderen aan een goede conditie van ons wapen.

Eén soldaat raakte zijn M16 zelfs uit principe nooit aan. Hij zei: 'Ik weet dat hij werkt. Ik weet dat het een betrouwbaar wapen is. Ik hoef hem dus niet schoon te maken.' En het is waar: als je de trekker overhaalt en er komt met een knal een kogel uit de loop, dan ben je geheel tevreden.

Ik genoot van het contact met de plaatselijke bevolking – toen dat eindelijk tot stand kwam. Elke keer dat we in de buurt van de grens een dorp in liepen, stoven ze weg. De Guatemalteken plachten de rivier over te steken en onder bedreiging met vuurwapens vrouwen te roven, en voor de dorpelingen leek het ene camouflagepak veel op het andere.

Het kon de kinderen niet schelen of we Guatemalteken dan wel Britten waren: ze hoopten alleen maar dat ze iets van ons kregen. Ze verstonden ons niet en wij verstonden hen niet, maar toch hadden we lol. De rest van de tijd renden ze tussen de hutten of over het kleine voetbalveldje dat de trots van elk dorp was.

Sommige dorpen kregen hun eerste generatoren en ook bezoek van vrijwilligers uit het Amerikaanse Vredeskorps. Deze twintigjarigen met hun frisse gezichten leken op moderne missionarissen: ze introduceerden hygiëne en preventieve geneeskunde, en veel dorpelingen kregen een beter leven – dat zeiden de vrijwilligers tenminste.

In feite leefden ze zo al duizenden jaren. En nu hadden ze nieuwe ziekten, een nieuwe cultuur, en een nieuwe godsdienst. De kinderen wilden spijkerbroeken dragen en Amerikaanse sigaretten roken en niet meer hun leven lang omringd zijn met bemodderde varkens en broodmagere kippen. Zodra ze oud genoeg waren, trokken ze weg. Je kon het hun natuurlijk niet kwalijk nemen, maar soms vroeg ik me af of de prijs daarvan niet was dat ze hun ziel verloren.

Er klonk opschudding op de gang.

'Ploeoeoeg F!'

Ik zou die stem overal hebben herkend. Tiny had zijn Snapper-imitatie in de loop van de tijd steeds verder geperfectioneerd, en was hier een paar weken om de personeelswisselingen in goede banen te leiden.

Hij stak zijn hoofd om de deur, wees naar mijn dikke, verbonden knie en lachte. 'Ik zei toch al dat je hier een pesthekel aan zou hebben? Maar er is ook goed nieuws. Frank zit in het Circuit.'

65

Frank moet gedacht hebben dat zijn oude man met de witte baard een wonder had verricht. Als hij nog langer werkloos was gebleven, had hij toch nog achter de toonbank van de McDonald's moeten staan.

Hij was door een beveiligingsbedrijf aangetrokken om in Athene een ploeg lijfwachten op te leiden. De grote baas heette Vardis Vardinoyannis.

'De rijkste man van de Egeïsche Zee.' Tiny ging op het bed tegenover het mijne liggen. 'Eigenaar van Motor Oil. Wordt altijd bedreigd, laat zich altijd beschermen. De extremisten hebben zijn broer al te pakken gehad.'

Als Vardinoyannis zo'n belangrijk doelwit was, dan was het geen wonder dat Frank was aangetrokken. Hij was een van de beste schutters die het Regiment ooit had voortgebracht.

In de loop van de zomer had hij zich weinig kunnen veroorloven. In zijn speurtocht naar een substituut voor Ploeg 7 had hij allerlei soorten godsdienstige groeperingen geprobeerd. Op zaterdagmiddagen zong hij zelfs in een gospelband in een winkelcentrum. Veel jongens hadden hem gezien, en zulk nieuws doet snel de ronde. Je kunt het natuurlijk niemand kwalijk nemen dat hij in het openbaar de Here prijst met een glimlach en een paar tamboerijnen, maar ik vroeg me af of hij wist hoezeer hij zijn vooruitzichten ermee schaadde.

Tiny had het zich gemakkelijk gemaakt. 'Kun jij je hem met zo'n stel lijfwachten voorstellen? Al die enorme krulsnorren... en dan duikt ineens zo'n kleine koperen haardos op.'

Ik moest glimlachen bij dit beeld, maar deze Griek (of zijn adviseur) was kennelijk niet dom. Iemand die een aanslag op de grote baas voorbereidde, zou niet veel aandacht aan Frank schenken. En dan trokken de krulsnorren het vijandelijke vuur aan.

Om die reden staan vrouwelijke lijfwachten zo hoog aangeschreven. Het lijkt net of ze niet bij de beveiliging horen. Hun koffertje bevat echter niet de lunchtrommel van de grote baas, maar een Heckler & Koch

MP5K, die met het handvat kan worden afgevuurd; of misschien is het hele koffertje wel van kevlar en dient het als schild.

Lijfwachten moeten ook proactief zijn: ze moeten een aanval niet afwachten maar erop anticiperen. Wat gebeurt er als een auto ons voertuig even verderop ramt? Wat als iemand in het publiek op een halve meter afstand het vuur opent? Op die manier moet je denken, anders zit je als een konijntje in de koplampen. Hier waren alle zeven principes van ons vak weer volop van toepassing.

Een goede vipbescherming is geen kwestie van enkele kleerkasten die dreigend kijken en met een stiletto tussen hun tanden pulken – dat is de filmversie ervan. Veel belangrijker is alles wat je niet ziet, want je moet zorgen dat ook de kleinste beweging van de grote baas – waar hij naartoe moet, wat hij gaat doen, hoe laat hij dat gaat doen – voor nieuwsgierige ogen onzichtbaar is.

Familiezaken, werklocaties, al zulke inlichtingen moeten geheim blijven. Voertuigen moeten altijd gecontroleerd worden op vreemde zaken zoals volgapparatuur of explosieven. Wie controleert de post voordat die naar de grote baas gaat? Daarbij gaat het niet alleen om bombrieven; ook gas is bij een postaanval bruikbaar. Als de grote baas iets in een café gedronken heeft, moet het beschermingsteam zorgen dat het glas mee naar huis gaat of dat het ter plaatse wordt afgewassen; op basis van iemands DNA kunnen gifstoffen worden ontwikkeld die alleen bij die ene persoon werkzaam zijn.

Alles moet beschermd worden. Als je ook maar één kleine component over het hoofd ziet, kan je grote baas dood zijn.

In Libanon liep een zakenman maandenlang gevaar, maar hij had een uitstekende beveiliging. Hij ging nooit zonder een team naar buiten, en ze veranderden zijn route constant. De terroristen kwamen niet in zijn buurt, en de punten met uitzicht op zijn wooncomplex waren te ver weg voor een langeafstandsschot.

Zijn persoonlijke assistente woonde buiten het complex in een ander deel van de stad. Ze kwam in een Citroën 2CV naar haar werk en parkeerde op het terrein van het bedrijf. Omdat haar baas zo'n galante heer was, kwam hij elke ochtend op precies hetzelfde moment naar buiten om haar met haar koffertje te helpen.

Toen de 2CV op een avond buiten haar appartement stond, brachten de terroristen er een springlading op aan. Ze richtten van 2 kilometer afstand een verrekijker op het complex, en zodra hij naar buiten kwam om het portier voor haar open te maken, brachten ze de lading tot ontploffing. Ze waren allebei op slag dood. Eén scheurtje in het pantser was genoeg geweest.

Tiny ging op één arm liggen. 'En je raadt nooit wat er gebeurd is. Hij heeft zich voor zijn vertrek in de Wye laten dopen. Op Bishop's Meadow was een enorme tent opgezet.

De Wye is de rivier die Hereford in tweeën deelt, en op een van de oevers ligt het Bishop's Meadow-park. Frank en zijn vrouw waren er letterlijk middenin gesprongen. De kerk had de tent laten oprichten en had er een groots spektakel van gemaakt. Massa's mensen kwamen zijn doop midden in de stad bekijken. Zelfs Central Television was aanwezig.

66

Hereford
april 1986

Zes weken van röntgenfoto's, injecties en fysiotherapie later was de voetbal rond mijn kniegewricht ingezakt zonder dat de artsen ook maar enig idee hadden wat de zwelling veroorzaakt had. Ik was misschien door iets gebeten. Er waren nog twee weken lang blauwe plekken te zien en krakende geluiden te horen, maar toen was ik weer de oude.

Ik werd tot soldaat-korporaal bevorderd. De loonsverhoging kwam net op tijd om me het huis te kunnen permitteren waarover Hillbilly verteld had. Het was een startershuis in Westbury: twee gaskachels op de begane grond, geen centrale verwarming en zulke dunne muren dat ik de buren hun toilet kon horen doorspoelen. Het kon me niet schelen; het was van mij. Het zou nog maar een kwestie van tijd zijn voordat ik mijn jongensdroom van een huis met een halve hectare grond en een gracht eromheen gerealiseerd had. Dat hield ik me althans voor.

Toen ik uit Belize terugkwam, was Chris al uit de ploeg verdwenen. In maart rende ik rond door Hereford en had ik niet veel anders te doen dan trainen en me afvragen of Hillbilly geweten had dat de vorige eigenares van mijn huis wilde weglopen omdat hij haar neukte. De rest van het squadron was overal ter wereld met teamklussen bezig.

In juni 1985 hadden Zuid-Afrikaanse troepen een overval uitgevoerd op Gaborone, de hoofdstad van Botswana. Daarbij werden twaalf zogenaamde ANC-leden in hun slaap gedood. De Zuid-Afrikaanse regering beweerde dat ANC-guerrillero's het land gebruikten om binnen Zuid-Afrika aanslagen te plegen op blanke boeren. Die van Botswana zei haar uiterste best te doen om te voorkomen dat het ANC binnen haar eigen grenzen militaire activiteiten ontplooide. Ze vroegen de Britten om hulp, en ik kreeg te horen dat ik een lokale Afrikaanse taal moest leren.

Samen met Eno, die ik in het buitenland ontmoet had, en nog zes anderen ging ik elke dag naar de leslokalen. De cursusleiding bestond uit jongens van het Education Corps, die maar een stuk of vier lessen verder waren dan wij, en twee anglicaanse missionarissen, die vooral herinneringen aan de goede oude tijd ophaalden en nauwelijks aan lessen toekwamen.

Mij kon het niet schelen. Ik vond het leuk en kreeg er een tweede basisvaardigheid mee. Dat leverde geld op, en elke cent was welkom. De vraagprijs van het huis was 25.000 pond geweest, maar de bedreven onderhandelaar uit Zuid-Londen had 500 pond weten af te dingen. Uit spaarzaamheid had ik het gas nog niet laten aansluiten en kookte ik theewater op een esbitbrander in de gootsteen van roestvrij staal. De ketel kwam van mijn kamer in de kazerne.

Het meubilair bestond uit een magnetron, een tv, een kleine stereo-installatie, een stoel, een bed en een porseleinen beeldje van een kat dat de vorige eigenares op de schoorsteenmantel had laten staan. Een radio had ik niet nodig. De gemeenschappelijke muur werd luidspreker zodra mijn buren Radio 4 aanzetten. Ik deed mijn vuile was in de kazerne en leefde van eten op mijn werk of dozen met gebakken rijst met ei die ik met mijn steeds bouwvalliger Renault 5 in de stad kocht. Maar ik was gelukkig. Ik was een van Thatchers kinderen geworden.

Nish en Hillbilly waren nog steeds aan de andere kant van het water, maar ik hoorde rare dingen over hen. Nish had nog steeds meningsverschillen met de hotemetoten daar, en zijn maatje Hillbilly ving de klappen op. Niemand wist precies waar het over ging. Het kwam misschien door Nish' onophoudelijke gitaarspel. Of anders hielden hij en Hillbilly niet van de bevelstructuur. Er waren altijd problemen in een ploeg bestaande uit jongens van verschillende squadrons die niet met elkaar waren opgegroeid.

In Ploeg 7 zou de zaak niet zo op de spits zijn gedreven. Onze ploeg was klein; iedereen kende elkaar; iedereen had een stem. Ook alle andere ploegen functioneerden zo, behalve de samengestelde ploegen in het buitenland. Ik wist niet waarom, maar had de indruk dat een van de operationele coördinatoren – de man die toen Minky's werk deed – de pik had op Nish, en Nish was niet iemand die je de andere wang toekeerde. Hij had een paar waarschuwende memo's gekregen: na een derde keer was het einde verhaal. Ik begreep er niets van. Dit was niets voor Nish. Hij was veel te intelligent, welbespraakt en humoristisch om in dit soort ruzies verzeild te raken. Ik hoopte dat zijn maat het voor hem kon oplossen.

Sinds Frank in Athene was, had ik niet veel meer van hem gehoord, en het deed me veel genoegen dat ik hem weer tegenkwam. Ik was halverwege de zes weken durende cursus Swahili en zwierf – mompelend als een idioot – rond met een stapel spiekbriefjes met woorden erop. Ineens riep hij me vanaf de overkant van de straat. Vervolgens belandden we weer in de Grapes.

Frank zag er veel beter uit dan de laatste keer, en wilde met alle geweld betalen. 'Geen probleem, hoor,' zei hij terwijl hij op zijn zak tikte. 'Ik heb wat drachmes over.'

'Dat wordt ook hoog tijd.'

We kletsten over allerlei mensen die hij al een tijd niet gezien had, maar het gesprek van de dag was de ontplofte kernreactor van Tsjernobil in de Oekraïne. Wales en de streek rond Hereford golden als kwetsbaar voor de fall out.

'Zit je nog in Athene?'

'Nee, dat is voorbij.' Hij gaf het meisje achter de bar een briefje van tien. Muziek blèrde. Een of twee anderen knikten de fanatieke Bijbelverkondiger herkennend toe. 'Het was leuk in Athene, maar het werd tijd om te gaan.'

Ik vroeg niet waarom. De wereld van de lijfwachten was heel instabiel. Je kon aan de kant worden gezet omdat de baas de geur van je aftershave verfoeide. Of je had een baan voor het leven omdat hij graag met je schaakte.

Frank maakte zich kennelijk niet veel zorgen. Hij was met andere dingen bezig. 'Maar weet je wat er gebeurd is terwijl ik in Athene was? Ik heb eindelijk goddelijke inspiratie gekregen.'

'O, eh... ik wist niet dat je dat probeerde.'

'Jawel, al maanden. Ik ging naar de kerk van de pinkstergemeente hier, maar het lukte van geen kanten. Ik begon al te denken dat ik gestraft werd voor een zonde uit mijn verleden.'

Ik haalde mijn schouders op en kon er wel een paar bedenken.

'Maar ineens deed ik op een zondag mijn mond open, en toen stroomden er woorden uit die ik nog nooit gehoord had.'

'Dat gevoel ken ik.' Ik hield mijn spiekbriefjes omhoog.

'Geen Swahili, lul. Ik orakelde. Ik praatte met God.'

'Dat is allemaal goed en aardig, maar het brengt geen brood op de plank. Waarom bel je Terry Waite niet? Zo te horen kan hij wel wat bescherming gebruiken terwijl hij die Amerikanen vrij probeert te krijgen. En dan kunnen jullie samen dat georakel doen. Een tolk heb je niet eens nodig.' Ik gaf een slechte imitatie weg van een tv-predikant die met zijn armen aan het zwaaien was.

Dat leverde me een glimlach van hem op. 'Ik denk niet dat hij daar veel belangstelling voor heeft, want hij is anglicaan. Maar hoe dan ook, ik heb weer een baan.'

Hij zette zijn glas op de toog toen hij de uitdrukking op mijn gezicht had gezien. 'Het verraste mij ook dat ze een Bijbelverkondiger weer in het Circuit toelaten. Deze keer is het voor Ralph Halpern, die de Burtonketen leidt.'

Ik wist niet over wie hij het had, maar Frank zat te popelen om het me uit te leggen. 'Dat is de best betaalde Britse manager. Hij verdient meer dan een miljoen per jaar.'

Een radicale splintergroep van de PLO had dreigementen geuit tegen de belangrijkste Joodse zakenlieden in Europa, en Halpern wilde geen risico lopen. Omdat er geen specifiek dreigement aan zijn adres was geweest, kwam hij niet in aanmerking voor bescherming door de geheime dienst en moest hij zijn eigen bescherming regelen.

Frank keek heel tevreden. 'Ik zou het maar twee weken doen, maar ze hebben me in dienst gehouden.'

De muziek echode tegen de muren. Frank kwam iets dichterbij staan. 'We verhuizen naar Bobblestock. Ik ben tegenwoordig een yuppie. Verdien goed geld. Auto's van de zaak, BMW's en Mercedessen. Helemaal geweldig.'

Bobblestock was een van de buitenwijken die rond de stad aan het verrijzen waren. Hillbilly had waarschijnlijk opties in allemaal.

'Da's goed om te horen. Je hebt dus nog steeds geen spijt van je ontslag.'

Het duurde iets te lang voordat hij zijn glas had leeggedronken en neergezet en zijn lippen had afgeveegd. 'Nee hoor. Geen sprake van.'

67

Om de een of andere reden werd het niets met die lessen Swahili. We begonnen het squadron in gereedheid te brengen om het team over te nemen. Dat betekende onder andere dat we paraat moesten zijn als reserve-eenheid voor de ploeg aan de overkant van de plas.

De situatie was daar gewijzigd. Tussen 1976 en 1983 had het Regiment maar negen IRA-leden gedood. Inmiddels was de druk flink opgevoerd, maar de IRA wist van geen wijken en was goed bewapend. Ooit hadden ze gesnakt naar wapens en munitie, maar in die periode werden ze overspoeld met Armalites, semtex en zelfs zwaarder spul zoals RPG's, mitrailleurs en vlammenwerpers. Regelmatig gingen bedankbrieven naar andere terroristische groeperingen zoals de PLO en schurkenstaten zoals Libië – en naar duizenden naïeve Amerikanen.

De yankees lieten zich met huid en haar opslokken door de IRA-pr, die het eiland presenteerde als imitatie van de John Wayne-film *The Quiet Man* (jaren vijftig), waarin zwarten en bruinen de arme, plaatselijke bevolking grootscheeps plunderen en verkrachten. De IRA wist zijn streven op de een of andere manier te combineren met Ierse klavertjes, dwergen, vedels en Guinness, en de dollars stroomden de Noraid-emmer in alsof niemand ze meer wilde hebben.

In een periode waarin de 12.000 soldaten van het groene leger maar twee IRA-leden neerlegden, nam de twintig man sterke ploeg er echter achttien voor zijn rekening. Kens choreografie van de informatieoorlog wierp overduidelijk vruchten af.

Een van de jongens van het Squadron A trouwde in Hereford, en veel anderen wilden voor het hengstenbal en de bruiloft naar Hereford gaan. Ik was een van de zes die zich als aflossing meldden. We vlogen er in een paar Puma-helikopters heen, en toen we achter het pakhuis landden, had ik een beetje het gevoel dat ik thuiskwam.

Nish was niet moeilijk te vinden. Ik volgde de aarzelende elektrische akkoorden van *Duelling Banjos* naar mijn oude blok en stond ineens voor Als deur.

Ik bonsde op de deur en riep Nish.

Diverse versterkte megawatts vielen stil en werden door een uiterst agressief 'Lazer op!' vervangen.

Hij speelde een volgend akkoord.

Ik bonsde weer op de deur. 'Nish, laat me binnen.'

'Wie ben je, verdomme?'

'Ik, Andy. Doe in jezusnaam open.'

Nish draaide de sleutel in het slot om, maar maakte de deur niet open.

Ik liep naar binnen en zag dat de kamer net zo'n zooitje was als anders. Maar wat me echt zorgen baarde was Nish' ellendige uiterlijk. Zijn ogen stonden glazig. Hij was razend van woede en leek bijna bezeten. Er zaten butsen in de gepleisterde muur en zijn rechterhand bloedde. Ook zijn gitaar was met bloed besmeurd.

Hij ging op Als vroegere bed zitten.

'Wat ben je aan het doen, Nish? Alles oké?'

Hij tikte een sigaret uit het pakje en legde hem met moeite tussen zijn ringvinger en pink. De vingers waarmee hij altijd rookte, zagen eruit als een paar worstjes, vers van de grill.

'Geloof van wel. Ben net gewond geraakt door die eikel.'

'Door wie? Hillbilly?'

Ik kreeg de geur van zwavel in mijn neus toen hij een lucifer wist aan te krijgen. 'Nee, die etter van een sergeant.' Zijn handen beefden van woede.

'Waar is Hillbilly?'

'Die moest naar de TCG. Daarom heb ik de deur op slot gedraaid. Als Hillbilly er niet is, vermoord ik die eikel.'

Al rokend sijpelde er bloed uit zijn hand. Het droop eerst langs zijn pols en vervolgens op het donkerblauwe dekbed. Het ging bergafwaarts met Nish. Het gerucht ging dat een van de sergeants versneld promotie kreeg, en dat betekende dat hij zelfs officier kon worden, mits hij de komende paar jaar niks verknalde. Hij deed dus alles precies volgens het boekje, en dat was slecht nieuws voor Nish, die nooit iets volgens het boekje deed.

'Waarom hou je je niet een beetje gedeisd, joh? Over vijf weken is de detachering over.'

Vlak voor mijn aankomst was er een nieuw conflict geweest. Omdat Nish nu eenmaal Nish was, had hij de man in de briefingroom in de zeik gezet. Er was een ruzie ontstaan, en Nish had hem bijna vermoord. Dat verklaarde de butsen in de muur. Nish had Des Dooms antistressmethode overgenomen.

'Waarom zet je die gitaar niet een paar decibellen zachter? Straks komt ie je weer op je flikker geven, en dan heb je de poppen aan het dansen. Je moet geen gezeik hebben. Als je hem aanraakt, verpest je het voor jezelf. Dat doet niemand anders.'

Hij legde zijn gezicht in zijn handen. Tussen zijn bebloede vingers kringelde rook. 'Ik weet het. Ik weet het. Ik heb er een zooitje van gemaakt.'

Hij liet zijn handen zakken en glimlachte.

Daar schrok ik nog het meest van.

'Kom tot rust. Over een paar weken ben je weer weg. Weet je wat? Ik haal even thee en jij legt dat kolereding weg. Je kunt er sowieso geen flikker van.'

Hij knikte, maar toen hij languit op Als vroegere bed ging liggen, werden zijn ogen weer glazig.

68

Ik liep door de gang naar de boiler en zag de sergeant buiten het gebouwtje staan wachten tot de gitaar weer klonk.

Ik zwaaide. 'Alles kits met je? Ik haal even wat thee voor mij en Nish. Wil je ook wat?'

Ik kende hem niet en had alleen van hem gehoord. Ik had geen idee waarom hij voor versnelde promotie was uitverkoren, en het kon me ook niet schelen. Ik had alleen belangstelling voor Nish.

Hij keek me nauwelijks aan.

Hillbilly arriveerde een uur later. Hij wierp één blik op de bebloede muur en wendde zich tot Nish. 'Wat heb je nu weer uitgevreten?'

Zijn haar was wat langer dan anders en hij droeg een zwartleren bomberjack en een spijkerbroek met -jasje, maar voor de rest was hij nog precies hetzelfde. Hij knikte me toe terwijl hij naast Nish ging zitten. 'Kom een beetje tot rust, joh.'

Hillbilly nam me even later mee naar de gang. 'Hoor eens, ik moet die oliebol effe meenemen om iets te gaan drinken. Hier zakt hij steeds dieper in zichzelf weg. Maar ik moet bij hem blijven. Als hij die vent aanraakt, gaat hij naar zijn eenheid terug. Ga je mee?'

We gingen gedrieën naar de bar. Het was zaterdagavond, en de meeste jongens die niet naar de bruiloft waren gegaan, hadden een afspraak met de mensen van de Tasking and Coordinating Group. De sergeant zat aan een tafeltje in een hoek. Het zaaltje was opgeknapt. De blikjes Tennants hadden plaatsgemaakt voor echte glazen, en er was zelfs een biertap. We bestelden drie pils en stonden bij de bar op pinda's te kauwen. Nish stak de ene sigaret na de andere op.

Nish leek kalm, maar was het niet. Van dichtbij gezien leek hij me opgewonden. Hij was sinds Oman veranderd. En waarom lag hij in jezusnaam in Als kamer?

Hillbilly vertelde me over een nieuw spelletje: 'geen kroegentocht maar een Republikeinse kroegentocht'. Hij en een paar anderen gingen de laatste tijd Belfast in, dronken dan een pint in doorgewinterde IRA-pubs –

'het moet een pint zijn, geen halve, anders speel je vals' – en liepen dan weg. Ze hadden een hele lijst van kroegen opgesteld en vinkten ze een voor een af als kinderen in een spionnenspel. 'Vorige week gingen we naar Andersonstown en werkten er een paar af. Nish stond naast iemand van het 1ste bataljon. Weet je nog?'

De Belfastbrigade van de Provisional IRA bestreek de grootste commandozone van de organisatie. De brigade was gesticht in 1969, toen ook de Provisional IRA ontstond, en was altijd in drie bataljons georganiseerd geweest. Het 1ste had zijn basis in West-Belfast (Andersonstown, Lenadoon en Twinbrook), het tweede eveneens (het district van Falls Road, Clonard en Ballymurphy) en het derde in nationalistische enclaves in het noorden (Ardoyne, New Lodge, Ligoniel), zuiden (The Markets, Lower Ormeau) en oosten (Short Strand) van de stad. Hillbilly & co speelden een gevaarlijk spelletje.

Nish stond al rokend te luisteren. 'Hé, weet je wat? Laten we straks even biljarten.'

'Ja, goed idee. Dat doen we.' Ik leegde mijn glas. 'Ik wil nog een pint. Intussen zet ik de ballen even op.'

De pooltafel stond in de hoek die het verst van sergeant Versneld en zijn makkers verwijderd was. Terwijl ik de ballen opzette, wierp ik een blik op de bar. Nish was zijn sokken aan het uittrekken en Hillbilly staarde me machteloos aan.

Nish trok zijn sportschoenen weer aan en stopte zijn sokken in zijn broekzak. Ze kwamen samen naar me toe, en ik gooide een munt op. De break was voor Hillbilly.

We beëindigden wat moest doorgaan voor een potje, en Nish trapte zijn sigaret op de grond uit. Hij haalde een van de sokken uit zijn zak, pakte twee ballen van de tafel en duwde ze tot aan de teen erin. Zijn blik was op sergeant Versneld gericht.

Hillbilly pakte zijn keu en hield hem horizontaal vast om hem tegen te houden. Vervolgens probeerde hij Nish achter een pilaar uit het zicht te duwen. 'Kalm aan, joh. Geef ons die ballen. Anders vermoord je nog iemand. Kalm aan... Kijk me aan...'

Nish reageerde niet.

'Laat die eikel oprotten. Nu.'

Ik holde naar de tafel van Versneld. 'Ik heb hulp nodig. Je moet me Jimmy's wapenrek laten zien...' Ik probeerde te klinken als de vlijtigste nieuweling van het blok. 'Kom op. Wijs waar ze zijn. Niemand heeft verteld waar de wapens liggen. Niemand heeft me ook verteld waar de auto van onze operaties staat. Wat doe ik als we in actie komen?'

Hij bekeek me kalm van onder tot boven. 'Jij zit niet in het parate team, toch? Nee, want anders zou je hier niet zijn.'

Vanuit mijn ooghoek zag ik Hillbilly nog steeds pogingen doen om Nish tot redelijkheid te bewegen.

'Oké, al goed. Wat kan het ook schelen.'

Hij stond op, en zo gingen we weg. Hij bracht me naar de wapenkamer onder de briefingroom, waar ik al honderden keren geweest was. Hij liet me alle rekken zien, nam het protocol met me door en wees me de auto.

'Tevreden?'

Ik maakte steeds de juiste geluiden.

Hij ging naar de bar terug, en ik liep rechtstreeks naar het woonblok. Hillbilly had Nish naar zijn kamer weten te krijgen, en die lag nu languit op zijn bed.

Hillbilly kwam de gang op. 'Ik maak me echt veel zorgen, weet je? Hij wilde met alle geweld deze kamer hebben. Die is toch van Al?'

'Ja, en hij slaapt ook in Als bed.'

'Ik kan hem alleen maar in de gaten houden, Andy, en het is verdomme geen lolletje. We moeten hem weer naar het squadron zien te krijgen.'

69

Een week of zes later reed ik langs de wapenkamer, toen ik Nish zag lopen. Ik had gehoord dat hij al vier of vijf dagen terug was van de ploeg, maar bij het squadron had hij zijn gezicht niet laten zien: hij was weer aan de overkant van de plas om zijn detachering af te maken.

Ik zette de Renault stil en draaide het raampje open. 'Hoi!'

Hij draaide zich om, maar keek niet zoals ik gehoopt had nu hij terug was.

Hij kwam op me af, boog zich naar me toe, bestudeerde de draden die uit het dashboard bengelden en haalde zijn sigaret uit zijn mond. 'Ik ben vernacheld. Ze schoppen me de straat op.'

'Nee, dat kan niet.'

'Maar ze doen het toch.'

Op de dag van zijn terugkomst was hij naar het kantoor van het squadron gegaan. Daar hoorde hij dat er een probleem was. Een inlichtingenofficier aan de andere kant van de plas had gemeld dat een onbevoegde burger Nish buiten het pakhuis had afgezet.

'Het was niet eens bij het pakhuis, maar bij het kamp.' Nish zoog zijn longen vol rook.

Hij had een week gekregen om zijn verdediging te schrijven. Daarna moest hij op rapport bij de commandant. De week eindigde diezelfde dag.

'Het is niet te geloven. De vrouw om wie het gaat, die "onbevoegde burger", was met mij op een politiefeest. Ze heeft een betrouwbaarheidsverklaring, ze werkt voor de Noord-Ierse politie. Ze wist niet eens dat ik in het Regiment zit.'

Ze had aangeboden om Nish naar huis te rijden omdat het goot van de regen. 'De veiligheid is niet in gevaar geweest, want ze kwam niet eens in de buurt van het pakhuis.'

Ik had Nish nog nooit langer dan vijf minuten serieus gezien. Nu waren het er al tien.

Aan de andere kant van de plas hadden we allemaal onze dekmantels.

De een werkte op het vliegveld, de ander had iets met British Telecom te maken. Je moest een waarschijnlijk verhaal hebben om te kunnen uitleggen waarom je er was – een wegversperring bij de grens of even iets drinken in het café. En daarmee hield het niet op. Steeds als je een nieuw iemand – man of vrouw – ontmoette, controleerde je even de naam en het nummerbord.

Als zo iemand een terroristische achtergrond had of banden met iemand met zo'n achtergrond onderhield, dan was dat vermeld en kregen we het te horen. Ze vertelden ons dan ook waar die persoon woonde, of die getrouwd was en of die kinderen had. Die controles dienden niet alleen om ons te beschermen, want je wist nooit wat ervan kwam. Het kon de eerste stap zijn naar een nieuwe bron. Ook als je niet met zo iemand gepraat had, vulde je toch het formulier over oppervlakkige contacten in.

'Je hoeft je niet te verdedigen, Nish. Je bent van alles, maar niet stom.' Dit zaakje stonk. 'Wat gaat er nu gebeuren? Terug naar je eenheid?'

'Ja, voor een jaar.'

Dat was niet zo erg. 'Die tijd is zo voorbij.'

'Nee, ik heb er genoeg van. Ik heb voortijdig ontslag ingediend.' Hij glimlachte, en even zag ik weer een vonk van de oude Nish, maar het was niet meer dan een vernislaag. 'Ik heb me nooit lekker gevoeld bij mensen met gezag. Vooral niet bij officieren.'

'En nu?'

'Weet ik niet. Ik heb altijd willen vliegen. Misschien...' Zijn ogen straalden. 'Ik heb altijd het record van de langste vrije val willen breken...'

De sigaret beschreef een boog door de lucht, en hijzelf verdween naar een andere wereld. 'Dertig kilometer hoog, dat is drieënhalf keer zo hoog als de Everest. Op die hoogte heb je een vacuüm. Geluidloos aan de rand van de ruimte. Je accelereert sneller dan de geluidssnelheid voordat je parachute opengaat. Dat is geweldig.'

'Heb je geen ruimtepak en een helpende hand van de NASA nodig om zo hoog te komen?'

'Vermoedelijk.'

Nish kwam even op de aarde terug. 'Ik dump mijn spullen bij Hillbilly.' Hij trapte zijn sigaret uit en kwam overeind. 'Jasons schoolgeld moet nog betaald worden. Ik kan hem niet in de steek laten. Laat ik maar eens gaan nadenken over een baan, vind je niet? Maar eerst ga ik de stad in. Ga je mee?'

Ik ging, met een heleboel anderen. Niemand van ons kon geloven dat hij zo smerig behandeld was. Aan het eind van de avond was Nish een hoopje ellende. Dat kwam niet alleen door de alcohol. 'Ik heb er een puinzooi van gemaakt door ontslag te nemen. Het was al een nachtmerrie om het kamp uit te rijden. Maar zo ben ik nu eenmaal. Met mij is het over en uit.'

Hij weigerde terug te gaan en te smeken. Wie een beslissing nam, zat eraan vast.

'Zal ik je 's wat vertellen? Ik heb zelfs een brief van de commandant gekregen. Hij feliciteert me met mijn laatste klussen. Daar heb ik nou echt iets aan gehad.'

70

Het leven ging door, en ik weet niet of de sergeant ooit geweten heeft hoe dankbaar hij daarvoor moest zijn. Hij was ternauwernood aan Nish' sok met de twee biljartballen ontsnapt.

Frank werkte nog steeds voor Ralph Halpern, alleen was die inmiddels *sir* Ralph Halpern. Nish was lijfwacht voor de komiek Jim Davidson. Hillbilly had hen aan elkaar voorgesteld, en nadat Jim een paar voorstellingen in de Paludrin Club had gegeven, waren ze goede vrienden geworden. Zij drieën waren loten van dezelfde stam: ze werkten hard en speelden nog harder.

Jim had in sommige kringen een slechte naam, maar bij het Regiment kwam hij altijd opdraven. Hij was een van de heel weinigen die nooit geld vroegen om voor het leger op te treden. Zelfs de kosten om naar een operatiezone te gaan, betaalde hij uit eigen zak. Hij zat in het bestuur van diverse militaire liefdadigheidsinstellingen en had persoonlijk honderdduizenden ponden voor die clubs opgehaald.

Hoe dan ook, in zijn persoonlijke leven ging het er stormachtig aan toe, en ik wist nooit helemaal zeker wie eigenlijk op wie paste. Maar zo te horen konden hij en Nish het opperbest met elkaar vinden, en het zag ernaar uit dat Nish weer aardig de oude werd.

Op een avond was er een feest bij Hillbilly, en Hillbilly was met een meisje de slaapkamer in gedoken terwijl Nish de deur bewaakte. Hillbilly's vriendin kwam de trap op en vroeg waar hij was. Nish klopte hard op de deur van het toilet. 'Zit je daar, joh?'

Hillbilly sprong uit het raam van de eerste verdieping. Het meisje dat bij hem was, klom naar buiten, greep de regenpijp en zwaaide zichzelf naar de volgende vensterbank. Ze kwam het toilet uit, net op het moment dat Hillbilly de trap op slenterde met twee flessen melk die hij van de stoep van het buurhuis had gepikt. 'Ik ben even naar de garage gegaan om de boel aan te vullen...'

Voor hen tweeën was het leven dus weer normaal.

Ik was de scherpschutter van een contraterreurteam. We schoten met de PN 7.62 en gebruikten Lapua-munitie, die in Finland met de hand gemaakt werd. Het populairste wapen voor de korte afstand was de Ticker, een .22-geweer dat drie kogels tegelijk afschoot. Een loop zat er niet op, maar het was nauwkeurig genoeg om tot 60 meter alles te raken. Het wapen ontleende zijn naam aan de zachte tikgeluiden die het maakte als de bewegende delen bij het afvuren op hun plaats gleden.

Bij een serie schoten van drie kogels in het hoofd viel het slachtoffer als een emmer water op de grond, maar door het kleine kaliber gingen ze niet dwars door het hoofd heen, zodat niemand achter hem geraakt werd.

Elke vrije minuut waren we met deze wapens op de schietbaan. We moesten zeker weten dat we na urenlang reizen en rondhotsen een geweer uit het foudraal konden halen, een kogel in de kamer konden doen, vanuit een staande positie op 200 meter op iemands hoofd konden schieten en dan het centrum van de massa – op de schijf met de moffenkop was dat het puntje van de neus – konden raken. Eén kogel, meteen dood. Daar draaide het om. Natuurlijk tenzij het een Ticker was, want in dat geval moest je hetzelfde doen met één salvo.

71

Het leven bij het team werd nog interessanter toen ik naar het kantoor van het squadron werd geroepen en te horen kreeg dat ik een paar weken mee moest met de RWW.
'Waarom ik?'
'Geen vragen. Gewoon doen.'
Zodra Hillbilly van over de plas terugkwam, kreeg hij ongeveer hetzelfde te horen. Hij zei het gevoel te hebben dat alle Kerstmissen op één dag vielen, en zo ervoer ik het ook ongeveer. Ik was nog steeds een groentje, een soldaat-korporaal. De RWW lag ver buiten mijn ervaring en vermogens.
Met twee mannen van de RWW – de Wing – vertrokken we in een Escort-stationcar naar het artilleriekamp op de vlakte van Salisbury.
Een van hen was een Schot, die ik een paar keer in het kamp ontmoet had. Andrew zei maar drie woorden per dag, en die verstond je alleen als je zo dichtbij was dat je zijn lippen onder zijn zandkleurige snor zag bewegen. Zijn accent was niet te peilen.
'Jij gaat de Blowpipe leren bedienen. Dat is een vanaf de schouder afgevuurde luchtdoelraket,' zei hij, een wegenkaart bestuderend. Zijn hele voorraad woorden voor een week was daarmee opgebruikt. 'Het is een kolereding.'
Je moest er een afgestudeerde natuurkundige voor zijn en het vermogen hebben om tien dingen tegelijk te doen. Ook als kind was ik al slecht in het spelletje op-je-hoofd-tikken-terwijl-je-over-je-maag-wrijft-en-op-een-been-op-en-neer-springt. Bij de Blowpipe moest dat allemaal terwijl je ook nog op je schrijfmachine schreef en vanaf honderd achterstevoren telde. Geblinddoekt.
Als het gevaarte eenmaal tegen je schouder lag (het woog heel wat), moest je het vizier de hele tijd op het doelwit gericht houden. Dat betekende dat je het moest volgen met die raketwerper op je schouder. Als je de raket had afgevuurd, moest je hem handmatig met een soort duimjoystick leiden. Met andere woorden: je kon een doelwit alleen onder

vuur nemen als het recht op je afkwam of bij je vandaan vloog.

'Ze hebben ze op de Falklands gebruikt. Van de 95 afgevuurde raketten trof er maar één doel.' Andrew had ineens last van woordendiarree. 'Ze hadden beter een tuinslang kunnen nemen.'

We deden twee dagen lang pogingen om een wapen onder de knie te krijgen dat binnenkort sowieso werd afgeschaft, en stapten toen over op de Stinger, het Amerikaanse equivalent. Die was niet alleen lichter en makkelijker te bedienen, maar de elektronica was ook veel moderner en de kop dodelijker. De sensoren richtten zich op het hittepatroon van het doelwit; je schoot, en dan ging alles verder vanzelf. Het enige enigszins moeilijke was iets wat superelevatie heette: de raket moest de tijd krijgen om op zijn startmotor uit de buis te komen; dan moest hij heel even zakken voordat de hoofdmotor aansloeg en het geval de lucht in joeg.

In de tijd van de Falklands was de Stinger nog splinternieuw. Die oorlog was zelfs het debuut van het wapen. Het Britse leger had zes van die dingen aangeschaft, maar er was maar één iemand echt voor opgeleid. Dat was de SAS-soldaat die de anderen had moeten instrueren. Helaas sneuvelde hij met 21 anderen toen de Sea King waarin hij vloog, op 18 mei in zee stortte. Hij had op dat moment alle Stinger-handboeken bij zich.

De Schot wist uit de eerste hand hoe goed het wapen was. Een patrouille van Squadron D, waarvan Andrew de commandant was, had op de ochtend van 22 mei hoog terrein opgezocht, toen een squadron Pucará-gevechtsvliegtuigen kwam aanstormen om onze schepen onder vuur te nemen. Hij had maar een paar tellen om de instructies te lezen en te schieten. De Amerikanen gebruikten gelukkig altijd striptekeningen in hun handboeken, en hoewel de pagina over de superelevatie ontbrak, schoot Andrew een raket af en haalde hij er een Pucará mee neer. De vlieger bracht zich met zijn schietstoel in veiligheid en liep terug naar Goose Green, dat toen nog in vijandelijke handen was. De Argentijnen gaven zich de volgende dag over zonder dat nog een andere Stinger was afgevuurd, maar dat was niet bij gebrek aan pogingen. Na Andrews voltreffer wilde iedereen het proberen, maar niemand wist hoe het wapen herladen moest worden. De Stinger-score voor het conflict was dus: afgevuurd 1, geraakt: 1. Dat was 95 maal beter dan een Blowpipe, en dezelfde score als die van een ideale scherpschutter.

Ik wilde dat ik erbij was geweest. Zoals ik later ontdekte, haalde Andrew bij operaties altijd zijn gebit uit zijn mond, want dat was zo duur dat hij het niet in gevaar wilde brengen. En hij droeg altijd vuurrode bretels onder zijn gevechtstenue. Hij zal wel gehoopt hebben dat iedereen hem in geval van gevangenneming voor Coco de Clown zou houden.

Hij was een goeie vent. Tegen het eind van de cursus kreeg ik soms wel tien woorden achter elkaar uit hem los. Uiteindelijk vroeg ik hem wat ik daar eigenlijk deed.

'De Wing heeft later misschien versterking nodig, en jij bent aanbevolen.'

Dat hoorde ik hem natuurlijk met heel veel genoegen zeggen. 'Aanbevolen? Waarvoor eigenlijk?'

Andrew nam een trek van zijn sigaret. 'Als het zover is, kom je er vanzelf achter.'

En dat gebeurde inderdaad.

Na de Russische invasie van Afghanistan in 1979 begonnen de SIS en de CIA de moedjahedien heimelijk met opleidingen en wapens te steunen. Het Westen zag liever geen groot Russisch leger zo dicht in de buurt van de olievelden aan de Golf.

De opleiding was eerst heel elementair en werd in Pakistaanse safehouses gegeven, maar in 1982 infiltreerde de SIS ook in Afghanistan zelf. Er ging alleen iets gruwelijks mis, en een van onze teams viel in een hinderlaag. De Britten ontsnapten en wisten Pakistan weer te bereiken, maar de dingen die ze achterlieten, betekenden voor de Russen publicitair een geweldige opsteker. Tijdens een persconferentie werden paspoorten en ander belastend materiaal getoond. Whitehall ontkende er iets mee te maken te hebben, en sommige jongens namen snel daarna ineens voortijdig ontslag.

72

Terwijl ik na mijn Selectie in het Maleisische oerwoud zat, raakte het Regiment steeds nauwer bij Afghanistan betrokken. Ze hielpen de moedjahedien bij hun communicatie- en commandosystemen, maar stelden algauw vast dat ze hun geen .81-mortieren of zware wapens mochten toevertrouwen. De Russen zouden alles op alles zetten zodra ze daarmee hoorden schieten.

De oplossing was om Mohammed naar de berg te brengen. We verzamelden steeds zo'n dertig man tegelijk en haalden hen Pakistan uit. Dan zetten we hen op een C-130 en gaven we hun een tweeweeks uitstapje naar een van de kleine eilanden voor de Schotse westkust.

De groepen schoten twee weken lang zware wapens af en voerden tactische discussies over de verstoring van de Russische communicatielijnen om hun moreel te ondermijnen. Aan het eind van hun verblijf in Andrews achtertuin zetten we hen met een lunchpakket en een blikje Fanta op een C-130. We vlogen hen naar Pakistan en brachten hen over de grens om de theorie in praktijk te brengen.

Alles ging gesmeerd, totdat de Russen hun Hind-gevechtshelikopters in stelling brachten. Een Hind was in wezen een vliegend artilleriecomplex en de meest geduchte helikopter uit de geschiedenis. Daarmee keerde het tij. Rond het midden van de jaren tachtig begonnen de Amerikanen in paniek te raken. Het Kremlin moest een lesje krijgen.

Ronald Reagan juichte de moedjahedien ineens als vrijheidsstrijders toe, maar de oorlog was alleen te winnen als de bezetting de Russen zo veel manschappen ging kosten dat de publieke opinie zich tegen hen keerde en het leger in opstand kwam. Simpel gezegd betekende dat: dood en verwond zoveel mogelijk Russen en verstoor op alle manieren hun infrastructuur. Bijna alles was een legitiem doelwit.

Maar voordat dat kon gebeuren, moesten de Hinds worden uitgeschakeld.

De Stingers waren het voor de hand liggende middel, maar er was een probleem: je kon er zo goed allerlei dingen mee uit de lucht halen dat de

Amerikanen ineens tegenstribbelden. Het gevaar dat ze in verkeerde handen vielen, was gewoon te groot. Daarom kregen we de taak om de moedjahedien in plaats daarvan met de Blowpipe te leren omgaan.

Na onze sessies met Andrew in Larkhill stelden we zonder verbazing vast dat de Blowpipe inderdaad een rotding was. Aan de hemel stikte het nog steeds van de Hinds. De Amerikanen gaven toe, maakten de speelgoedkast open en haalden de Stingers tevoorschijn.

Toen begonnen de opleidingen opnieuw. De Schotse westkust ging weer open voor korte verblijven van de moedjahedien, en de C-130's hervatten hun shuttlediensten.

De wapens sijpelden met geheime konvooien Afghanistan in, maar die onbetrouwbare klojo's gebruikten ze niet. De Stingers glommen te mooi en werden opgespaard voor een regenachtige dag.

Vanaf dat moment moesten we zelf onze handen vuil maken. We legden hinderlagen, vielen aan, brachten explosieven tot ontploffing en verwoestten alles wat een hamer en een sikkel droeg.

Onvermijdelijk begon bekend te raken dat de Britten Stingers leverden en in het land waren. De Russen waren in alle staten, maar de regering kon alles ontkennen.

De Stingers kantelden het evenwicht een beetje. We bevorderden dat Afghanistan het Russische Vietnam werd. Uiteindelijk kregen ze er genoeg van. Op een dag stapten ze in hun tanks en nog resterende Hinds en verdwenen ze uit het land.

De moedjahedien waren inmiddels uitstekend getrainde vechters geworden. Aan het begin ontbrak het hun alleen aan slagveldorganisatie. We leerden hun jonge commandanten te velde hoe ze hun ondergeschikten – en hun wapens – efficiënt konden inzetten. Ze leerden niet alleen bevelen geven en leiden, maar ook operaties plannen en voorbereiden, explosieven gebruiken en het vuur van zware wapens en artillerie met een maximaal effect inzetten. Een van de jonge commandanten die door ons was opgeleid, was een Arabische vrijheidsstrijder die in de naam van de islam de Russen kwam bestrijden. Hij heette Osama bin Laden.

Sommige tactieken van de huidige taliban tegen de NAVO-troepen zijn ons geruststellend vertrouwd. Als onze jongens in een hinderlaag lopen, weten ze precies waar de achterhoede en de mitrailleurs van de taliban geplaatst zijn. Dat hebben ze namelijk van ons geleerd.

We trokken ons snel na de Russen terug, en toen begonnen de moedjahedien elkaar weer te bestoken. In de burgeroorlog die volgde, kwamen alleen al in Kabul 50.000 mensen om.

De taliban wonnen de strijd in 1996 en leidden het land tot eind 2001. Maar na 11 september 2001 kwamen de Amerikanen een paar duizend ton bommen brengen om de Noordelijke Alliantie de hoofdstad te laten veroveren en het land over te dragen aan de Amerikanen, die het vervolgens 'bevrijdden'. Die show gaat nog steeds door.

Ook tegenwoordig worden nog steeds hele pallets vol Stingers vermist. Ze kunnen in iemands grot op die 'regenachtige dag' liggen wachten, of ze kunnen in Iran zijn om minutieus uit elkaar te worden gehaald. De Amerikaanse en de Britse regering kibbelen nog steeds over die wapens, en terecht. Een neergehaald transportvliegtuig met meer dan honderd soldaten aan boord levert vragen op die de nachtmerrie van iedere premier zouden zijn.

73

November 1986

Nish was naar Buckingham Palace en nam de Queen's Gallantry Medal in ontvangst voor zijn aandeel bij de dubbelgangersactie waarbij Al de vrijwilliger was geweest. Tijdens dezelfde ceremonie kreeg Al postuum de Military Medal toegekend – twee treetjes lager dan het Victoria Cross.

Ik wist dat het een goed uitje voor hem was. Ik was zelf op het paleis geweest om mijn Military Medal op te halen toen ik nog bij de Green Jackets zat. Maar ik was pisnijdig op het Regiment toen ik zag dat Nish, die terug was in het kamp, een ceremonieel uniform kreeg uitgereikt. De hotemetoten gaven de indruk dat ze hem voor een paar dagen terug wilden omdat er iets te halen viel – of misschien wel omdat ze niet wilden dat hij in zijn burgerkleding ging, waarna de koningin misschien wilde weten waarom.

Nish genoot zichtbaar van zijn terugkomst. Hij straalde zelfs en begon weer een beetje op zijn oude zelf te lijken.

Maar toen we in de recreatiekamer wat zaten te praten terwijl hij wachtte tot zijn korporaalsstrepen en SAS-vleugels op zijn ceremoniële uniform werden genaaid, gleed het masker weg. 'Ik ben nu al vier maanden het Regiment uit en heb het nog geen dag gemist. Maar ik mis jullie wel en ik mis het leven.' In elk geval ontkende hij het niet, zoals Frank.

Hij trok de teen van zijn sportschoen over de grond. 'Ik kan Al maar niet van me afzetten. Als ik Mac Giolla Bhrighde had tegengehouden, zou Al samen met mij naar het paleis zijn gegaan.'

'Nish, het is te laat. Zoals we de hele tijd al gezegd hebben: je kunt de klok niet terugdraaien. Hij is dood.'

Een paar dagen na de uitreiking zag ik Nish tot mijn stomme verbazing met de commandant door het kamp lopen alsof hij een koninklijke bezoeker was. Overal waar ze kwamen, zag ik jongens blijven stilstaan om te kijken.

Die avond trof ik hem in de pub.

'Ik ben weer terug!' Hij straalde. 'Leve de koningin!'

Op de uitnodiging van het paleis had gestaan dat twee gasten hem mochten vergezellen, en hij nam naast zijn moeder ook zijn zoon Jason mee, die toen acht was. Ze gingen op hun plaats zitten en Nish nam zijn plaats in de rij in. Hij was de laatste van zo'n vijftig man.

'De koningin kwam precies op tijd en praatte met iedereen een minuutje terwijl ze ons onze onderscheiding gaf. Het duurde een uur voordat ze bij mij was. Ze zei: "Hebt u ook familie meegenomen?" "Ja, majesteit. Mijn moeder en mijn zoon." "Die zullen wel heel trots zijn." "Inderdaad, majesteit." Ze vroeg waar we die operatie hadden uitgevoerd, en toen bleek ze daar als kind gevist te hebben. Ze noemde het heel triest dat er zoveel veranderd was. Toen vroeg ze: "Wat doet u tegenwoordig?" Ik wilde niet zeggen dat ik als lijfwacht van een komiek werk en zei dat ik tijdelijk werkloos was. "Bent u niet meer in het leger?" "Helaas niet, majesteit." "Bent u van plan terug te gaan?" "Dat hoop ik vurig, majesteit." Volgens mijn moeder praatten we nog vijf minuten – zij heeft de tijd opgenomen. Toen gebeurde er iets raars. Bij ons vertrek kwam er een stel hotemetoten binnen, en die vroegen waarom ik ontslag had genomen uit het Regiment. Ik vertelde het, en toen zei iemand: "Wil je terug?" Dat was dat, en ik dacht er niet meer over na. Jim Davidson en ik hadden in Bristol een enorme zuippartij met de meisjes van zijn show georganiseerd. Toen Hillbilly belde, was ik zo dronken dat ik hem nauwelijks verstond. "Wat ben je nu weer aan het uitspoken?" vroeg Hillbilly. "De sergeant-majoor van het Regiment zoekt je." Ik zei dat ik zou bellen als ik nuchter was, maar volgens Hillbilly moest het nog diezelfde avond. De sergeant-majoor had me zelfs zijn privénummer gegeven! Ik belde en hij zei: "De commandant heeft met me gepraat, en die wil het antwoord op een vraag. Wil je terugkomen?" "Ja." "Oké. Je hebt voor morgen een afspraak met hem." Hij straalde weer. 'De rest weten jullie.'

'Dat is geweldig nieuws, joh. Wanneer begin je? Kom je terug bij het team?'

Zijn glimlach verdween. 'Er zit een addertje onder het gras. Zoals altijd in mijn leven, zo dichtbij en toch zo ver. De afspraak is dat ik eerst een jaar naar Ploeg 24 ga. Als ik dat gedaan heb, kan ik naar 7 terug.'

De Air-troep van Squadron G stond als de Lonsdale-ploeg bekend omdat ze daar niets anders wilden dan tegen elkaar vechten. Het leek me geen hoge prijs, gezien het feit dat hij aan de overkant van de plas helemaal zijn gang kon gaan. Het jaar zou snel voorbij zijn. En misschien plaatsten ze hem na een paar honderd keer *Duelling Banjos* wel vervroegd over.

Ik begon aan de voorbereidingen voor een klus met Hillbilly en kreeg het gevoel dat alles weer normaal was.

'Ik zal die telefoontjes om twee uur 's nachts niet missen.' Hillbilly grijnsde. 'Hij belde dan vaak op en zei: "Ik ben Clarissa en wil Hillbilly even gedag zeggen. En wie is dat aan de andere kant van het bed? Dat is Fifi. Zeg Hillbilly eens gedag."'

Drie maanden later zat ik in de Paludrin Club met een stuk pastei en een mok thee, toen Andrew van de Wing binnenkwam. Hij wenkte me naar een rustig hoekje.

'Ik heb van buiten werk aangeboden gekregen.' Zijn zandkleurige snor trilde terwijl hij een sjekkie rolde. 'Ik zoek mensen.'

'Wat is het?'

Het moest iets met de SIS te maken hebben. Andrew deed al drie jaar lang alleen dingen voor hen.

'Dat kan ik nog niet zeggen, maar heb je belangstelling?'

'Het spijt me, joh, ik ben net aan iets begonnen en zit eraan vast.'

'Waar ga je heen?'

'De Det.'

14 Int, *Walts, dickheads, operators*, spionnen, mannen in auto's, moordenaars, huurmoordenaars... de Det had talloze bijnamen, afhankelijk van wie je was en aan welke kant van hun wapens je stond. Eno en ik waren hun nieuwste rekruten.

Het werk zou twee jaar duren, en we hadden er niets over te zeggen. We gingen gewoon, en dat was dat.

74

De verantwoordelijkheid voor de informatievergaring in Noord-Ierland was tot 1972 verdeeld tussen MI5 en MI6. Beide organisaties hadden hun eigen agenda, en als gevolg daarvan waren hun inlichtingen waardeloos. Het leger nam de beslissing om een eigen inlichtingendienst op te zetten, en die kreeg als dekmantel de naam 14de Inlichtingencompagnie, wat werd afgekort tot 14 Int of The Det (detachement).

Mannelijke en vrouwelijke rekruten waren uit alle drie de krijgsmachtonderdelen afkomstig en kregen een cursus van zes maanden. Hun opleiding omvatte vakken zoals heimelijke surveillance, communicatie en leidinggeven aan agenten. Een deel van hun opleiding werd in een kamp in de buurt van Hereford verzorgd door het Regiment, maar daarmee hield elke samenhang met de Special Air Service op.

Voor ons waren ze de Walts (Walter Mitty's), en de Det was de laatste plaats waar je aangetroffen wilde worden. Het was nog niet zo lang geleden dat de Det iemand van het Regiment zich in Dungannon had laten verstoppen om mensen te observeren die een wedkantoor in en uit liepen. De OP werd door kinderen ontmaskerd en de SAS'er nam de benen, maar de Det wilde dat hij de volgende dag terugging om weer precies hetzelfde te doen. Iemand hoorde een Det-officier zeggen: 'Het geeft eigenlijk niet dat hij ontmaskerd wordt, want hij hoort niet bij ons.' Ken hoorde dat en loste de kwestie met zijn gebruikelijke overredingskracht op.

Nu werden van elk squadron twee jongens benaderd om te gaan, maar de meesten zeiden nee. Uiteindelijk haalde de commandant alle squadrons bij elkaar en verklaarde: 'De Det is iets wat jullie gewoon moeten doen. De vaardigheden die zij hebben, willen wij terug. Wij zijn ze aan het verliezen, terwijl ze aan ons te danken zijn. We krijgen ze terug, linksom of rechtsom. Het hoort allemaal bij je taak om een allround soldaat te worden; we moeten allround soldaten hebben.' Een middenweg was er niet, of je dat nu leuk vond of niet.

Toch waren er ook veel negatieve gevoelens. In Squadron D was een maffia actief die iedereen bedreigde die zich wilde melden. Eno en ik hadden onze hand niet opgestoken, en ik maakte me dus een beetje zorgen toen ik in de kantine door Andrew benaderd werd.

Een paar dagen voor zijn aanbod werden Eno en ik bij de commandant geroepen. 'Jullie mogen kiezen,' zei de commandant. 'Jullie gaan twee jaar over de plas of jullie gaan helemaal nergens naartoe. Je hebt je aangemeld voor het Regiment, je hebt je aangemeld voor operaties. Dit is een operatie. Als jullie operaties weigeren, is er voor jullie in het Regiment geen plaats.'

Tiny was de eerste die ik op dag één van de opleiding tegenkwam. 'Ik zit bij het opleidingsteam.' Hij grijnsde. 'Je mag u tegen me zeggen. Dan noem ik jou Walt.'

De instructeurs waren een combinatie van SAS'ers en leden van de Det die weer een paar jaar in Engeland waren.

Iedereen kreeg een alternatieve identiteit met dezelfde initialen en dezelfde voornaam plus iets wat op onze echte achternaam leek, zodat we die niet zouden vergeten. Als we incognito werkten, schreven we onze naam altijd op zo'n manier dat we herinnerd werden aan wat we deden, bijvoorbeeld met een opvallend gekleurde pen of een pen die in ons rechterborstzakje zat in plaats van in ons linker.

We leerden ergens heimelijk binnendringen om inlichtingen, wapens en apparatuur voor de bommenfabricage te vergaren en zo te vertrekken dat niemand ons bezoek opmerkte. We stonden tegenover spelers die op scherp stonden. Als wij het verpestten, kwam alles in gevaar.

We leerden wekenlang een man en zijn gezin te volgen om te achterhalen hoe hun dagelijks leven was, waar ze naartoe gingen, met wie ze wat deden en op welke momenten we hun huis konden betreden.

Ging hij elke zaterdagavond met zijn vrouw en kinderen naar een club? Hij kwam dan bijvoorbeeld gemiddeld rond middernacht thuis, en dan hadden we tussen acht en elf uur om ons werk te doen en af te taaien. Maar dat was nog niet alles. Op een avond in juli was het pas rond halftien donker. Je moest dan dus een paar maanden wachten of totdat hij een weekend bij zijn ouders was of een weekje op vakantie ging aan de kust. Al die tijd moest hij gesurveilleerd worden, want als hij met zijn vrouw en kinderen naar de club ging, mocht zijn vrouw niet vroeg naar huis gaan om de kinderen in bed te stoppen, en als ze op vakantie waren, mochten ze niet eerder thuiskomen omdat het zulk rotweer was of omdat de kinderen ziek waren geworden.

We moesten alle soorten camera's leren hanteren, waaronder infrarooduitrusting om serienummers, documenten en foto's te kieken. We namen ook polaroidcamera's mee om kiekjes van tafelbladen en bureaus te nemen, zodat we alles precies zo konden achterlaten als we het hadden aangetroffen. Er mocht nooit een spoor van ons te zien zijn. Als de straat nat en modderig was, moesten we onze schoenen uitdoen en andere aantrekken. We konden niet gewoon op onze sokken lopen, want als de vloer betegeld was, konden bezwete voeten sporen achterlaten.

We ontwikkelden een aalgladde manier om de radio te bedienen. We moesten rechtstreeks verslag kunnen doen zonder onze lippen te bewegen. In Noord-Ierland werd je altijd geobserveerd, en daarvan moest je je bewust zijn.

Te velde was een volstrekte eerlijkheid vereist. Ruimte voor omtrekkende bewegingen was er niet: wie er een puinzooi van gemaakt had, moest zijn handen opsteken en er meteen mee voor de draad komen.

Aan het eind van de cursus konden we inbreken in elk soort auto, huis en gebouw. Nergens ter wereld bestonden mensen met deze hoeveelheid kennis – een combinatie van observatie, surveillance, heimelijke verkenning van dichtbij, plannings- en voorbereidingsmethoden plus de vaardigheden die we bij het Regiment al hadden opgedaan.

Ik besefte hoe bevoorrecht ik was om een 'allround' soldaat te zijn, en begreep dat de mensen die zich meteen gemeld hadden (inclusief de commandant zelf) het bij het rechte eind hadden gehad. Ik kon veel lawaai maken met geweren en explosieven, maar kon ook terugtreden en een onopvallend iemand worden die inlichtingen vergaarde, inschattingen deed, planningen maakte en geheime operaties voorbereidde. Inlichtingen zijn in elke oorlog namelijk het krachtigste wapen. Geweren zijn nutteloze stukken ijzer als je niet weet waar en hoe je naar binnen moet en niet het juiste doelwit kunt aanwijzen.

75

Toen Eno en ik in Derry – de op een na grootste stad van Ulster – aan het werk gingen, leken we op Noord-Ieren en gedroegen we ons precies zo. Ik had zelfs het Kevin Keegan-kapsel dat toen in de mode was. Maar vergeleken met de anderen in de opleiding hadden we dan ook een voorsprong: we waren allebei opgegroeid in Londense wijken, en we zagen er geen been in om luidruchtig onze mening te geven.

Ik was nu korporaal in het Regiment en genoot van elke minuut. Ik vond niets leuker dan 's avonds IRA-huizen binnendringen of op straat doelwitten zoeken. En ik werd er nog voor betaald ook.

De Det moest informatie verzamelen over actieve terroristische cellen, hun wapens, hun schuilplaatsen en hun bekende medewerkers, zodat we aanslagen konden voorkomen, mensen konden arresteren en onschuldige levens konden redden. Dat werd op tal van verschillende manier gerealiseerd: van observatieposten bij hun schuilplaatsen tot het volgen van de mensen die ze gebruikten, en het aanbrengen van surveillanceapparatuur in de wapens die ze hadden opgeslagen en later meenamen.

Jarking – het aanbrengen van minizendertjes in wapens en uitrusting – of correcter gezegd 'technisch aanvallen', was een praktijk die aan het eind van de jaren zeventig opkwam. Het idee was dat de apparaatjes geactiveerd werden als het wapen werd opgepakt. De bewegingen van de terroristen waren dan te volgen. Toen wijzelf in de Det zaten, waren modernere apparaatjes ontwikkeld om de locatie van een wapen na te gaan. Tegelijkertijd dienden ze als microfoontje om IRA-gesprekken af te luisteren.

Het was natuurlijk onvermijdelijk dat de IRA het ontdekte, hoe slim we er ook mee omgingen. Die mensen waren geen idioten en hadden scanners. We speelden allemaal hetzelfde spelletje: zij wisten dat er met hun wapens geknoeid was, en wisten dat hun onderkomens werden afgeluisterd. Ze namen tegenmaatregelen, die tot onze tegen-tegenmaatregelen leidden.

Een ander belangrijk aspect van het werk was het lokaliseren van mogelijke bronnen. Een IRA-lid kon jongere broers of – nog beter –

oudere zusjes hebben. De vrouwen waren emotioneel intelligenter en wilden vaak wanhopig graag iets doen om hun broer te helpen. Onze observatieposten lagen soms zo dicht in de buurt, dat we hoorden hoe zussen hun broer probeerden over te halen om zich niet te laten doden. We konden dan met hen aan het werk gaan, zeggend dat we hun familielid konden beschermen als zij vertelden wat hij in zijn schild voerde.

Ik voelde me in ons werkgebied erg thuis, maar het duurde een hele tijd voordat ik begreep waarom de inwoners van Strabane me zo vaak toeknikten. Het was daar bij de grens bandietenland en er waren meer wapens dan in Dodge City. Vlak voor onze komst waren een paar IRA-jongens neergeschoten, en de spanning was hoog opgelopen.

We moesten inbreken in iemands garage, maar de omgeving was goed verlicht en er keken huizen op uit. Als we het met lopers probeerden, moesten we minstens dertig minuten ter plaatse zijn; de enige oplossing was dus een kopie van zijn sleutels.

De politie organiseerde een wegversperring voor auto's op de straat die hij nam om naar zijn werk te gaan. Deze mobiele patrouilles kwamen in de stad veel voor. Ze controleerden twintig minuten lang alle nummerborden, en herhaalden dat dan ergens anders. Ook de identiteiten werden standaard nagegaan, en uiteraard bleek hij als IRA-lid geregistreerd te staan. Hij werd aan de kant gezet en meegenomen voor ondervraging, terwijl zijn auto doorzocht werd. Toen de sleutels aan de beurt waren, hadden we een paar minuten om afdrukken te maken voordat hij wantrouwig werd. Hoe dan ook, de inbraak moest binnen een paar dagen plaatsvinden. Als een IRA-lid ook maar een paar minuten van zijn sleutels gescheiden werd, veranderde hij in negen van de tien keer alle sloten. Ze waren niet achterlijk, zoals ik al zei.

Ik ving een glimp op van de man terwijl hij gefouilleerd werd, en kon mijn ogen niet geloven. Was ik een Ier? Ik had in elk geval een identieke tweelingbroer.

76

We moesten een hooggeplaatst IRA-lid onder druk zetten om inlichtingen te geven. Hij had nauwe banden met Sinn Féin en de IRA – of de Sinn Féin-IRA, zoals de protestanten hen graag noemden. Als je zijn lichaam doormidden had gebroken, zou je er de Ierse driekleur in hebben aangetroffen.

De IRA-man kwam veel in de publiciteit en had goede connecties. Daarom werd besloten een val op te zetten en hem te gebruiken. Inmiddels was ik teamleider. We lieten hem een maand lang surveilleren. We ontdekten wie hij trof, met wie hij belde, waarover ze het hadden, wat hij graag at en waar zijn vrouw naar de kapper ging. Niets verried iets nuttigs.

Ze waren brandschoon. Zelfs geen amateurvideo van hem en zijn vrouw terwijl ze dokter en verpleegster speelden. Hij ging regelmatig naar bijeenkomsten en lezingen van Sinn Féin, maar die waren allemaal volstrekt legaal. We snakten naar bewijzen voor grote schulden wegens een verslaving aan drugs, gokken of hoeren. Dat bewijs was er niet, en dus werden we creatief.

Noord-Ierland was – en is nog steeds – een diep conservatieve streek, ongeacht de godsdienst die je belijdt. Uit de kast komen zou al erg genoeg zijn, maar als je ook nog een voorkeur had voor minderjarige schandknapen... Een sociale nachtmerrie en bovendien onwettig. Ze zouden naar zijn huis marcheren en het in de as leggen.

Het plan was simpel. Zodra de gelegenheid zich voordeed, wilden we het huis in gaan en er iets compromitterends achterlaten.

Het duurde twee weken voordat hij zijn vrouw op een zaterdagavond meenam naar een liefdadigheidsfeest in Strabane. We hadden tijdens ons laatste bezoek kopieën van zijn sleutels gemaakt. Een ander team hield hen de hele avond in het oog, en door onze ruisende oortjes hoorden we meldingen over hoeveel klontjes suiker ze in haar thee deed en hoe lang het hem kostte om te pissen. Bij ons vertrek lag er belastend materiaal tussen zijn vakbondstijdschriften en Ierse geschiedenisboeken verstopt.

Ook hadden we voor hem een abonnement geregeld op een gespecialiseerd tijdschrift dat in Amsterdam werd uitgegeven.

De volgende ochtend zat mijn team ter plaatse in de auto om hem op te pakken. Een mobiele politiepatrouille van twee gepantserde Land Rovers stond eveneens gereed, met een paar TCG-mensen achterin. Ze wilden verderop een wegversperring oprichten zodra we ontdekt hadden welke kant hij op ging.

Een politieteam en een huiszoekingsploeg van het leger stonden klaar op de basis van de veiligheidstroepen aan de andere kant van de rivier. Een compagnie jagers zou erbij worden gehaald om de omgeving af te zetten, terwijl de rest van de mensen huis-aan-huisonderzoek deed. Om het geloofwaardig te houden hadden die mannen geen idee wat ze eigenlijk zochten, maar ze pakten het wel grondig aan. Ze zouden onder het echtelijke bed de homoporno vinden, en dan gingen we een paar journalisten tippen.

Toen we het doelwit volgden, hadden we geen idee waar hij naartoe ging, maar de jongens in de Land Rovers luisterden mee, en de wegversperring was opgericht. Hij werd naar de kant gehaald en zijn auto werd doorzocht – tot zover allemaal routine. Hij werd vervolgens achter in een van de Land Rovers gezet. Ik kan me alleen maar voorstellen hoe geschokt hij keek toen hij daar twee TCG-mensen in spijkerbroek en T-shirt zag zitten. Ik wilde toen dat we daarbij behalve microfoons ook camera's hadden gehad.

We stonden 400 meter verderop voor een Spar-winkel geparkeerd en verwachtten hem zijn nederlaag te horen erkennen. Het praatje was simpel: jij gaat voor ons werken, anders word je straks aan de kaak gesteld als perverse homo. Denk maar eens aan alle problemen die je dan krijgt met Sinn Féin, de IRA en de bonden, om van je vrouw en je familie nog maar te zwijgen: overal word je uitgekotst.

De toon was hard maar meelevend. We wilden met die man kunnen samenwerken. Hij hoorde alles aan en zei toen: 'Ga je gang maar, het kan me niet schelen. Iedereen weet dat het gelogen is. En hoe dan ook, ik sta liever bekend als perverse homo dan dat ik iets doe tegen datgene waarin ik geloof. Ik zal tegen iedereen vertellen wat jullie vandaag gedaan hebben, en dan staan ze achter me, want ze weten dat ik de zaak trouw ben. Ga je gang dus maar. Kijken wie ermee wegkomt.'

Ik kon niet horen of hij blufte, maar had zeker niet die indruk. Het deed er niet toe: hij had gewonnen.

Hij werd losgelaten, en van huiszoeking was geen sprake meer. Hij ging waarschijnlijk meteen naar huis en vond de achtergelaten aanwijzingen zelf. De klus was een totale mislukking, maar daar zat niemand van ons mee. We moesten die man wel bewonderen. Er was geen spoor van verraad bij hem te bekennen. En we kregen weliswaar veel inlichtingen uit bronnen die levens redden, maar die gaven me desondanks een vieze smaak in mijn mond. Niemand is dol op verraders, aan welke kant je ook staat.

Hillbilly belde een paar dagen later. Hij moest meteen met de RWW mee en had niet eens tijd om in te pakken. Hij wist ook niet hoe lang hij uit de circulatie zou zijn. 'Hou alsjeblieft een oogje op Grote Neus. Het ziet ernaar uit dat hij weer in de luren wordt gelegd. De commandant laat hem niet naar Ploeg 7 teruggaan.'

77

We hadden de inlichting dat er wat wapens naar een huis in de Bogside vervoerd gingen worden. Twee IRA-leden zouden ze komen halen voor een beschieting van Britse soldaten.

Het was al bijna donker. Eno zat in een Astra op het hoge gedeelte van de Creggan. De rijtjeshuizen van bruine baksteen waren somber en deprimerend. De ingegooide straatlantaarns en in de steek gelaten auto's versterkten het effect. Er was geen spriet gras te zien, alleen veldjes omgewoelde modder. De hemel was gehuld in kolenrook, die door elke schoorsteen werd uitgebraakt. Als je daar een nacht geneukt had, rook je die in je kleren.

De wapens waren van apparaatjes voorzien, en hij wachtte op een piepje. Ik zat een paar honderd meter verderop in de achterhoede, buiten het bereik van de volgapparaatjes, maar dicht genoeg in de buurt om steun te kunnen bieden.

Het regende. De bewoners liepen met gebogen hoofd tegen de wind over straat. De wijk lag in een hoog gedeelte van de stad, en het waaide er altijd hard.

Ik maakte me klein in mijn Fiesta. Mijn voeten waren blokken ijs en ik had mijn handen onder mijn dijen gelegd. Ook mijn hoofd was ijskoud, maar mijn Kevin Keegan-matje hield mijn hals tenminste warm.

De vingers van mijn rechterhand lagen rond een pistool. De wijken Creggan en Bogside waren al eeuwenlang katholieke bolwerken. Bogside was vroeger precies wat de Engelse naam suggereert: een moeras. De katholieken kampeerden er tijdens het beleg van Derry in 1689 en trokken vervolgens naar de Creggan om uit de smeerboel te raken.

Drie weken eerder had een soldaat die heimelijk op een straathoek stond – 10 meter vanwaar ik zat – een kogel in zijn hoofd gekregen. De straatschilders waren al in actie gekomen en hadden de muur gevuld met een afbeelding van een IRA-schutter die vanuit een knielende houding aan het schieten was. Britten, kom maar op als je durft – maar verwacht er niet levend uit te komen.

'Attentie, attentie. Ze komen in beweging.'

In Eno's oortje waren piepjes te horen.

Er was geen tijd om op te springen en in actie te komen, alleen om na te gaan of niemand keek of passeerde voordat ik de motor startte en wegreed.

Eno volgde het signaal de heuvel af naar de Bogside, 100 meter van de oude stadsmuur. Ik dekte hem toen hij even later achter een blauwe Escort met twee inzittenden stond en een identiteitscontrole uitvoerde. De inzittenden waren schoon.

Aan de rand van de wijk reden ze Cable Street in. Eno parkeerde. Hij had zijn deel gedaan. De Bogside was autovrij, en ze konden waarschijnlijk niet dichter bij hun bestemming komen.

'Stop, stop, stop. Net voorbij het Sinn Féin-kantoor aan de linkerkant. Linkerportier open, koplampen nog aan.'

Ik parkeerde mijn Fiesta al en gooide mijn pistool op de passagiersstoel terwijl de Escort Cable Street in reed. Die was aan de andere kant afgesloten om te voorkomen dat het Sinn Féin-kantoor door passerende auto's werd beschoten. Ik sloot mijn auto zo nonchalant mogelijk af en liep in de richting van Cable Street.

'Delta's foxtrot.'

Verderop stond Eno's auto naast enorme muurschilderingen ter ere van de dood van hongerstaker Bobby Sands in 1981. Ook waren vrijheidsstrijders afgebeeld die met geheven vuist hun M16 omklemden. Ze waren waarschijnlijk het werk van dezelfde artiesten die ook in de Creggan in de weer waren geweest.

Eno hield de Escort in de gaten, en ik hoorde zijn verslag van wat er om de hoek gaande was.

'Grote tas wordt uit de kofferbak gehaald. Motor loopt nog, inzittenden compleet. De tas is eruit, wacht... wacht. Kofferbak gaat dicht... kofferbak dicht. Bravo 1's foxtrot gaat op een sukkeldrafje de wijk in. Zwart leer op spijkerbroek. Hij weet de weg.'

Ik draaide me om en zag de drager van de tas achteromkijken voordat hij in het labyrint van de woonwijk uit de jaren zestig verdween.

'Delta heeft Bravo 1. Tijdelijk uit het zicht.'

De Escort reed achteruit de straat uit en Eno vertelde dat via de radio aan de controlekamer. De auto was niet meer van belang. De tas wel.

De architect van de Bogside – als die bestaan heeft – was of een liefhebber van griezelfilms of hij had lsd genomen. Het was een labyrint van twee of drie verdiepingen hoge woonblokken die door donkere stegen verbonden waren. Sommige stegen leidden naar andere, andere liepen dood.

Ik hield voor ogen dat ik hier thuishoorde. Je moet altijd een reden hebben om te zijn waar je bent. Als je die reden niet voelt, straalt ook je lichaam niet uit dat je er hoort.

Ik was echt goed geïntegreerd. Sinds vrijdagavond had ik me niet geschoren. Ik droeg een spijkerbroek van de markt en goedkope sportschoenen.

Het werd donker. De paar straatlantaarns die nog brandden, gingen flikkerend aan. Jongetjes riepen en schreeuwden terwijl ze een voetbal door de plassen achternazaten. Schurftige honden verscholen zich in deuropeningen. Ik passeerde een winkel op de hoek... een oude vrachtcontainer met een deur die met een zwaar hangslot was afgesloten.

De jongens stopten met voetballen en staarden me aan. Zelfs kinderen van vijf of zes kregen voor inlichtingen betaald.

Ik ga een vriend opzoeken. Daarom ben ik hier.

Ze wisten niet wie ik was. Ze dachten vast niet: dat is een soldaat van de SAS of een Det-agent. Ze dachten: wie is dat in jezusnaam? Komt ie uit de Shantello of uit de Creggan? Of komt ie uit een protestantse wijk aan de overkant van de rivier en gaat ie hier iemand doodschieten? Ze keken even nerveus als ik me voelde.

Ik blufte me erdoorheen en bleef staren.

Heb ik soms wat van je aan?

Ik had mijn handen in de zakken van de parka. Eén duim lag op de knop van mijn radio.

'Bravo 1 nog steeds tijdelijk onzichtbaar. Ik controleer.'

Dat was geen probleem. Als ik binnen bereik was, hoorde ook ik de piepjes. Ik wilde de wapens vinden, niet de transporteur.

Ik wist niet hoe laat het was. Ik had geen horloge bij me, voor het geval iemand naar me toe kwam om de tijd te vragen. Met een lege pols kon je altijd schouderophalend doorlopen.

Eno zou in de auto blijven. Nu dekte hij me: zo nodig zou hij dwars door de barrière rijden om me eruit te halen.

78

Ik kwam op een soort plein terecht en hoorde een zwak signaal. Hier keken ook volwassenen naar me. In een of twee keukens drukten mensen hun gezicht tegen het raam om door het condensvocht heen te kijken.

Heel Derry was verdeeld. De gezichten kenden me niet, maar dit was een oorlogszone. Alles wat bewoog en onbekend was, kon een dreiging betekenen.

Ik keek gewoon terug en sloeg mijn ogen niet neer.

Naar wie kijken jullie? Ga toch weer naar je fornuis!

Het zwakke signaal was nog steeds hoorbaar en werd al lopend sterker.

Achter me praatten ineens een paar mannen. Ik draaide me niet om. Waarom zou ik?

Ik liep door. Als ze me aanhielden, zou ik mijn dekmantel gebruiken. Mijn accent was redelijk, zolang ik me tot korte zinnen beperkte. Maar waarom zouden ze me staande houden? Mijn vriend woonde hier in deze buurt. Mijn loop verried geen aarzeling, daar zorgde ik wel voor. Ik had immers volledig het recht om daar te zijn. Ik wist waar ik naartoe ging. Bij de volgende steeg ging ik linksaf om te zien of ze me bleven volgen.

Verdomme, loopt dood.

Ik kon me beslist niet omdraaien en teruglopen. Dat zou onnatuurlijk lijken. Ik straalde uit dat ik wist waar ik heen ging en kon dus niet verkeerd lopen. Of wist ik het soms niet?

De mompelende mannen stopten bij de ingang van de steeg. Die smeerlappen waren nieuwsgierig.

Denk: je hebt een goede reden om hier te zijn!

Ik draaide me naar de muur. De grond was bezaaid met hondenstront, oude colablikjes en een verbrande matras.

De stemmen mompelden door. Hun gesprek was makkelijk te raden. 'Wat is die vent daar aan het doen? Wat wil hij hier?'

Ik trok de ritssluiting van mijn spijkerbroek open om te pissen, maar bleek het niet te kunnen. Hoe lang doet pis erover?

Ik hoorde Eno in mijn oor. 'Delta, controle. Delta, controle.' Hij had al een tijdje niets van me gehoord en maakte zich klaar – moest hij te voet verder of bleef hij in de auto?

Met mijn ene hand nog aan mijn pik klikte ik met de andere tweemaal op de knop.

'Begrepen, alles goed met je.'

Het ging helemaal niet goed met me, want ik wist niet of hier een ramp aan het plaatsvinden was. Ik was gewapend, maar als ik deze mannen moest neerschieten, werd het een lange weg naar de auto. Ik had eenvoudig niet genoeg kogels in de houder om af te rekenen met de tegenstand die uit elke deur zou stromen.

Achter me was van alles gaande, maar ik kon me niet omdraaien om te kijken. Als ik dat deed, raakten de poppen aan het dansen.

'Heb je een mayday?'

Een mayday is iets minder drastisch dan een contact. Er was een probleem, maar dat was geen reden om iets uit te lokken door mijn dekmantel op te geven.

Ik klikte opnieuw dubbel. Het kon een mayday zijn.

'Begrepen. Hoor je het signaal nog?'

Ik hoorde de piepjes maar net.

Klik-klik.

'Begrepen. Wil je dat ik je volg?'

Geen klikken.

'Begrepen. Wil je dat ik in de auto klaarzit?'

Klik-klik.

'Begrepen. Start motor.'

Ik had de mannen nog steeds achter me. Ze kwamen niet de steeg in, maar dat was een schrale troost. Ik voelde de angst voor het onbekende, omdat ik niet achterom kon kijken en de omvang van mijn probleem niet kon zien. Dat vond ik angstaanjagender dan alles wat ik had meegemaakt; ik had de situatie niet in de hand.

Dertig seconden gingen voorbij. Ik ritste mijn broek dicht en draaide me om. De mannen waren weg. Ik liep naar het eind van de steeg en zag alleen jongetjes op roestige oude fietsen.

Ik ging linksaf om mijn werk af te maken en passeerde algauw de IRA-man. Hij had niets in zijn handen en liep de wijk uit.

Terwijl de kokende vrouwen me in het oog hielden en jongetjes blikjes gooiden naar honden werd het signaal sterker.

Klik-klik.

Eno voerde namens mij het woord. 'Attentie, attentie. Je hoort de piepjes.'

Klik-klik.

Ik liep door, kwam aan de andere kant van de wijk terecht en liep via achterafstraten naar mijn Fiesta.

Ik mompelde: 'Ik heb 31, 33, 35...'

Klus geklaard. De wapens lagen in een van die huizen. We moesten nu allebei verdwijnen omdat we in de gaten liepen. Anderen waren ongetwijfeld al onderweg om poolshoogte te nemen.

Eno en ik kregen voor onze bijdrage een medaille. De uitreiking was natuurlijk een formele aangelegenheid, maar ik had geen nette broek. We droegen alleen een spijkerbroek en sportschoenen. Ik had ook beslist geen stropdas en was te druk bezig om iets te kopen.

Ik verscheen op de ceremonie in een geleende politiebroek van dikke serge, een roze vrijetijdshemd en een stropdas met klem. Mijn schoenen waren gelukkig schoon, want ik had ze een uur lang gepoetst – iets wat ik sinds mijn tijd in het bataljon niet meer had gedaan.

Pas op de weg erheen besefte ik dat ik me niet had geschoren. Dat deed er eigenlijk niet toe. De medaille werd niet door de koningin uitgereikt. Die eer viel de man te beurt die de Det leidde. En het waren ook geen echte medailles. Eno en ik wonnen allebei de Army Spy eerste klasse: een stuk karton in zilverpapier, opgeleukt met een lint en een tekening van een speurder met een vergrootglas.

Het werd een geweldige avond. De Det zorgde voor wat eten en een paar biertjes, en grappig genoeg was ik even trots als toen ik mijn MM kreeg uit handen van de koningin, of misschien nog wel trotser. Deze kreeg ik van mijn collega's, ook al waren het dan Walts.

Niets van ons werk is ooit op ons conto geschreven. Er kwam misschien een lokaal artikeltje over een bommenfabriek of de ontdekking van wat geweren in de Bogside tijdens een routineonderzoek van het leger, maar natuurlijk nooit over de drie maanden speuren die de opsporing van de cel gekost had. Nagaan waar de uitrusting vandaan komt, verzameld wordt en in elkaar wordt gezet – wat kan variëren van een bouwvallige fabriek tot iemands tuinschuur – kost nu eenmaal tijd.

Er was ook geen melding dat het leger een tip had gekregen en op grond daarvan een hele rij huizen had doorzocht.

79

20 maart 1988

Ik zat met de rest van de Det voor een tv naar een film te kijken die vanuit een helikopter gedraaid was. Het onderwerp was een IRA-begrafenis die de dag ervoor in Belfast had plaatsgevonden. Het oog aan de hemel had een fantastische lens. Zo konden we elke rouwdrager identificeren zonder iemand ter plaatse in gevaar te brengen.

Caoimhin MacBradaigh was drie dagen eerder door een schutter van de Ulster Defence Association (UDA) op het kerkhof van Milltown doodgeschoten. Daar vond toen de begrafenis plaats van de drie leden van een IRA-cel die het Regiment in Gibraltar had opgespoord. Michael Stone was er met een pistool en handgranaten naartoe gegaan, doodde drie mensen en verwondde zestig anderen. Hij werd tot de snelweg achtervolgd en door de menigte afgetuigd, maar werd toen door de politie gered en gearresteerd. Katholiek Belfast stond in vuur en vlam.

De film, die met infrarood was opgenomen, toonde een overzicht in grijstinten van MacBradaighs rouwstoet. Honderden rouwdragers verdrongen zich in de smalle straten.

Onverklaarbaar genoeg reed ineens een zilverwitte VW Passat recht in de richting van de rouwstoet. Hij passeerde de ordebewakers van Sinn Féin, die hem de andere kant op wilden dirigeren. In plaats van te draaien reed de Passat toen de stoep op om een zijstraat in te gaan. De cameraman volgde hem. Was het een nieuwe UDA-aanslag in de stijl van Michael Stone?

De zijstraat liep dood. De Passat keerde, maar toen hij de hoofdstraat weer bereikte, bleek die door taxi's geblokkeerd. Hij probeerde het in zijn achteruit, maar werd door mensen overspoeld. Voor het oog van alle tv-camera's ter wereld besprongen ze de auto. Ze schudden eraan en sloegen de voorruit in.

De chauffeur probeerde uit het raam te klimmen toen nog meer zwarte taxi's zich rond hem begonnen te verdringen. Hij schoot een keer in de lucht en de menigte maakte ruimte, heel even. De harde kern kwam weer opzetten, gewapend met krikken en al het andere wat ze vinden konden.

Iemand trok de ladder uit de handen van een fotograaf en ramde hem door de voorruit.

Twee mannen werden uiteindelijk uit de auto getrokken, gestompt, geschopt en naar een sportterrein in de buurt gesleept, waar ze werden uitgekleed en gefouilleerd.

De arme stakkers werden toen over een muur gegooid en in de kofferbak van een zwarte taxi geschoven. De chauffeur stak jubelend een vuist in de lucht.

Ze werden naar Penny Lane in de buurt van Andersonstown Road gereden. Twee IRA-leden staken een mes in hun nek en doodden hen met schoten in hoofd en borst.

De IRA verspreidde zich, en er verscheen een priester. De scène waarin hij de naakte en verminkte lijken de laatste sacramenten toediende, werd een van de krachtigste beelden uit de hele oorlog.

Slechts een handvol mensen in de kamer wist dat de priester, Alex Reid, druk bezig was met onderhandelingen tussen Downing Street en Sinn Féin.

Het hele incident duurde van begin tot eind niet meer dan twintig minuten, maar we wisten allemaal dat we het nooit zouden vergeten. De slachtoffers waren geen overvallers van de UDA, maar twee verbindelaars uit het leger: de vierentwintigjarige Derek Wood en de drieëntwintigjarige David Howes.

De IRA verklaarde later die dag dat zijn Belfastbrigade de verantwoordelijkheid opeiste voor de executie in Andersonstown van twee SAS-leden die een aanval hadden gepleegd op de rouwstoet voor hun 'vrijwillige kameraad Kevin Brady' (de Engelse spelling van Caoimhin MacBradaigh).

Ik kende hen, maar ze waren geen SAS-leden en ook geen Det-agenten. Ze waren verbindelaars in het Noord-Ierse hoofdkwartier. Wood had de nieuweling Howes moeten meenemen naar een basis aan North Howard Street om hem de zender te laten zien die hij de komende paar jaar zou moeten bedienen. Howes was net overgevlogen uit Duitsland als vervanger van Wood, wiens detachering bijna was afgelopen.

De twee korporaals hadden nooit in de buurt van de rouwstoet mogen komen. Soldaten van ondersteunende diensten hoorden nauwkeurig omschreven, steeds wisselende routes te volgen. Wood had ongetwijfeld te horen gekregen: 'Vandaag route rood.' Dat was de route die ze moesten nemen.

Ik heb nooit begrepen hoe ze in die straat terechtkwamen. Ze wisten ongetwijfeld dat er een begrafenis plaatsvond. Dat wist iedereen. Er hingen daar veel spanningen en angstige verwachtingen in de lucht. De stoet was verboden terrein, zelfs voor de groenen. Misschien waren ze gewoon verdwaald.

Ze wisten niet hoe ze moesten optreden toen de boel uit de hand liep. Dat was hun werk niet. Ze waren technici. En zelfs als ze bij de SAS hadden gezeten, was het aantal vijanden veel te groot. Er zou maar één verschil zijn geweest: in plaats van die ene, ook nog in de lucht geschoten kogel uit een houder van dertien stuks zouden er aan beide kanten van de auto dertien doden hebben gelegen voordat de inzittenden eruit waren gesleept.

Harry Maguire en Alex Murphy werden voor de dubbele moord tot levenslang veroordeeld. Er was nog een droevig naschrift. Tijdens het proces bleek dat Wood en Howes misschien nog geleefd zouden hebben als de IRA beter had kunnen lezen. Op Howes' identiteitskaart stond dat hij in Herfod gelegerd was. Herfod was echter niet Hereford, maar een Brits militair garnizoen in West-Duitsland.

Na negen jaar gevangen te hebben gezeten, kwamen Murphy en Maguire in 1998 in het kader van het Goede Vrijdagakkoord vrij.

80

September 1988

Nish' verblijf in Ploeg 24 liep verkeerd af. De commandant kwam terug op zijn belofte om hem na twaalf maanden naar ons terug te sturen. Dus nam hij ontslag en ging hij in het Circuit werken. Hij was net terug uit Rio, waar hij als lijfwacht voor iemand moest inspringen, en ik moest dus in Hereford zijn, want ik had Hillbilly beloofd een oogje in het zeil te houden.

Ik werd vanuit Derry teruggeroepen naar het pakhuis, waar Minky met een kop thee in de recreatiezaal zat te wachten. 'Zit jij ook al bij de Walts?'

Ik liep naar de boiler en schonk mezelf ook iets in. 'Waar is Eno?'

'Die is er nog niet.' Er kwam geen glimlach. Ook de zure reactie dat hij pas over zijn lijk een Walt wilde worden, bleef uit.

Er was iets ergs gebeurd.

'Nish?'

'Nee. Hillbilly.'

'Wat is er gebeurd?'

Hij haalde zijn schouders op.

Mijn eerste gedachte was dat iemand het persoonlijk aan Nish moest gaan vertellen. Ik had echt geen zin om dat over de telefoon te doen.

Onze snelle aanpak bleek verstandig te zijn geweest. De Rode Khmer had verscheidene miljoenen Cambodjanen, die in hun wanhoop aan de slachtpartijen probeerden te ontkomen, over de grens naar Thailand gedreven. De enorme vluchtelingenkampen die daar ontstonden, waren een financiële aderlating voor de Thai en een nog grotere bron van maatschappelijke onrust. De vluchtelingen konden maar op één manier naar Cambodja terug: door de Rode Khmer te verjagen.

Normaal gesproken zouden de mondiale politiemannen in actie zijn gekomen, maar de CIA en de daarmee samenwerkende organisaties bleken in die periode bijna onmogelijk politieke toestemming voor geheime operaties te kunnen krijgen. De nieuwe Freedom of Information Act maakte het moeilijker om lijken in de kast te houden, en de Amerikaanse publieke opinie was niet bestand tegen de hernieuwde aanblik van vliegtuigen die weer vol lijkenzakken uit Zuidoost-Azië terugkwamen. Ze boden de Thai geld en inlichtingen aan, maar geen andere steun.

Daarmee begon onze rol.

Ze hadden de Thai kunnen helpen om een conventionele aanval te lanceren, maar daarin school het risico van een peperdure betrokkenheid zonder duidelijk einde. Ook dreigde een reactie van de Vietnamezen, die hun eigen plannen hadden met Cambodja. Ze waren er in 1979 binnengevallen en hadden in Phnom Penh hun regime geïnstalleerd, maar een groot deel van de rest van het land was nog in handen van de Rode Khmer.

In de buurt van de grens werd een geheim opleidingskamp ingericht en in de maanden daarna vlogen Hillbilly en een paar anderen naar Bangkok. Daar praatten ze met de Cambodjanen, en vervolgens gingen ze herrie schoppen.

De operatie leidde tot de allereerste militaire nederlaag van de Rode Khmer. Whitehall was in staat 'de Britse belangen in het buitenland te beschermen' en de Cambodjanen konden voortbouwen op het succes. In september 1989 hadden ze de Vietnamezen tot terugtrekken gedwongen. Daarmee en met de Russische terugtrekking uit Afghanistan in februari van hetzelfde jaar kwam een eind aan de Koude Oorlog.

Minky ging Eno het slechte nieuws vertellen en ik legde eindelijk contact met Nish. Sinds de nacht dat Al gedood was, had ik hem nooit meer zo ontzet gezien.

'Ik wist dat hij een van de komende dagen zou terugkomen...' Zijn stem sloeg over. 'Ik heb net een bericht op zijn antwoordapparaat achtergelaten om een gil te geven als hij er was.'

Zijn ademhaling werd steeds moeizamer. Ik stelde me voor hoe hij de telefoon in zijn ene hand had en een vuist sigaretten in de andere.

Ik wist niet hoe Hillbilly was omgekomen en evenmin waar. De officiele versie was dat hij in zijn hotelkamer was aangetroffen.

Nish wist niet meer dan ik. 'Het squadron zegt alleen dat hij aan een teamklus bezig was en een hartaanval kreeg. Maar daar geloof ik geen bal van.'

Ik evenmin. Een hartaanval? Die jongen deed niet aan drugs of steroïden en was superfit.

'Gaat het een beetje, joh?'

Hij huilde niet, maar het scheelde niet veel. 'Ja hoor.'

We hebben nooit ontdekt hoe Hillbilly is omgekomen, en dat zal ook wel nooit gebeuren. Maar ik weet wel één ding: als iemand in een hotelkamer aan een hartaanval overlijdt, kost het geen zes weken om het lijk in Engeland te krijgen.

Eno en ik dronken de volgende dag een paar biertjes. Ik mompelde Franks uitspraak over de tijger en het schaap. Meer konden we niet doen. Toen Hillbilly's lichaam eindelijk in Hereford aankwam, konden we niet eens naar de begrafenis, omdat we met een operatie bezig waren.

Nish wist zich te vermannen en vertrok met Harry naar Swaziland. Daar werden ze lid van een taskforce van voormalige regimentsleden en agenten van de inlichtingendienst, opgericht in de strijd tegen neushoorn- en olifantenstropers. Ze identificeerden de handelaren, ontmaskerden corrupte ambtenaren en leidden eenheden op om de strijd te voeren. Toen Harry vroeg of hij dat werk aankon, greep hij het met beide handen aan. Het was precies iets voor hem en hielp waarschijnlijk het vacuüm te vullen dat door Hillbilly's dood was ontstaan.

Ook Schwepsy was in de buurt. Hij had inmiddels een vaste plaats in het Circuit veroverd, en dat betekende dat er niet al te veel dagen voorbijgingen zonder dat iemand een 'vreselijk mannetje' werd genoemd.

Des kreeg verlof tot ontslag toen de boksbal uit Belize uit elkaar was gevallen en er niets meer te beuken viel. Hij en zijn gezin waren in Washington en hij was lijfwacht van Saad Hariri, de zoon van de man die getipt werd als de volgende premier van Libanon. Saad was begin twintig en ging naar de Universiteit van Georgetown. Zijn familie wilde geen ostentatieve beveiliging en streefde naar een even subtiele als hechte bescherming – een specialiteit van het Regiment. Des leek overal op zijn plaats – in een Turks bordeel net zo goed als in het Witte Huis – zolang hij zijn tatoeages maar bedekt hield. De First Lady was zich anders het apenzuur geschrokken.

Terwijl ik nog over de plas was, schreef Frank dat hij voor Hillbilly bad en even blij was als ik dat Nish er niet alleen voor stond. Sir Ralph Halpern stond volop in de belangstelling: we lazen allemaal de roddelpers en genoten met volle teugen. De 'vijfvoudige sir', zoals hij inmiddels heette, was van de sectie economie bliksemsnel naar de voorpagina's gepromoveerd toen zijn vriendin Fiona Wright haar intieme memoires verkocht had. Ik had Frank naar het fijne van de zaak gevraagd, maar hij hield zijn mond.

Hij zei dat het leven geweldig was. Na elke week werk had hij een week vrij, en hij reed nog steeds in luxe auto's van de zaak. Hij was lid geworden van de All Souls-gemeente op Langham Place en deed niet meer aan blij klappen bij de pinksterbroeders. Mijn grap over Terry Waite had hem naar de anglicaanse Kerk geleid, en hij wilde dominee worden.

Ik kon me Frank niet met een boordje voorstellen. Hij droeg nog steeds een Rohan-broek, een geblokt flanellen overhemd en een gebreide das.

'Hoe dat zo, Frank?'

'Als ik dan een treinkaartje koop, behandelen de mensen me anders.'

Ik kon niet anders dan blij voor hem zijn. Net als bij Des kwam zijn droom uit.

De brief eindigde met een uitnodiging. De altijd optimistische Frank nodigde me uit voor zijn wijding – wanneer die ook maar plaatsvond.

81

Geen van de mannen die ik in Maleisië had leren kennen, was nog in de buurt. Ze waren dood, hadden ontslag genomen of waren aan langdurige operaties bezig. Na zijn lessen aan de Det was Tiny in spionnenland verdwenen. Chris was naar de Wing gegaan en verdween toen over de plas om zijn ploeg te leiden.

Saddlebags was instructeur geworden en leidde de Selectie. Het ging hier zoals overal elders: wie weg was, was weg. Nieuwe gezichten namen het over.

De dag nadat ik uit Noord-Ierland terugkwam, werd een team van ons ijlings naar Cyprus gestuurd. Terry Waites uitstapjes naar Beirut hadden anders uitgepakt dan hij gehoopt had. Hij zat al twee jaar aan een radiator geketend, en het zag ernaar uit dat we naar binnen moesten om hem te bevrijden. Het plan was: toeslaan en wegwezen. De helikopters gaven ons vijftien minuten op de grond om ons schietend een weg naar binnen te banen, ons werk te doen en hem aan boord te hijsen. We hingen doelloos rond in een RAF-hangar, waar we vaker paraat moesten zijn dan dat we thee kregen, en toen werden we weer naar huis gestuurd. Het kwam de machthebbers misschien beter uit dat hij bleef waar hij was.

Ik was blij dat Frank mijn raad niet had opgevolgd: als hij Waite om werk had gevraagd, zat hij nu misschien naast hem aan de radiator.

Ik had de Rooie niet vaak meer gezien. Wij hadden aan de overkant van de plas gezeten en Frank was overal en nergens geweest. Hij had ruzie gekregen met sir Ralph en was naar Mohamed Al Fayed verhuisd. Maar hij had van sir Ralph nog steeds een bonus te goed. Bizar genoeg kreeg hij de kans om hem daarover aan te spreken terwijl hij in het Al Fayed-team zat. De baas van Burton zat in zijn fitnesszaal omdat hij Fiona had ingeruild voor een loopband. Frank beet zich als een rechtschapen terriër in hem vast en dwong hem tot onderdanigheid. Hij kreeg zijn geld. Als hij ooit dominee werd, waren zijn parochianen niet te benijden. Wanneer de collectieschaal langskwam, moesten ze daar vast hun hele hebben en houwen op leggen.

Ik kwam als een 'complete soldaat' uit Derry terug. Ik had een explosievencursus van drie maanden gevolgd en moest nu Spaans leren. Gelukkig wist ik ditmaal waarom. In Colombia was al zes maanden een nieuwe teamklus aan de gang. Op dat moment was Squadron G daar, en twee ploegen van Squadron B moesten het van hen overnemen.

Alleen al de cocaïnehandel leverde twintig miljard dollar per jaar op – meer dan de inkomsten van MacDonald's, Microsoft en Kellogg's samen. De cocaplant groeit overal in de Andes als onkruid, maar in Colombia komt alles samen. Eén blik op de kaart is genoeg om te zien waarom. Het land verbindt Midden-Amerika met Zuid-Amerika en telt honderden kleine vliegvelden en havens binnen het bereik van zowel de oost- als de westkust van de Verenigde Staten.

Colombia is één groot cocapakhuis, en in de duizenden vierkante kilometers regenwoud wemelt het van de primitieve fabriekjes waar de bladeren verwerkt worden tot pasta en dan tot het witte poeder. De gebouwtjes worden van stukken hout en palmbladeren in elkaar gezet en zijn makkelijk te camoufleren.

De kartels van Medellín en Cali bulkten van het geld. Pablo Escobar, op zeker moment de leider van 's werelds machtigste drugskartel, bood zelfs aan om de staatsschuld van het land te betalen als de Colombiaanse regering hem met rust liet. Zijn privélegers hadden elk wapen dat er bestond: zware wapens, RPG's, zware mitrailleurs, luchtdoelraketten en helikopters. Ze werden getraind door Cubanen en ex-leden van de Israëlische Special Forces. Op elk niveau van de drugshandel vonden vuurgevechten plaats: schietpartijen tussen dealers op straat, maar ook veldslagen tegen de antidrugspolitie of de veiligheidstroepen. In Colombia was de oorlog tegen de drugs een echte oorlog.

Met 20.000 drugsmoorden per jaar was Colombia het gevaarlijkste land ter wereld geworden. De meest voorkomende doodsoorzaak van een Colombiaanse volwassene was een schotwond. Het was een maatschappelijk probleem, maar het vereiste een militaire oplossing.

82

Het Regiment had getraind met de Amerikaanse Drug Enforcement Agency (DEA) en de Amerikaanse kustwacht. Ook waren binnen Groot-Brittannië operaties uitgevoerd om te verhinderen dat de IRA met drugshandel fondsen wierf. Margaret Thatcher bood aan om de Amerikanen te helpen, en het Regiment werd onderdeel van het zogenoemde eerste klap-beleid. De theorie luidde: als je de fabricage van drugs bij de bron onmogelijk maakt, komen ze niet op je stoep terecht.

De strategie was dat we drugsfabrieken aanvielen alsof ze vijandelijke vliegvelden waren. Daarbij moesten we zowel de vliegers als de vliegtuigen uitschakelen. Technologie is makkelijk vervangbaar; bekwame mensen zijn dat niet. Hoe meer scheikundigen en technici we uitschakelden, hoe beter. Een nieuw fabriekje was in twee of drie dagen opgezet, maar het was veel moeilijker om de mensen te vinden die ze konden bemannen.

De operatie was topgeheim. Niemand mocht weten wat er gaande was en waar we naartoe gingen toen we op een zondagochtend uit Brize Norton vertrokken. Dat we tegen niemand iets mochten zeggen, had een reden, zoals bleek: Downing Street had het nieuws exclusief aan de *Sunday Express* gegund. Op de dag van ons vertrek werd de krant gesierd met de paginagrote kop SAS IN COLOMBIA. Op de foto stonden een paar jongens van Squadron G, die de deur van een fabriekje intrapten.

Onze nieuwe stafonderofficier verscheen. Gaz was bijna een meter tachtig lang en had bruin krullend haar. Hij had zo'n fris gezicht dat hij wel een veertienjarige met een stoppelbaard leek. Hij was een uitgesproken gezelligheidsdier, en na zijn scheiding wijdde hij zich aan een tweede jeugd. Gaz was voor Squadron B geboren. Zelfs de sergeant-majoor noemde hem Champagne Charlie. Hij droeg Armani-pakken en overhemden uit Jermyn Street. Als Hillbilly nog geleefd had, zou de stad met dit tweetal op jacht een nachtmerrie zijn geweest.

Gaz was een voormalige Green Jacket, net als zijn vader en zijn broer. En alle drie hadden ze in het Regiment gezeten of zaten ze daar nog steeds. Iedereen wilde beste maatjes met hem zijn, want met zijn relaties kwam hij uit een soort koninklijke SAS-familie. Het was slechts een kwestie van tijd dat ook zijn moeder zich voor de Selectie meldde.

Gaz was een paar jaar het Regiment uit geweest. Hij was er als korporaal vertrokken en kreeg na zijn terugkeer meteen een eigen ploeg. Sommige jongens in het squadron mopperden daarover. Hij had namelijk voortijdig ontslag genomen omdat hij verkoper van buitenboordmotoren wilde worden, en toen hij terugkwam omdat het tegenviel, sloeg hij twee rangen over.

Verkoper van buitenboordmotoren? Ik snapte niet dat iemand het verhaal slikte. Nog afgezien van al het andere was het ook nog een slécht verhaal.

Gaz was een van de jongens die in 1982 plotseling ontslag namen uit het Regiment. Even later vielen overal in Afghanistan Russische gevechtshelikopters uit de hemel.

83

Na onze aankomst in Colombia gingen we het antidrugsbeleid oefenen. We hadden allemaal een patrouille van tien man en namen met hen elk aspect van de oorlogvoering in het oerwoud door: surveillance en contrasurveillance, agressief patrouilleren, observatieposten, verkenning van dichtbij en explosieven. Met die jongens was niets mis, aangezien ze het deden om hun gezin te onderhouden. Eigenlijk lieten ze de kartels het liefst met rust, en we moesten hen soms zwaar onder druk zetten om aan het werk te gaan.

Toen de opleiding een maand aan de gang was, kreeg elke patrouille twee weken de taak om 4 vierkante kilometer regenwoud te bestrijken. Als ze een drugsfabriek vonden, moesten ze die van dichtbij observeren en een aanval voorbereiden. De drie andere patrouilles voegden zich dan bij hen. Maar succes hadden ze bijna nooit.

Het probleem was dat we over de radio elk detail met Bogotá moesten bespreken, inclusief de taken en de inzet van gevechtshelikopters. Zij bleven buiten gehoorsafstand totdat we aanvielen, en waren dan in twee of drie minuten ter plaatse om eventuele vluchters onder vuur te nemen. De fabriekjes stonden vaak bij een rivier, zodat er vluchtboten gereed lagen; in sommige gevallen was in het regenwoud zelfs een landingszone uitgehakt en stond een helikopter klaar. Het was de taak van de Hueys-helikopters om die uit te schakelen.

Maar de jongens van Escobar waren daarop voorbereid. Ze kochten iedereen om, en een paar minuten voor onze aanval vlogen er helikopters boven de fabriek. Zodra beneden de rotoren klonken, nam iedereen de benen. We vernietigden dan een leeg kamp en kwamen daar niet veel verder mee.

Dat was niet ons enige probleem. Ook de antinarcoticapolitie stond niet te trappelen om kampen aan te vallen. Om zich wat beter te voelen, wikkelden ze de avond voor een operatie cocabladeren rond suikerklontjes en zogen eraan. Tegen de tijd dat we ze op de startlijn hadden gezet, konden ze alle Broadwayhits zingen en dansen.

Toen nam Gaz het commando in Bogotá over. Wij hadden alleen met hem contact. Als we een fabriekje vonden, gingen alle berichten rechtstreeks naar hem. Pas op het laatste moment zei hij tegen de anderen waar ze heen moesten en wat ze moesten doen. Ook pakten we de antinarcoticapolitie aan. Als ze zich eenmaal op het rendez-vouspunt van de ploeg verzameld hadden, namen we hen gevangen en zorgden we ervoor dat ze geen cocabladeren of suiker konden smokkelen nadat we hun bepakking gecontroleerd hadden.

Het aantal hits steeg pijlsnel. Chemici en technici werden op grote schaal uitgeschakeld. We vielen een kamp aan, doodden zo veel mensen als we konden, en verdwenen in het oerwoud terwijl helikopters de pers aanvoerden om een handvol glimlachende Colombiaanse politiemannen te kieken.

Maar ondanks onze successen was de drugsoceaan zo groot dat onze inspanningen een druppel op een gloeiende plaat waren. De handel was wel te beperken, maar niet te elimineren. Met de drugsmiljarden konden ze te veel bescherming kopen.

Na elke paar patrouilles kregen we een dag of twee verlof. Bogotá was waarschijnlijk de opwindendste stad ter wereld. Ik kon geen andere plaats bedenken waar grootscheepse wetteloosheid een zo grote vloedgolf aan drugsgeld trof. De oorlog vond niet alleen in het oerwoud plaats, maar ook op straat.

Wat ons betrof, was Bogotá zo aantrekkelijk vanwege het eten. In het oerwoud vermagerden we omdat we veevoer te eten kregen, en als we ons dan een paar uur in het Dann Norte of het Cosmos Hotel opgeknapt hadden, gingen we rechtstreeks naar een restaurant in de diplomatenwijk.

Het was zaterdag, en we hoopten op de tv van een bar Carl Williams en Mike Tyson te zien boksen om het wereldkampioenschap. De dag daarna wilden we in de oude stad naar een stierengevecht. De arena was zo groot als heel Wembley, en de steaks waren niet veel kleiner.

Ik had me gedoucht en geschoren en rook knisperfris. Ik pakte mijn 9 mm en stak hem achter de band van mijn spijkerbroek. We gingen uit, maar in dat deel van de wereld ga je niet de deur uit zonder pistool. Ik schoof een extra patroonhouder in de zijkant van mijn schoen en vouwde er mijn sok overheen om hem op zijn plaats te houden. Gaz deed hetzelfde.

Het was een drukte van belang op straat. Mercedessen met getinte ramen stoven over de kapotte straten en misten nog maar net de kinderen die als wilde katten in de kraters woonden waar de riolering was ingestort. Ze waren zwart van het vuil. Hun haar was al jaren niet gewassen of gekamd. De Colombiaanse regering nam aan dat er alleen al in deze stad tienduizenden kinderen in parken, onder bruggen en in riolen woonden. Ze stalen en bedelden om in leven te blijven en werden *los desechables* genoemd – de verworpenen. In sommige buurten verdreven deze hongerige diefjes de klanten van de lokale middenstand. De oplossing van de winkeliers was het inhuren van plaatselijke doodseskaders om de straten schoon te vegen. Er waren al duizenden kinderen vermoord.

We gingen naar een eethuis waar je steaks en vis kon krijgen. Het was met Schotse motieven ingericht en in de kelder was een schietbaan. Tussen twee gangen door kon je je even uitleven. We waren er al vaak geweest, maar bleven altijd uit de buurt van de vis. Bogotá ligt op een hoogvlakte ver van de zee.

Dat deel van de stad had geen elektrische straatverlichting maar enorme gasbranders. Als je er een kon zien, wist je dat je op de goede plaats was, tenzij je een desechable was, want in dat geval maakte je je uit de voeten. Het wemelde daar in de buurt van de DAS-agenten, en het Departamento Administrativo de Seguridad is de nationale veiligheidspolitie. Ze waren daar kennelijk ter bescherming van de ambtenaren, politici en drugshandelaren – alle mensen met geld. Ze waren altijd in burger, maar gedroegen zich niet bepaald onopvallend. Overdag scheurden DAS-auto's tussen de rijen verkeer op de verwaarloosde boulevards door met opgestoken mini-uzi's. Het verkeer week voor hen als de Rode Zee voor Mozes.

's Nachts loerden ze in deuropeningen, meestal met een witte armband, om elkaar te kunnen herkennen als het feest begon. Iedereen bleef uit de buurt van de DAS, en wij waren daar geen uitzondering op. Dit was de drugshoofdstad van de wereld, en als je bij de geheime politie zat, wilde dat niet zeggen dat je afwijzend stond tegenover een lijntje of twee. Sommige agenten waren totaal van god los, maar ze waren bekleed met gezag, en hadden een 9mm-machinepistool in de aanslag.

84

Bij onze aankomst kwam een Mercedes bij de stoep tot stilstand. Lijfwachten zwermden uit de andere auto's van de stoet. Het portier ging open en een paar cowboylaarzen met gouden neuzen raakte het plaveisel, gevolgd door de eigenaar ervan met achterovergekamd haar, een Armani-kostuum, veel goud en een knappe vrouw aan elke arm. Net een scène uit *Miami Vice*.

Gaz en ik stonden even met open mond naar de vrouwen te kijken – in die limousines stond de airconditioning altijd op koud, want drugsgeld heeft geen zin als je je vrouwen niet in nertsmantel kunt hullen. Vervolgens schoten we wat op de schietbaan en stortten we ons op T-bonesteaks zo groot als karrenwielen voordat we een café zochten waar de bokswedstrijd te zien was.

We waren net de steeg naar het neonbord van een club in gelopen, toen we een meter of twintig voor ons uit schoten hoorden. Het waren drie of vier korte, scherpe salvo's. We zochten dekking tegen de muren en trokken ons eigen wapen. We waren niet op een gevecht uit, maar in geval van nood zouden we schietend de benen nemen.

Tegen het neonlicht stonden vijf of zes mannen met kleine uzi's afgetekend. Ik ving een glimp van witte armbanden op en hoorde gelach terwijl ze iets achter in een pick-uptruck gooiden.

'Verdomme,' zei Gaz. 'Ze knallen weer kinderen af.'

De lading werd met zeildoek afgedekt. Het enige wat achterbleef, waren een paar bloedvlekken op straat, en dat was doodnormaal. We wisten wat er gaande was, maar niemand praatte erover. Ze noemden het 'sociale schoonmaak' alsof het een soort ongediertebestrijding was. Joost mocht weten waar ze die lijken achterlieten. Waarschijnlijk werd er varkensvoer van gemaakt.

Gaz keek alsof hij wilde schieten.

Ik schudde mijn hoofd. 'Zodra ze wapens zien, nemen ze ons onder vuur. Laten we gaan.'

De DAS-boys waren na hun lolletje ongetwijfeld in een opperbeste bui en hadden vast geen bezwaar tegen een paar doden extra.

Ik stak mijn pistool weer in mijn broek. 'Kom op, joh. Wegwezen.'

Zodra we in beweging kwamen, rende een groepje kinderen op ons af die zich in de buurt van de pick-up verstopt hadden. Het konden er niet meer dan zes of zeven zijn geweest, maar dat was moeilijk te zeggen. Voor hen stonden geen T-bonesteaks van karrenwielformaat op het menu.

De DAS-agenten hieven hun uzi's, maar zagen ons aan het eind van de steeg in hun schootsveld staan. Ze gingen de kinderen achterna en riepen dat ze moesten blijven staan.

Gaz verborg zijn wapen net op tijd. De kinderen verdrongen zich om ons heen en we duwden hen tussen twee vuilcontainers om hen uit de weg te krijgen. Ze konden nergens anders heen.

De DAS-mannen namen ons zwetend als otters onder schot. Ze hadden die avond kennelijk al heel wat gemoord. Iedereen had een kleine uzi aan zijn schouder hangen, en die was recht op ons gericht. We hielden onze handen in het licht.

We spraken goed Spaans, maar ik deed net of dat niet zo was. '*Inglaterra! Embassy! Inglés! Británico!*'

We leken geen van beiden ook maar in de verte op *our man in Colombia*. Misschien wel op drugshandelaren, maar zeker niet op diplomaten.

De kinderen maakten zich aan onze voeten klein en stonken ongelooflijk. Maar de DAS-mannen hadden geen enkele belangstelling meer voor hen. Dit was een heel andere uitdaging. De kleinste en magerste joelde en wees met zijn uzi naar ons alsof het wapen een wijsvinger was. Bij elke keer dat hij dat deed, gleed de band over zijn arm totdat hij strak stond.

Zijn vinger lag achter de trekker.

Als de veiligheidspal was omgezet, kon hij elk moment gaan schieten.

'*Inglaterra!*'

De kinderen jammerden.

Toen riep een van de mannen bij de pick-up iets naar de steeg. Mijn Spaans was goed genoeg om hem te verstaan: hij riep dat ze diep in de shit zaten als ze een paar ongewapende burgers uit de ambassade omlegden.

Ze staarden ons pisnijdig aan, draaiden zich om en liepen weg.

De kinderen bleven ineengedoken tussen de containers zitten.

Ik zei dat ze de benen moesten nemen, maar ze bewogen zich niet.

Gaz haalde een paar dollars uit zijn zak. Zodra hun blik erop viel, zagen ze het licht. Ze gristen het geld weg en namen de benen door de steeg. Toen gingen ze rechtsaf, weg uit de diplomatenwijk. We zagen hoe ze zich in een wolk van schurftige voeten en gescheurde T-shirts verspreidden.

Bij nader inzien zetten ook wij het een paar honderd meter op een rennen, voor het geval de DAS-mannen zich bedachten. Ze konden rond het huizenblok rijden en de klootzakken te grazen nemen die hen voor de voeten waren gelopen. Ik had geen zin om de avond achter in hun pick-up te beëindigen.

We doken het drukste café in dat we konden vinden. Honderden mensen uit de buurt zaten voor drie verschillende tv's. Gaz had al 10 dollar uitgegeven, en ik moest dus de Heinekens betalen.

We proostten met rinkelende flessenhalzen en feliciteerden elkaar met ons goede werk, maar het feest was van korte duur. Tyson versloeg Williams al in de eerste ronde met een technische knock-out en bleef de onbetwiste wereldkampioen zwaargewicht.

Onze eigen kleine oorlog had ons afgesneden van de rest van de wereld. Toen we uit Colombia terugkwamen, was er een grote nieuwe oorlog gaande waarvan we niets wisten. Saddam Hoessein was Koeweit binnengevallen, en het hele Regiment maakte zich op om naar zijn woestijnwortels terug te keren.

Alleen Ploeg 7 niet, helaas: Squadron B kreeg de taak om het contraterreurteam over te nemen. Gaz had er de leiding van, en ik was zijn tweede man.

85

November 1990

Rond de Golf bleven de trommels roffelen en elk tv-scherm vertoonde beelden van coalitietroepen die zich klaarmaakten om Saddam mores te leren. Voor de CNN-camera's verklaarden Amerikaanse generaals in de Saudische woestijn elke dag hoe dringend nodig het was om de verkrachting van en moord op Koeweit een halt toe te roepen en de Iraakse indringer eruit te schoppen, terwijl Saddam tegen een andere CNN-ploeg zei niet te weten waar ze het in vredesnaam over hadden.

Saddam beloofde de Amerikanen de 'moeder van alle veldslagen', en de media vonden het prachtig. Camera's in beide hoeken van de ring! In de Falklandoorlog was dat anders geweest.

In Engeland was de stemming bij Squadron B gedrukt. Het zag ernaar uit dat onze klus met het CT-team minstens tot in de lente van 1990 zou duren, en dan kon alles alweer voorbij zijn. Het Regiment wilde duurzaam aanwezig zijn in de Golf. We gingen niet alleen het begin van de oorlog missen – voor Special Forces is dat de belangrijkste fase omdat we al bij een oorlog betrokken zijn voordat die wordt uitgeroepen – maar misschien zaten we ook nog aan een nieuwe detachering van het CT-team vast, namelijk als de drie squadrons in Irak zich niet zouden kunnen terugtrekken.

In Hereford waren ongehoorde dingen gaande. Het regimentshoofdkwartier bereidde een volledige verhuizing naar Saudi-Arabië voor. We hadden een enorm communicatiecentrum in een kelder onder de gebouwen, en daar verbleven de verbindingsmensen als een soort mollen. Ze ontvingen en verzonden er zeven dagen per week en vierentwintig uur per dag. De verhuizing was een enorme operatie, maar onvermijdelijk nu drie squadrons zich met één operatie gingen bezighouden.

Het Regiment was niet uitgerust voor de inzet van zo veel wapens en gereedschappen. We werden altijd voor strategische taken ingezet. Aan de ene kant had je 'groene' operaties, bijvoorbeeld de naderende Golfoorlog, die veel wapens, voertuigen en andere agressieve, 'kinetische' spullen vereisten. Aan de andere kant waren er 'zwarte' operaties, bijvoorbeeld de activiteiten van het CT-team. En ten slotte hadden we 'grijze' taken met lang haar en sportschoenen. Nu ineens werden er drie squadrons voor groene taken ingezet, en de uitrusting daarvoor bleek moeilijk te krijgen.

Wij van Squadron B gingen door met ons werk: klaarstaan voor het moment dat islamitische extremisten Engeland aanvielen uit wraak voor de invasie.

Ik was verantwoordelijk voor DA (Direct Action). Als het dertigminutenteam werd opgeroepen, nam ik meteen een Agusta en een paar verbindelaars en vloog ik naar het incident, bijvoorbeeld een gijzeling of hulpverlening aan de politie om enkele deuren op te blazen omdat ze voor een paar arrestaties een huis wilden betreden.

Terwijl de coalitielegers zich aan de Saudische grens verzamelden, waren Squadron A en D al achter de vijandelijke linies gedropt. De commandant riep ons naar de briefingroom van het hoofdkwartier en deelde mee dat Squadron G het team eerder dan verwacht ging overnemen en dat Squadron B aan de Golf zou worden ingezet. Het squadron moest er in twee gedeelten naartoe. De eerste ploeg was het Rode Team, en dat was het mijne. Ik werd dus toch nog bij de oorlog betrokken – goddank, want daarvoor was ik bij het Regiment gegaan, en de Falklandoorlog had ik gemist.

Maar eerst moesten vier van ons naar Tucson (Arizona) voor een bezoek aan het grootste vliegtuigkerkhof ter wereld. We moesten er met een paar Delta-patrouilles technieken oefenen om een vliegtuig binnen te dringen.

Het leek er wel een mechanisch bejaardenhuis. Duizenden vliegtuigen waren er in de mottenballen gelegd en in krimpfolie gewikkeld. De lucht was er schoon en droog – ideaal voor militaire uitrusting en mensen in de avond van hun leven.

Rijen gevechtshelikopters, bommenwerpers en allerlei andere soorten vliegtuigen liepen tot de horizon door. Diverse vierkante kilometers waren voor burgervliegtuigen bestemd, en vooral daarvoor hadden we belangstelling. Ze waren in beslag genomen bij drugsoperaties of in Afrikaanse landen met betalingsachterstanden, en we hadden toestemming om toestellen te vernielen die zichtbaar aan het verouderen waren. Ik hoopte dat de gepensioneerden in hun bejaardenhuizen er geen lucht van kregen, want anders brak de pleuris uit.

Twee heel vrolijke weken lang klommen we met de Delta-boys als apen over 747's, tot we alles goed deden. Deze jongens zaten in het CT-team Stateside en zetten zich eveneens schrap voor terroristische aanvallen.

We vlogen via Washington naar huis. De Veiligheidsraad van de VN had net resolutie 678 aangenomen en daarmee militaire interventie in

Irak toegestaan als dat land niet op 15 januari 1991 zijn troepen uit Koeweit had teruggetrokken en alle buitenlandse gijzelaars had vrijgelaten. De tv-schermen in de Britse ambassade op Massachusetts Avenue puilden uit van de Amerikaanse generaals en kranige jonge militairen die de wereld vertelden hoezeer ze stonden te trappelen om de resolutie uit te voeren.

Een techneut vertelde over de eerste website die geschreven was voor iets wat het world wide web heette. De Conservative Party had Margaret Thatcher als premier laten opvolgen door John Major. In Berlijn, dat een maand eerder herenigd was, werd het allerlaatste deel van de Muur afgebroken.

De militaire attaché vertelde dat Des Doom nog steeds als lijfwacht in Washington werkte. Het leek sommigen van ons een goed idee om er nog een paar dagen te blijven hangen. Dan konden we hem opzoeken en op de hoogte raken van het Washingtonse landschap, voor het geval dat. De ambassade slikte het. We zeiden er niet bij dat we die tijd nodig hadden om mountainbikes van Cannondale te kopen, want die kostten daar de helft minder.

Een deel van onze groep propte zich in een ambassadeauto en reed naar de Beltway. Des maakte daar zijn droom waar: hij bewoonde een chic directeurshuis met gazons en een lange oprijlaan van grind, en dat allemaal in het bos van Virginia. Aan de voorkant zagen we een enorme Lincoln Towncar en de verplichte basketbalhoepel. Een geïmproviseerde boksbal was nergens te zien.

Hij bracht ons naar een salon zo groot als een voetbalstadion, en zijn open haard was breder dan mijn hele voorkamer. 'Leuk om jullie allemaal te zien.' Hij deelde grijnzend de Jack Daniel's rond. 'Weten jullie al dat Nish met me samenwerkt?'

86

Nish ging de volgende dag vliegen. Had ik zin om mee te gaan?
'Vliegen? Waar heb je dat geleerd?'
'In Afrika. Ga mee, dat wordt lachen.'
We troffen elkaar de volgende ochtend. Hij woonde in een heel luxe flat aan het zuidelijke deel van Massachusetts Road, de straat waar alle ambassades lagen. Een halve Mars en een blikje cola lagen in de koelkast, maar afgezien van een hoge stapel vuile kopjes in de gootsteen en natuurlijk een overvolle asbak was het hele appartement kaal.
We sprongen in de Saab van zijn bedrijf, en hij reed alsof hij voor de overwinning in de Indiana 500 ging. Het verbaasde me dat hij niet werd aangehouden. Zodra je daar boven de honderd rijdt, krijg je meestal de politie op je dak.
'Ik dacht dat je het te druk had in de bush en natuurfilms maakte met Harry...'
'Vrije tijd genoeg. Maar ik heb nooit examen gedaan. Ik wil een commercieel brevet en een instrumentvliegopleiding, en daarom ben ik hiernaartoe gegaan.'
Hij legde het in een wolk van sigarettenrook uit.
Het vliegveldje lag drie kwartier verderop. De vorst van die ochtend was al weg toen we naast een klein clubhuis parkeerden. Allerlei privévliegtuigen stonden er voor een paar hangars. De twee mannen die de leiding hadden, kenden Nish goed. Terwijl hij zijn 90 dollar voor de huur van een uur betaalde, gunde een van hen me een enorme grijns en een Dick Van Dyke-accent van de bovenste plank. 'Zet je auto daar maar in de hangar.' Hij zei er niet bij waarom.
We gingen op weg, en ik hoopte dat het een ultramoderne JetRanger met leren bekleding en een bar zou zijn. Het bleek echter een kleine tweezits-Robinson.
'Doe me een lol, joh, terwijl ik even alles naloop.' Nish gooide de peuk uit het raampje. 'Pak even de kabels uit de kofferbak.'

'Wat ga je daar in vredesnaam mee doen? Moet je startkabels gebruiken?'

'Ja.' Hij gooide de kaart naar me toe. 'Jij kunt ook navigeren.

Hij maakte de motorkap open en bevestigde de kabels. Toen wipte hij de cockpit in. Zijn controles voor de vlucht hielden in dat hij zijn achterste op de stoel vlijde en intussen een nieuwe sigaret opstak. De helikopter begon te kuchen en braakte zwarte rook uit, maar toen begonnen de rotoren te draaien. Ik maakte de kabels los en reed de auto uit de weg.

Nish kletste vliegertaal in de microfoon, en toen stegen we op.

'Waar gaan we heen?'

'Weer naar de stad. Je zult het prachtig vinden.'

Nish zei dat hij dit vaak deed, om genoeg uren te maken. Hij had een oogje op een vliegtuig dat hij wilde kopen met het geld dat hij als lijfwacht verdiende. Daarmee wilde hij naar Engeland vliegen.

'Over de oceaan? Jezus, wat is het dan voor een vliegtuig? Een directiejet?'

'Nee, maar ik neem wel wat extra jerrycans mee.'

Eenmaal in de lucht was Nish in zijn element. We volgden de Potomac de stad in en vlogen laag – heel laag – maar dat was hier volgens voorschrift. Het Ronald Reagan-vliegveld lag op een steenworp afstand van het Witte Huis en daar landden en vertrokken aan één stuk door vliegtuigen. Om uit de weg te blijven moesten we zo ongeveer over de daken scheren.

'In elke andere stad moet je kilometers de lucht in. In Europa, en zeker in Londen, moet je bovendien twee motoren hebben, zodat je buiten de bebouwde kom kunt komen als de eerste motor uitvalt.'

We bereikten de rand van de stad. Ik zag niets anders dan snelwegen die de stad met auto's voedden. Als deze helikopter er de brui aan gaf, viel er niets meer te ontwijken.

Ik praatte een beetje over het Regiment en vertelde dat het daar blijkbaar bergafwaarts ging, aangezien ik tot sergeant gepromoveerd was. De Golf kwam ter sprake, maar ik ging op iets anders over toen ik zag dat Nish kwaad werd omdat hij er niet bij zou zijn. 'Ga je nog steeds dat record breken?'

Het was alsof ik een sluisdeur openzette. 'Ja.' Hij begon helemaal te stralen. 'Ik ga Joe Kittingers sprong verbeteren.'

'Hoe hoog was die?'

'Dat heb ik je al een miljoen keer verteld: 32 kilometer. Dat kun je niet vergeten zijn.'

'En overleefde hij dat?'

'Natuurlijk, idioot. Het is geen record voor lijken.'

Ik wist heel weinig over die sprong, behalve uit de verhalen van parachutisten. Nish wist alles, zelfs de binnenbeenmaat van Joseph Kittingers ruimtepak. Kittinger was een Amerikaanse luchtmachtkapitein die op 16 augustus 1960 op 102.800 voet boven New Mexico uit een heliumballon met open gondel sprong. Hij zag eruit als een michelinmannetje, maar zonder zijn ruimtepak zou zijn bloed zijn gaan koken en zouden zijn organen ontploft zijn.

Met een kleine remparachute voor de stabiliteit viel hij vier minuten en zesendertig seconden. Hij bereikte een maximumsnelheid van bijna 1.000 kilometer per uur – dicht bij de geluidssnelheid – voordat zijn grote parachute veertien minuten later op 18.000 voet openging. De drukbeheersing in zijn rechterhandschoen functioneerde tijdens het opstijgen slecht, waardoor zijn hand opzwol. Hij vestigde records voor de hoogste ballonvlucht, de hoogste parachutesprong, de langste val aan een remparachute en de hoogste snelheid van een ongemotoriseerd mens door de atmosfeer.

De sprong werd uitgevoerd in een zittende houding. Kittinger daalde niet gekromd maar op zijn rug, omdat hij een bepakking van 27 kilo had en het drukpak in opgeblazen toestand van nature die vorm had – het was voor een zittend mens in een cockpit ontwikkeld.

Nish wilde het record breken en was eraan gewend om in een zittende houding met een Bergen aan zijn achterste te springen.

'Wie gaat het financieren? Je krijgt toch niet zomaar een lift van een ballonvaarder?'

'Harry heeft het allemaal onder controle. Hij kent iemand van Guinness, de bankiersfamilie.' Loel Guinness leidde een bedrijf dat High Adventure heette en gesticht was om sportlieden te steunen bij grote prestaties die veel uithoudingsvermogen vergden, bijvoorbeeld de beklimming van de Everest. Harry kende hem ongetwijfeld via dat bedrijf.

Hij keek me grijnzend aan. As viel van de sigaret die hij nog steeds tussen zijn lippen had. 'Joe was ook de eerste die in een luchtballon de Atlantische Oceaan overstak. Ik treed dus in zijn voetsporen. Geweldig, hè?'

De poging ging een smak geld kosten en hij zou er heel wat voor moeten trainen, maar hij was er klaar voor. Zodra Saad in Georgetown afstudeerde, ging hij zich er helemaal aan wijden. Zolang hij eerst maar de poging overleefde om duizenden kilometers oceaan over te steken in een eenmotorig vliegtuig.

Hij wees naar de wolken. 'De ruimte is eigenlijk niet ver weg. Als je in een auto recht omhoog kon rijden, was je er in minder dan een uur.'

'Zoals jij rijdt of zoals de wet toestaat?'

Ik kreeg een nieuwe brede grijns. 'Ik vraag me af of ik daar boven

Franks baas te zien krijg. Je weet dat hij tegenwoordig dominee is, hè?'

'Hoor je nog weleens wat van hem?'

'Af en toe een ansichtkaart. Als hij iets van een non met dikke tieten kan vinden.'

De Robinson kwam huiverend stil te hangen. We hingen zo laag boven een met hout betimmerd huis dat de planken ervan gingen klapperen. Een man op de binnenplaats keek op en schudde zijn vuist naar ons.

Nish zwaaide vrolijk terug. 'Als hij niet tegen een grapje kan, moet hij daar niet gaan wonen.' Hij zwaaide opnieuw. We bliezen bijna het dak eraf. 'Ze hebben daar *The Exorcist* gefilmd. Heb je die gezien? Geregisseerd door William Friedkin.'

Hij sloeg links af en vloog weer naar de rivier. De volgende halte was het Witte Huis, maar we bleven er niet lang, want we kregen via de radio een enorme scheldpartij over ons heen. Een paar tellen later vlogen we weer boven de rivier.

'Wat betekenen al die kruisen?' Ik wees naar een hele massa viltstiftkruisjes op de kaart. 'Landingsplaatsen?'

'Je kunt op een heleboel plekken in de stad landen. Maar dat zijn de plekken waar ik gescoord heb.'

Hij landde bijvoorbeeld bij een café of restaurant en ging dan binnen een cola drinken. Negen van de tien keer kwam er een vrouw naar hem toe die een gesprek met hem aanknoopte omdat ze mee wilde met zijn helikopter. Hij speelde dan de beleefde maar stompzinnige Brit, en dat vonden ze prachtig.

Ik luisterde met een glimlach naar zijn geklets. Hij keek en klonk echt weer zoals vroeger. Geen gezeur meer over Hillbilly of Al. Gewoon vliegen, parachutespringen en vrouwen.

Bijna zodra we in de Saab zaten, veranderde hij weer. 'Hoor eens, Andy. Wees voorzichtig bij de Golf. We doen dingen in het leven die we nooit meer kunnen vergeten.'

Ik knikte zonder te weten waarop hij doelde. Maar meteen produceerde hij weer een glimlach, hetzij om zijn zorgen te maskeren, hetzij om zijn uitspraak in een grap te veranderen.

87

Januari 1991

We zaten al een tijdje in Saudi-Arabië, maar de Golfoorlog kwam nu echt op gang. Een Chinook-helikopter bracht ons naar vijandelijk gebied ten noordwesten van Bagdad. Aan boord zat een achtmanspatrouille onder mijn leiding. Onze *callsign* was Bravo Two Zero.

We hadden een simpele opdracht: een glasvezelkabel vernielen die vanuit Bagdad naar de westelijke en noordwestelijke woestijn liep en waarmee Saddam Hoessein zijn scudraketten tegen Israël liet bedienen. Zijn redenering was: als het scuds op Tel Aviv en Haifa bleef regenen, zouden de Israëliërs geprovoceerd worden tot meevechten met de Coalitie tegen Saddam, en dan zou het bondgenootschap uiteenvallen. De Saudiërs en andere Arabieren zouden het nooit kunnen verdragen om wapenbroeders van de Israëliërs te zijn, ook al deden die precies zoals zij.

Groepen bestaande uit het halve A- en D-Squadron kamden de woestijn al uit, maar hadden het niet makkelijk. De scudinstallaties waren klein en mobiel. Tenzij ze er toevallig een tegenkwamen, konden ze niets anders doen dan wachten tot een raket werd afgeschoten. Pas daarna konden ze de lanceerinstallatie opsporen en vernietigen.

Op een gegeven moment vloog de hele Israëlische luchtmacht rond het Israëlische luchtruim, klaar om terug te slaan. George Bush sloot een overeenkomst met Jitschak Sjamir: de Israëliers gaven de Coalitie twee weken de tijd om de scuddreiging uit te schakelen. Als wij faalden, zou Israël aanvallen.

Onze plannen en voorbereidingen veranderden ineens radicaal. We concentreerden ons op traditionele sas-taken zoals de verstoring van bevoorradingslijnen en communicaties, de moord op belangrijke doelwitten en industriële sabotage.

Net als ieder ander hadden we last van wapengebrek. Onze Claymoremijnen maakten we van schroeven, moeren, kneedbommen en roomijsdozen. Al het andere kregen we na smeken, stelen en lenen, tot aan de munitie en 40mm-granaten voor onze M23-*assault rifle* aan toe.

En natuurlijk vertrokken we zo haastig dat we nauwelijks geïnformeerd werden. Niemand wist precies waar die kabel lag, laat staan hoe we die het best konden vernietigen. Ons kaartmateriaal bestond uit luchtmachtkaarten met alleen de belangrijkste gebouwen en topografische kenmerken. Maar we dachten: jezus, daar draait het bij de Special Forces altijd om. We doen het met wat we hebben, en improviseren de rest.

Dat was niets nieuws. Toen de patrouilles van Squadron B Argentinië binnendrongen om verkenningen uit te voeren voor de aanval op de marinierskazernes en landingsbanen, hadden ze maar één middel om hun doelwit te bereiken: de kaarten in de restaurantgids van Michelin. Ze vonden er een schat aan informatie over allerlei eethuizen in Vuurland en de kwaliteit van de steaks, maar vreemd genoeg geen stom woord over de plaats van de dichtstbijzijnde marinierskazerne, de wegen erheen en de veiligheidsmaatregelen. Op dat moment was dat echter het enige wat ze krijgen konden, en daarmee moesten ze het doen.

Hoe dan ook, de eerste taak van Special Forces is het vergaren van inlichtingen. Om die reden gingen we negen van de tien keer zonder enige informatie op pad.

Bravo Two Zero ging aan het werk, maar de kabel vonden we niet. Pas later ontdekten we dat die langs de belangrijkste bevoorradingsroute vanuit Bagdad naar het noorden lag en in noordwestelijke richting naar de Syrische grens liep. Bij het eerste licht van de volgende ochtend troffen we echter een paar stuks S60-luchtafweergeschut op nauwelijks 400 meter van de plaats waar we kampeerden.

Dat was geen groot probleem. Bij zo'n operatie was ons belangrijkste wapen geen assault rifle, 60mm-raket of lichte mitrailleur, maar heimelijkheid. We bleven overdag in onze schuilplaats en gingen 's nachts aan het werk. Het probleem was alleen dat onze radio's niet werkten.

Steve 'Legs' Lane en Dinger probeerden al het mogelijke om een rapport te verzenden. Ik mocht Legs graag. Hij had de langste en magerste benen die ik ooit gezien had, waardoor hij op de grond een racende slang leek, zelfs met zijn Bergen op zijn rug. Hij was zijn militaire leven bij de Genie begonnen, maar werd toen overgeplaatst naar de para's. Hij was zes maanden eerder voor zijn Selectie geslaagd en moest zijn plaats nog vinden. Net als alle andere nieuwelingen was hij een beetje aan de stille kant, maar hij was dikke maatjes met Dinger.

Dat was niet zo moeilijk. Dinger was lang, had stug blond haar en was een wildebras. Ook hij kwam van de para's en was een nieuweling in Ploeg 7, waar hij Nish' positie als opperroker en grapjas overnam. Volgens mij kwamen ze zelfs uit dezelfde streek. Vermoedelijk had het iets met het water te maken. Net als Nish was hij ook een ideaal klankbord. Ik was al meteen erg op hem gesteld.

Het Regimentshoofdkwartier deed zijn uiterste best, maar we hadden niet kunnen melden dat we nog leefden en onze taak uitvoerden. Maar de uitgevallen communicatie betekende niet dat alles uitviel: we moesten gewoon ons werk doen. Het belangrijkst was onze opdracht. Niets anders deed ertoe.

Er was een noodplan voor het geval van een defecte radio: een verkenningsvlucht van een helikopter in de nacht erna. Maar eerst moest ik bij het laatste daglicht met een viermanspatrouille proberen om de glasvezelkabel te lokaliseren.

Vince Phillips, mijn tweede man, zou onze schuilplaats blijven bewaken. Hij kwam van de intendance, was 37 en had nog drie jaar bij het Regiment te gaan. Hij was groot en buitengewoon sterk, niet alleen lichamelijk maar ook qua geest. Ik waardeerde zijn eerlijkheid en realisme. Zijn woeste, grove krulhaar, snor en bakkebaarden gaven hem het uiterlijk van een primitieve bergbewoner, en eigenlijk was hij dat ook. Als ervaren bergbeklimmer, duiker en skiër liep hij alsof hij een vat bier onder elke arm had. De meeste dingen om hem heen waren een 'zooi' of een 'kolerezooi', maar de belangrijkste klacht in zijn leven was dat zijn tijd in het Regiment er bijna op zat.

We verscholen ons in een kleine wadi en wachtten op het laatste daglicht. Om een uur of halfvijf hoorden we een meter of vijftig verderop geluiden. Een jongen liep met een stel geiten, en het voorste dier had een bel om zijn nek. We lagen klaar om in actie te komen.

De voorste geit kwam onze kant op en keek over de rand. Kauwend op een oud stuk amarant staarde ze ons aan. Daarna werden we ook door haar vriendinnen bekeken. We hoorden de jongen roepen, maar even later stond ook hij te staren. Wij staarden terug. Hij had geen idee wat hij eigenlijk voor zich zag, maar de acht geweerlopen maakten hem duidelijk dat er een drama dreigde. Hij draaide zich om en nam de benen.

Vince klauterde uit de wadi, maar was te laat. De jongen nam de kortste weg naar de mobiele telefoons. We waren ontdekt.

Zelfs als we hem te pakken hadden gekregen, zouden we hem niet gedood hebben. Special Forces zwerven niet met een mes tussen hun tanden over het platteland. We doden een burger alleen als dat absoluut noodzakelijk is, en dat is eerder een kwestie van zelfbehoud dan van moraal. Als vijandelijke troepen optrekken naar de buitenwijken van Birmingham of Manchester en het eerste kind afknallen dat ze zien, dan worden ze binnen vijf minuten na gevangenname gelyncht.

Er waren ook tactische overwegingen. We zouden extra gewicht te dragen krijgen, want alles wat we ter plaatse bij ons hadden, moesten we ook weer mee terug nemen. Dat heette de harde routine. We pisten in bakjes en scheten in plastic zakken. We kookten niet, rookten niet (daar had Dinger een gruwelijke hekel aan) en lieten niets achter waaruit de vijand kon opmaken dat we er geweest waren.

Als Vince de jongen gepakt had, zou hij hem ver uit de buurt van elke mobiele telefoon hebben gehouden, met een buik vol rantsoenchocolade om hem tevreden te houden. Hij zou misschien misselijk zijn geworden van de Yorkie-repen, maar wel in leven zijn gebleven.

We hadden geen andere keus dan naar Syrië te trekken, zo'n 180 kilometer verderop. De CIA had een sluipweggetje voor neergeschoten vliegers en mensen zoals wij georganiseerd, en we hadden te horen gekregen dat ons contact in het eerste dorp over de grens een wit laken uit zijn raam had hangen.

Toen we uitgelachen waren, besloten we dat over te slaan en gewoon in Damascus een bevriende ambassade te zoeken.

88

In de drie dagen daarna kwamen drie van mijn mensen om.

Vince overleed in de tweede nacht. Toen we naar Irak gingen, verwachtten we Europees lenteweer. In plaats daarvan kregen we een soort poolwinter; de ergste kou die het gebied in dertig jaar beleefd had. Omdat we gebonden waren aan de 'harde routine', hadden we geen slaapzakken. We sliepen in onze gore-tex, altijd klaar om in actie te komen. Na een contact dat met een man-tegen-mangevecht eindigde, zette Vince de achtervolging van de Irakezen in, hoewel hij in onze schuilplaats een zware beenwond had opgelopen. Toen de temperatuur tot onder het vriespunt van diesel daalde, stierf hij door de kou.

Deze mannen toonden een kunde en moed van de bovenste plank op een moment dat ze diep in de problemen zaten, wat niet makkelijk was voor iemand van 1,50 meter. Bob Consiglio kwam uit een Italiaans-Zwitserse familie en werd de Mompelende Dwerg genoemd. Ondanks zijn kleine postuur was hij onmetelijk sterk en onmetelijk koppig. Hij stond erop om evenveel te dragen als ieder ander. Het enige wat je dan nog van hem zag, was een reusachtige Bergen met twee beentjes eronder die als zuigerstangen op en neer gingen.

Hij had bij de mariniers gezeten en leefde het leven plankgas. Als hij de stad in ging, danste en praatte hij het liefst met vrouwen die 30 centimeter langer waren. Hillbilly zou trots op hem geweest zijn, en dat was ik zeker.

De Mompelende Dwerg was de volgende die omkwam. Het was een woeste nacht vol dood en chaos aan beide kanten. Bob was voorin met zijn lichte Minimi-mitrailleur. Alle anderen waren door hun munitie heen. Hij stuitte op nog meer Irakezen. Toen het contact begon, hield hij schreeuwend stand tegen de rondvliegende kogels om de anderen een kans op ontsnapping te geven. Toen had ook hij geen munitie meer en liet hij zich gewoon beschieten. Hij viel als een emmer water op de grond, maar zonder hem zouden ook alle anderen gesneuveld zijn.

De patrouille was uit elkaar gevallen, en Legs en Dinger moesten de Eufraat overzwemmen om aan hun achtervolgers te ontkomen. Dinger wilde dat niet, maar Legs gaf het goede voorbeeld en hield hen beiden in leven. Ze werden de volgende dag gevangengenomen. Legs stierf enige tijd later, bijna zeker door de kou.

Slechts een van ons bereikte de grens. Chris, de man met het bruine krulhaar, kwam oorspronkelijk uit het territoriale leger, maar was vier jaar voor het begin van de oorlog bij Mountain gekomen. Ik was toen weg met de Det. Dit was de eerste keer dat hij een operatie meemaakte. Hij zat een paar jaar in Duitsland om bergdingen te doen, en wat ze hem daar leerden, wierp zijn vruchten af: hij liep alleen door en bereikte uiteindelijk Damascus.

De andere vier werden op de derde dag op verschillende punten langs de Syrische grens gevangengenomen en brachten de zeven weken daarna in ondervragingscentra in Bagdad door. Een ervan was de beruchte Aboe Ghraib. Onze handen werden achter onze rug geboeid. We werden geblinddoekt en helemaal uitgekleed, en op onze weg van en naar de ondervragingen herhaaldelijk door de cipiers afgetuigd.

Er waren twee soorten ondervragers. Sommige militairen waren tijdens de oorlog tegen Iran in Sandhurst opgeleid. Maar er waren ook mensen van de geheime politie, en die waren verzot op hun werk.

Ze ranselden ons met zwepen en drukten roodgloeiende lepels tegen ons aan die op petroleumbranders verhit waren. Ook werden we afgetuigd met planken en stalen ballen die aan stokken hingen. Toen ik op een steenworp afstand van de grens gevangen werd genomen, werden mijn tanden met stalen schoenneuzen en geweerkolven vernield. Een tandarts werd erbij gehaald. Hij zei dat hij negen jaar in het Guy's Hospital had gewerkt, waarna hij begon te grinniken en een van mijn achterste kiezen met een tang uit mijn mond trok.

Al die jongens wilden onmiddellijk dingen weten waar ze iets aan hadden. Wat hadden we gedaan? Waar waren de anderen en wat voerden ze in hun schild?

Ze wisten dat het Regiment in actie was, want de scuds werden inmiddels uit de lucht gehaald. Ze wilden inlichtingen om dat tegen te kunnen gaan, en het was onze taak om hun die informatie te onthouden.

De term 'krijgsgevangene' sloeg nergens op. We waren geen gevangene van een leger dat oorlog voerde, maar voerden nog steeds oorlog tegen dat leger. We hadden nog steeds een taak. Dat we niet wilden vertellen wat ze wilden weten, had een simpele reden: de jongens te velde waren onze vrienden. We kenden hun vrouw, hun kinderen en zelfs hun honden en katten.

In de weken daarna probeerden we allemaal zo onbetekenend mogelijk te lijken, het aantal ranselingen te beperken en onszelf als zo onbelangrijk voor te stellen dat we er gewoon niet toe deden.

Dat werkte nauwelijks. Tussen één uur na zonsondergang en twee uur voor zonsopgang kreeg Bagdad een hoop ellende over zich heen. Zelfs de gevangenis moest inslagen incasseren. Er was geen stromend water en geen stroom, en de gezinnen en vrienden van onze cipiers werden gedood en verminkt. Intussen hadden ze hun vijanden binnen handbereik – geboeid, naakt en in eenzame opsluiting. Het was niet verwonderlijk dat ze zich op ons uitleefden. Ik vond de schoppen en slagen angstaanjagender dan de ondervragingen. Mijn geest begon op hol te slaan.

Het werd zo erg dat ik tegen God begon te praten, maar Hij antwoordde niet. Hij had het waarschijnlijk te druk omdat Frank tegen Hem aan het oreren was.

Toen herinnerde ik me een lezing van iemand met veel meer ervaring dan ik ooit hoopte te krijgen. Hij was een vlieger van de Amerikaanse mariniers die in Vietnam Phantoms had gevlogen. Hij werd boven Hanoi neergehaald, zat zes jaar eenzaam opgesloten en werd al die tijd gemarteld. Elk groot bot in zijn lichaam was gebroken. Medische zorg kreeg hij nooit. Uiteindelijk had hij geen haar, geen tanden en geen spiermassa meer. Hij was er verschrikkelijk aan toe, maar leefde nog. Het Regiment nodigde hem uit voor een bezoek. Soldaten zoals wij kwamen makkelijk in gevangenschap terecht, en als we de ervaringen van anderen hoorden, bleef ons misschien iets bij waaraan we iets hadden als we in die situatie kwamen.

In mijn Bagdadse cel raakte mijn geest van slag, maar ik ontdekte dat ik inderdaad iets aan zijn lezing had.

Klamp je vast aan de herinnering van mensen van wie je houdt en die je wilt terugzien.

Ik dacht aan de jongens in mijn patrouille, en vooral aan degenen die dood waren. Ik zwol op van trots en hoopte hun gelijke te zijn. Over doodgaan maakte ik me geen zorgen. Iedereen wist dat we met niets beginnen en met niets eindigen. Dat hoorde erbij. Ik was bijna jaloers op Bob Consiglio, die strijdend ten onder was gegaan. Zelf werd ik misschien wel uitgehongerd of doodgeslagen.

Ik dacht zelfs aan Franks tijger en schaap en stelde vast dat die suffe oen al die tijd gelijk had gehad.

Verbitterd of in de luren gelegd voelde ik me niet. Niemand had me gedwongen om soldaat te worden. Ik was niet bang om te sneuvelen. Verrek, als dat gebeurde, wilde ik alleen maar dat het snel ging en net als bij Bob in het harnas.

Ik kon het niet maken om wel de schouderklopjes voor mijn lidmaatschap van het Regiment te oogsten en dan te gaan jammeren als het misliep. Mensen sneuvelden. Dat was nu eenmaal zo. Als je daar niet van hield, waren er voor jou jongens zat.

Zelfs een vreemde glimlach kon er weleens af. Ik stelde me voor dat Bob me gadesloeg. Die zou ook een geintje hebben gemaakt met de hoop ellende die daar in zijn eigen stront in een hoekje zat.

In het begin vatte ik mijn gevangenneming persoonlijk op. Sinds mijn aanmelding had ik nooit eerder echt gefaald. Maar toen kreeg de optimist in me de overhand: alles komt goed. Ik ben nog niet dood. Misschien bereik ik de volgende fase. Ik hoef het nog maar even vol te houden: nog één ondervraging, nog één pak slaag, nog één dag, nog één uur…

De vlieger bood opnieuw inspiratie. Ik wist nog hoe hij zijn lezing begonnen was. Hij stak zijn handen uit terwijl hij zijn ellebogen strak tegen zijn zijden hield. Hij liep drieënhalve stap, draaide zich om, liep drieënhalve stap terug en draaide zich opnieuw om. Ik staarde hem aan en vroeg me af wat hij in jezusnaam aan het doen was.

'Dit was mijn cel… Dit was mijn ruimte… Zes jaar lang…'

In het begin speelde hij de sterke marinier, maar die onzin werd eruit geslagen. Als je tegen twee man agressief werd, kwamen ze de volgende keer met z'n vieren.

'Ze beheersen je hele leven. Fysiek beheers je niets. Ze kunnen doen wat ze willen. Het enige wat je kunt beheersen, is je geest. Als je ook die afstaat, ben je verloren.'

Ik zat in mijn cel en dacht aan zijn pijn en angst. Zijn gezin wist niet eens dat hij nog leefde. Ik wist ook niet of iemand besefte dat ík nog leefde. Ik beheerste niets anders dan mijn geest en had me vast voorgenomen om die te houden.

Ik gebruikte de denktechniek die ik als kind al hanteerde. Ik was er slecht aan toe, maar er was altijd iemand die het nog moeilijker had. Ik zat pas in week drie, week vier… De Amerikaan had het zes jaar moeten volhouden en had het overleefd. Ik had al meer dan zestien jaar eerst bij de infanterie en daarna bij de Special Forces gezeten. Ik was aan vocht, kou en honger gewend. Ik was gewend aan vechten. Ik was er zelfs aan gewend om geslagen te worden. Ik zat verdomme bij de infanterie, maar die Amerikaan was vlieger. Vanuit zijn cocon op het vliegdekschip was hij opgestegen om in zijn hooggelegen kantoor met airco een bom af te werpen en terug te vliegen voor wat donuts, een kop koffie en een potje volleyballen aan dek.

Tijdens zijn zeventiende missie – hij had er tot zijn afzwaaien nog maar drie te gaan – werd hij neergehaald. De overgang van cocon naar tijgerkooi was bruusk en scherp geweest. Ik had gelukkig nog een dak en een betonnen vloer.

Ik hield hardnekkig vol, klampte me aan elke strohalm vast en probeerde iets positiefs uit al het negatieve te peuren.

Uiteindelijk werd ik drie dagen na de drie anderen uit de patrouille vrijgelaten samen met de resterende vijf of zes Amerikaanse vliegers die eveneens in de Aboe Ghraib gevangen waren gehouden. Er is een beroemde reportage van generaal Norman Schwarzkopf, opperbevelhebber van de Coalitie, die hun een hand geeft terwijl ze in Riad de trap af komen. De SAS-gevangenen stonden rond de achterkant van het vliegtuig, klaar om naar het Britse militaire hospitaal op Cyprus te worden vervoerd.

89

Hereford
mei 1991

Eenmaal in Hereford terug, praatten we een paar keer met Gordon Turnbull, de RAF-psychiater. Hij had in 1988 de reddingsteams van Lockerbie behandeld. De overlevenden van de patrouille zaten comfortabel in de officiersmess en hoorden Gordon uitleggen wat een posttraumatische stressstoornis (PTSS) is.

Het is om te beginnen geen ziekte maar een psychische aandoening, een volstrekt natuurlijke, lichamelijke of emotionele reactie op een schokkende of levensbedreigende gebeurtenis. Iedereen kan er last van krijgen, en er is niets onmannelijks aan.

Een van de belangrijkste symptomen is het gebrek aan bereidheid om te praten over de gebeurtenissen die de aandoening veroorzaakt hebben. Een van de grootste moeilijkheden bij de hulp aan slachtoffers is dan ook: contact met hen krijgen en zorgen dat ze een behandeling aanvaarden. Sommigen voelen zich verkeerd begrepen door de medische wereld en de samenleving in het algemeen en lijden in stilte. Anderen voelen zich zo schuldig – ook dat is een symptoom – dat ze zich geen hulp waardig vinden.

Een PTSS kan elk aspect van iemands leven beïnvloeden, wat niet vreemd is, gezien de mogelijke symptomen: slapeloosheid, terugkerende nachtmerries, hardnekkige en hevige angsten, sterk wisselende stemmingen, overdreven waakzaamheid, gewelddadige en agressieve uitbarstingen, concentratiegebrek, seksuele disfunctie, zelfhaat omdat je het in tegenstelling tot anderen overleefd hebt, afzondering, onvermogen tot aanpassing aan een normaal leven, onvermogen tot communicatie met dierbaren of tot het beantwoorden van liefde, en het verlangen om alleen bij mensen met dezelfde aandoening te zijn omdat die het 'begrijpen'.

PTSS-lijders kunnen ook alcohol- of drugsproblemen krijgen, vaak veroorzaakt door pogingen tot zelfmedicatie voor hun symptomen. Sommigen raken helemaal de kluts kwijt en nemen hun toevlucht tot geweld, variërend van huiselijk geweld tot moord als de gemoederen hoog oplopen.

Ik kende heel wat jongens die op de een of andere manier aan dat beeld beantwoordden.

De flashbacks bij herinnering aan het trauma kunnen het meest slopende element van een PTSS zijn. Die ontstaan wanneer de hersenen niet bij machte zijn om de beelden te verwerken die tijdens een zwaar traumatisch incident ontvangen zijn. Onze hersenen kunnen die beelden pas opslaan als ze geaccepteerd worden; daarom worden ze als een oude grammofoonplaat net zo lang afgespeeld totdat dat het geval is.

Ik keek lang en aandachtig naar mezelf. Tot dusver mankeerde ik niets zorgwekkends. Ik had geen nachtmerries of depressies. Ik was zelfs gelukkig, want ik leefde nog. Maar Gordon bracht me wel het besef bij dat ik niets vanzelfsprekend mocht vinden. Ik moest mezelf in de gaten houden en bijvoorbeeld een mentale checklist van de symptomen bijhouden. Gewoon voor het geval dat.

Tot betrekkelijk kort geleden werd PTSS in het leger als teken van zwakte beschouwd, en dat stigma kleefde nog aan elke soort van therapie. Soldaten gaven vaak niet toe dat ze eraan leden; nog afgezien van al het andere wilden ze bij hun omgeving niet als 'gek' bekendstaan. De gesprekken met Gordon waren het eerste uitje van het Regiment op dit terrein en vonden alleen plaats omdat we gevangengenomen en gemarteld waren.

Ik kende al een tehuis in Wales waar veel jongens uit het groene leger na de Falklandoorlog heen gingen. Dat waren ruige, taaie commando's en mariniers, maar ze hadden hulp nodig. Ik had ook gehoord dat een paar jongens van het Regiment er in het geheim naartoe waren gegaan.

Delta Force had geen enkele moeite met therapieën en had zelfs zijn eigen arts. Waarom zou je talloze miljoenen aan iemands opleiding besteden om hem dan uit elkaar te zien vallen? Waarom zou je dat niet proberen tegen te houden, en waarom zou je hem niet proberen te helpen als het toch gebeurde? Maar voorlopig was in een auto springen en stiekem naar Wales rijden de enige echte optie voor de rest van ons.

We lummelden zes maanden rond, hielden debriefings met een hele reeks inlichtingendiensten en legeronderdelen en werden aan één stuk door medisch behandeld. Mijn tanden eisten veel aandacht en er was wat schade aan de zenuwen van mijn linkerhand. De artsen bleken graag stalen naaldjes in mijn vel te steken en er een stroom doorheen te jagen om te zien of die op en neer sprong als kikkerpoten bij een wetenschappelijk experiment.

Ik kwam veel te weten over de Iraakse kant van het verhaal. Via de CIA en onze eigen spionnen kwamen we erachter dat de Irakezen ons voor een Israëlische eenheid hadden gehouden en tijdens onze tocht naar

Syrië meer dan tweehonderd doden en gewonden te betreuren hadden gehad.

We ontdekten ook waarom de radio's niet gewerkt hadden. We hadden namelijk de verkeerde frequenties gekregen, en dat kwam door de verhuizing van het Regiment naar Saudi-Arabië. Als je vanuit welk punt ter wereld ook iets moest melden aan Hereford deed je dat niet door gewoon een knop op je radio in te drukken.

Omdat het regimentshoofdkwartier midden in de woestijn met verhuizersplakband bij elkaar werd gehouden, hadden we de frequenties voor het zuidelijke operatiegebied (Zuid-Irak en Koeweit) gekregen in plaats van die voor de noordelijke zone in de richting van Syrië en Israël. We hadden onze antennedraden met veel zorg gespannen om gecodeerde en versleutelde berichten in heel korte stoten te kunnen verzenden. Daarmee voorkwamen we dat ze door scanners werden opgepikt, maar de signalen die Riad bereikten, kwamen onherkenbaar aan.

Dat was niets nieuws. Iemand verknoeide altijd wel iets, en dat zal ook altijd zo blijven. Je kunt dat niet de mensen kwalijk nemen die in moeilijke omstandigheden hun best doen. Bij de Slag om Arnhem van 1944 kregen de soldaten radio's met een bereik van minder dan 5 kilometer terwijl de troepenmacht was verspreid over een gebied van 13 kilometer. Omdat communicatie tussen de eenheden vrijwel onmogelijk was, viel de veldslag uiteen tot geïsoleerde, wanhopig vechtende enclaves.

Oorlog is geen wetenschap. Machines werken soms slecht. Mensen soms ook.

90

Frank en ik spraken af in het Merton, een klein hotel met een bar in de buurt van het station. Frank was inmiddels predikant, wat dat ook mocht inhouden. Ik had gehoord dat hij alle witte en zwarte gewaden, habijten, boordjes en de hele bliksemse bende droeg, en ik verheugde me erop hem in vol ornaat te zien.

Ik werd teleurgesteld. Hij droeg nog steeds zijn oude, groengeblokte overhemd, zijn blauwe Rohan-broek en zijn rode gore-tex jasje. Het enige verschil was een oranje stropdas van wol. Hij leek wel een tot waanzin vervallen treinspotter.

'Frank! Waar is je halsband?'

'Die draag ik alleen bij mijn werk.'

Hij zag mijn blik op zijn stropdas.

'De mensen behandelen me echt anders. Toen ik gisteren een treinkaartje kocht, werd ik "meneer" genoemd.'

'Dat komt omdat je wel een krankzinnige lijkt. Hij was vast bang dat je het raampje zou inslaan om hem te wurgen.'

Hij had al een glas bitter voor zichzelf laten komen en een glas Stella voor mij. Het was stil in de bar. Er zaten alleen een paar oude mannen in een hoek. Ik schoof een stoel aan.

'Hoe bevalt het predikantenleven?'

'Geweldig. Mijn hele leven is veranderd, van lichamelijk naar cerebraal: waarin ik geloof, wat ik voor mijn brood doe, mijn vrienden...'

'Maar ik ben toch nog steeds je maat?'

'Dat is toch anders. Ik zie jullie niet elke dag. Zelfs mijn huis is...'

'Geknipt voor een ayatollah?'

Hij schudde zijn hoofd. 'Voor kamerverhuur. Alles is veranderd. Zelfs mijn woordgebruik.'

'In elk geval je accent. Je klinkt niet meer zoals een mijnwerker.'

Hij keek grinnikend naar zijn bier. Ik was kennelijk niet de eerste die dat zei. 'Ze zeggen dat elke cel in je lichaam zichzelf vernieuwt; dat moet dus ook voor je strottenhoofd gelden. Ik denk dat ik geen cel meer heb die er al was toen ik nog in het Regiment zat.'

Ja, dacht ik, en daarom draag je nog precies dezelfde kleren als in de Ploeg, behalve natuurlijk die stropdas. 'Dat is gelul.'

Hij deed zijn mond open om te antwoorden, maar ik ging door. 'Hoe lang duurt het voordat je ayatollah bent?'

'Drie jaar. Ik wilde net aan de tweejarige cursus beginnen, maar toen besloot ik ook mijn theologische graad te halen. Het is een goed gevoel om die letters voor je naam te hebben. Ik ben door de bisschop in de kathedraal gewijd. Het was geweldig. Alleen jammer dat jij er niet bij was.'

'En nu?'

Hij zweeg even. 'Weet je, tijdens mijn wijding hielp ik de wijn uitdelen, maar in de kerk zat een vrouw me de hele tijd aan te staren. Ik dacht: ken ik je soms ergens van? Maar ze glimlachte niet. Haar ogen leken wel dolken. Ik voelde me diep ongelukkig in haar nabijheid, en ik dacht: ik vraag me af of ze een heks is.'

Ik zette mijn glas neer. 'Deelde je de wijn uit of dronk je hem op?'

'Nee, echt. Een heks. Ik voelde me ongelukkig in haar buurt. Het kwaad in de wereld bestaat, Andy. Daarover wilde ik met je praten. Gaat het goed met je?' Hij keek me indringend aan.

'Probeer je je spirituele geneeskunst uit?'

Hij boog zich samenzweerderig naar me toe. 'Het helpt echt. Je hoeft je er niet voor te schamen. Sinds ik terug ben, zijn al heel wat ex-leden van het Regiment bij me geweest. Of je nou slachtoffer bent of beul, maakt niet uit. Het gaat nooit meer weg.' Hij leunde achterover. 'Ik kan je misschien helpen. Dat is wat ik tegenwoordig doe.'

Ik schudde mijn hoofd. 'Hoor eens, Frank. Als ik naar de maan ga blaffen, bel ik je wel.'

Hij glimlachte triest. 'Weet je nog die keer dat we al dat hout gingen halen? Ik zei toen dat de deur altijd openstaat. Dat is nog steeds zo, Andy.' Hij pakte zijn bier.

'Ik zou er maar een wig onder zetten. Het kan nog wel even zo blijven...'

Frank was aan twee kerken verbonden. Ik kende die van St Peter. Die stond precies midden in de stad en had een enorme toren die kilometers in de omtrek zichtbaar was. Waar de kerk van St James stond, ontdekte ik pas toen een van de jongens van het squadron er trouwde. Ik ging naar zijn trouwerij, en daar stond Frank, uitgedost in zwart en wit. Ik was heel trots op hem en hoopte hem op de receptie te zien, maar hij kwam niet opdagen. Ik denk dat ik wel weet waarom. Met mij een biertje drinken was oké. Maar zich met het hele Regiment omringen was veel moeilijker.

Frank deed veel trouwerijen en doopte stoeten baby's van jongens uit het Regiment. Ook was hij bij jeugdorganisaties betrokken. Hij ging met hen kanoën of door de heuvels trekken of andere dingen doen die bewezen dat het leven meer te bieden had dan auto's jatten of oude vrouwtjes bang maken. Ik bewonderde hem daarom en wilde dat er een Frank in mijn buurt was geweest toen ik zo iemand nodig had.

Tegen het eind van het jaar kregen drie jongens van de patrouille (Vince, Steven en Chris) een Military Medal en ontving ik de Distinguished Conduct Medal (DCM). Daarmee werd Bravo Two Zero de meest onderscheiden patrouille sinds de Boerenoorlog. Zelf werd ik de hoogst onderscheiden soldaat van het Britse leger. Maar ik had liever gehad dat iedereen in leven was gebleven.

Terwijl de kampkleermaker de maat nam en een ceremonieel uniform voor me maakte, moest ik aan Nish denken. Hij had me de avond ervoor flink in de zeik gezet. 'Je gaat weer bij d'r op bezoek, hè? Tuinfeestje deze keer?'

Ik kon niet eens mijn medailles vinden, en er heerste enige paniek omdat niemand wist of je die moest opspelden. Ik kon me niet herinneren wat ik de laatste keer gedaan had. Uiteindelijk begrepen we dat het niet hoefde, en dat was maar goed ook.

De uitreiking was heel anders dan toen ik op mijn twintigste een medaille kreeg. Ditmaal ging het om een andere categorie mensen, die hun onderscheidingen niet in het openbaar kregen: de Det. We arriveerden allemaal in een touringcar. Alle gordijntjes waren dicht, maar we waren omringd door echtgenoten, vriendinnen, kinderen en wie al niet meer. Zo reden we naar Buckingham Palace. Zo'n twintig man van ons werden met aanhang naar een kamer met uitzicht op de tuin gebracht. Daar bleven we een tijd hangen. De koningin had een privégesprek met de gezinnen van gesneuvelde soldaten, en liet zich niet haasten. Ik zag de kinderen rondrennen en over de luxemeubels springen.

De koningin kwam binnen en liet ons plaatsnemen. Een voor een werden we opgeroepen om onze medaille in ontvangst te nemen. Ik zag een vreemd ratjetoe van uniformen om me heen. De Schotten droegen een geruite broek of rok; de commandant had gaten in zijn revers vanwege zijn vorige rang. Niemand kwam ons het correcte protocol vertellen. En iedereen deed maar wat de vorige had gedaan. De eerste had met zijn hakken geklakt terwijl hij een kleine buiging maakte, en dat deed iedereen dus ook. De koningin dacht vermoedelijk dat ze een SS-brigade aan het ridderen was.

Toen ik aan de beurt was, glimlachte ze. 'Gefeliciteerd. U bent toch de commandant van de Bravo Two Zero-patrouille?'

'Ja, majesteit.'

'Dan bent u ongetwijfeld heel trots.'

'Op de mannen van mijn patrouille uiteraard. Ja, majesteit, heel trots.'

En dat was dat. Na afloop van de ceremonie ging de koningin weg en kregen wij een kop thee met een kleverig broodje. De grote tuindeuren gingen open, en we mochten de tuin in, waar de kinderen rondrenden zonder dat iemand klaagde. Een van mijn collega's had zijn vijfjarige zoontje bij zich, die als een page was aangekleed. 'Kijk!'

We draaiden ons om en zagen de koningin halverwege de trap tegen de leuning staan. Ze zag ons in haar tuin ravotten en glimlachte.

De man uit Squadron B tilde zijn zoontje op, en hij zwaaide naar haar. 'Dat is de mevrouw die je je nieuwe medaille heeft gegeven.'

De koningin zwaaide terug.

91

Snapper had in november 1989 een boek geschreven dat *Soldier I* heette en genoemd was naar de letter waarmee hij in het onderzoek naar de belegering van de ambassade was aangeduid. Hij had al eerder aangekondigd dat hij het ging schrijven, namelijk toen hij liep op te scheppen in de periode voorafgaand aan het moment dat hij in het Circuit ging werken. Maar niemand had er aandacht aan besteed. Snapper was weer eens aan het raaskallen.

De hotemetoten hadden het manuscript willen lezen, en dat gold ook voor het ministerie van Defensie, dat wilde weten of de nationale veiligheid niet in gevaar kwam. Niemand had er problemen mee, totdat het boek een bestseller werd. Ineens werd erover gepraat alsof Snapper iets verkeerds had gedaan. De hotemetoten wauwelden eindeloos en vonden het belachelijk dat iemand financieel profiteerde van zijn ervaringen in het Regiment, maar wij zeiden: 'Hé, wacht 's. Jullie hebben het zelf goedgevonden. Bovendien heeft hij het aan iedereen laten lezen.'

Want datzelfde gold natuurlijk niet voor hoge officieren die over de activiteiten van de Special Forces schreven. Dat waren dan ineens 'memoires' in plaats van onthullingen.

Snapper liet het hoe dan ook koud. Hij zat in het Circuit, had zijn 'ik ben geestelijk kerngezond'-verklaring in zijn zak en lapte de rest aan zijn laars. Maar de omslag in de houding van de hogere echelons had voor sommigen van ons grote gevolgen.

Toen ik terugkwam, stond er een bericht van Andrew op mijn antwoordapparaat. 'Bel me even. Als je wilt, heb ik nog steeds een baan voor je.'

Ik praatte met hem in zijn nieuwe ruimte. Ik had weleens een luxere omgeving gezien, maar hij was praktisch ingericht en voor zijn doel geschikt. Ik kreeg thee in een gebutste mok en ontdekte algauw dat het aanbod niet voor een specifieke opdracht gold: hij vroeg of ik bij het nieuwe bedrijf wilde komen werken. Hij wist dat ik in de Wing zat en gewetensvol was. Alle jongens die voor hem werkten, hadden hetzelfde cv. Andrew had een nieuw bedrijfsmodel voor ogen: iedereen die voor het bedrijf werkte, kreeg een aandeel. Ik haalde mijn rekenmachine voor de dag en maakte een paar sommen.

Dat ik maar tot mijn veertigste bij het Regiment kon blijven, was onontkoombaar, of ik dat nu leuk vond of niet. Ik had nog zeven jaar te gaan. Dan moest ik het leger uit. Ik was sergeant eerste klas, en na mijn Wing-periode kon ik sergeant-majoor worden. Waarschijnlijk vertrok ik als adjudant. En wat dan?

'Neem ontslag en sluit je bij iets aan,' pleitte Andrew onder zijn zandkleurige snor. 'Sluit je aan bij iets waarop je invloed hebt.'

Ik had niet veel tijd nodig om een besluit te nemen, maar wilde het idee eerst met iemand bespreken, om zeker te weten dat ik de juiste beslissing nam.

De volgende keer dat ik Frank sprak, schoof ik een bruine papieren zak over de tafel. 'Hier. Trek dat ding 's aan.'

Die vervloekte stropdas van oranje wol moest weg. De vervanger kwam uit wat de marktkoopman zijn 'herfstcollectie' noemde. Het was niet echt een designdas, maar het rode polyester had bijna dezelfde kleur als zijn gore-tex jasje. Hij vertelde dat een paar jongens hem benaderd hadden nu hij een boordje droeg, en dat ze in vertrouwen over hun problemen konden praten. 'Datzelfde zeg ik tegen jou, Andy, en als je niet met mij wilt praten, ken ik een geheime plek in Wales waar je zo nodig hulp kunt krijgen.'

Dat zei hij bij een hamburger in wat ons gebruikelijke trefpunt was geworden: de Micky Ds achter de St Peter-kerk. We noemden deze lunches ons McBabbel, met friet.

Hij had net een zak kapstokhaken gekocht. Zijn gebedsdiensten 's ochtends waren populair.

'Heb je nachtmerries?'

'Ja! Dan zie ik jou aankomen met een grote, dikke bijbel en word ik schreeuwend wakker! Hoor eens, ik weet welke plek je bedoelt. Eet je friet nou maar op en zorg dat er geen saus op je mooie nieuwe stropdas komt.'

Maar hij had niet geluisterd. 'Ik meen het serieus, Andy.' Niet alleen zijn accent was veranderd. De hele klank van zijn stem was anders: helder, nauwkeurig en beheerst. 'Als je wilt, kan ik je introduceren. En er is niks mis mee. Je hoeft je nergens voor te schamen.'

Ik stak een frietje in zijn bakje ketchup. 'Da's niks voor mij, Frank. Ik ben waarschijnlijk te stom om te merken dat ik een probleem heb. Maar als je me echt wilt helpen, betaal je de burgers.'

Dat snoerde hem de mond. Eventjes.

'Ik overweeg om bij het territoriale leger te gaan. Als geestelijk verzorger.'

We kamden het territoriale leger altijd af, maar ik weet niet waarom, want het waren goeie jongens. Frank vertelde dat hij benaderd was door de aalmoezenier van het 23ste SAS, een van de twee territoriale eenheden in het noorden.

'Gelul. Je wilt gewoon terug. Dat is het. Je wilt weer soldaatje spelen.'

Hij schudde zijn hoofd. 'Zo lijkt het misschien, maar ik ben net bij Delta geweest. Ze vroegen me terug te komen en hun jaarlijkse ontbijtgebeden te leiden. En ik zal je iets zeggen, Andy. Dat was een prachtige ervaring. Iedere man was er. Ze wilden er allemaal bij zijn, en ze hoefden niet eens te komen. Dat wil ik vaker doen.'

Het verbaasde me niet. Zulke dingen waren in het Amerikaanse leger normaal. Daar is godsdienst nog steeds een aanvaard onderdeel van het soldatenleven.

'Leuk geprobeerd. Maar het blijft gelul.'

Hij bleef vinden van niet. 'Nee, ik wil die jongens alleen helpen. Meer niet. Het is maar goed dat ik je mijn stable belt niet gegeven heb, hè?'

'Als je hem niet kunt vinden, kun je de mijne krijgen.'

Toen drong het tot hem door. 'Neem je vervroegd ontslag? Grijp niet meteen de eerste de beste baan. Denk goed na, want als je eruit bent, is het afgelopen.'

'Daarom gebruik ik jou als klankbord.'

Ik vertelde hem over Andrews aanbod en over mijn plan om na Kerstmis uit het leger te gaan. Mijn werk begon pas in juli, en tot die tijd wilde ik wat aanklooien. Ik had nooit een beetje gelummeld. Ik had op mijn zestiende dienst genomen, wat betekende dat ik nooit iets anders geweest was dan soldaat. Het werd tijd om iets anders te gaan doen. 'Waarom niet? Paardenstaart, korte broek, slippers. Bijvoorbeeld ergens op het strand gaan werken.'

Hij stak zijn hand in zijn gore-tex jasje en haalde zijn portefeuille eruit. Ik leunde achterover en genoot van het moment.

'Hier.' Hij trok het klittenband open en gaf me een opgevouwen vel papier. 'Ik heb dit van Delta en moest aan Nish denken. Neem jij het maar. Ik krijg wel een ander.'

Ik stak het in mijn zak en weigerde het in zijn aanwezigheid te lezen. Het was misschien wel een lied. Misschien wilde hij wel halleluja roepend rond het standbeeld van Ronald McDonald springen met mij op sleeptouw.

'Heb je hem de laatste tijd nog gezien?' vroeg hij.

'Ik ben weggeweest. Hij schijnt nog steeds uit de ruimte te gaan duiken. Is hij nog in Rusland?'

'Binnenkort is hij terug.' Hij knikte nadenkend. 'Ik maak me zorgen om hem. Hij ziet er weer slecht uit.'

Hij pakte zijn kapstokhaken en het restant van mijn friet in het zakje van vetvrij papier en liep naar de deur, die hij met een glimlach voor me openhield. Met een zwierig gebaar liet hij me passeren. 'Vergeet niet dat hij altijd openstaat, Andy. Ik weet dat ik je niet kan overhalen om bij het Regiment te blijven. Je wilde natuurlijk dat ik je plan onderschreef. Maar denk ook aan het volgende. Het kan zijn dat je wilt ontkomen aan wat je voelt, wilt ontsnappen aan iets wat je niet kunt uitleggen.'

Hier was de ervaring aan het woord.

We gingen ieder ons weegs. Toen ik weer bij mijn auto stond, maakte ik het vel papier open. Het was een gedicht over soldaten en God.

Psalm 35

1 Van David.
Bestrijd, HEER, wie mij bestrijden,
vecht tegen wie mij bevechten,
2 wapen u, grijp het schild,
sta op om mij te helpen!

3 Zwaai met uw speer en strijdbijl
en werp ze naar mijn achtervolgers.
Zeg tegen mij:
'Ik ben het die je redt.'

4 Dat beschaamd en vernederd worden
wie mij naar het leven staan,
dat eerloos terugdeinzen
wie mij kwaad willen doen.

5 Laten zij verwaaien als kaf in de wind
wanneer de engel van de HEER hen opjaagt,
6 laat hun weg donker en glad zijn
wanneer de engel van de HEER hen vervolgt.

7 Zonder reden hebben ze een net gespannen,
zonder reden een kuil voor mij gegraven.
8 Laat hen ten onder gaan voor zij het weten,
verstrikt raken in hun eigen netten
en zelf de ondergang tegemoet gaan.

9 Dan zal ik juichen om de HEER,
mij verheugen over de redding die hij brengt.

10 Uit de grond van mijn hart zal ik zeggen:
'HEER, wie is aan u gelijk?'
U bevrijdt de zwakken van hun onderdrukkers,
de zwakken en de armen van hun uitbuiters.

11 Valse getuigen staan tegen mij op
en vragen mij naar wat ik niet weet.
12 Ze vergelden goed met kwaad,
ik voel mij van ieder verlaten.

13 Waren zij ziek, ik trok een boetekleed aan,
en bleef mijn gebed onverhoord,
ik pijnigde mij door te vasten.
14 Ik liep rond als waren zij vrienden, broers,
ik ging in het zwart gehuld en liep gebogen
als iemand die rouwt om zijn moeder.

15 Maar toen ik dreigde te vallen, verheugden zij zich,
ze liepen te hoop en sloegen me onverwachts neer,
ze hadden me willen verscheuren,
16 die bende godvergeten spotters
Met een grijns op hun gezicht.

17 HEER, hoe lang nog blijft u toezien?
Behoed mij voor hun moordlust,
red mijn kostbaar leven van die leeuwen.
18 Dan zal ik u prijzen in de gemeenschap,
u loven waar heel uw volk bijeen is.

19 Gun mijn vijanden, die valsaards, geen leedvermaak,
mijn redeloze haters geen blik van triomf,
20 want het woord vrede kennen zij niet,
en tegen de weerlozen in het land
smeden zij bedrieglijke plannen.
21 Ze roepen spottend,
hun mond wijd open:
'Zie hém daar!'

22 U hebt het gezien, HEER, zwijg dan niet,
mijn HEER, houd u niet ver van mij.
23 Verhef u, ontwaak, mijn God en mijn HEER,
verdedig mij, vecht voor mijn zaak.

24 Doe mij recht, HEER, mijn God,
u bent rechtvaardig,
sta niet toe dat ze zich om mij vermaken,
25 laat hen niet kunnen denken:
'Dit is wat we wilden.'
Laat hen niet kunnen zeggen:
'We hebben hem verslonden.'

26 Dat beschaamd staan en vernederd
wie zich verheugen op mijn ondergang.
Dat met schaamte en schande bedekt worden
wie zich boven mij verheffen.

27 Dat van vreugde juichen
wie willen dat mij recht wordt gedaan.
Laat hen gedurig mogen zeggen:
'Groot is de HEER,
vrede wil hij voor zijn dienaar.'
28 Van uw gerechtigheid zal mijn tong spreken,
van uw roem wil ik zingen, dag aan dag.

Ik verfrommelde het stuk papier en mikte het in een vuilnisbak. Die jongen gaf het nooit op.

92

Februari 1993

De Robocops die de hoofdpoort bemanden, waren politiemannen van het ministerie van Defensie, maar er hingen genoeg wapens aan hun lijf om de hele mondiale misdaad te bestrijden. Het was een raar gevoel om hen bij het wegrijden te passeren. Voor de laatste keer zag ik het kamp in mijn achteruitkijkspiegel.

Het kostte zelfs moeite om afscheid te nemen van de roodstenen campusgebouwen, hoewel die afbrokkelden door beroerde reparaties of verzakkingen van de grond – dat hing af van wiens advocaat je was. De laatste tien jaar was dit mijn thuis geweest. Ik vergaf me de kleine brok in mijn keel.

De vrienden en kennissen verdwenen niet zomaar, maar ik verloor wel iets wat sinds mijn zestiende mijn leven was geweest. Ik wist nu hoe Nish en Frank zich gevoeld hadden. En net als zij had ik maar twee echt tastbare herinneringen: mijn stable belt en mijn baret.

Ik moest naar allerlei afdelingen om mijn ontslagpapieren te laten tekenen, mijn soldij en de belastingen te regelen en me te laten bombarderen met vragen over waar ik naartoe ging en voor welk beveiligingsbedrijf ik getekend had. Ik voelde ook de korte, scherpe, agressieve verwijdering uit het systeem waar iedereen het over had.

De confrontatie met mijn bierpullen was de laatste nagel aan mijn legerdoodskist. De ene was van Squadron B en de andere van de Wing. Verder had ik een beeldje van een militaire vrijevalparachutist, dat ik in Ploeg 7 gekregen had. Als je dat krijgt, is er geen weg terug meer.

Dat is het. Je bent weg. Een fijn leven nog verder. Ik troostte me met de gedachte dat deze dag altijd gekomen zou zijn, of ik dat nu leuk vond of niet. Ik kon er maar beter aan wennen.

Wat ik echter kon vergeten, waren mijn zeven maanden aanklooien met paardenstaart, korte broek en slippers. Ik moest meteen voor Andrew aan de slag, en er was ook nog iets anders aan de orde.

Vlak voor Kerstmis was ik benaderd door een officier die naar Bravo Two Zero vroeg. Volgens hem stelden veel mensen belang in mijn gedachten, omdat er in de pers zoveel over de patrouille gespeculeerd werd. Er was van alles aan ons toegeschreven, van het opblazen van een Bagdadse energiecentrale tot een moordaanslag op Saddam Hoessein. Zelfs in het grote gebouw van het ministerie van Defensie in Whitehall gonsde het van de theorieën. De kwestie begon een eigen leven te leiden.

Het idee was dat we een eind aan de geruchtenstroom konden maken als ik het ware verhaal vertelde, want dan hoefde niemand meer te speculeren. Ik was daar geen tegenstander van. Vervolgens werd ook gesuggereerd dat mijn verhaal, als ik het zou vertellen, onderdeel van een breder opgezette geschiedenis van het Regiment kon zijn. Ik zei dat ik erover zou nadenken. Dat deed ik, en ik stelde vast dat ik de aangewezen persoon was om met het verhaal voor de dag te komen.

Ik maakte kennis met John Nichol en John Peters, de Tornado-bemanning die in 1991 boven Irak was neergehaald en zwaar gehavend met veel bombarie op de tv was vertoond. Nichol en ik hadden zelfs naast elkaar gestaan in de rij gevangenen die op het vliegveld van Bagdad op hun bevrijding stonden te wachten. Toen ze weer in Engeland waren en nog steeds bij de RAF dienden, schreven ze over hun ervaringen een boek dat *Tornado Down* heet.

Ik besloot het erop te wagen. Zo'n boek werd vast niet de louterende ervaring die ik volgens Frank nodig had, maar het leek me een aardige herinnering, en de paar duizend pond die ik ermee dacht te verdienen, zouden goed van pas komen.

Het manuscript ging een paar maanden later naar het ministerie. Daar wilden ze een aantal veranderingen, en dat vond ik best. De glasvezelkabel moest ik bijvoorbeeld een 'landlijn' noemen; ze wilden ook dat ik een andere operatiezone voor de patrouille opgaf en dat ik bepaalde uitrustingsstukken niet noemde omdat die tactisch nog gevoelig lagen. Ook daarmee kon ik leven. Ik wilde het verhaal van Bravo Two Zero vertellen zonder uitrusting te verraden of toekomstige operaties in gevaar te brengen.

De keuring verliep uiterst beschaafd, en het ministerie vroeg me zelfs om een aantal gesigneerde exemplaren als het boek verschenen zou zijn.

Terwijl dit allemaal werd afgewikkeld, werkte ik gewoon voor Andrew, want ik was niet van plan er mijn baan voor op te geven.

93

Nish had eindelijk een Cessna gekocht en vloog in dat ding naar Groot-Brittannië. Op zijn eigen onnavolgbare wijze deed hij dat zonder de voorgeschreven radio's en veiligheidsmaatregelen. Alles wat hij wél meenam, was tweedehands en met gaffertape vastgezet.

Hij had zijn vierpersoonstoestel de bijnaam Zephyr gegeven. Vliegtuigen waren in de Verenigde Staten veel goedkoper dan bij ons, en hij was van plan het na terugkeer te verkopen, zodat hij wat geld in zijn grote sprong kon investeren. Tegen de tijd dat hij landde, was er eigenlijk niet veel meer te verkopen. Hij had de twee achterste stoelen eruit gesloopt voor een extra brandstoftank. Omdat het toestel maar één motor had, die er tijdens testvluchten bovendien al een paar keer de brui aan had gegeven, verwijderde hij de meeste bouten uit de deur en trok hij een survivalpak aan. Als de Zephyr neerstortte, wilde hij de deur eruit trappen en in zijn reddingboot springen. Die laatste was een opblaasbare rubberboot die hij bij Toys R Us gekocht had. 'Ik had best mijn vaders record kunnen breken,' zei hij over de telefoon tegen me. 'Die peddelde zeventien uur over de Middellandse Zee toen hij daar zijn Spitfire geparkeerd had. Heb je enig idee hoeveel tijd het zou kosten om van Newfoundland naar IJsland te varen?'

Nish had niet de juiste radio of antenne, maar daar wist hij wel iets op. Hij bond het ene uiteinde van een rol ijzerdraad aan een baksteen die hij onder het vliegtuigje hing. Als hij wilde communiceren met de diverse luchtleiders of de straalvliegtuigen die op hun Noord-Atlantische routes boven zijn hoofd passeerden, liet hij de antenne een paar meter zakken of stijgen, afhankelijk van de betrokken frequentie. 'Ik wist wel dat al die antennetheorie nog weleens nuttig zou zijn...'

Het was totaal geschift, maar het lukte. Hij vloog eerst naar Canada en vervolgens over de Atlantische Oceaan naar IJsland. Uiteindelijk wist hij Schotland te bereiken. Zo simpel was het. Bij aankomst had hij het idee van verkoop weer laten varen, volgens mij omdat hij te gehecht was geraakt aan die eenmotorige rammelkast.

Direct na zijn terugkeer ging de ruimtesprong zijn leven beheersen. Zijn huis veranderde in een kantoor, en hij was een groot deel van zijn tijd bezig om de Russen onder druk te zetten voor een ruimtepak uit de Sojoez. De Amerikanen wilden op geen enkele manier meewerken. Misschien beschermden ze Joe Kittingers record.

Er was nog iets anders gaande. Nish had een vriendin – min of meer – maar ik had haar nooit ontmoet, en wist niet eens of ze in Engeland was. Ze hadden elkaar leren kennen in Washington, na mijn vertrek. Ze heette Anna. De ene week was ze een Russin, de andere half-Russisch, half-Filippijns. De ene minuut speelde ze klassieke muziek, de andere studeerde ze medicijnen. Zolang ze Nish maar gelukkig maakte. Ik vroeg me af wat ze van zijn bedrijfsauto vond: een gebutste oude Ford Sierra met meer roest dan verf.

Frank maakte zich zonder ophouden zorgen over iedereen. Dat zal wel bij zijn taakomschrijving gehoord hebben. Hoe dan ook, toen ik Nish een keer belde om te vragen hoe het ging, bleef zijn telefoon rinkelen. Het antwoordapparaat stond uit, en dat betekende dat hij weg was, om te gaan parachutespringen, bijvoorbeeld, of om in zijn Zephyr naar Moskou te vliegen. Die man was altijd overal tegelijk en altijd met een snelheid van boven de 200 kilometer per uur.

Durfde Frank al onder ogen te zien dat zijn ontslag een stommiteit was geweest? Dat wist ik nog steeds niet, maar het zat me niet lekker dat hij weer soldaatje ging spelen. Hij had alles wat hij wilde, leek me: zijn toga, zijn kerk en zijn kudde... Als hij in vol ornaat een trouwerij deed, was ik trots op hem. Hij zag er als een echte geestelijke uit, zeker nu hij een fatsoenlijke stropdas had.

Op een gegeven moment moet je de knoop doorhakken, maar ik had de indruk dat Franks zwaard nog steeds in de lucht hing. Ik maakte me dan ook evenveel zorgen om hem als om Nish.

94

Ik trof Nish een paar keer tussen zijn pogingen om steun voor zijn ruimtesprong te vinden en allerlei parachutesprongen in Spanje.

Terwijl hij en Harry, de adonis van de mariniers, druk bezig waren om bruin te worden, had ik een klus als lijfwacht in Noordwest-Engeland, even buiten Blackpool. Nish' glimmende nieuwe folder viel bij mij op de mat en meldde dat hij voor zijn sprong een heliumballon van 27.000 kubieke meter ging gebruiken. Verder stond er:

Glasvezelcamera's in de [parachutisten]helm en een microgolfzender op zijn lichaam stellen de kijkers in staat om precies te zien wat hij ziet terwijl hij een snelheid van meer dan 1.280 kilometer per uur bereikt. De internationale bestsellerauteurs Tom Clancy en Frederick Forsyth hebben zich bereid verklaard commentaar te leveren tijdens de live tv-reportage en in de documentaire daarna.

Ik belde hem om hem een beetje te stangen. Hij klonk gelukkig en zei dat hij een overeenkomst had gesloten die inhield dat de NASA eindelijk meedeed.

'Wat voor overeenkomst?'

'Ik moet Harry helpen om een wetenschapper met zijn spullen een berg op te krijgen.'

'Welke berg?'

'De Everest.'

De NASA had de Tissue-equivalent Proportional Counter ontwikkeld, een apparaat om het niveau van zonlicht en het effect daarvan op de huid te meten. Het was al tijdens diverse shuttlevluchten getest, maar dat ruimteschip was te snel om nuttige resultaten te krijgen. De onderzoeker Karl Henize wilde het stralingsniveau op verschillende hoogten tijdens de klim meten. Die gegevens moesten dan ter beschikking komen van zowel de NASA als High Adventure, het bedrijf van Loel Guinness.

'Heb je weleens geklommen?'

'Ik leer het al doende. Je zet toch gewoon het ene klimijzer voor het andere?'

Hij liever dan ik, maar hij stond te popelen en ik was blij voor hem.

Ik zag hem een paar weken later opnieuw. Nish was niet meer de oude. Hij was sterk vermagerd, maar dat weet ik aan de training. Bovendien probeerde hij te stoppen met roken. Hij at aan één stuk door gummibeertjes, maar dat hielp niet. Als hij een heel zakje had weggewerkt, vierde hij dat met een paar sigaretten.

Frank had gelijk: Nish' toestand was zorgwekkend. Hij was geen zorgeloze flierefluiter meer. Zijn vitaliteit was helemaal weg. Zelfs zijn bevattingsvermogen leek aangetast en het leek ook of hij iets te veel nadacht voordat hij iets zei. Bovendien zag hij er beroerd uit.

Ik kende Anna nog steeds niet. Ze was begin twintig – een jaar of twaalf jonger dan hij – en volgens Nish 'exotisch'.

Haar vader was een echte Rus en haar moeder een Filippijnse. En ze studeerde echt medicijnen. Ze sprak Italiaans, speelde klassieke muziek... van die dingen.

Toen Nish terug was uit Washington, kwam ze een paar keer op bezoek en viel kennelijk voor hem. Ze had zich ingeschreven aan de universiteit van Bristol en zette haar medische studie daar voort. Het rare was dat er geen enkele foto van haar in zijn huis stond, maar dat kwam misschien omdat het daar zo vol lag met folders met gelul over ruimtesprongen.

'Ik heb geen tijd meer.' Hij stak een volgend vruchtensnoepje in zijn mond. 'Overwerkt. Snap je wat ik bedoel?'

'Wacht maar tot je de Everest beklimt. Dán raak je pas overwerkt.'

Nish was niet de enige die me zorgen baarde. Frank wilde de St Peterkerk opgeven en fulltime als aalmoezenier het leger in gaan. Dat was niet erg christelijk van hem. Met wie moest ik nu mijn McBabbel houden?

Nish vertrok met Harry. *Bravo Two Zero* verscheen in november en stond meteen op de bestsellerlijsten. Uiteindelijk werd het zelfs het best verkopende oorlogsboek ooit. Ik kon het nauwelijks geloven. Zelfs de uitgevers hadden dat niet verwacht.

In de eerste maand van het succes begonnen de problemen. Generaals in leunstoelen gaven interviews waarin ze mopperden dat ik geheimen verried en de nationale veiligheid in gevaar bracht. Deze zogenaamde deskundigen wisten blijkbaar niet dat het boek vooraf het groene licht had gekregen. Ik las artikelen waarin stond dat het ministerie van Defensie ontsteld was over de onthullingen. Ik begreep er niets van.

'Op die manier verkoop je nou eenmaal kranten.' De man naast me op de achterbank van de legerauto wees naar een van de gewraakte kranten op mijn schoot. 'Laat je niet van de wijs brengen.'

Ik was niet van plan om zo'n hoog lid van de defensiestaf tegen te spreken, vooral niet omdat we op weg waren naar Sandhurst, waar ik de kerstlezing moest geven.

95

Februari 1994

Nish was nog steeds weg, en sinds zijn vertrek naar de Everest in de herfst daarvoor had ik hem niet meer gezien. Frank was van de aardbodem verdwenen, maar dat gebeurde wel vaker. We hadden niet bepaald een baan van negen tot vijf en evenmin de afspraak om elkaar na afloop van elke werkdag te treffen. Ze kwamen wel weer boven water. Geen nieuws was goed nieuws.

Dacht ik.

Ik was in het buitenland toen ik geruchten hoorde dat Nish iemand vermoord had. Frank, Andrew, Harry... ik kreeg geen enkele betrouwbare bron te pakken. Uiteindelijk belde ik het kamp, maar ik werd van het kastje naar de muur gestuurd. Iedereen had een ander verhaal. Nish had een man vermoord. Nish had een vrouw neergestoken. Hij zat in een Franse gevangenis. Hij was in een Engels ziekenhuis.

'Enig idee waar Frank Collins uithangt? Volgens mij zit hij bij het territoriale leger in het noorden.'

'Hij zit bij de 5de Airborne Brigade.'

Ik kreeg hem via een militair nummer in Aldershot te pakken. 'Wat is er in jezusnaam gebeurd, Frank? Heeft hij iemand vermoord?'

'Nee, nee, nee. Tijdens de tocht over de Everest is iemand overleden. Nish was daarbij.'

'Jezus, goddank... Ik zag hem al achter de tralies zitten en...'

Frank zweeg even aan de andere kant van de lijn. Toen zei hij: 'Daar heeft hij wel even gezeten. Hij probeerde zijn vriendin te vermoorden.'

'Anna? Hoe kreeg hij het in zijn kop?'

'Dat weet ik niet. Hij heeft haar neergestoken. Ze leeft nog. Hij had al dagen niet geslapen en was helemaal ingestort. Hij denkt dat iedereen hem wil vermoorden. Hij denkt dat Anna de duivel is. Hij is paranoïde...'

'Waar is hij nu? Kunnen we iets voor hem doen?'

'Daar wordt al voor gezorgd. Hij heeft in Chamonix in een gekkenhuis gezeten.'

'Frankrijk?'

'Ze waren daar bij Harry en zijn vriendin op vakantie.'
'Is hij in staat van beschuldiging gesteld?'
'Ik geloof van niet. Ze hebben hem naar Engeland teruggebracht. Ik bid voor hem.'
'Wie zijn "ze"?'
'Harry, Des en Schwepsy. Ze hebben advocaten ingehuurd om hem naar een Londense kliniek te krijgen. Hij krijgt veel steun, maar zijn geest is weg.'

De nachtmerrie was tijdens de beklimming van de Everest begonnen. Vierentwintig klimmers deden een poging om via de noordwand de top te bereiken. Karl Henize van de NASA was een enthousiaste amateurklimmer. Nish was de enige zonder ervaring.

Henize was zowel astronaut als wetenschapper. Hij had in de support crew van een aantal Apollo 15- en Skylab-vluchten gezeten en die waren zo'n 120 keer rond de aarde gevlogen. Tijdens de vlucht van de Skylab 2 was hij verantwoordelijk geweest voor de werking van de robotarm en had hij verscheidene wetenschappelijke experimenten uitgevoerd. Hij was ook een vooraanstaande astronoom, met talloze technische artikelen op zijn naam. En verder had hij meer dan tweeduizend sterren ontdekt, en die werden in de catalogi aangeduid met de letters HE.

Ze waren aan de beklimming van de noordwand bezig, toen Nish op een hoogte van 5.100 meter zware hoofdpijn kreeg. Op 5.400 meter raakte hij achter. Zijn hoofd bonsde. Hij gaf over. Zijn hartslag steeg tot honderd per minuut. Hij had hoogteziekte en kon maar één ding doen: afdalen naar het basiskamp, weer acclimatiseren en opnieuw beginnen.

Hij was na een paar dagen hersteld en ging de anderen weer achterna, die zich intussen op een hoogte van meer dan 6.000 meter bevonden. Daar waren ze gestopt om een week te acclimatiseren voordat ze aan de volgende etappe begonnen.

Nish was al op 7.200 meter toen hij Harry en een paar andere afdalers tegenkwam. Ze droegen Karl in een Gamow-bag, een hyperbarische drukzak. Door het kleine plastic raampje zag Nish dat Karls lippen blauw waren en dat zijn oogleden fladderden.

De pomp van de zak moest ongeveer elke vijf seconden bediend worden, niet om de druk te handhaven, maar om frisse lucht toe te laten en een stuwing van CO_2 tegen te gaan. De volgende dag was het op een gegeven moment Nish' beurt om de pomp te bedienen. Hij praatte tegen Karl over zijn verblijf met Harry in Afrika en probeerde Karls geest aan het werk te houden, hoewel zijn lichaam niets meer kon. Het had geen zin. Ze begroeven Karl op de berg onder stenen en schalie, zoals hij gewild had.

Nish voelde zich verpletterd omdat opnieuw iemand onder zijn hoede overleden was. En zijn problemen waren nog allerminst voorbij. Hij had de ene nachtmerrie nog maar nauwelijks achter de rug of de volgende diende zich al aan.

Nish en Anna gingen naar Frankrijk om Nieuwjaar te vieren bij Harry en zijn vriendin, die even buiten Chamonix woonden. Tegen de tijd van hun aankomst wist Nish zeker dat zij de duivel was en hem wilde vermoorden. Hij at niets, uit angst dat ze hem wilde vergiftigen. Hij was inmiddels zo mager als een lat en nog maar een schaduw van zijn vroegere zelf. Hij had ook al zeven dagen niet geslapen. Hij was een soldaat op wacht, wetend dat de aanval kwam. Hij moest zijn kop erbij houden en haar uit de weg blijven, want hij wist dat ze zijn gedachten kon lezen.

Ze huurden op het vliegveld een auto en gingen op weg naar Harry's huis. Anna reed. Ook nu weer moest Nish buitengewoon waakzaam zijn. In elke bocht kon ze de weg af rijden en de auto het ravijn in sturen. De auto zou dan in brand vliegen, maar omdat zij de duivel was, kwam zij ongedeerd uit de vlammen tevoorschijn, terwijl hij tot as verbrandde.

Toen ze door Chamonix reden, zag Nish een groep gendarmes op een straathoek staan. Hij liet haar stoppen, sprong uit de auto en rende naar hen toe – verwaarloosd, uitgemergeld en met een ingevallen gezicht door slaapgebrek. Hij sprak geen Frans en zij spraken geen Engels. Duwend en trekkend probeerde hij de zaak duidelijk te maken, maar de communicatie verliep niet optimaal. Waarom begrepen ze niet dat zijn vriendin hem probeerde te vermoorden? Ze had een betovering over hen uitgesproken; daarom stonden ze aan haar kant.

Toen de confrontatie in een vechtpartij ontaardde, belde Anna Harry. Hij kwam net op tijd om te voorkomen dat Nish gearresteerd of geslagen werd.

Harry bracht hen naar hun hotel, maar Nish bleef op wacht. Dat was zijn achtste nacht zonder slaap. Tegen zonsopgang kwam het idee bij hem op dat hij uitverkoren was en het zwaard moest heffen tegen het kwaad.

In de loop van de ochtend vond Anna dat ze iets moest doen. 'Nish, je moet iets eten.' Ze gooide hem een mandarijn toe.

Kun je net denken. Hij gooide het ding terug, en zij ving het op.

Ze is scherp, dacht hij. En dat klopte natuurlijk, want ze was de duivel.

Hij vroeg zich af: moest hij alles opeten? Als hij alles opat, zou hij sterven. Als hij niet meer dan een hap nam, stelde hij haar misschien tevreden. Dan kon hij misschien aan haar goede kant blijven en verhinderen dat ze hem in een vuurbal veranderde. Maar als dat gebeurd was, moest ze sterven. Hij moest haar vermoorden. Als hij dat niet deed, zou ze ook zijn zoon Jason vermoorden.

Het viertal trok de bergen in, en Nish drong er bij Harry op aan om niet van zijn zijde te wijken, zelfs niet als hij naar het toilet ging. Harry was de enige die hij vertrouwde, die hem zou beschermen. Hij wist dat Harry te slim was om zich in Anna's netten te laten verstrikken.

Op de terugweg sloeg bij Nish de waanzin toe. Hij kon zijn gedachten niet meer voor zich houden, vertelde de drie anderen dat Anna moest sterven, en legde zijn plan uit. Eenmaal in Chamonix stopte Harry bij een ziekenhuis, waar hij een arts kende.

Nish zag meteen dat Harry en zijn vriendin in Anna's ban waren geraakt. Ze stonden nu aan haar kant. Hij had geen moment meer te verliezen en moest haar onmiddellijk doden. Terwijl ze door het ziekenhuis liepen, greep hij een schaar uit een bakje en viel haar aan. De punten gleden over haar hoofd en boorden zich in haar schouder. Hij trok de schaar eruit terwijl zij gillend op de grond viel. Hij moest de punten in haar ogen zien te krijgen en haar snel afmaken.

Harry werkte hem tegen de grond op het moment dat de schaar in Anna's borstkas drong.

Nish jubelde. 'Is ze dood? Is ze dood?'

Harry hield zijn hoofd in een houdgreep totdat er hulp kwam. Nish kreeg een injectie. De politie boeide hem en bracht hem naar een psychiatrische kliniek. Hij werd opgesloten in een witgeschilderde kamer die hem aan een ijsgrot deed denken. Hoog in een van de muren zat een ventilator. De glimmende, witte bewaker die altijd buiten de deur stond, was een sneeuwman.

96

Juli 1994

Ik bonsde die ochtend op de deur van Nish' huis in Hereford. Het geleuter van een praatprogramma op de tv klonk door het raam. Nish bekeek die programma's nooit. Hij wilde alleen dat het toestel aanstond, want het lawaai en het geflikker verhinderden dat hij te veel nadacht.

Zelfs de glimlach waarmee hij me begroette, maakte een geforceerde indruk. Hij was pijnlijk mager. De hele vorm van zijn lichaam was veranderd. Op een Oxfam-poster was hij beter op zijn plaats geweest dan in een advertentie van Calvin Klein. Zijn ogen stonden vochtig en dof, niet scherp en woest. De wolf in hem was gevlucht.

We passeerden de sofa met het verfomfaaide dekbed waaronder hij zijn leven sleet. Toen begon een Daz-reclame op de tv. 'Daar moet je wat aan doen, joh. Neem dat dekbed eens onder handen.'

Hij kwam bijna nooit meer de voorkamer uit. Zijn wereld draaide rond die sofa van bruin velours, bezaaid met brandgaten van sigaretten. Het dekbed zag eruit alsof hij het op een jaagpad had gevonden.

Overvolle asbakken en borden met half opgegeten kaastosti's bedekten bijna elk horizontaal oppervlak in de keuken. Door de geneesmiddelen kreeg hij in elk geval – een soort – honger.

Dat was niet het enige neveneffect. Een groot deel van zijn tijd leefde hij als een zombie, maar hij kon niet slapen. Hij had krampen, zenuwtics, een droge mond en een slecht gezichtsvermogen. Chlorpromazine, onderdeel van de antipsychotische cocktail die hij slikte, was een bedwelmend middel. Hij werd er doezelig en lethargisch van. Hij dacht nog steeds dat de hele wereld tegen hem was, maar haalde niet meer zijn luie reet van de bank om er iets tegen te doen.

De keuken zag eruit alsof hij die met spullen van de rommelmarkt had ingericht, en dat was vermoedelijk ook zo. Hoge stapels kopjes en mokken stonden in de gootsteen te wachten tot kaboutertjes ze kwamen afwassen. Zijn witte plastic tuinstoel stond nog steeds tegenover de koelkast. Hij zat daar met het ding te praten als er niets op de tv was. Zo'n gesprekje met de koelkast vond hij leuk, omdat die het altijd eens was met wat hij zei.

Alle ramen waren dicht en het huis stonk naar sigaretten en scheten, maar dat was niet grappig meer.

Nish kon zich alleen nog maar flitsen herinneren van wat er na de steekpartij gebeurd was. Hij wist dat hij op de grond had gelegen terwijl mensen zijn armen vasthielden en iemand op zijn rug zat. Hij hoorde Harry's stem zeggen dat alles oké was en dat hij zich niet moest verzetten. De vloer lag koud tegen zijn wang en rook sterk naar boenwas en desinfecterende middelen. Even dacht hij als jonge rekruut terug te zijn in de gangen van het parachutistendepot.

Anna herstelde en vloog naar Amerika terug, maar voor Nish was het kantje boord geweest. De Franse artsen wilden in hem snijden; de politie wilde hem aanklagen. Zijn hoofd was een autowrak. Hij keek veel uit het raam van zijn ijsgrot en probeerde dan vast te stellen waar het noorden lag. Hij wilde weten of hij de Alpen moest oversteken om zich in veiligheid te brengen. Hij wist dat het – gekleed in alleen een pyjama en een ochtendjas – moeilijk ging worden, maar zulke dingen moest je tot en met het laatste detail plannen.

Harry had zich als internationale reddingsbrigade ontpopt. Hij belde Des, Schwepsy, Loel Guinness en Saad Hariri, Nish' vroegere werkgever in Washington. De beste advocaten uit Parijs bogen zich over de zaak.

Zwak licht drong door de vettige netgordijnen achter de gootsteen heen terwijl hij met geelbruine nicotinevingers in de puinhoop aan het graaien was. Via zijn open spijkerhemd krabde hij zijn buik. 'Wil je thee?'

'Ja, graag. Maar spoel die dingen effe af, wil je?'

De melk was ongetwijfeld weer bedorven en aan de bodem van elke mok hingen minstens tien ziekten. Buiten in de tuin lag het hek na de storm van een jaar eerder nog steeds tegen de grond. Het gras was zo hoog dat een nijlpaard zich had kunnen verbergen. Die arme jongen was zo kierewiet en kon alleen nog een kraan openzetten.

Harry had Des in de Verenigde Staten opgebeld. Des had al zijn bezigheden gestaakt en probeerde meteen een vlucht te krijgen, maar dat bleek makkelijker gezegd dan gedaan. Sneeuwstormen hadden heel Amerika tot stilstand gebracht, en hij had zelfs twee dagen op het vliegveld vastgezeten voordat hij New York kon bereiken. Daar boekte hij onmiddellijk meer dan twintig vluchten via het Verre Oosten en Zuid-Amerika, zolang hij maar in Genève kon komen.

Des was vol schimpscheuten en geplaag bij Nish komen binnenwaaien. 'Hé, Grote Neus, hoe gaat ie, lijpo? Ik heb altijd wel gezegd dat je in een isoleercel thuishoort.'

De altijd formele Schwepsy had Nish een hand gegeven. Ze werkten met een advocatenkantoor dat ook de Franse regering vertegenwoordigde, en vroegen de best mogelijke medische adviezen. Ze moesten een Britse arts zoeken die de verantwoordelijkheid voor hem op zich wilde nemen. Maar er was ook een privévliegtuig nodig, want geen luchtvaartmaatschappij ter wereld was bereid hem mee te nemen, zelfs niet in een dwangbuis. Loel Guinness had zijn vliegtuig aangeboden en Saad betaalde alle andere kosten. Des' bijdrage had bestaan uit champagne voor onderweg plus een paar bloedmooie verpleegsters.

Een paar dagen later vlogen ze Nish naar huis. Een ambulance stond klaar om hem rechtstreeks naar de Charter-kliniek in Chelsea te transporteren. Een van de psychiaters daar werd ook ingehuurd door de koninklijke familie. Naar de kosten werd niet gekeken.

Terwijl hij onhandige pogingen deed om een ketel water op te ztten, haalde ik diverse stapeltjes biljetten van 50 pond uit mijn jasje. Ik gooide ze op het aanrecht om een nonchalante indruk te maken.

Hij fronste zijn wenkbrauwen. 'Wat is dat?'

'Je hypotheek. Als je die niet betaalt, sta je op straat. We zijn met de pet rondgegaan.'

Nish had niet meer gewerkt en had niet eens meer de kracht om de bijstandsformulieren in te vullen. Hij liep achter met zijn aflossingen. Ik wist niet of hij dat wist. Misschien wel, maar dan kon het hem niet schelen.

De geneesmiddelen die hem hielpen, maakten hem ook gestrest. Ze kalmeerden hem soms niet, en dan kreeg hij weer een aanval van paranoia. De laatste had plaatsgevonden in de Stonebow Unit van het Hereford General. Na vier weken in een Londense kliniek was hij daarnaartoe gegaan: eerst als gewone patiënt, en toen het langzamerhand beter met hem ging, op poliklinische basis. Op een dag sloeg hij een verpleegster omdat hij dacht dat ze het op hem voorzien had. Meteen daarna overstroomde hij haar natuurlijk met brieven, kaarten en bloemen, want hij vond het vreselijk. Gelukkig reageerde ze er goed op: het hoorde bij haar werk, en ze had het al eens eerder meegemaakt. Na zijn ontslag uit het ziekenhuis hielp ze hem zelfs de bijstandsformulieren in te vullen die als een berg op zijn keukentafel lagen.

Hij haalde een fles melk uit de koelkast. Ik ving een glimp op van een Mars en een paar stukken kaas. Meer lag er niet. Hij keek naar het geld. 'Ik kan het niet aannemen, Andy. Dat weet je.' Hij praatte traag.

'Het is geen kwestie van kunnen of niet, maar van moeten,' zei ik. 'Ik kan het niet teruggeven, want ik weet niet meer wie wat heeft gegeven.' Dat was gelogen. Iedereen had 500 pond bijgedragen, behalve Frank. Die had er 1.000 gegeven. Ik zei tegen hem dat de eerste 500 van hem kwamen en de tweede 500 van God, en daar moesten ze het maar mee doen. Ik wist ze allebei te vinden.

'Beschouw het maar als een lening.'

Hij keek me uitdrukkingsloos aan. 'Dat is allemaal goed en wel, maar ik kan het nooit terugbetalen. Toch?'

'Sommige leningen hebben een heel lange looptijd.'

Hij zette een mok voor me op het aanrecht en bestudeerde het geld. Na een tijdje haalde hij een biljet uit een van de pakjes.

Ik huiverde toen ik de thee proefde. 'Je kunt een deel ervan bijvoorbeeld investeren in de aankoop van een pak verse melk...'

Hij stak het geld in de achterzak van zijn spijkerbroek, maar proefde de thee niet eens. Kennelijk was hij niet echt gek.

'Zullen we Hillbilly's graf bezoeken?'

Ik knikte. 'Goed idee.'

Nish kwam niet vaak buiten, omdat hij het niet prettig vond dat de mensen over hem praatten als hij over straat schuifelde. Hij kreeg liever een lift.

'Wacht effe.' Hij ging naar de voorkamer en rommelde wat in een stapel schoenendozen.

Ik reed over de oude brug en door de stad naar de St Martin-kerk.

Onderweg stopten we voor een kleine Spar. Hij stapte uit.

'Koop ook effe wat zeep als je toch bezig bent, Nish!' riep ik hem na. 'Doe als Daz!'

Hij kwam niet terug met melk en waspoeder, zelfs niet met de sigaretten die ik verwacht had. In plaats daarvan zwaaide hij met een fles Captain Morgan. 'Die heb jij niet nodig, joh. Je hebt al genoeg drama zonder dat. Die rotzooi moet je niet door je keel gieten.'

'Hou je mond, eikel. Het is niet voor mij.' Hij sloot het portier. 'Nou, waar wachten we op?'

97

Ik reed over Ross Road in de richting van de Lines en sloeg bij de kerk af naar een grindpad.

We liepen langs de heggen naar het regimentsterrein. Over de hoofdweg reed verkeer af en aan, maar de bomen, heggen en oude stenen muur sloten het lawaai effectief buiten. Ik weet nog steeds niet zeker of die muur inderdaad het lawaai tegenhoudt. Misschien sluit mijn geest het wel buiten als ik daar ben. Hoe dan ook, het was er vredig.

We liepen tussen de kaarsrechte rijen grafstenen.

Op de lage muur rechts van ons hing een rij plaquettes van jongens die bij hun familie of op een slagveld begraven waren.

Ik kende te veel van die namen.

Op sommige graven stonden bloemen: soms vers, soms al een beetje verlept. Op andere graven stond niets, maar het hele terrein was netjes, fris en goed onderhouden.

Als ik de jongens kwam opzoeken, stal ik meestal een stel bloemen van andere graven, waarmee ik dan mijn eigen gedeelte bestrooide. Nish deed hetzelfde. Hij boog zich over Hillbilly's graf en schikte een klein bosje in een jampot. Deze jongens dronken altijd samen een biertje; natuurlijk moest hij dit doen.

Hij leek me nu wat beter bij de tijd. Het uitje deed hem misschien goed.

Ik gunde hem zijn eigen gedachten en dacht ook zelf het nodige.

Nish stond op. Zijn spijkerbroek was vanaf de knie doorweekt.

Zijn uitdrukking veranderde toen hij de rum uit zijn jasje haalde. Hij draaide de dop los. 'Een slok voor op het slagveld, makker. Daar ga je.'

Hij nam zelf de slok. 'Ik wilde dat ik iets gedaan had tegen die kolerelijer die over het hek sprong.'

Ik wist niet goed tegen wie hij het had. Tegen Hillbilly? Tegen mij?

'Als ik aan de overkant van de plas niet zo'n schijtlaars was geweest, was ik nu misschien bij je.'

Hillbilly dus.

'Ik had je misschien kunnen redden.'

Hij rommelde in zijn achterzak en gaf me een opgevouwen stuk papier. Het was een brief van de commandant, gedateerd op 6 maart 1986 – een paar weken voordat hij werd opgenomen. Toen we op een avond de stad in gingen, had hij me over die brief verteld.

> *Beste Nish. Zoals je weet hebben we kortgeleden in een tijdsbestek van twee weken twee succesvolle operaties uitgevoerd... Met deze brief wil ik jouw aandeel aan deze successen en aan de tegenwoordig bemoedigende situatie formeel bevestigen... Je hebt het volste recht om tevreden te zijn met en zelfs trots te zijn op het werk dat je verricht hebt. Aanvaard alsjeblieft mijn persoonlijke dank en via mij de dankbaarheid van het Regiment. Goed gedaan.*

'Als ik me wat meer gedeisd had gehouden, had ik met Hillbilly in Squadron B kunnen blijven. Dan zat ik nu misschien met hem in de Wing. Daar had ik met hem kunnen zijn. Misschien, misschien...'

Ik gaf hem de brief terug. 'Je kunt jezelf geen pak slaag geven. Hij zou willen dat je je leven gewoon voortzet.'

Hij gaf me de rum, en ik nam een slok terwijl we samen naar Al liepen. Daar verrichtte hij dezelfde ceremonie en dronk hij hem toe, waarna hij naar de grond keek en zijn hoofd schudde. 'Ik weet dat ik altijd hetzelfde zeg, maar het spijt me echt, joh. Er gaat geen dag voorbij...' Na een paar ogenblikken in zijn eigen wereld keek hij me aan. 'Zullen we maar gelijk jouw stelletje doen?'

98

We begonnen met Bob Consiglio, die Nish nooit ontmoet had. Ik vertelde dat hij een prima vent was, die het Victoria Cross had moeten krijgen voor wat hij gedaan had.

'Hij was Rambo, zo groot als een Action Man.'

Ik nam zijn pose aan: met een denkbeeldig machinepistool op mijn heup en mijn armen die schokkend heen en weer gingen als een schooljongen die oorlogje speelt. We lachten, maar wisten allebei wat de Mompelende Dwerg die nacht voor de rest van ons gedaan had.

'Verdomd goed.'

We brachten een heildronk op hem uit en goten een flinke slok over zijn grafsteen. Het was inmiddels gaan regenen.

Nish moest ineens aan iets denken. 'Hé, hield Bob eigenlijk wel van rum?'

Dat wist ik niet. 'Heeft ie pech gehad, want nou krijgt ie wat.'

Hij pakte de fles en goot nog wat extra's over Bob. 'Gewoon voor het geval dat.' Hij lachte voor de tweede keer in evenveel minuten. Ik had hem in geen maanden zo gelukkig gezien.

We liepen naar Vince. Nish had de fles bij zich. 'Laat mij het maar doen; ik weet dat hij niet vies is van een borrel.'

Hij goot een royale hoeveelheid uit de fles. 'Daar ga je, grote jongen.' Hij nam nog een slok, gaf de fles aan mij en legde zijn hand op de grafsteen. 'Zonder Vince zou ik niet door de Selectie zijn gekomen.' Hij gaf een klap op het marmer. 'Die jongen heeft me gered.'

Nish vertelde wat er tijdens de Fan Dance gebeurd was. Die uitputtende tocht vond al vroeg in de Selectie plaats en hield in dat je door de Brecon Beacons moest rennen met een Bergen op je rug. Het was midden in de winter. Nish was er ellendig aan toe. Zijn hoofd tolde en hij zat in de modder. Het was zo koud dat hij zijn handen en voeten niet meer voelde. Zijn zweet begon te bevriezen. Hij wist dat er soldaten omkwamen tijdens de Selectie. Hij ging tegen een rotsblok zitten, en terwijl hij zijn best deed om zich te vermannen, hoorde hij iemand vragen: 'Alles kits, joh?'

'Ik keek op en zag een enorme snor op me neerkijken. Dat was die klojo.' Hij sloeg nog een paar keer op de steen. Zijn ogen schoten vol tranen, en hij deed geen enkele moeite om dat te verbergen. 'Ik wist bij god niet wie hij was, maar hij zorgde dat ik een paar slokken water dronk, pakte zijn eigen Mars-repen voor me uit en zeurde net zo lang tot ik er twee of drie opat. "Kom op, man, het gaat heus wel." Hij liet me opstaan en zorgde dat ik doorliep.' Nish veegde de tranen van zijn wangen. 'Als Vince er niet was geweest, had ik het die eerste week al verknald.' Hij keek me aan. 'Vince hoefde me helemaal niet te helpen. Hij wist niet eens wie ik was. Verdomd goeie gozer.'

Nish bleef nog een kwartier naast Vince staan, kreunend en steunend over hoe iemand anders hem in een boek over Bravo Two Zero had afgeschilderd. Hij werd boos. De rumfles ging heen en weer. Ik was er allerminst zeker van of kapitein Morgan en de heer Chlorpromazine goed met elkaar overweg konden.

'Maak je geen zorgen, joh. Het belangrijkst is dat wij hem kennen. Iedereen die ertoe doet, kent hem.'

We volgden de lage muur, bleven af en toe staan voor een blik op jongens die we kenden, en wisselden meningen uit. We bereikten Steve Lanes plaquette, en ik gaf hem een scheut. We raakten kennelijk aangeschoten, want bij mijn eerste poging ging het mis.

We gingen als een paar dronkenlappen op een van de oude houten banken zitten. Het regende steeds harder, maar wij maakten ons op om de fles soldaat te maken.

Hij zweeg vaak vijf minuten, nam dan ineens het woord en deed er daarna weer het zwijgen toe. Dat vond ik best. Ik kwam hier meestal in m'n eentje. Het was goed om er te zijn met iemand die iets terugzei.

'Hoe is het gekomen dat je gek werd, weet je dat al?'

'Ze schijnen aan een chemische onevenwichtigheid in mijn hersenen te denken. En bovendien ben ik helemaal niet gek.' Zijn ogen straalden. 'Ik heb een psychotische instorting gehad. Het probleem is dat ze niet weten wanneer die onevenwichtigheid ontstaan is.'

'Dat moet bij je geboorte zijn geweest. Ik heb je nooit anders meegemaakt.'

Dat hoorde hij niet of snapte hij niet. 'Ik weet het gewoon niet, Andy. Ik weet het niet. Denk maar aan al die HALO-sprongen met steeds vijf minuten zonder zuurstof. We waren op de rand van de hypoxie, dat begrijp ik inmiddels. Misschien heeft heel Ploeg 7 er wel last van. Ik kan best slechts de eerste zijn die voor de bijl gaat. Of anders heeft de Everest het veroorzaakt. Ik was daar hondsberoerd. Alsof er een drilboor in mijn kop zat.' Hij nam een nieuwe slok en gaf de fles aan mij. Er was niet veel over. 'Ik weet niet wat de oorzaak is, maar verdomme, daarmee ben ik er niet vanaf.' Hij zweeg weer even. 'Je hebt natuurlijk gelijk, officieel ben ik gek. Voor mij niet zo'n papier als Snapper heeft.' Ineens kwam hij met een mededeling. 'Ik heb een soort vriendin.'

'Wat goed voor je, joh.'

'Ja, maar we kennen elkaar nog maar net.'

Hij stak een sigaret op, ineens bezorgd over de mogelijkheid dat zijn vingers niet geel genoeg waren. Ik wilde er niet naar vragen. Als hij wilde dat ik het wist, zou hij het vroeg of laat vertellen. Het kon iemand uit de Stonebow Unit zijn, die even gek was als hij, maar een gewone buurvrouw was ook mogelijk. Dat kon me niet schelen, zolang er maar iemand bij hem was. Zijn vrienden hielden hem in het oog: Harry, Des, Schwepsy... Allemaal liepen ze in en uit. Cameron Spence van Squadron A kwam een kijkje nemen zodra hij verlof had en geen Algerijnse olievelden hoefde te beschermen. Iedereen deed wat hij kon, maar de jongens trokken de hele wereld door, omdat ze van alles te doen hadden.

We bleven er een uur zitten, maar toen begonnen onze ballen te bevriezen. Nish beefde. Ik wist niet hoe dat kwam: door de geneesmiddelen, door de temperatuur of doordat we allebei doorweekt waren.

'Zullen we 's op huis afgaan?'

Hij knikte en kwam, zuigend aan al weer een sigaret, onvast overeind. 'Heb je er iets aan gehad?'

Ik rechtte mijn rug zo goed als ik kon. 'Waaraan?'

'Dat boek. Je weet wel. Was dat een louterende ervaring?' Hij keek me door zijn rookwolk heen aandachtig aan.

'Nee.'

We stonden allebei te wankelen. Ik wist dat hij in alle ernst probeerde te praten.

'Misschien voor mij wel. Je weet wel, net alsof je de demonen een voor een bij hun kont pakt en ze eruit schopt.' Hij deed net of hij een poster ophing. 'Zojuist verschenen, dames en heren, de gebonden editie van Nish Bruce' epische roman *Hoe word ik een potplant?*'

'Goeie titel,' zei ik. 'Misschien helpt het wel. Dat weet je maar nooit.'

99

Ik moest een praatje houden voor het parachutistenregiment van de 5de Airborne Brigade in Aldershot. De onderofficieren hadden vooral belangstelling voor allerlei aspecten van de Bravo Two Zero-patrouille: de leiding, de controle, de planning en de voorbereiding.

Ik kwam er hun nieuwe aalmoezenier tegen. Zodra in de kazerne bekend werd dat hij in Ploeg 7 had gezeten, werd zijn bijnaam Padre Two Zero.

Frank vond het heerlijk om weer in het leger te zitten. Hij deed me denken aan een fris kijkende rekruut, want hij liep daar in zijn uniform met iets veerkrachtigs in zijn pas, en zijn medailles rinkelden.

We liepen over Queen's Avenue, de hoofdstraat. Hij droeg een kastanjebruine baret met het insigne van een aalmoezenier en zijn boordje onder zijn jasje van het pararegiment. Zijn SAS-vleugels waren op zijn schouders genaaid.

'Gelukkig, Frank?'

'Heel gelukkig. Ik ben zelfs gaan klimmen.'

Ik trok een wenkbrauw op. Ik begreep nog steeds niet waarom iemand ergens tegenop wilde klimmen om er dan weer af te dalen, alleen maar om te kunnen zeggen dat ze het gedaan hadden.

'En nu breng je Gods woord in de levens van deze arme, onwetende soldaten?'

'Ja, soms.' Hij tikte op de vleugels op zijn schouders. 'Door deze dingen krijgen ze het gevoel dat ze met me kunnen praten. Ik vertel hun dat zelfs Stephen Hawking vindt dat er een God moet bestaan.'

Hij werd om de haverklap gegroet door een claxon of een schreeuw met een opgestoken duim.

'Ja, ik ben gelukkig. Ik ben terug. Ook met de soldij is niks mis. Ik doe weer vrije val en wil de K2 beklimmen.'

'Je had nooit weg moeten gaan, vind je niet, grote sufferd?'

Hij glimlachte. 'Zie je Nish nog weleens?'

'Die is weer in Hereford, maar hij kwijlt nog steeds en is nog steeds aan de medicijnen.'

'Ik bid voor hem.'

'Dat is heel goed, want ik ben samen met hem dronken geworden op de begraafplaats van het Regiment.'

Ik verwachtte een misprijzende blik, maar die bleef uit.

Ik liet Frank verder met rust, zodat hij Gods werk kon voortzetten, maar voordat ik in de auto stapte om weer naar Hereford te rijden, pakte hij mijn arm. 'Weet je dat ik een boek wil schrijven?'

'Waarover?'

'Ik wil over God praten, hoe het allemaal gebeurd is en hoe ik Hem gevonden heb. Ik weet waarom Hij me hier heeft neergezet, Andy, en dat kan andere mensen helpen. Volgens mij zou het helpen als ze mijn verhaal kenden.'

100

9 mei 1998

Ik slenterde weer met Nish naar de grote tent. Het Eurovisie Songfestival maakte iedereen hongerig. Enorme hoeveelheden voedsel en drank verdwenen terwijl Terry Wogan ons opgewekt aan de concurrerende optredens herinnerde voordat de grote stemming plaatsvond. Rond de tafels klonk een koor van toejuichingen en boegeroep.

Nish legde een arm rond mijn schouder. 'Leuk feest, Andy. Maar waar is Jackie Collins gebleven?' Franks *Baptism of Fire* was in oktober verschenen, en hij had er enige roem mee geoogst: Nish noemde hem geen eerwaarde meer en gaf hem een nieuwe bijnaam.

Ook de roddelpers was dol op hem als onweerstaanbare combinatie van Rambo en Moeder Teresa. De Claymoretas hing nog aan zijn schouder, maar nu zat er een bijbel in, plus een stapel foto's, omdat veel mensen hem op straat staande hielden en een handtekening wilden. Er ging geen dag voorbij zonder een hele stroom fanmail, en hij kreeg meer verzoeken om praatjes over zijn belevenissen dan hij aankon.

Frank was weer uit het leger en probeerde nog steeds iets onduidelijks te vinden. Hij had zijn aalmoezeniersstoga aan de wilgen gehangen, en alle buitenlandse liefdadigheidsinstellingen en organisaties voor kinderbescherming verdrongen zich om hem heen. Hij deed nog steeds aan vrijevalspringen en beklom in de weekenden bergen om dichter bij het hoofdkwartier van het God-squadron te zijn.

Nish leek zijn duivels te hebben uitgebannen en had zich weer stevig genoeg in de hand om een boek te schrijven. *Freefall* zou drie maanden later verschijnen. Hij grijnsde schaapachtig naar me. 'Dan zie je wel hoe gek ik ben.'

Hij zag Livvy staan – ze woonde inmidels bij hem – en liep snel naar haar toe. Ze was in de dertig, had een heel knap gezicht en combineerde een baan met het alleenstaande ouderschap en twee dochtertjes. Nish was verzot op haar. Ik was gelukkig voor hem. Iemand pakte hem onder de armen, en zo te zien werkte dat. Ze moest iets in hem hebben gezien als ze bereid was te blijven na één blik op de gootsteen en die vreselijke bruine sofa.

Hij nam nog steeds medicijnen, omdat zijn aanvallen van paranoia terugkwamen. Op een gegeven moment dacht hij dat de IRA, vermomd als wegwerkers, het op hem gemunt had. Tegenover anderen was hij agressief, boos, verdrietig en zwartgallig geweest. Hij had regelmatig in de Stonebow Unit verbleven en was tot over zijn oren onder de geneesmiddelen gezet, maar Livvy was al die tijd aan zijn zijde gebleven. Ze had het huis schoongemaakt en blijkbaar zijn leven op orde gebracht.

Een van de voordelen van zijn nieuwe medicijnen was een obsessie met persoonlijke reinheid, hoewel hij zich blijkbaar nog steeds dood wilde roken.

Frank kwam naast me zitten toen de uiteindelijke stemming begon. De Israëlische travestiet won, en deze sweepstake leverde me 80 pond op. Meer dan dat zat er niet in.

101

In de loop van de ochtend ging iedereen die de nacht bij mij had doorgebracht – in tenten of slaapzakken op de grond – weer naar huis. Ik liep voorzichtig rond, raapte lege dingen op en maakte de tent klaar voor het verhuurbedrijf.

Om zes uur hoorde ik op mijn tuinpad een oude dieselmotor kuchen, hoewel ik geen bezoekers meer verwachtte. Ik ging naar buiten en bleef op de brug staan terwijl Frank zijn Mercedes-busje – formaat kleine vrachtwagen – in de modder parkeerde. Als hij onderweg was om Gods werk te doen, was dit zijn rijdende kerk en zijn woning op wielen tegelijk. Hij bad, kookte en sliep erin.

Hij gebruikte de gezinsauto nuttig en had hem uitgerust met een bank, een sofa en een kookeiland. Toen hij het geval net gekocht had, sliep hij op een oude matras op de kale vloer tijdens vrijevalconventies. Nish had hem toen Zwerver Two Zero genoemd. Maar inmiddels was het interieur betimmerd, beschikte het over alle moderne snufjes en noemde hij het zijn pausmobiel.

Frank wreef in zijn handen terwijl hij over het pad liep. 'Ik was vroeg klaar en dacht: laat ik maar 's kijken of er nog wat te eten is.'

Dat was er. Tonnen zelfs. Maar hij loog. Toen hij wegging, ging hij skysurfen in Peterborough, drie uur verderop aan de weg naar Londen. Dat was Franks laatste bevlieging: springen met een snowboard aan je voeten en proberen om langs de hemel te slalommen.

We zaten in de keuken en maakten de laatste kip met iets romigs en rijst soldaat. Hij vertelde over het laatste aanbod dat hij gekregen had: hij moest als uithangbord dienen voor een liefdadigheidsclub voor Afrikaanse kinderen. In het begin had hij het heel spannend gevonden, maar nu keek hij er anders tegenaan. 'Ik wil erheen en vuile handen maken, maar eigenlijk willen ze alleen maar een nieuwe sponsor.' Datzelfde probleem had hij met organisaties in de stad. Hij ging het liefst met kinderen klimmen en kanoën, maar zij wilden hem alleen om geld op te halen. Hij zei dat hij er droef en gefrustreerd van werd.

'Maar wat ga je nu doen? Je hebt het verpest en voor de tweede keer ontslag genomen. Zorg maar 's voor een goed plan.'

'Ik weet niet of de dingen altijd volgens plan verlopen. Bijvoorbeeld niet voor Tommy Shanks, hè?' Hij speelde als een kind met zijn eten en schoof het over zijn bord. Niet kwaad maar verdrietig. Ellendig zelfs. Zo had ik hem nog nooit gezien. 'Je kent mensen al jaren, en dan veranderen ze ineens en doen ze dingen die je nooit verwacht had...'

'Is alles eigenlijk wel oké, Frank?'

'Nee, eigenlijk niet.' Hij staarde me met zijn korenbloemblauwe ogen aan. 'Ik heb zitten nadenken over Al. Het is allemaal zo'n stompzinnige verspilling. Waarom waren we er niet om hem te redden? Wat doen we eigenlijk met ons leven?'

Wat mij betrof, groef hij een beetje te diep. Hij was de man die alle antwoorden hoorde te hebben, maar bleef alleen maar nieuwe vragen stellen. 'Ik probeer altijd het juiste te doen en een goed mens te zijn. Waarom ben ik dan zo verdwaald?'

'Ik dacht dat God de hele zooi voor je had opgelost. Heeft Hij geen plan?'

Frank staarde naar een punt in de verte. Hij had zijn preekstoelstem terug en klonk heel helder en nauwkeurig. Zijn ellendige gezicht lichtte op. Ineens voelde ik me in de aanwezigheid van het bekeerlingenvuur. 'Ik heb een plan. Dat heb ik van God gekregen.'

'Heeft Hij geen plannetjes meer voor mij?'

'Nee, niet dit plan. Dit is het plan om het gevoel van verdwaald zijn weg te nemen. Dat heb jij niet nodig. Als dat wel zo was, zou Hij het ook aan jou gegeven hebben.'

'Maar wat heeft Hij ditmaal voor je in petto? In Angola een weeshuis beginnen? Een kerk bouwen op de top van de Everest?'

Die avond hapte hij niet.

Hij kwam overeind, verzamelde vier of vijf blikjes cola en pakte wat fruit en stukken kaas in. 'Gratis eten en drinken. Daar kwam ik voor. Geregeld dus. Ik smeer 'm.'

Ik liep met hem naar de bus. Hij ging achter het stuur zitten, en ik hield hem bij terwijl hij achteruit het pad af reed.

Het raampje ging omlaag.

'Bel me zodra je me je plan kunt vertellen. Oké? Ik heb een paar weken gedoe met mijn boek in New York, maar daarna moeten we elkaar weer eens zien. Bijvoorbeeld een McBabbel houden,' stelde ik voor.

Hij zette de auto stil en stak zijn hand uit. 'Ja, tot gauw, Andy.'

We gaven elkaar een hand.

'In Londen. Als ik terug ben.'

'Doen we!' Hij staarde me aan en liet mijn hand niet los. Heel even dacht ik dat hij me ging kussen, maar toen bedacht hij zich.

102

17 juni 1998

Ik trok de deur van mijn hotelkamer open en had uitzicht op Central Park. Het verklikkerlichtje op de telefoon naast mijn bed flikkerde. Ik drukte op de PLAY-knop en hoorde een bekende stem. Het was Mark Lucas, mijn literair agent in Londen. De man huilde bijna. 'Ik heb slecht nieuws.'

Ongetwijfeld iets met Nish. Ik wíst het. Hij had weer eens iets stoms gedaan.

'Het is Frank...'

O, jezus. Ongeluk met een parachute. Kon niet anders.

'Hij heeft zelfmoord gepleegd...'

Nee. Dat had ik verkeerd verstaan. Iemand vergiste zich.

Ik liet me diep geschokt op het bed zakken en drukte de REPEAT-knop in.

'Hij heeft zelfmoord gepleegd... gisteren... bel me.'

In Londen was het 's ochtends vroeg, maar ik pakte de hoorn en toetste het nummer in.

Ik had het niet verkeerd verstaan. Niemand had zich vergist.

Frank had de kier onder de deur van de garage van een vriend dichtgestopt. Hij leidde een slang van de uitlaat naar de auto, sloot zich erin op en zette de motor aan.

Ik zat daar op het bed in een wolkenkrabber op Manhattan en had het panoramische uitzicht van een 70mm-film op een stad die nooit slaapt. Maar ik kon maar één ding denken: Frank, wat ben je een schoft.

103

24 juni 1998

De rij rouwdragers liep kronkelend over het trottoir van Hereford-Centrum naar de kerk van St Peter. Ik herkende (ex-)leden van het Regiment, echtgenotes, vrienden en een heleboel andere kennissen die Frank in de loop van zijn leven had opgedaan. Ik bleef buiten, samen met mijn mededragers, en wachtte op de komst van de lijkwagen.

Een klok luidde.

Winkelende mensen bleven staan kijken. Iedereen wist wiens begrafenis het was. De plaatselijke pers had het nieuws flink opgeklopt.

Er deden veel theorieën de ronde over de vraag waarom hij het had gedaan. Volgens sommigen was hij kwaad op God. Volgens anderen was hij kwaad op iedereen. Weer anderen beweerden dat hij kwaad was in het algemeen. Kijk maar naar de manier waarop hij zelfmoord heeft gepleegd, zeiden ze. Het was gewoon kwaadheid, punt. Ik wist dat zo net nog niet. Volgens mij deed hij het om te zorgen dat niemand hem vergat. Hij wilde voor één dag een tijger zijn. En dat was die zachtaardige jongen nog gelukt ook.

Frank was een zoeker die niet vond wat hij zocht. Wist hij eigenlijk wel wat hij zocht? Hij vond God en ging het leger uit. Maar hij miste zijn oude leven en hij miste Al. Bovendien miste hij de kans om de man te doden die zijn kameraad had vermoord. Hij rende als een kip zonder kop rond en was overal tegelijk. Volgens de geruchten leed hij aan iets nieuws: het postcarrière-anticlimaxsyndroom. Volgens mij was dat gewoon een ander woord voor posttraumatische stressstoornis, en ik had het idee dat Gordon Turnbull het met me eens zou zijn geweest. Maar dat was een te makkelijk excuus.

Frank stuiterde heen en weer bij zijn pogingen om te ontdekken wat hij wilde, en dat lukte niet omdat hij een stomme fout had gemaakt door uit het leger te gaan. Dat had hij die dag in de McDonald's, vlak om de hoek waar ik stond, eindelijk toegegeven. De Kerk had de leegte nooit kunnen vullen. Het vacuüm bleef ook bestaan toen hij terugging als aalmoezenier. Hij had mensen willen helpen en tegelijkertijd soldaat willen zijn. Hij had naar het Regiment terug willen gaan.

Hij liet een brief na waarin stond dat hij naast Al en de anderen op het regimentskerkhof begraven wilde worden, maar dat kon niet. Ze legden hem zo dicht mogelijk bij de militairen in het burgergedeelte. Zelfs de dood gunde hem geen terugkeer naar de kudde.

De zelfmoord was goed gepland en voorbereid. Al tijdens het feest wist hij wat hij ging doen, en dat was een van de redenen dat ik kwaad was. Hij had precies geweten waarop hij afstevende, en trok niet eens aan het veiligheidskoord. Ik was er pisnijdig over. Wij waren zijn kameraden. Hij zei almaar tegen ons dat hij er was om te luisteren en anderen met hun problemen te helpen. Daarom nam ik ten onrechte aan dat hij zelf geen problemen had. God stond hem bij, dat loste toch alles op?

Hij had de rest van zijn dagen een substituut gezocht van datgene waarvoor hij was weggelopen, en dat lukte niet. Hij werd verteerd door spijt. Misschien was dat de reden dat hij het tegen niemand kon zeggen. Maar jezus, wij waren zijn vrienden.

Mijn woede was waarschijnlijk een manier om mijn eigen schuldgevoel tot bedaren te brengen; ik had niet beseft waar hij op uit was, en ik wist dat ik me dat nooit helemaal zou vergeven. Tegenwoordig lijkt het me glashelder. Waarom toen niet?

De lijkwagen kwam, en we droegen de kist de kerk in. Ik ging in dat grote, oude, imponerende stenen gebouw zitten, maar sloot de omgeving buiten. Ik dacht terug aan onze tijd aan de overkant van de plas, toen we het in het busje over begrafenissen hadden. Ik luisterde niet naar het geouwehoer en dacht alleen aan Frank en aan hoe hij gestorven was. Zoals ik al eens tegen hem zei: gebeden doen me niks. De man zelf wel.

Ik keek om me heen. Hij had in de loop van zijn leven inderdaad rare mensen opgedaan. Er waren vrienden uit zijn vrolijke pinkstergemeentetijd, van de theologische faculteit, uit gebedsgroepen, uit de kathedraal verderop en uit de kinder- en jongerengroepen die hij geholpen had. Die mensen waren makkelijk te onderscheiden van de regimentsleden, die vaak zongebruind waren, een slecht zittend kostuum droegen en liever op het trottoir en in de zuilengangen bleven staan dan te gaan zitten. Het was de grootste menigte die de kerk ooit had willen betreden.

Ik luisterde naar de ene spreker na de andere en hoorde prachtige dingen over hem zeggen, maar mijn enige gedachte was: wat een verspilling. Hij had zoveel kunnen doen om mensen te helpen, als hij maar beseft had dat het niet erg was om ook zelf hulp te vragen. Hij had immers altijd tegen me gezegd dat daar niets op tegen was. We hadden hem natuurlijk op de kast gejaagd, maar we zouden hem altijd geholpen hebben.

De bisschop van Hereford had een van de grote zalen van de kathedraal bij de rivier opengesteld, en na de dienst gingen de meeste mensen daarheen. De familie had een besloten begrafenis georganiseerd op het St

Martin-kerkhof, op nauwelijks een meter of tien van Al en de rest. We lieten zijn kist in de grond zakken, en ik deed toen een stap naar achteren. Ik vond het heel indrukwekkend, maar dit was iets voor de familie.

Toen iedereen weg was, bleef ik nog even achter. Ik wilde even naar de winkel op de hoek om sterkedrank te kopen.

Een van de grafdelvers kwam naar me toe. We herkenden elkaar van mijn eerdere bezoeken. Hij hield een anjer omhoog die iemand na de plechtigheid had achtergelaten. 'We gaan het dichtgooien, Andy. Wil je nog afscheid nemen?'

Ik pakte de bloem aan, stond aan het graf en zei tegen die eikel wat een stomme manier dit was om te gaan. Toen gooide ik de bloem in het graf en gingen de mannen met hun schoppen in de weer.

Ik slenterde naar de Spar en kocht een halve fles. Vervolgens ging ik langs bij Al, Hillbilly, Vince, Bob, Legs en al die andere eikels die daar lagen. Daarna was het de beurt aan de kathedraal met zijn sandwiches, plakkerige koffiebroodjes en wijn.

Het was stampvol in de zaal. Het was niet voor het eerst dat iemand van ons de begrafenis van een vriend bijwoonde, en ook beslist niet voor het laatst. We brachten een heildronk uit op Frank, en toen de gratis drank op was, zochten we ons heil in de pubs en wijnhuizen. Er werd inmiddels alweer geglimlacht en zelfs gelachen. Nu we de strenge omgeving van de kathedraal achter ons hadden gelaten, konden we lolletjes maken ten koste van Frank en aan hem denken zoals vrienden horen te doen.

Nish kocht zelfs een drankje voor me, en wij verdrongen ons met losse stropdas rond de bar.

'Toen Frank op zondag terugkwam, nam hij eigenlijk afscheid, weet je. Dat snapte ik toen niet.'

'Waarom?' Nish keek peinzend. 'Ik zal je wat zeggen, Andy. Ik heb er vaak over gedacht om Franks eerste verkenner te worden op deze missie.'

'Niet jij óók nog, joh. Wat is hier in jezusnaam aan de hand? Hebben jullie soms aan dezelfde giflepel gelikt?'

Hij nam een grote slok Stella en zijn handen begonnen te beven. 'De nachten zijn het ergst. Dan overweeg ik de stekker eruit te trekken. Ik heb alles al op een rijtje: hoe ik het doen moet, wanneer ik het doen moet en welke liederen ik op mijn begrafenis wil. De hele kolerezooi. En vergeet niet dat ik wil branden, niet wegrotten in de grond zoals Frank.'

'Dat zeggen je medicijnen, Nish. Alles is oké. Je hebt de boel weer een beetje in de hand. Je hebt Livvy, en dat is goed. Hou op met dat stomme geklets.'

'Nee, Andy. Ik praat met mijn parachutistenpet op. Ik weet waar ik het over heb. Het is goed allemaal en ik heb al mijn plannen klaar. Maar maak je geen zorgen, je kunt pas zelfmoord plegen als je ertoe besloten hebt. Als dat gebeurt, denk je niet meer aan de kerkdienst of waar je begraven wilt worden. Dan doe je het gewoon.' Hij praatte er heel opgewekt over en liet het bier intussen in zijn keel glijden. Hij leegde zijn glas verder in één teug. 'Alleen weet hij waar hij naartoe gaat. Hij gaat naar zijn baas. Joost mag weten wat mijn bestemming is.'

Ik wilde Nish vertellen wat volgens mij Franks probleem was: Frank bleef zoeken naar zekerheden in een wereld waar zekerheden dun gezaaid waren. Maar ik besloot dat voor een andere keer te bewaren. 'Nog een biertje? Jij betaalt.'

Cameron Spence kwam en bracht redding door alles te betalen. Ik mocht Cammy graag, ook al kwam hij dan uit het Queen's Regiment. Hij beet nog steeds als een hongerige vis als hij er de kans toe kreeg, was een pezige man van het hardloperstype en was de meest intens levende en eerlijke persoon ter wereld, zodanig dat mannen er boos om werden en vrouwen begonnen te huilen.

Hij hief zijn glas. 'Op Frank. Van mij had hij altijd in mijn patrouille mogen zitten.'

Dat was de hoogste lof die Frank van iemand van ons had kunnen krijgen.

De volgende dag schreef *The Sun* dat ik met een anjer aan Franks graf had staan huilen. En volgens mij was dat geen leugen.

104

8 januari 2002

Het ochtenverkeer kroop over de weg door Oxford. Ik was op weg van Londen naar Hereford voor een gesprek met Andrew, en hoopte de volgende dag een afspraak te hebben met Nish. Ik zag hem ongeveer elke maand, tenzij hij weg was om te springen.

Hij was met Livvy getrouwd, maar alles liep niet zoals het moest. Het laatste wat ik van haar hoorde, was dat ze met haar kinderen in het Caribische gebied zat en voor een projectontwikkelaar werkte. Ik had hem er nooit naar gevraagd, want ik wist niet hoe hij zou reageren. Ik wilde hem ook niet nog gekker maken dan hij al was. En dat we vrienden waren, betekende nog niet dat we vreselijk emotioneel werden bij elke keer dat we samen een kop thee dronken.

Dankzij de medicijnen had hij de zaak onder controle, en hij besteedde veel tijd aan vrije vallen in Spanje. Hij droomde nog steeds van een val vanaf de rand van de ruimte. Voor zover iemand van ons wist, ging alles goed.

Hij had me een week eerder gebeld en klonk toen gelukkig en opgewekt.

'Alles goed? Hoor eens, de negende ben ik in Hereford. Ben jij daar ook?' vroeg ik.

Hij lachte. 'Jazeker ben ik daar. Hé, ik heb een nieuw mobiel nummer.'

'Wacht effe.' Ik pakte een potlood en een opschrijfboekje. 'Ga je gang.'

'Ik zie je gauw, joh.' Hij bleef lachen.

'Je nummer, eikel! Wat is je nummer? En waar zit je eigenlijk?'

De verbinding werd verbroken. Ik probeerde hem terug te bellen, maar het nummer was geblokkeerd. Dat was geen probleem. Hij wist dat ik naar Hereford kwam en bij Andrew zou zijn.

Na Franks dood had ik mijn leven gewoon voortgezet, zoals ook bijna ieder ander deed. Ik schreef, werkte af en toe mee aan een film en hielp Andrew het beveiligingsbedrijf opbouwen. Mijn grote belangstellingssfeer buiten mijn werk was de bevordering van het onderwijs in het leger. Al en Nish waren mijn inspiratiebronnen.

Alle infanterierekruten – van de intendance tot de commando's – kregen een basisopleiding bij het Infantry Training Centre in Catterick (North Yorkshire). In deze garnizoensstad waren op elk willekeurig moment zo'n 18.000 soldaten gelegerd, en dit was dan ook de grootste militaire basis van Europa. Ik kwam er regelmatig, ging dan voor een kamer vol rekruten van zeventien tot eenentwintig staan en begon met een verontschuldiging. Andy McNab was geen 2 meter lang en droeg geen Superman-kleren. Vervolgens praatte ik over het eerste boek dat ik ooit als jonge soldaat gelezen had: *Janet and John*, deel tien. Het was voor elfjarige kinderen geschreven, en dat kwam goed uit, want dat was ook mijn leesleeftijd.

Ik vertoonde filmfragmenten met allerlei waaghalzerij van de SAS, en mijn boodschap kwam hierop neer: 'Hoor eens, jongens. Als ik het kan, kunnen jullie het ook. Wees blij met het Education Corps en zuig ze leeg, want daarvoor zijn jullie hier.' Ten slotte citeerde ik de kapitein van het Education Corps, die mijn leven veranderde op de dag dat hij tegen mij en de andere zestienjarige puistenkoppen van het Junior Leaders Batallion zei: 'Ze vinden jullie zo stom als het achtereind van een varken, maar dat zijn jullie niet. Jullie kunnen alleen maar niet lezen en schrijven omdat jullie het nooit gedaan hebben.'

Er was sindsdien niet veel veranderd. Deze jongens kwamen nog steeds vooral uit de binnensteden en hadden nog steeds dezelfde handicaps: gebroken gezinnen, maatschappelijke achterstanden, weinig of geen onderwijs, blootstelling aan drugs. Bijna de helft van de nieuwe rekruten ging nog steeds het leger in met de leesvaardigheid van een elfjarige. Negen procent van hen had het niveau van een vijf- tot zevenjarige. Dat betekende niet dat ze dom waren. Het betekende dat het officiële onderwijs geen greep op hen had.

Lezen en schrijven behoren net zo goed tot de basisopleiding als wapens, fitness en slagveldtactieken. Je kunt zowel goed opgeleid als soldaat zijn. Wie die weg bewandelt, heeft de wereld aan zijn voeten. Ik kreeg er heel hartstochtelijke gevoelens over en kon elk moment een soort ayatollah worden.

Ik glimlachte en zette de radio aan voor het verkeersnieuws.

Ik hoorde niets over files, maar wel over een man die de dag daarvoor op de terugweg vanuit Spanje uit een Cessna was gesprongen. Dat had hij opzettelijk zonder parachute gedaan, terwijl zijn vriendin het toestel bestuurde. De man was geïdentificeerd als de 46-jarige Charles Bruce, een van 's werelds beste parachutisten met bijna vierduizend sprongen op zijn naam.

Zijn vriendin en zakenpartner heette Judith. Ook zij had veel ervaring met vliegen en parachutespringen. Samen hadden ze een vliegtuig, en ik nam aan dat zij de piloot was geweest. Maar ik had haar nummer niet.

Ik belde Andrew. 'Heb je het gehoord?'

'Heb je mijn bericht niet gekregen?'

Ik had niet de moeite genomen om mijn voicemail af te luisteren, omdat ik te veel haast had gehad om op weg te gaan.

Ik bleef drie dagen in Hereford, en het verhaal werd met het uur duidelijker. Ik belde Jim Davidson. Minky had hem al gebeld, en hij was er kapot van.

Nish en Judith waren een paar weken in Spanje geweest. Ongetwijfeld had hij me van daaruit gebeld. Ze deden er demonstraties met een vrije val. Op de terugweg naar het vliegveld Hinton in Northamptonshire meldde Judith zich bij Brize Norton. Ze vroeg toestemming voor een noodlanding wegens ijsafzetting op de vleugels.

Door slecht weer hadden ze in La Rochelle moeten landen. Toen de bewolking was opgetrokken, hadden ze bijgetankt en waren ze weer vertrokken. Er kwam ijsafzetting op de vleugels, en daarom besloot Judith het vliegtuig naar 5.000 voet te brengen. Dat was boven de wolken. Op 15 kilometer van Brize Norton had Nish zijn stoel helemaal naar achteren geschoven en zijn veiligheidsriem losgemaakt. Ze had hem nog proberen te grijpen, maar hij had de deur opengemaakt en was met zijn hoofd omlaag eruit gesprongen.

Judith daalde boven Fyfield en vloog in lage cirkels rond om te zien waar hij de grond had geraakt. Ze moet zwaar getraumatiseerd zijn geweest. De inwoners zagen het toestel vlak over de daken scheren voordat het eindelijk schuin wegvloog en koers zette naar Brize Norton. Kort daarna vond iemand Nish' lichaam op een voetbalveld aan de rand van het dorp.

We maakten een tocht langs kroegen en wijnhuizen en kwamen niet alleen jongens tegen die hem gekend hadden, maar ook een paar ex-vriendinnen.

Nish had eindelijk zijn sprong vanaf de rand van de ruimte voltooid, en iedereen was het erover eens dat hij de hele weg omlaag geglimlacht moest hebben, een grote, brede wolvengrijns van oor tot oor. 'Niets kan tippen aan de eerste paar tellen nadat je uit het vliegtuig bent gesprongen,' had hij in zijn boek geschreven. 'Want als je die laatste stap eenmaal gezet hebt, is er geen weg terug. Een autoracer, skiër of bergbeklimmer kan stoppen om even te rusten, maar als je met een parachute de drempel over stapt, moet je doorgaan.'

Die nacht had ik een droom.

Nish, Frank en Al gleden naar me toe en hielden hun benen wijd om meer lucht op te vangen. De drie hoofden waren zo dicht bij elkaar dat ze elkaar bijna raakten. Frank deed zijn mond open en liet de sinaasappel los die hij tussen zijn tanden had gehad. Het ding stuiterde drie of vier keer tussen hen in en vloog toen op de wervelwind weg. Ik rolde voorwaarts en achterwaarts en kwam toen in een stabiele koers terecht. Al maakte een voorwaartse salto, waardoor hij aan een snelle afdaling begon. Frank keerde zich om, hield zijn armen in een driehoek achter zijn rug en doorkruiste de hemel. Nish stak overtuigd zijn duim naar me op, beschreef een achterwaartse salto en verdween.

105

Het crematorium van Oxford

De kapel van het crematorium had alleen staanplaatsen. De mensen die daar niet meer terechtkonden, stonden schouder aan schouder in de gang. Weer anderen verspreidden zich over de binnenplaats en gazons. Nish had voor veel mensen iets betekend.

De Red Freds waren er in groten getale, evenals zijn vrienden uit zijn tijd bij de para's. Verder natuurlijk mensen uit Ploeg 7, onder wie inmiddels Dinger. Ik ving zelfs een glimp op van Nish' buurman, en het zou me niet verbaasd hebben om de jongen uit de winkel op Ross Road te zien. Of de verpleegster aan wie hij ooit een hengst had verkocht.

Harry keek iedereen aan en kwam halverwege zijn lofrede niet meer uit zijn woorden. Er werd niet gezongen. Nish wilde alleen maar gecremeerd worden; dan was dat tenminste achter de rug.

Na afloop gingen we naar het vliegveld waar hij altijd was gaan springen. Het clubhuis zat even tjokvol als de kapel, maar was veel lawaaiiger. Dit was een viering, geen sombere uitvaart.

Veel mensen hadden elkaar al een hele tijd niet gezien. Ken stond ergens in een hoek. Het gerucht wilde dat hij met een stel Russen optrok. Niemand vroeg het hem: als hij wilde dat je het wist, vertelde hij het. Hij stond met Saddlebags te praten en priemde zijn wijsvinger in diens borst. Het leek alsof hij op het punt stond om hem neer te leggen, maar vermoedelijk vertelde hij gewoon een mop.

Over de strategische oorlog in Noord-Ierland had Ken gelijk gehad. Toen de vredesonderhandelingen eenmaal gaande waren, werd heel duidelijk wat onze taak was: degenen elimineren die niet van zins waren om de wapens op te geven. Martin McGuinness en Gerry Adams wilden het over de politieke boeg gooien, en wij effenden voor hen de weg. Haviken die door het net glipten, kwamen weer boven water als de Real IRA.

Saddlebags werkte inmiddels in de City als hoofd Beveiliging voor een financiële instelling, compleet met Gucci-auto en zelfs een Gucci-loft.

Tiny studeerde natuurkunde en wilde leraar worden. Ik had niet graag in zijn klas gezeten: de leerlingen kregen ongetwijfeld nachtmerries.

Chris had een fles pils in zijn handen. Hij was varkensboer geworden. Ik vond dat een goede keuze. Hij hoefde niet veel tegen die beesten te zeggen: af en toe een grom en een snuif tegen ze waren wel genoeg.

Paul zat hier, daar en overal in het Circuit. Des Doom en Schwepsy liepen in kostuum rond en leken wel grootmogols. Ze leidden met veel succes een beveiligingsbedrijf. Ongeveer een maand eerder had ik Schwepsy in de City uit een taxi zien stappen. Hij droeg toen een krijtstreeppak en beende met een koffertje doelgericht naar de ingang van een kantorencomplex. Een arme stakker stond op het punt om een geweldige uitbrander over zich heen te krijgen. Ik leunde uit het raampje en riep: 'Hé, eikel!' Maar hij keek niet om. Het scheldwoord kon niet voor hem bedoeld zijn geweest.

Harry was in Chamonix gebleven en deed nog steeds niets liever dan klimmen. Bijna al zijn haar was weg. Op grote hoogten was hij zo waarschijnlijk beter gestroomlijnd.

Toen de schaduwen langer werden, wonnen de verhalen aan snelheid en lawaai. We haalden herinneringen op aan Nish' scheten en streken en geintjes – precies zoals hij gewild zou hebben – maar ook aan zijn moed, bekwaamheid, leidersgaven en medelijden, en daaraan zou hij een bloedhekel hebben gehad.

Ik zat midden in de nacht in een hoek en liet mijn gedachten de vrije loop. Ik zag mijn droom opnieuw: zij drieën waren tovenaars en deden op maar een halve meter afstand van mij een vrije val. Ze glimlachten steeds breder in de slipstream terwijl ze zagen hoe die nieuweling, die slapjanus, stabiel probeerde te blijven.

Ik was de enige van de vijf die nog leefde. Had Nish aan chemische onevenwichtigheden geleden? Kwam het door een cumulatie van hypoxie-incidenten? Of was het zijn PTSS? Ik wist dat hij de dood van Al en Hillbilly nooit echt had kunnen verwerken. Of had hij voor zijn sprong gewoon gedacht: wat kan mij het verdomme schelen? Voor sommige mensen is het alles of niets – zowel bij leven als in de dood – en als alles zo doorging, kon de jongen in de winkel op de hoek vroeg met pensioen.

Ik glimlachte en wist dat Nish al die tijd geschaterd zou hebben van het lachen. Hij had waarschijnlijk precies de plaats uitgezocht waar hij wilde landen, en daar had hij naartoe gestuurd.

Ik wist zeker dat hij alles gepland had. Het was geen impuls geweest. Hij had de anderen opgebeld met hetzelfde verhaal over zijn mobiele nummer. Dat was zijn excuus geweest om afscheid van ons te nemen, net zoals Frank op de dag van het feest had gedaan zonder dat ik het besefte. Dat had hem misschien op het idee gebracht. Ik herinnerde me wat hij tijdens Franks begrafenis gezegd had: 'Je kunt pas zelfmoord plegen als je ertoe besloten hebt...'

Ik hief mijn glas naar hem, maar ik wist niet of ik blij of verdrietig moest zijn. Opnieuw had ik een vriend verloren, maar hij was omgekomen terwijl hij deed wat hij doen wilde, en kun je dat een vriend ontzeggen?

106

St Martin-kerk, Hereford
januari 2007

De man achter de toonbank keek me medelijdend aan toen ik om tien uur 's ochtends een fles rum kocht. Ik maakte daar nogal een gewoonte van en voelde zijn blik me volgen terwijl ik door de regen over Ross Road liep en naar de achterkant van het kerkhof glipte.

Frank kreeg de eerste, niet omdat hij de nieuweling was, maar omdat zijn graf langs het pad naar het terrein lag. Ik wist dat hij nooit erg dol was geweest op dit spul. Daarom gaf ik hem een of twee druppels extra. Hij had nog wat in te halen.

Ik liep door en was Nish dankbaar; dit was een veel beter idee dan bloemen. Ik besprenkelde Steve Lanes plaquette en liep toen tussen de rijen grafstenen. Sinds Nish en Frank het initiatief hadden genomen, hadden een paar nieuwe leden zich bij de zelfmoordclub gevoegd. Een van hen had een compleet scenario van de dienst nagelaten: welke liederen hij wilde horen, waar hij begraven wilde worden, zelfs welke bloemen hij wilde.

Op Als graf stonden verse bloemen. Ik besprenkelde ze royaal en liep naar Vince.

Hij kreeg als volgende zijn rantsoen en ik nam even de tijd om hem uit te lachen omdat hij Nish tijdens de Fan Dance geholpen had. Toen goot ik de laatse scheut van het zwarte spul over Bob uit en ging ik de stad in voor een kop thee en een babbel met een paar jongens.

Ik had de troepen in Afghanistan en Irak bezocht en was daar veel jongens tegengekomen die nu in het Circuit zaten. Het leed voor mij geen twijfel dat sommigen van hen in de rij voor Gordon Turnbulls deur hadden moeten staan. Ik liep nog steeds af en toe het lijstje van symptomen langs om te zien of ik alles nog in de hand had.

In 2006 trof ik Snapper in Kabul. Het was fantastisch om hem te zien, ook al liet hij me de thee betalen. Hij was nog steeds zo gek als een deur en had genoeg wapens en radio's aan zijn lijf hangen om een eenmanstalibanbeweging te kunnen zijn. Hij was de enige die nooit aan PTSS zou lijden. In zijn hoofd was zo veel gaande dat er geen ruimte was voor iets anders.

Epiloog

Na de invasie van 2003 ging ik terug naar de plaats in Irak waar ik gevangen was genomen. Het Regiment had op de oever van de Eufraat een klein monument ter ere van Vince Phillips, Steve Lane en Bob Consiglio opgericht. De mensen in de buurt kregen te horen dat er een boobytrap in was aangebracht: als ze het probeerden af te breken, waren ze er meteen geweest.

Ik kon daar niet lang blijven. Wie in Irak langer dan tien minuten stilstond, bracht meteen de militanten in actie. Maar ik was er lang genoeg om alles in me op te nemen. Ik voelde me niet verbitterd, wrokkig, schuldig, bezorgd of agressief. Ik vond alleen dat ik geluk had gehad: ik was er tamelijk heelhuids van afgekomen, en het was een voorrecht om naast iets te staan wat de jongens tijdens de oorlog hadden opgericht ter herinnering aan een paar dappere vrienden die gesneuveld waren.

Ik glimlachte. Kameraadschap was nog niet uit de mode. Ik besefte dat ik die het meest gemist had. Ook Frank en Nish hadden die gemist.

Nawoord

Iedereen kan door PTSS getroffen worden, maar het is een feit dat soldaten veel meer en veel langduriger trauma's oplopen dan veel andere mensen. Angstaanjagend genoeg hebben meer soldaten na teruggekeer uit de Falklandoorlog zelfmoord gepleegd dan de 255 die daar op het slagveld sneuvelden.

Soldaten gedragen zich alsof het hun niet kan schelen. Als ze dat niet deden, zouden ze namelijk hun werk niet kunnen doen. Wie rondloopt met de gedachte 'o jee, wat vreselijk, ik ga dood', kan veel beter een baantje nemen. 'Wat kan mij 't rotten' is altijd het beste beleid geweest, maar kan verhinderen dat iemand hulp zoekt. Het kan ook averechts uitwerken als een soldaat overweegt een moord te plegen, op zichzelf of op anderen.

Special Forces zullen het in de echte wereld nooit makkelijk hebben. Ze zullen dat moeten aanvaarden, en de een kan dat beter dan de ander. Dat is misschien de reden dat mijn hart nog steeds sneller gaat kloppen als ik de rekruten in Catterick en de infanteriebataljons in Afghanistan en Irak opzoek. De vrienden die ik in het leger kreeg toen we nog puistenkoppen waren, vechten daar nu als hoge officieren. Ik ga graag terug en geniet ervan om er weer deel van uit te maken, hoe tijdelijk ook. Ik ervaar, denk ik, iets van wat Frank voelde toen hij Padre Two Zero was.

Afgaande op wat ik er tijdens contacten van gezien heb, is de infanterie er nooit slagvaardiger geweest dan nu. Ik ging vorig jaar mee met een compagnie jagers die in Basra een huis bestormde, en dat is een van de gevaarlijkste dingen die een moderne soldaat te doen kan krijgen. Deze jongens namen het op tegen gewapende opstandelingen die hen zaten op te wachten. De eerste man die de deur in ging, was een negentienjarige jager. Tien jaar daarvoor zou het een klus voor de Special Forces zijn geweest.

Die eerste keer in het Killing House met Hillbilly en Snapper zaten er levende mensen in de kamer. Maar die schoten niet terug. Toen ik het in Colombia in het echt moest doen, schoten ze wel. Er zijn niet veel ergere dingen dan als nummer één zo'n deur in moeten.

Ik ken een achttienjarige die op zijn allereerste dag in het binnenland maar zes kogels afschoot en daarmee drie vijandelijke opstandelingen doodde. Hij had zich zelfs nog nooit geschoren. Ik ken een eenentwintigjarige scherpschutter die tijdens zijn eerste klus met vier schoten drie mannen doodde. Toen hij terugkwam, zetten zijn kameraden hem in de zeik omdat hij een kogel verspild had.

Deze jongens en hun vrienden maken veel meer vuurgevechten mee en krijgen veel meer kansen om vijanden te doden dan hun grootvaders tijdens de Tweede Wereldoorlog. Toen was een leger van meer dan een miljoen soldaten over verscheidene werelddelen verspreid. Tegenwoordig maakt een 'bajonet' (infanteriesoldaat) gemiddeld elke anderhalve dag een vuurgevecht mee, en dat duurt vaak uren.

Ik probeer sommige dingen weggestopt te houden in het donkere deel van mijn hoofd, maar ik zal nooit het bloed van Nicky Smith vergeten dat mijn gezicht bespatte, noch de 7.62mm-kogels in de borstkas van de eerste man die ik ooit gedood heb. Ik zie nog steeds waar de uittredende kogels zijn rug openscheurden. En ik zie ook nog steeds het gezicht van de laatste man die ik twaalf jaar later doodschoot.

Soldaten die PTSS oplopen, zijn net zo goed oorlogsslachtoffers als Vince, Bob en Legs. De mensen die hun land gediend hebben, staan voor een grote bedreiging van hun geestelijke gezondheid. We moeten iets doen voordat we over tien jaar ontdekken dat er meer soldaten uit het normale en het territoriale leger na hun terugkeer uit Irak en Afghanistan zelfmoord hebben gepleegd dan er op het slagveld gesneuveld zijn.

We moeten de institutionele en culturele barrières wegnemen die soldaten afhouden van psychische adviezen, therapie of hoe je het ook noemen wilt. Hulp zoeken moet als een bewijs van kracht en professionaliteit gelden, als het streven zo efficiënt mogelijk te blijven. De Amerikaanse Delta Force doet dat al jaren, en ik zou die niet als een stelletje doetjes willen omschrijven.

Wat er gebeurt met mannen die vuurgevechten hebben meegemaakt, mag ons niet verbazen. De oude Grieken zagen bij soldaten na een veldslag symptomen die we tegenwoordig PTSS noemen. Het zou niet zo mogen zijn dat we geheime tehuizen in Wales hebben waar soldaten naartoe kunnen sluipen. Zij zijn mensen zoals ieder ander. Ze hebben recht op steun, niet alleen van de regering, maar van ons allemaal. Er bestaan hardwerkende organisaties die hun herstel bevorderen, maar het is onze taak om het stigma uit de wereld te helpen. Ze hebben gewoon wat begrip nodig en – als ik het zeggen mag – een heleboel respect.

Register

2 REP (Deuxième Régiment Étranger de Parachutistes) 100-101, 108
2de pararegiment 115
AAD (Automatic Activation Device) 188-189
Aboe Ghraib 13, 278, 281
abseilen 61, 79
Adams, Gerry 330
Aden 51, 78
Adoo 78, 180, 197
Afghanistan 59, 228-230, 253, 259, 333, 335-336
Agusta-109 helikopters 69, 267
Air 14, 18-19, 30, 53-54, 61, 97, 233
Al Fayed, Mohamed 256
ANC-guerrillero's 211
Andrew 226-230, 234, 236, 289-291, 295-296, 302, 326, 328
ANFO (ammonium nitrate and fuel oil) 149
Anna 298, 300, 302, 304-305, 307
Armalite 119, 121, 132, 215
Army Spy 248
Ascension Island 53-56

Baas S 137-138, 140-141, 149
Beckwith, Charles 40
Belfast 59, 102-103, 115, 126, 130, 133, 218-219, 249, 337
Belize 203-204, 206, 211, 254
Bergenrugzak 15
Blowpipe (vanaf de schouder afgevuurde luchtdoelraket) 226-227, 230
Boat 14, 71, 97, 181, 184
Bogotá 260-262
Bogside 7, 132, 161, 243-244, 248
Bonhoeffer, Dietrich 135
Botswana 211

Boyle, John 166
Bravo Two Zero 273-274, 287, 295-296, 313, 315
Bravo Two Zero 300
Brengun 138
Brighton, bomaanslag Grand Hotel 103
Brize Norton 54, 56, 65-66, 90-91, 97, 176, 203, 258, 328
Browning .50 machinegeweer 78
Browning 9 mm 68, 85, 104, 133, 150
Bruce, Nish *zie* Nish
Bush, George 273

C-130 53-55, 93, 99, 102, 186, 189-190, 229-230
Cambodja 252-253
Castleblaney 118
Catterick 327, 335
Chinook-helikopter 273
Chris (in Bravo Two Zero) 278, 287
Chris (in Seven Troop: Onbreekbare eenheid) 19-21, 25-31, 34-37, 45-46, 49, 51, 57, 61, 63, 116-118, 125, 130-131, 137, 159-160, 162, 165-168, 170, 178-182, 191-192, 195, 211, 256, 331
Churchill, Winston 169
CIA 228, 252, 276, 283
Circuit (particulier beveiligingsbedrijf) 157, 197, 207, 213, 252, 254, 289, 331, 333
CNN 266
cocktail, jungle 30
Collins, Frank *zie* Frank
Colombia 204, 257-258, 260-261, 264-265, 335
Consiglio, Bob 277, 279, 312, 334
Corton-Lloyd 59

Countdown 107, 109, 111, 152, 154, 158, 175
Creggan 243-245
CRW (Canopy Relative Work ofwel formatiespringen) 176
CRW (Counter-revolutionary Warface) 65-66, 69, 71, 73, 77
CT (contraterreur) 61, 66, 69, 266-267
Cyril 89, 130-131, 140-144, 146, 149, 153, 157-158

DAS (Departamento Administrativo de Seguridad: Colombiaanse veiligheidspolitie) 262-265
Dave 118-119
Davidson, Jim 224, 233, 328
DCM (Distinguished Conduct Medal) 287
DEA (Drug Enforcement Agency) 258
Delta Force 40, 169, 283, 336
Deltex 40-41
Derry 238, 243, 246, 252, 257
Det (Britse militaire inlichtingenorganisatie: 14 Intelligence Company) 234-236, 238, 245, 248-250, 256, 278, 287
Dinger 274, 276-277, 330
Dhofar 78
Doom, Des 50-51, 80-81, 204, 216, 268, 331
Drumrush Lodge, Kesh 139-140
DZ (drop zone) 96, 99, 191, 195,

Education Corps 211, 327
Elizabeth II, koningin 232-233, 248, 287-288, 337
Eno 130, 137-140, 141, 211, 234, 236, 238, 243-245, 247-248, 252-254
EPC (Educational Promotion Certificate) 114, 122, 156
EPC(A) – Educational Promotion Certificate (Advanced) 122, 156
Escobar, Pablo 257, 260
Eurovisie Songfestival 7, 317
Everest 205, 222, 271, 299-300, 302-303, 313, 320

Falcons 90-91
Falklandoorlog 14, 27, 51-52, 69, 107, 227, 266-267, 283, 335

Fan Dance 312, 333
Firefly noodbaken 195
firqats 78
Fleming, Kieran 153, 160-161
Fletcher, Vicky 11
Frank 7-13, 20, 28, 30-40, 42-46, 48-49, 52-58, 60, 63, 67, 85-89, 93, 97-101, 103-104, 106, 110-113, 115, 117-118, 123-126, 128-129, 132-141, 143, 146-152, 154, 156, 159, 161-172, 175, 182, 187, 197-198, 200-201, 203, 207-208, 210, 212-214, 224, 232, 254-256, 279, 285-287, 290-291, 295-296, 298, 300, 302, 308, 315-326, 328-329, 331, 333-335, 337
Franse vreemdelingenlegioen 100

G3 110, 112, 117, 126, 128-129, 138
Gaz 258-259, 261, 263-265
glijbaan 61, 173, 184
Golfoorlog 13, 266, 273
Golfoorlogsyndroom 11
Gorbatsjov, Michail 203
GPMG (general purpose machine gun) 178, 181, 191, 195
Graves, Robert 201
Green Jackets 14, 17, 19, 25, 31, 41, 59, 108, 168, 232, 258, 337
Guatemala 206
Guinness, Loel 215, 271, 299, 307-308

H (Hereford) 14, 25, 34, 40, 51-53, 60, 65, 75-76, 89, 107, 136, 154, 156, 164, 171, 187, 198, 200, 203-204, 210-211, 213, 215, 235, 251-252, 254, 266, 282, 284, 306, 308, 315-316, 322-323, 326, 328, 333
HAHO (High Altitude, High Opening) 184
HALO (High Altitude, Low Opening) 173, 184, 313
Halpern, Sir Ralph 213-214, 223, 254
Hariri, Saad 254, 307
Harry 50-51, 81-82, 176-177, 205, 251, 254, 269, 271, 299-300, 302-307, 314, 330-331
Heckler & Koch 68, 110, 208
helikopter 23, 40, 47, 54-56, 59, 65-70, 98, 122, 133, 146, 148, 156, 161,

181-182, 206, 215, 229, 249, 256-257, 259-261, 267, 270, 272-273, 275
Henize, Karl 299, 303
High Adventure 271, 299
Hillbilly 50-51, 71-72, 74-77, 80-82, 87, 176, 197-198, 204, 211-212, 214, 216, 218-220, 222, 224, 233-234, 242, 252-254, 258, 272, 277, 309-311, 324, 331, 335
Hind-helikopers 229-230
HK53 130, 141, 144, 146
Howes, David 250-251
Hunniford, Gloria 102

Ice Cream Boys 8, 19, 35, 173, 178, 186
IJLB (Infantry Junior Leaders Batallion) 90-91
informanten 125
inlichtingendienst (militair) 63, 86, 165, 198, 235, 254
intendance 68, 107, 275, 327
IRA (Irisch Republican Army) 60, 103, 115, 118, 125, 127-128, 131-132, 137, 139, 141-144, 147-149, 153, 159-161, 165-166, 173, 215, 218-219, 238-241, 243, 247, 249-251, 258, 318, 330
Iraanse ambassade 9, 14
Irak 59, 266, 268, 277, 283-284, 296, 333-336
Israël 65, 257, 273, 283-284, 318

Jackson, Frederick 131-132
Jocky 140-144
Judith 327-328

Ken 54, 63, 85-89, 91, 106, 109-118, 124-131, 137, 140-158, 162, 171-172, 176, 178, 181, 183, 215, 235, 330, 337
Killing House 71, 81, 114, 335
Kittinger, Joseph 270-271, 298
Koeweit 10, 265-266, 268, 284

L, Graham (Boss L) 18
Labalaba, Talaiasi ('Laba') 77-78
Lane, Steve ('Legs') 274, 313, 333-334
Larkhill 230
Larry 40-42, 45

Light Division Sword 91
Lines, (het SAS-kamp in Hereford) 53, 67, 69, 71, 170, 310
Livvy 317-318, 324, 326
Lucas, Mark 321

Mac Giolla Bride, Antoin 153, 156-157, 232
MacBradaigh, Caoimhin 249-250
Maguire, Harry 251
Major, John 268
Maleisië 14, 65, 77, 84, 107, 114, 229, 256, 337
Marita Ann (trawler) 103
McGuinness, Martin 330
MI5 (Military Intelligence, section 5: de Britse militaire inlichtingendienst) 115, 117, 160, 235
MI6 28, 38, 117, 150, 206, 235, 244
Minky 124, 127, 133, 141, 146-147, 149, 158, 168, 212, 252-253, 328
MM (Military Medal) 8, 23, 232, 287
Mobility 14, 18, 61, 97, 181
MOE (method of entry: 'manier om binnen te komen') 67
moedjahedien 228-230
morse 200
mortier, 81 mm 178-181, 229
Mountain 14, 18, 61, 75, 81, 97, 177, 181, 278
Mountbatten, Lord Louis 115
MP5 68, 71-72, 75, 84, 86-88, 110, 117, 130, 209
MTM (man-tegen-man) 71-75
Mugger 13
Mumbling Midget *zie* Consiglio
Murphy, Alex 251

NASA 222, 299, 303
NAVO 230
Nichol, John 296
Nieuw-Zeeland SAS 15, 63
Nish 7-13, 20, 26, 28-33, 35, 41, 45-47, 49-56, 62-63, 72, 76, 81, 85, 87-88, 91, 98-99, 109-111, 114, 116, 122-126, 128-134, 136, 140-142, 152-154, 156-160, 162-163, 173, 175-176, 178-192, 195-199, 201, 204-205, 212, 215-216, 218-222, 224, 232-233, 252-254, 268-272,

274, 287, 291, 295, 297-300, 302-315, 317, 319, 321, 324-326, 328-331, 333-334, 337
Noord-Ierland 59, 61, 90, 102, 115, 118, 153, 156, 164, 235, 237, 240, 256, 330
Noraid 215

Oman 8, 61, 77-78, 168, 171, 173-175, 181, 197, 218
OP (observatiepost) 51, 53, 159, 165, 238-239, 260
Operatie Storm 78, 197
Osama bin Laden 230

Paludrin Club 170, 224, 234
Pau 65, 97, 100, 176
Paul 20, 104, 107, 109-110, 113, 126, 133, 154, 175, 178-181, 192, 195, 331
Peters, John 296
Phil 20
Phillips, Vince 275, 334
PIRA (Provisional IRA) 219
Ploeg F 199, 206
PN 7.62 225
Port Stanley 55-56
promotie 216, 218
Provisional IRA *zie* PIRA
PTSS (posttraumatische stress-stoornis) 11-12, 282-283, 331, 333, 335-336
Puma-helikopters 156, 206, 215

Qabos bin Said al-Said 173
Queen's Gallantry Medal 232
Queen's Regiment 137, 325
Quick Reaction Force (QRF) 147, 149

RAF (Royal Air Force) 13, 55, 65, 90, 97-98, 182, 187-190, 203, 256, 282, 296
Reagan, Ronald 203, 229
Red Fred 91, 185, 330
Reid, Alex 250
Rob 59-60, 91, 94-95, 99
Rode Khmer 252-253
Rode Team 267
Royal Green Jackets 337
Royal Signals 57

RPG (rocker-propelled grenade) 215, 257
RSM (Regimental Sergeant Major: sergeant-majoor van een regiment) 51
Rupert 197
RWW (Revolutionary Warfare Wing) 198, 226, 242

Saddam Hoessein 265-266, 273, 296
Saddlebags 20, 27, 33-34, 49-50, 111, 116, 125-129, 140, 143-146, 149, 152-153, 159, 188-189, 256, 330
Sandhurst 278, 301
Sands, Bobby 244
SAS (Special Air Service) 9-11, 13-15, 28, 31, 40, 48, 51, 57, 61, 66-67, 78, 118, 124, 134, 156, 168-170, 201, 205, 227, 232, 235-236, 245, 250-251, 258-259, 273, 281, 291, 315, 327
Sassoon, Siegfried 201
Saudi-Arabië 10, 173, 266, 273, 284
SBS (Special Boat Service) 90, 98, 100, 108
Schwarzkopf, Norman 281
Schwepsy 51, 80-82, 175-176, 183-184, 197-198, 254, 303, 307, 314, 331
Scouse 120
scudraketten 273, 278
Selectie 10, 14, 16, 21-22, 27, 29, 32, 47-48, 51, 53, 57-58, 65, 71, 73, 76, 84, 100, 124, 130, 137, 229, 256, 259, 274, 312
semtex 215
Shanks, Dr Thomas (Shanksy) 8-13, 320
Shantello 7, 245
Singapore 15, 64
Sinn Féin 240-241, 244, 250
SIS (Secret Intelligence Service) 115, 228, 234
Slater, Alastair 32-33, 148, 158, 337
Smith, Nicky 60, 336
Snapper 26, 49-52, 70-75, 77-79, 84, 88-89, 97, 203, 207, 289, 314, 333, 335
Special Branch 117

Special Forces 22, 55, 61, 118, 171, 174, 257, 266, 274-275, 280, 289, 335
Spence, Cameron 314, 325
Squadron A 13-14, 215, 267, 273, 314
Squadron B 13-14, 30, 51, 53, 66-67, 170, 257-258, 265-266, 267, 274, 288, 295, 311
Squadron D 14, 55, 227, 235, 267, 273
Squadron G 14, 55, 233, 257-258, 267
Sri Lanka 157, 170-171, 197
Stalker, John 102
Stan 27-28, 33-35, 47
Stinger 227, 229-231
Stirling 137-138
Stirling Lines 67
Stone, Michael 249
Sun, The 156, 325
Sunday Express 258
surveillance 235, 237-238, 260
Swahili 212-213, 215
Swaziland 254

taliban 230, 333
Tamil Tijgers 157, 197
TCG (Tasking and Coordinating Group) 103, 117, 124, 131, 139-140, 159-160, 165, 167, 216, 241
Ticker 225

Tiny 19-20, 27-31, 33-35, 49, 52, 54, 57, 63, 88, 108-111, 116, 123-126, 133-134, 140-143, 154, 157-159, 175, 183, 188, 191-192, 195-196, 198-199, 207-209, 236, 256, 330
Tucson, Arizona 267
Turnbull, Dr Gordon 13, 282, 322, 333
Tyson, Mike 261, 265

UDA (Ulster Defence Association) 249-250
UDR (Ulster Defence Regiment) 137

Vardinoyannis, Vardis 208
vip-beveiliging 10, 209
vlammenwerpers 215
Vorderman, Carol 109
Vredeskorps 207

Waite, Terry 203, 213, 254, 256
Warrenpoint 115
Washington DC 204, 254, 267-268, 298, 300, 307
Weaver, Jack 169
Williams, Carl 261, 265
Wood, Derek 250-251
Woolwich Hospital 77-78, 203
Wright, Fiona 254

XMG (Crossmaglen) 59

*Blijft u graag op de hoogte
van de nieuwste boeken van A.W. Bruna?*

Kijk dan op

www.awbruna.nl/aanmelden

en geef u op voor de digitale nieuwsbrief.

Op deze manier krijgt u steeds als eerste
alle informatie over nieuwe boeken
en kunt u gebruikmaken van aantrekkelijke kortingen
en andere lezersacties.